ASESINO,
A SU PESAR

ALAIN DUBEY

A mi mujer Carmen
y a Paul e Yvette,
mis padres

CONTENIDO

¿Qué contar de Roberto Alzúa? Sí, así se llama el héroe de esta historia. Bueno, héroe no sé si es el término que se debería utilizar para referirse a este individuo, un ser anodino y vulgar cuyo único mérito destacable consiste en haberse dado cuenta, desde que tuvo consciencia de su propia existencia, de que irremediablemente iba a convertirse en asesino. No existían motivos socioculturales ni hechos científicos que hubieran podido explicar esta sensación que invadió su cerebro a tan temprana edad. Él tampoco hubiera podido explicarlo, puesto que ni siquiera comprendía la dimensión de tal pensamiento, pero simplemente lo sabía.

Los orígenes, pero no la razón...

Roberto Alzúa nació en una de estas típicas familias ordinarias, como la mayoría de las que poblaban aquel barrio de las afueras de Madrid donde todas las casas fueron construidas siguiendo el mismo patrón, colocadas en fila, una enfrente de la otra, formando calles estrechas. Todas tenían el mismo aspecto, pero, gracias a la bondad del arquitecto, estaban organizadas perpendicularmente para que incluso el más tonto no se perdiese. Las aceras eran difícilmente transitables debido a los cubos de basura que ocupaban todo el espacio limitado a una sola persona y los coches aparcados, sin dejar ni un milímetro entre sí, impedían cualquier vía de escape al encontrarse de frente

1

con otro transeúnte. Estos mismos coches, y cada vez más y más coches, que invadían las calles, se apoderaban de todo el sitio disponible, sin ninguna piedad para los vecinos afanados en abrirse paso con sus bolsas de la compra, las madres con sus carros de bebé y los niños al acecho de cualquier rincón para poder jugar a la comba o a la rayuela. Era evidente que la planificación del barrio que se hizo hacia finales de la década de los sesenta para sustituir el viejo poblado de casas bajas hundidas en el barro, se realizó por necesidad, deprisa y corriendo, y seguramente con una buena dosis de mala leche, sin tener en cuenta - y probablemente sin desearlo tampoco - que los inmigrantes andaluces, a quienes estos pisos de menos de cuarenta metros cuadrados iban destinados, podían prosperar y adquirir con el tiempo uno de estos emblemas de la prosperidad. A falta de garajes, existían, eso sí, unos patios interiores sin asfaltar que separaban las casas entre sí por la parte trasera, donde podían caber algunos vehículos. No obstante, estos espacios quedaban reservados a los más atrevidos o hartos de dar vueltas, porque estaban habitados por colonias de ratas que por tamaño se podían confundir con gatos. Además, de noche solo estaban iluminados por la benevolencia de los vecinos que casualmente tenían las luces encendidas en las habitaciones que daban a este lado de la casa. Las placas con los números que identificaban los portales resultaban también un elemento imprescindible para que los afortunados en haber encontrado un empleo no se confundiesen de edificio a la hora de volver al hogar tras una larga y agotadora jornada de trabajo. Las ventanas y los balcones, repletos de bombonas de gas y todo tipo de cachivaches por falta de espacio en el interior de los pisos, lucían el mismo toldo de rayas verdes y blancas que otorgaban al conjunto del entramado callejero un aspecto parecido a los barrios turísticos de Benidorm, solo que al final de la calle no se podía contemplar la magnífica playa del Mediterráneo, sino el mar de tumbas de un gigantesco cementerio. Únicamente los nombres de poetas españoles que ostentaban orgullosamente los carteles en la fachada de los inmuebles al principio de cada bocacalle suavizaban, por su alusión cultural, la vulgaridad del entorno.

Como ya hemos dicho, Roberto Alzúa nació un 24 de marzo en el tercer piso sin ascensor del número 14 de la calle Pedro Antonio de Alarcón, situado en pleno centro de este barrio que se convirtió en su entorno natural hasta los dieciocho años. Sus padres, Jorge Alzúa y Francisca Rebollo, Paquita, al contrario que la mayoría de sus vecinos, emigraron del norte, de una ciudad pequeña del País Vasco, para ser más exactos, y no por razones estrictamente económicas. No es que viviesen en la abundancia, pero, en casa de sus padres, nunca les faltó de nada. Enviudada muy joven, debido a un desgraciado accidente laboral, la madre de Paquita trabajaba de cajera en el Eroski del barrio y su sueldo, complementado por la pensión que cobraba por el fallecimiento de su marido, daban lo justo para poder mantener a su niña. Destrozada por el golpe fatídico, justo cuando la vida parecía sonreírle a la ilusionada pareja, nunca volvió a casarse y volcó todo su cariño, un amor desmesurado por la desesperación, en la pequeña Francisca. La niña creció sobreprotegida y desde muy pequeña hizo suya la tristeza de su madre que era incapaz de disimularla, a pesar de los intentos, y se convirtió poco a poco en un ser melancólico, introvertido y pusilánime. Sólo su aspecto físico la salvó del rechazo de los otros niños y del aislamiento. No es que fuera una gran belleza, según los cánones de los expertos que se pavonean por los platós de la televisión basura, pero tenía algo en su expresión que la hacía resultar muy atractiva. Y cuanto más se la miraba, más enganchaba. Tenía el pelo negro que le caía recto sobre los hombros y debajo de un flequillo de acabado torcido, tan de moda en el País Vasco, aparecían unos ojos marrones que, a pesar de la tristeza que emanaban, atraían la atención por la intensidad de su mirada. Sin embargo, nadie se atrevía a sostener el contacto visual con ella porque el miedo a que su desesperación fuera contagiosa provocaba un rechazo instintivo. Los padres de Jorge Alzúa, ciudadanos vascos con la garantía certificada de un árbol genealógico elaborado en su tiempo por un bisabuelo, pertenecían a la clase media baja y vivían en un piso de tres habitaciones en el bloque situado justo enfrente del Eroski. El padre era funcionario en el ayuntamiento y la madre se ocupaba de las tareas caseras sin plantearse otras aspiraciones en su vida. Era una mujer extremadamente cariñosa y se hubiera quitado de cualquier cosa antes de que les faltara algo a sus tres hombres, como solía decir. Sí, Jorge tenía un hermano mayor, Luis, que desde que nació le ha hecho la vida imposible. Tenía un carácter muy diferente al de Jorge. Era alto y robusto, lo que se podría llamar un tipo duro, de estos que nunca lloran porque son hombres, o por lo menos eso creen. Jorge, sin embargo, era de estatura algo inferior, flaco y considerablemente más débil.

"Eres un tirillas, hermano", ironizaba Luis a menudo, "sólo estás hecho de huesos recubiertos de pellejo... ¡ni siquiera vales para traer un litro de leche a casa, te agotas antes de llegar!"

Y en otras ocasiones en la calle, sobre todo cuando estaba rodeado de sus colegas, le gritaba:

"Un consejo, hermanito, si se levanta el viento, agárrate a una farola... no seré yo quién te vaya a buscar... " Su risa estúpida y las de sus compañeros que tampoco destacaban por su fineza, retumbaban entre los edificios y le perseguían hasta el portal de su casa donde se refugiaba.

Afortunadamente, en el colegio Jorge dio con unos chavales menos estúpidos que la pandilla de su hermano y se forjó un grupito de amigos con los que se encontraba muy a gusto o por lo menos hasta los dieciocho año. Pronto en su adolescencia, cuando apenas había cumplido dieciséis años, empezó a sentir una atracción irresistible hacia aquella chiquilla que veía por la ventana de su habitación cuando iba a buscar a su madre a la salida del supermercado. Si se le hubiera preguntado el porqué de esta fijación, no hubiera podido contestar con certeza. Una cosa sí que tenía clara: le fascinaba esta expresión melancólica que reflejaban sus ojos marrones. Poseían algo de misterioso que necesitaba descubrir, le gustara o no la revelación de este secreto. Y, aparte de eso, no le resultaba nada fea. Así, un buen día, se lio la manta a la cabeza y, al verla entrar en el aparcamiento del supermercado, bajó corriendo las escaleras de su casa, cruzó la calle y se acercó, como quien no quiere la cosa. Una vez a su altura, le dijo con voz temblorosa:

"Hola, me llamo Jorge, vivo justo allí en frente y a menudo te observo desde la ventana de mi habitación... me gustas y me encantaría conocerte. Sé que no es nada original lo que acabo de decirte, pero no se me ha ocurrido nada mejor".

"Está bien", contestó ella sorprendiéndole, "aprecio tu sinceridad... me llamo Paquita y como no tengo a nadie más con quien hablar, me parece bien que nos veamos."

Su franqueza también le gustó y desde entonces empezaron a salir, primero de vez en cuando, y, con el tiempo, cada vez con mayor frecuencia, aunque nunca reconocieron abiertamente mantener una relación formal ni siquiera entre ellos mismos. Cuando se veían, quedaban siempre solos porque Francisca era incapaz de adaptarse a la dinámica de un grupo de amigos y además sentía un pánico incontrolable hacia los comentarios burlones a los cuales, sin duda, se hubiera visto sometida. Entonces se sentaban en un banco recóndito de un parque cualquiera, al abrigo de las miradas ajenas, y hablaban. Los acercamientos físicos eran casi inexistentes y, cuando Jorge lo intentaba, no es que Paquita le rechazara, pero se crispaba de tal manera que al final desistía para no incomodarla. Tampoco le importaba mucho porque, por una parte, esta actitud era una expresión más de su ensimismamiento que tanto le había atraído y, por otra parte, intuía que solo era cuestión de tiempo. No hacía falta precipitarse y jorobarlo todo. Así que hablaban. Hablaban de sus vidas en casa de sus padres, del colegio, de sus perspectivas de futuro y de sus sueños. Bueno, al ochenta por ciento era Jorge quien hablaba sin parar para evitar largos tiempos de mutismo incómodos, sobre todo para él, pero en los cuales Paquita parecía encontrarse bastante a gusto. El silencio era como un refugio donde escondía y disimulaba toda su pesadumbre. Lejos de sentirse molesto por ello, Jorge exponía sus ideas y deseos con todo tipo de detalles, sin saber, por entonces, que todos sus sueños se irían al traste.

Tras el atentado de Carrero Blanco a manos de ETA en 1973 y la muerte de Franco en el 75, el ambiente en Euskadi empezó a cambiar, primero disimuladamente y después de forma cada vez más explícita. Una parte de la sociedad vasca perdía el miedo a la represión y comenzaba a expresar sus opiniones libremente, al unísono con los atentados de la banda terrorista. Jorge, ajeno a los acontecimientos, debido a su desinterés más absoluto por la política, no pudo, sin embargo, mantenerse al margen de la presión social. De hecho, lo vivió en primera persona por la postura que muy pronto adoptó su hermano en casa. Un buen día, algo eufórico por el aperitivo prolongado con sus colegas en la herriko taberna, armó una escandalera a la hora de la cena porque Jorge le llamó por su nombre pidiéndole que le pasara el aceite.

"¡No me llamo Luis, joder!", empezó a chillar como un energúmeno, "me llamo Koldo, que te quede claro, me cago en la puta. ¿Cuántas veces te lo tengo que decir?", sin percatarse de que fue la primera vez que lo decía en casa. "En nuestra patria, yo me llamo Koldo y tú, Gorka, y si no, pregunta a la ama y al aita..." que también fue la primera vez que llamaba a sus padres de esta manera.

Rojo de rabia e inflado por el alcohol, se levantó, tirando la servilleta al suelo, y se encaminó hacia la puerta. Pero antes de salir añadió:

"Hazme caso, hermanito, como no acates las reglas, vas a tener muchos problemas, te lo aseguro..." y salió de casa dando un portazo que resonó hasta la acera de enfrente.

Atónito, y ante la falta de apoyo por parte de sus padres que optaron, como tantas veces, por callarse, Jorge se encerró en su habitación para recuperarse del susto provocado por esta situación tan absurda que acababa de vivir sin comerlo ni beberlo.

Que su hermano fuera un loco descerebrado, agresivo y peligroso, ya lo sabía, pero lo que no se esperaba era que gradualmente sus propios amigos empezaran a soltar comentarios políticos radicales, además de llamarle Gorka cada vez con mayor frecuencia. Frente a su silencio cuando surgían este tipo de temas, sus colegas empezaron, poco a poco, a intentar sonsacarle cuáles eran sus opiniones al respecto, primero de forma amistosa, pero cada vez con creciente insistencia hasta que un día les confesó que la política no le interesaba y que pasaba de estas tonterías... que era un hombre de paz y que solo pretendía vivir su vida tranquilamente sin molestar a nadie. Sus palabras provocaron un mutismo helador en el seno del grupo y a partir de ahí sus supuestos compañeros empezaron paulatinamente a distanciarse de él y, finalmente, cortaron cualquier tipo de relación con aquel chaval que pasó de ser considerado amigo del alma a convertirse en traidor a la patria en un abrir y cerrar de ojos. Jorge se encontró de repente, como su novia Paquita, inmerso en la más absoluta incomunicación y empezó a sentirse muy a disgusto en su propia tierra. Los encuentros de la pareja se multiplicaron a partir de entonces forzosamente porque no les quedaba otro remedio que compartir mutuamente sus respectivas soledades. En aquella época, solo les quedaba un año para terminar su formación profesional de mecánico de coches en el caso de Jorge y el bachillerato para Paquita. Sobra decir que resultó ser un año muy difícil para los dos. Durante este tiempo presenciaron con espanto el atentado de la plaza de la República Dominicana en Madrid cuyas imágenes emitidas por televisión provocaron una profunda repulsa en Jorge ante tamaña violencia gratuita e irracional. Pero lo que cambió radicalmente su vida fue la matanza del Hipercor en Barcelona que se produjo al poco de obtener su certificado de mecánico. Se enteró de la noticia en su casa por un noticiario especial que vino a interrumpir el programa cutre que solía ver su madre. Una vez más, las imágenes eran terroríficas y la cifra de muertos aún no se podía cuantificar, pero sobrepasaba con mucho la decena. Esta noticia fue recibida por su hermano con un júbilo desmesurado al grito de "¡Gora ETA y gora Euskal Herría!". Sus padres se mantuvieron en silencio, como de costumbre, pero Jorge sabía perfectamente que, debido a la influencia corrosiva de Koldo, los dos se habían dejado convencer y empezaron a comulgar con sus posturas radicales, irreconciliablemente opuestas a las opiniones de su hijo menor. Al día siguiente, aún conmovido por el espanto vivido, se presentó en casa de su novia y le dijo:

"Chica, ya no aguanto más aquí, me marcho. Si quieres, vente conmigo y formaremos una familia donde nos dejen vivir en paz."

Como tampoco tenía nada que perder, Paquita aceptó la propuesta y así dejaron todo atrás para marcharse a Madrid donde, con los ahorros que Jorge se agenció durante el último año, encontraron un alquiler barato en aquel piso de la calle Pedro Antonio de Alarcón número 14, de donde no se volverían a mover el resto de sus vidas.

Su niñez que no explica nada, o, por lo menos, eso parece...

La llegada de la pareja a Madrid no cambió absolutamente nada en sus relaciones íntimas. Ya en la segunda semana de su establecimiento, Jorge encontró un trabajo como mecánico en un taller Volkswagen en el barrio más acomodado de Madrid. Este barrio donde a todo el mundo le gustaría vivir, pero que está reservado a una élite que se distingue de los demás única y exclusivamente por el poder adquisitivo. Los propietarios de estos pisos gigantescos, de techos altos y extremadamente lujosos son gente adinerada, o fingen serlo, y se cuidan bien de demostrarlo. Todos visten de forma parecida. Cuando los hombres no llevan el traje reservado para los negocios, lucen, como de mutuo acuerdo, los mismos pantalones casual que sólo difieren en el color llamativo elegido por su dueño, camisa de marca a juego y la imprescindible cazadora verde del cazador que de verde no tiene nada. Si el tiempo lo permite, sustituyen aquella prenda por un chaleco de plumas que finge tener un ombligo en tableta de chocolate y que algunos cómicos, por el uso casi exclusivo del barrio, han apodado el "fachaleco". Todos tienen el pelo engominado, los hijos peinado con una raya impecable en el lado izquierdo de la cabeza y los mayores, probablemente debido a la escasez, estirado para atrás, terminando a la altura de la nuca en unos rizos perfectamente colocados. Las mujeres, jóvenes y mayores, deambulan, cogidas del brazo de sus maridos, con su ropa cara, la etiqueta de la marca de lujo bien visible, emperifolladas, y ostentando estratégicamente sus adornos de oro y piedras preciosas. A la primera brisa más fresca que anuncia la llegada del invierno, sacan el abrigo de piel del armario, porque "yo lo valgo", y las calles se llenan de animales muertos de todo tipo. Menos mal que ya no huelen, el hedor sería insoportable. Pues sí, y aunque esta noble gente lo niega rotundamente, al igual que el chándal en los barrios marginados, el uniforme "high society" también existe. En sus calles pululan los cochazos de alta gama, las tiendas exclusivas y los restaurantes carísimos de mariscos y pescados del Cantábrico. Sus escaparates con el mejor género expuesto de forma llamativa anuncian claramente al viandante que si su cartera no se lo permite, no intente ni siquiera soñar con ocupar una de sus mesas. La mayoría de esta gente está hecha del mismo molde, piensan de la misma manera y, cuando se presentan las elecciones, votan lo mismo porque saben que es la única manera de garantizarse el mantenimiento de sus privilegios que tanto se merecen. En fin, mientras algunos describen aquel barrio como la cuna de la alta sociedad, otros lo tildan de "pijerío" insufrible, no exento de una pizca de envidia.

El hecho de haber encontrado trabajo en aquel taller fue un golpe de suerte y a Jorge le parecía que la vida les sonreía. Por ello tenía la esperanza de que Paquita, lejos de su madre, consiguiera abrirse más al mundo y hallar en algún rincón recóndito de su ser un atisbo de positivismo que pudiese aproximarla al descubrimiento de la alegría. Aunque al principio parecía que algo había cambiado en ella, seguramente fruto de todos los nuevos acontecimientos tan repentinos que experimentaba, sólo se quedó en un espejismo. No obstante, este corto espacio de tiempo fue suficiente para que la pareja se casara por lo civil sin más asistencia que los dos testigos reclutados en el trabajo y engendrara en la misma noche de bodas una criatura que resultaría ser chico y se llamaría Roberto. Y es así como el protagonista de esta historia hizo su aparición en este mundo, aquel veinticuatro de marzo, con el desconocimiento más absoluto por parte de sus progenitores de que su destino de asesino ya estaba escrito. De hecho, ¿cómo lo iban a saber? Nadie se puede imaginar, viendo la cara inocente de un recién nacido, sobre todo si es el tuyo, que ese bebé se convierta en un militar, un cura, un terrorista, un político o, como en este caso, en un homicida capaz de matar a sangre fría y con premeditación. No obstante, y a pesar de que sus futuras actividades suelen imponer un profundo respeto al resto de la gente, los primeros años de Roberto no fueron precisamente un camino de rosas. Tras su nacimiento, Paquita cayó en una depresión posparto de la cual nunca se recuperaría. Sus ojos se hundieron en las órbitas y se volvieron totalmente inexpresivos. Sus rasgos faciales se endurecieron y todo su cuerpo se encogió sobre sí mismo dando una imagen de decrepitud absoluta. Cuando hablaba, lo hacía con un hilo de voz apenas audible y sin variaciones de tonalidad. La gente que quería entenderla, los tenderos del mercado principalmente porque el resto pasaba de ella, tenía que esforzarse para reconocer, dentro de este flujo monótono de palabras susurradas, el significado del enunciado. Parecía una figura fantasmagórica como los enfermos que aparecen en los documentales sobre los asilos psiquiátricos de principios del siglo veinte. Los vecinos, alentados por su aspecto y recogiendo las palabras de un gracioso que se acordó repentinamente de una lección en clase de historia a la cual prestó algo más de atención que de costumbre, no tardaron en llamarla Paca la Loca, la reina de los tontos del barrio. La hilaridad que provocó al principio esta ocurrencia se apaciguó con el tiempo, pero el apodo permaneció. Roberto creció en este entorno donde todo el mundo le conocía como el hijo de Paca la Loca, lo que despertó en él un resentimiento profundo e irreversible hacia su madre. Estas credenciales provocaron, como es lógico, el rechazo de los otros niños del barrio, porque si la madre está mal del tarro, a saber cómo está el hijo. Así, aleccionados por sus propios padres, los chavales simplemente le ignoraban o le hacían el vacío cuando se presentaba en el descampado en busca de un grupo de amigos en el cual se hubiera podido integrar. El único que se interesaba por él era Miguelito Suárez a quien le ocurría exactamente lo mismo que a Roberto, pero en su caso por bajito, gordo y, debido a la falta de cuidados en su casa, también por guarro. Aunque al principio sintiera repelús hacía este chico con la camiseta mugrienta que le miraba con ojos implorantes, a Roberto no le quedó más remedio que hacerle caso si no quería condenarse a la soledad. Poco a poco se forjó entre ellos una amistad profunda e inquebrantable. Para evadirse de sus casas donde ninguno de los dos se sentía a gusto, pasaban todo el día juntos en la calle, inventándose mundos fantásticos en los cuales eran los protagonistas de aventuras fascinantes y peligrosas. Al atardecer, obligados a volver a sus hogares, se despedían con un abrazo fuerte, sincero, y con la promesa de volver a juntarse lo antes posible al día siguiente. A pesar de sus cortas edades, aborrecían tener que estar con sus padres. Bueno, en el caso de Roberto el problema era su madre por todo el sufrimiento que su estado mental le provocaba. Quería a su padre, pero siempre llegaba tarde y salía muy pronto por la mañana. Los escasos momentos que pasaba con él no eran suficientes para que se sintiera cobijado en casa. A Miguelito nunca le importó que la madre de su amigo estuviera loca, ni siquiera preguntaba por ella y Roberto se lo agradecía infinitamente. Bastante tenía él mismo con los suyos. Según lo que le contó a Roberto, su padre tenía una curiosa enfermedad que se llamaba algo como "drogadisión" que le trastornaba el carácter en ciertas ocasiones y le provocaba situaciones de ansiedad incontrolable. Entonces se volvía violento y descargaba toda su ira sobre su madre antes de salir de casa pegando un portazo. Cuando volvía, normalmente se había tranquilizado, pero tenía una mirada distante y una actitud completamente apática. Su madre que durante la ausencia del enfermo sólo se dedicaba a sanar sus heridas y beber vino, le explicaba entonces que el estado abúlico de su padre era debido a los medicamentos que tomaba para sentirse mejor. Al pequeño Miguel no le molestaba que este tipejo que apenas le dirigía la palabra estuviera tirado en el sofá durante horas clavando la mirada en el techo sin moverse, porque así, por lo menos, podía descansar de los gritos que tarde o temprano volverían. Por el contrario, se le partía el alma de ver a su madre en estas condiciones y, cada vez que las escenas de violencia se repetían, se juraba a sí mismo que, en cuanto pudiese, la sacaría de esta miseria. Ganar dinero para pagar el alquiler y los medicamentos del padre, que dejaban la partida destinada a cubrir las necesidades básicas en mínimos, también recaía sobre la pobre mujer. A su hijo le decía que se dedicaba a la asistencia personalizada de hombres necesitados. A partir de cierta hora de la tarde empezaba a sonar el teléfono con bastante frecuencia y tras cada una de estas llamadas, su madre se maquillaba ostentosamente y salía de casa para no volver antes de una o dos horas. A Miguelito no le importaba quedarse solo porque, por un lado, se sentía orgulloso de que su madre ayudase a la gente necesitada y, por otro lado, durante este tiempo podía hacer lo que le daba la gana. Solo cuando el padre estaba en casa, lo que era poco frecuente, se encerraba en su habitación para evitar cualquier altercado con este individuo impredecible. No es de extrañar, en estas circunstancias, que los dos amigos, a la primera ocasión que se les presentaba, se escapasen de casa para refugiarse juntos en su mundo maravilloso cuyo reino se extendía por los patios interiores y donde los coches se transformaban en obstáculos que tenían que franquear para ponerse a salvo de sus enemigos. Los vecinos se acostumbraron pronto a verlos deambular por las calles y aunque al principio se reían de ellos por parecerse, siendo Roberto considerablemente más alto y flaco que Miguelito, a Don Quijote y Sancho Panza, con el tiempo dejaron de hacer comentarios malintencionados. Simplemente pertenecían al entorno, e incluso los más receptivos hacia la desgracia humana sentían algo de pena por ellos, sin por ello intentar ayudarles. Lo que pasa en cada casa no es asunto nuestro.

A Arturo Borey le duelen los ojos y la cabeza. Hace muchas horas que se encuentra sentado delante del ordenador. Nunca pensó que la actividad de escribir fuera tan agotadora. Desde que empezó a leer novelas, Arturo admiraba a estos escritores que eran capaces de inventarse personajes e historias fantásticas anudando acontecimiento tras acontecimiento con un ingenio prodigioso hasta crear una trama coherente y cautivadora de principio a fin. Siempre pensó que, aunque lo quisiera, nunca lo conseguiría. Ni siquiera se sentía capaz de inventarse una figura cuya existencia fuera digna de ser contada. Hasta que un día, sin verdaderamente buscarlo, apareció en su mente: Roberto Alzúa... Roberto Alzúa. Al cabo de unos meses de darle vueltas, su criatura pasó del estado de embrión al de personaje. Arturo lo veía cada vez más claro, aunque al principio ni él mismo se atrevía a admitirlo y se reía de su ingenuidad.

"Qué chorradas te pasan por la mente, pobre imbécil, ¿ahora te tomas por un creador? Apuntas demasiado alto, amiguito, esto se te quedará grande".

No obstante, sus cavilaciones alrededor de este ser, recién nacido, se volvieron cada vez más obsesivas y empezaron a quitarle muchas horas de sueño. Así que, hace unos días, tomó la decisión de ponerse a darle una vida auténtica y aquí está el pequeño Roberto Alzúa, tomando forma e iniciándose en el mundo de la ficción, su mundo y su realidad. La verdad es que Arturo, que ahora mismo está releyendo sus últimas líneas, se sorprende sintiendo por su personaje la misma compasión que aquellos vecinos más magnánimos. Se pregunta si no ha sido muy duro o incluso cruel con el chaval y el entorno que le ha creado. No obstante, enseguida se reprende. ¿Cómo va a arrepentirse de lo que lleva ideando desde hace ya algún tiempo? Todo lo contrario, se siente orgulloso porque al fin y al cabo es exactamente lo que quería contar. Y no se ha cortado ni un pelo cuando al principio del texto dejó muy claro que Roberto iba a ser un asesino. ¿Por qué iba a tener miramientos de repente?... La pregunta ahora resulta más bien ¿qué tipo de asesino va a ser Roberto? Aún no lo sabe con precisión, pero algunas ideas ya están tomando forma en su cabeza.

De repente, las ganas de seguir escribiendo se apoderan de él, como un impulso que le sale de sus entrañas por el afán de descubrir el rumbo que va a tomar la recién estrenada vida de su protagonista. Desgraciadamente, ahora mismo no puede. Tiene que aplazarlo para otra ocasión porque su mujer Carolina le está esperando. Cuando escribe, Arturo no se da cuenta del transcurrir del tiempo y de las horas que pasa encerrado en su estudio delante del ordenador. A la vista de lo que le esperaba y, sobre todo para evitar el divorcio, una noche a la hora de la cena, ella se lo dijo sin tapujos:

"Me parece estupendo que, así por las buenas, hayas sentido la vocación de escribir, e incluso te animo a ello si tanto lo necesitas, pero no estoy dispuesta a pasar todo el día sola y encima tener que encargarme de todas las tareas de la casa. Aquí somos dos y los dos tenemos que apechugar. Así que a las ocho y media de la noche, lo más tardar, paras. Y si tenemos otras cosas que hacer, las haremos juntos como hasta ahora."

Arturo entendió perfectamente los argumentos de su mujer. La quería con locura y jamás se hubiera arriesgado a poner su matrimonio en peligro. Antes abandonaría su proyecto. Con este ultimátum sobre la mesa, le prometió que, de aquí en adelante, iba a cumplir a rajatabla este acuerdo, incluso a sabiendas de que, en estas condiciones, la génesis de su relato iba a demorarse considerablemente en el tiempo. Al principio, se sentía algo cohibido por la presión del reloj y temía que una planificación tan estricta del trabajo iba a influir negativamente en su creatividad. Los destellos de inspiración no se controlan, brotan. Sin embargo, al cabo de algunos días se dio cuenta de que la disciplina de un horario de trabajo fijo no era tan nefasta. Por un lado, el hecho de poder dedicarse en cuerpo y alma a la tarea sin remordimientos, le daba una sensación de bienestar que fomentaba los impulsos creativos y, por otro lado, las reglas mutuas impedían interrupciones molestas que también agradecía enormemente. Si en algún momento del día le surgía una idea, la apuntaba disimuladamente en una libreta que desde aquella conversación siempre llevaba consigo. Las cosas claras resultaron un bálsamo para la armonía en casa. Carolina Ibarrola, satisfecha con el resultado del acuerdo casero, empezó paulatinamente a interesarse más y más por el proyecto de su marido y se ofreció a ejercer de voz crítica. La historia de Roberto se convirtió así en el tema de conversación principal de la pareja a la hora de la cena. Arturo apreciaba las injerencias de su mujer porque, aparte de descubrir otras perspectivas, ella las presentaba como sugerencias, respetando al cien por cien sus ideas. El retraso temporal para acabar su producción literaria tampoco era un hecho tan dramático porque, al fin y al cabo, su protagonista no iba a independizarse y desaparecer de repente. Bien podía esperar otro momento para seguir con su creación... o, por lo menos, eso pensaba.

Su tarea como padre le resultaba muy difícil a Jorge Alzúa. Era consciente de que tendría que dedicar mucho más tiempo a su hijo, que era lo único por lo cual merecía la pena seguir adelante en esta vida. Debido al fallecimiento de su madre al poco tiempo de nacer Roberto, el psicólogo que trataba a Paquita afirmó concluyentemente que jamás volvería a recuperarse. El golpe había sido demasiado duro para ella. Tuvieron que hacer un viaje relámpago a su tierra natal para darle sepultura y, a la vuelta, Jorge se dio cuenta de que su mujer se había convertido en una muerta viviente. Seguía ocupándose de las tareas de la casa y del cuidado básico del niño, pero la sangre ya no le corría por las venas y se movía como un autómata. Ante este panorama, Jorge se resignó porque la convivencia no se vio perturbada. Nunca discutían. Acostumbrados el uno al otro, los días discurrían dentro de una rutina no pactada, sino implícita. Jorge, también llamado "el vasco" por su apellido llamativo en el seno de este entorno mayoritariamente andaluz, era un hombre apacible cuyo carácter pacífico se hizo aún más obvio con el paso del tiempo. Mientras no le faltara de nada a su niño, nada podía alterar su talante y la gente del barrio le apreciaba por ello. Solo una vez, los vecinos del segundo asistieron a una salida de tono por su parte. Fue un veintidós de diciembre a la hora de la comida. Tras el golpe seco de la puerta de la calle, oyeron cómo subía las escaleras refunfuñando al son de sus pasos pesados, soltando un rosario de tacos donde abundaban los "mecagüen", los "putamadres" y "los joderes". Cuando, al cruzarse con él, le preguntaron qué le pasaba y si le podían ayudar en algo, les contestó que en el bar de la esquina donde acostumbraba tomar el aperitivo con los parroquianos, había tocado un cuarto premio de la Lotería de Navidad y que, para no incurrir en gastos innecesarios, se abstuvo de coger el décimo que todo el mundo había comprado.

"¿Os lo podéis creer? Por una vez, en mi puta vida, que tengo la suerte delante de mí, no soy capaz de aprovecharla y la dejo pasar como un gilipollas. Eso es lo que me ha tocado desde que nací, me cago en diez... habrá que seguir currando".

Aunque la cuantía del premio no representaba una fortuna, la verdad era que este dinero le hubiera venido de perlas para la educación de su chaval. Jorge lo tenía claro. Las oportunidades que él no había tenido, las tenía que tener Roberto y por ello se obsesionó con proporcionarle la mejor formación escolar posible. Así que, al final, no le quedó otro remedio que seguir trabajando como un burro, pasando más de diez horas al día en el taller para, poco a poco, ir ahorrando. Como sus planes para su hijo se orientaban hacia el bachillerato y, posteriormente, estudios universitarios, no le importó que se quedara en el barrio para cursar la escuela primaria. Roberto así se lo había pedido para no tener que separase de su amigo Miguelito. Huelga decir que los dos nunca se integraron en el conjunto de los alumnos del colegio, no porque los rechazaran, que también, sino, sobre todo, porque no sentían ni la más mínima necesidad. Juntos eran autosuficientes y cualquier intruso no hubiera hecho más que incordiar. Poco a poco ampliaron su terreno de exploración y, para evitar las miradas ajenas, empezaron a bajar hacia la zona del cementerio donde, detrás del muro que protegía las tumbas, descubrieron un descampado apartado del tránsito humano. El lugar les encantó porque tanto su ubicación como su topografía les ofrecía todo lo que necesitaban, desde un terreno de juego para dar libre curso a sus aventuras, hasta un refugio cuando las cosas se torcían con los otros chavales del barrio a la salida de clase. Ya en la segunda expedición de reconocimiento se encontraron con un hoyo que era lo suficientemente profundo para no ser vistos desde la distancia, incluso manteniéndose sentados o en cuclillas. Lo adoptaron por unanimidad y, sin tardar, procedieron a su inauguración con la promesa de nunca revelar a nadie su existencia. Era su secreto.

A finales de junio, cumplidos los doce años, llegó el día en que se terminó la escuela primaria y que iba a separar el destino de los dos amigos, por lo menos en su camino educativo. El padre de Roberto seguía obsesionado con una educación de primer nivel para su hijo y empezó a remover Roma con Santiago para conseguirlo. Durante sus horas de trabajo, ya había observado que su jefe hacía buenas migas con el director de un colegio que llevaba siempre su cochazo al taller para las revisiones. El trato entre los dos hombres era más que cordial, rozando la amistad. Un día, Jorge se enteró de casualidad, por una factura que se quedó encima de la mesa del despacho de su jefe cuando fue a entregar un informe sobre emisiones de gases, que se le aplicaban unos descuentos importantes. Este señor dirigía en aquel barrio un colegio concertado de prestigio, con enseñanza bilingüe en inglés, en el cual, según se comentaba, se habían graduado personas importantes del panorama empresarial y político de la sociedad actual. Jorge veía aquí su gran y única oportunidad. Tras darle muchas vueltas sobre la manera de abordar el tema con su patrón, un día se lio la manta a la cabeza y le comentó con voz temblorosa las grandes expectativas que tenía para su hijo y que su sueño solo se podría realizar si tuviese acceso a una educación de prestigio.

"Le cuento todo eso, señor Jiménez", que así se apellidaba el buen hombre, "porque he visto que Ud. mantiene una buena relación con el director del Colegio "Nuestra Señora del Rosario" y he pensado que, si estuviese en sus manos y no le importase, que Ud. intermediara para que, si fuera posible, admitieran a mi Roberto en ese templo de la sabiduría. Es un buen chico y estoy convencido de que no tendrán ni una queja de él."

El propietario del taller le contestó que necesitaba algún

tiempo para pensarlo y se retiró en su oficina dejando a su empleado en ascuas durante los dos días siguientes.

"Bueno, he hecho lo que podía", se decía Jorge para darse ánimo, "por lo menos lo habré intentado."

Al tercer día, seguramente tras unos tanteos iniciales sobre las posibilidades de éxito, pero, sobre todo, viendo en este asunto la oportunidad de sacar un gran provecho personal, Jiménez lo llamó a la oficina y le dijo:

"De acuerdo, voy a ver lo que puedo hacer por tu hijo, pero, como comprenderás, es un tema delicado a nivel de la legalidad, ya me entiendes. Así que tendrás que arrimar el hombro haciendo una buena cantidad de horas extras sin cobrar y ese dinero lo utilizaré para convencer a quien haga falta. El mundo funciona así, por desgracia nadie hace favores porque sí... como no haya un beneficio por medio, no hay nada que hacer."

Aún a sabiendas de que toda esta historia de sobornos era mentira y que su jefe se había inventado esta excusa para no quedar como un aprovechado, siendo él el único que quería sacar una buena tajada personal de todo este asunto, le contestó:

"No se preocupe, señor Jiménez, haré lo que Ud. mande, las horas que sean necesarias... faltaría más. Si quiere, empiezo hoy mismo."

Estas palabras fueron recibidas con mucho entusiasmo por parte de aquel oportunista que no dudó, ni un segundo, en sacar partido de esta propuesta para imponerle una sobrecarga de tres horas a partir del mismo día. Jorge se encontró, de este modo, aún más explotado que antes, pero le daba igual porque había conseguido su objetivo. Era lo único que verdaderamente le importaba. A finales del mes de julio, por fin llegó la buena noticia: Roberto había sido admitido en el colegio y, en septiembre, iba a empezar su educación y su calvario.

La adolescencia que tampoco aclara el porqué, pero quizás marque un inicio...

Roberto acogió la buena noticia con sentimientos encontrados. Por una parte, el hecho de poder formarse con la élite intelectual del país y, sobre todo, de cumplir el sueño de su padre, que no cabía dentro de sí de alegría, le llenaba de ilusión y orgullo, pero, debido a las experiencias negativas que había tenido hasta ahora con los chavales de su edad, temía que, una vez más, no iba a encajar en el entorno de sus nuevos compañeros. Y no se equivocaba. Desde el primer día se dio cuenta de que todas las chicas y chicos del colegio no tenían absolutamente nada que ver con él. Ni siquiera el uniforme podía disimular el abismo que había entre su realidad y la de los demás. Hablaban con un tono de voz muy raro, como si tuviesen un chicle demasiado grande en la boca y por ello, a menudo, no entendía lo que le decían.

"Este tío es un tarado", exclamaban con sorna, "no entiende nada de lo que se le dice."

"Hombre, claro, es que viene de otro barrio y el pobre no da más de sí... es un macarra, o sea... ¡a ver si te aseas un poco más... apestas!"

"Es lógico, en el barrio de donde viene las casas no tienen baño, así que imagínate..."

Las risas retumbaban en el patio y sólo la campana que anunciaba el final del recreo le devolvía la tranquilidad. En clase se encontraba a gusto porque los profesores imponían una disciplina férrea y nadie se atrevía a soltar el menor ruido. Roberto disfrutaba de este silencio porque le permitía concentrarse y seguir las explicaciones sin que nadie se metiera con él o, por lo menos, no de forma abierta. Podía oír de vez en cuando algunos cuchicheos que, con toda seguridad, le ponían a parir, pero como no entendía lo que decían, debido a esa pronunciación tan peculiar, no les hacía el menor caso.

A lo largo de los meses, la obsesiva atención que mantenía en clase debido a su aislamiento empezó a dar sus frutos. Su rendimiento mejoró considerablemente. Con gran sorpresa de sus profesores, y la suya propia, resultó que los estudios no se le daban nada mal y encima tuvo que admitir que disfrutaba aprendiendo. Al contrario que la mayoría de los estudiantes, los deberes no le parecían una tarea insufrible, es más, eran la excusa perfecta para retirarse en su diminuta habitación y evitar así el contacto con su madre. El director de la institución, para justificar la presencia de Roberto en el colegio, había contado al conjunto del profesorado que su caso era la puesta en práctica de un estudio sociológico sobre la capacidad de adaptación de niños provenientes de barrios humildes en un entorno educativo elitista. Nadie había oído hablar jamás de semejante proyecto, pero como lo afirmó la mayor instancia directiva, nadie tampoco lo puso en duda. Al cabo del tiempo y ante la evidencia de los logros académicos de Roberto, un grupo de profesores, los más progresistas, empezaron a pensar que la iniciativa iba a terminar con un éxito indiscutible y se proclamaron dispuestos a redactar informes favorables a la implantación de procedimientos parecidos para promover la igualdad de oportunidades en la sociedad. Solo que la demanda de tales informes nunca llegó desde la administración. Lo que sí se convirtió en realidad, era que algunos profesores apreciaban a aquel chico que se esforzaba cada día más para mejorar su rendimiento y la creciente estima era mutua. Roberto sentía espacial simpatía hacia su profesor de Lengua, Jaime Pérez, y el de Francés, un extranjero que solo venía de vez en cuando a dar clases extraescolares. Le parecían los más respetuosos, cariñosos y, sobre todo, los más ecuánimes. Trataban a todos los alumnos por igual sin que les importase la reputación o la relevancia social que podían tener sus progenitores. Sobre todo al señor Pérez le tenía el máximo respeto por su gran erudición. Era como una enciclopedia ambulante. En las clases de lectura cuando surgía una duda sobre el significado de tal u otra palabra, siempre conocía la respuesta. A veces decía:

"Creo que significa [...], pero, para estar seguros, vamos a comprobarlo."

Entonces se dirigía a la estantería, cogía un diccionario y al cabo de una corta consulta confirmaba lo que había dicho. ¿Quién lo hubiera dudado? Los alumnos se preguntaban si hacía el paripé del léxico por pura humildad o para enseñarles a utilizar los recursos cuando surgían dudas. La mayoría se inclinaba por ambas cosas. A Roberto le gustaban muchísimo las letras, las lenguas y, especialmente la historia. También eran las materias que mejor dominaba. Las otras asignaturas le costaban algo más, pero se inculcaba a sí mismo que, con un esfuerzo constante, también las sacaría adelante. Desgraciadamente, cuando las clases terminaban, volvían los acosos y las bromas pesadas. Roberto aguantaba estas agresiones verbales lo mejor posible e intentaba disimular con cara de póker lo mucho que todo aquello le molestaba. A veces también lo zarandeaban y lo empujaban de uno a otro, pero Roberto no se defendía. Era de constitución flaca como su padre y nunca se había enfrentado a nadie. La estrategia que había adoptado hasta entonces era de coger las de Villadiego y esconderse. Sin embargo, dentro de las cuatro paredes del colegio, esta táctica no funcionaba. Así que no oponía ninguna resistencia para no provocar el enfado de sus agresores y de esta manera evitar mayores altercados. Durante el primer año, su estratagema aún tenía cierto éxito y, por aburrimiento, los pendencieros, al rato, le dejaban en paz. Más adelante las cosas cambiaron. Un día, en el segundo curso, un chico llamado Pedro Cosido, que tenía el doble de muñequeras rojas y amarillas que los otros chicos y el nombre de España constantemente en la boca, repitiendo lo que oía en su casa, le interpeló durante el recreo de la mañana:

"Oye, tú, Roberto Alzúa, con este apellido seguro que eres vasco... ¿no serás un etarra de esos que matan a la gente honrada? ¿Qué haces aquí? ¿Por qué no vuelves a tu tierra y nos dejas en paz?, ¡vasco de mierda!"

Esta última exclamación se expandió como la pólvora y se convirtió instantáneamente en su nuevo apodo. Roberto no entendía nada. Había oído hablar de la tal ETA, pero nunca se imaginó que se le podía relacionar con ellos, siendo además un tema que en casa nunca se había tocado. Se quedó muy desconcertado. Por la noche, a la hora de la cena, abordó el asunto y les relató a sus padres lo que había ocurrido en el cole.

"Papá, si somos vascos, ¿por qué nos hemos ido de nuestra tierra? Seguramente que allí nadie se metería conmigo por ser quien soy y tener este apellido."

Nada más pronunciar estas palabras, en el rostro inexpresivo de su madre se pudo percibir un ligero rictus de crispación y una lágrima empezó a correr por su mejilla. Siempre le habían dicho que sus abuelos habían muerto al poco tiempo de su nacimiento, pero jamás le habían contado nada, ni de su pasado ni de su tierra. Siempre había sido un tabú inabordable.

"No te creas, hijo", contestó Jorge resignado, "las cosas no son fáciles en el País Vasco y te aseguro que sé de lo que hablo...".

A continuación, le explicó a su hijo la situación política de Euskadi y todo lo que su madre y él habían experimentado y sufrido cuando aún vivían allí. Roberto conoció así lo que era la organización terrorista ETA, los atentados que habían cometido originando tantísimo dolor y, por primera vez se enteró de qué calaña estaba hecho su tío Luis... Koldo, perdón... con quien habían cortado toda relación.

"Ves, hijo", le dijo su padre al llegar al final de su narración, "si nosotros nos hemos ido de nuestra tierra es porque no somos unos asesinos."

Esta última frase le hizo muchísima gracia a Roberto esforzándose por mantener una expresión seria, adaptada a este momento solemne. Si su padre supiera en lo que iba a convertirse su retoño, al buen hombre le daría un infarto al instante. No obstante, Jorge se quedó muy preocupado con el relato de los acosos escolares que le había hecho Roberto y llegó a la conclusión de que una cosa es no actuar como un matón y otra es ser un cobarde. Así que le propuso apuntarle a un curso de autodefensa basado en artes marciales para que, por lo menos, pudiera plantar cara si la situación lo requería. A Roberto la propuesta le pareció fabulosa. También se daba cuenta de que si quería ser un asesino fiable, tenía que empezar a tener los recursos necesarios y sin más demora se apuntó a un club de kárate de renombre, ubicado en otro barrio para mantener su actividad en secreto. Esta nueva experiencia le cautivó desde el primer día que pisó el tatami de entrenamiento y las dos tardes que acudía al club le llenaban de una satisfacción indescriptible. Como resultó no ser nada torpe en esta disciplina de las artes marciales, en seguida se ganó la atención de su maestro que, reconociéndole el talento, empezó a entrenarle con una dedicación especial. Gracias a este protagonismo, por primera vez en su vida se ganó la admiración de sus compañeros. De este modo comenzó el desarrollo de su autoestima.

A pesar de todas sus actividades, los deberes y el kárate, Roberto echaba mucho de menos a Miguelito cuando no estaba con él y especialmente en el colegio. Ni siquiera durante el recreo podía llamarle para mantener una charla reconfortante con su amigo, porque el pobre chaval no tenía móvil. El suyo, comparado con los teléfonos de última generación que ostentaban sus compañeros de clase, era un auténtico zapatófono, fuente de constantes burlas, pero, por lo menos, tenía uno. Los dos amigos suplieron esta carencia con el establecimiento de una rutina que consistía en quedar a la salida del colegio las tardes en que Roberto no iba a entrenarse y, por supuesto, todos los fines de semana, reuniéndose en su refugio del descampado. Pese a sus quince años recién cumplidos, fueron incontables las horas que los dos pasaron allí inventándose extraordinarias epopeyas que les permitían evadirse de su cruda realidad y que les otorgaban la oportunidad de intercambiar sus secretos durante los descansos de tantas batallas heroicas. Hablaban de todo. De sus experiencias en el cole o mejor dicho, de sus malas experiencias:
"Mira, Miguelito", le contó una vez Roberto, "allí donde estoy, aparte de las clases, todo es una mierda. Tú te crees que no hay ni un tío legal... todos hablan siempre de las cosas de lujo que poseen sus padres, que si el último modelo de Mercedes... que los caballos en la finca andaluza... que las vacaciones de esquí en Semana Santa y en países exóticos en verano... vamos, un auténtico coñazo. Y fíjate que hijos de puta son que me llaman vasco de mierda... y sólo por mi apellido, porque he nacido aquí en

Madrid como todos ellos, pero no... dale con el vasco de mierda."

"Es una putada, tío", le contestó Miguelito, "pero si te puede servir de consuelo, a mí me llaman la albóndiga con patas... qué gracia, ¿verdad? La semana pasada, un gilipollas que se cree especialmente chistoso, me puso unas hojas verdes en la cabeza y empezó a gritar: ¡Mirad, ha vuelto Naranjito! Bueno, no te cuento cómo se pusieron todos... pensé que a algunos les iba a dar un infarto de tanto reírse."

Juntos descubrieron el cuerpo femenino, primero a través de revistas, alucinando con el tamaño de las tetas que lucían las señoras, y más adelante por unas películas porno que encontraron en casa de Miguelito una tarde lluviosa cuando sus padres no estaban. Intercambiaron también sus recién experimentadas emociones sexuales comentándose mutuamente sus primeras pajas.

"Cómo me gustaría tener una polla tan grande como el actor de la peli", comentó Miguelito un día, "así, por lo menos, las tías no se me resistirían... Te imaginas, Naranjito con un pollón así..." y levantó las dos manos con una distancia de por lo menos treinta centímetros entre una y la otra.

"Menuda ocurrencia, Miguelito", le contestó Roberto entre risas, "a ti no te hace falta tener una polla de este tamaño para ligar. Lo harás por buena persona, ya lo verás."

"Tú crees... yo no... mírame... ¿quién va a querer acostarse con una bola de sebo? Creo que nunca probaré el sexo con una mujer."

"Calla, tonto, no seas tan pesimista..."

En aquel momento Roberto no sabía hasta qué punto su amigo había acertado en su pronóstico.

Un día, tumbados boca arriba en su agujero y

mirando las nubes pasar, empujadas por el aire del atardecer, Roberto le preguntó a Miguelito lo que quería ser de mayor.

"Camionero o conductor de autobús de línea", contestó sin dudar, "así por lo menos podría pirarme de toda esta mierda y encima me permitiría recorrer el mundo ganando pasta en vez de soltarla... ir allí... de donde vienen estas nubes, tío. Y encima, está a mi alcance... no se necesitan estudios superiores para hacerlo. ¿Y tú?"

"Pues yo lo tengo clarísimo... voy a ser asesino... pero no uno de estos famosos asesinos en serie sobre los que se escriben libros y se elucubran un montón de tonterías como por ejemplo Jack el Destripador o Charles Manson. Yo, seré un asesino en la oscuridad... anónimo... que no pillarán nunca. Mataré simplemente porque sí, a quien me dé la gana, empezando por los que me han hecho daño, supongo."

"Qué idea más rara, tío, ¿Cómo se te ha ocurrido una cosa así?", exclamó su amigo alucinando con lo que oía.

"Pues no lo sé, tronco, tengo la impresión de que siempre lo he sabido y no me preguntes por qué... no te lo podría decir. Simplemente lo tengo en la cabeza desde hace ya un montón de tiempo... está aquí anclado y no me suelta", le contestó apuntando a su cerebro con el dedo índice. "Lo único que sé, es que a veces por la noche, tengo sueños recurrentes. Me aparecen imágenes de asesinatos... me veo a mí mismo clavarle a una mujer totalmente desconocida un cuchillo en el corazón... justo aquí debajo de la teta izquierda y lo retuerzo en la herida hasta que su mirada suplicante se desvanece en la nada y expira su último aliento. En otra ocasión, le paso a un individuo, que tampoco conozco, una cuerda por la cabeza y empiezo a apretar observando cómo jadea hasta que deja de hacerlo. Después, al verlos muertos a mis pies, me siento eufórico, exultante. Lo sorprendente de todo esto es que, al despertarme, no me siento aterrorizado como si fueran pesadillas, todo lo contrario. Me siento tranquilo y lleno de vida. Incluso, durante el día, con plena consciencia, estas mismas imágenes vuelven a asaltar mi mente y, te lo creas o no, me siento sosegado y en paz conmigo mismo. Por eso te puedo decir con toda certeza, amigo Miguelito, que llegará el día en que voy a experimentarlo o, mejor dicho, en que necesitaré experimentarlo para gozar en la vida real de este subidón que me provoca matar en mis sueños y, de paso, sentirme realizado. Y también sé que aunque lo quisiera, no podré evitarlo... lo tengo en mi ADN."

"¡Qué flipe, colega! La verdad que eres un poco raro, pero eres un buen tío y me resulta difícil creer lo que me estás contando", replicó Miguelito sin apartar los ojos de las nubes. "Pero, ¿sabes lo que te digo?, me parece estupendo y, además, puedes contar conmigo... cada vez que necesites un apoyo o una coartada, te la daré... te lo juro."

"Gracias, amigo, lo tendré en cuenta," susurró Roberto y los dos chavales se quedaron en silencio contemplando el cielo.

El paso del tiempo no hizo más que fortalecer su amistad y los encuentros en el descampado no eran sólo una cita imprescindible, sino que se convirtieron también en una terapia que les permitía librarse de todas sus agresividades y frustraciones acumuladas durante los días en que no se veían. Ninguno de los dos se lo hubiera perdido por nada del mundo. No obstante, una tarde en que Roberto acudió al escondrijo con muchísimas ganas de ver a su amigo, se encontró con que Miguelito no estaba. Era raro porque siempre solía llegar antes por la proximidad de su colegio.

"Bueno, habrá tenido algún contratiempo", se decía y se

tumbó en el hoyo a esperarle.

Pero las horas pasaron sin que su amigo diera señales de vida. Al cabo de dos horas y media se levantó y se dirigió, con el corazón latiéndole aceleradamente en el pecho, hacia la casa de Miguel. Presentía que algo malo había ocurrido y, cuanto más se acercaba a su destino, más apretaba el paso. De repente, antes de llamar a la puerta de su casa, tuvo una corazonada y se adentró en el patio interior donde de niños habían construido sus infranqueables castillos. Efectivamente, allí, detrás de un coche encontró a su amigo tumbado boca abajo en el suelo sin moverse.

"Eh, tío, ¿qué te pasa? ¿Por qué no has venido?... Mírame..."

Al no responderle, le cogió del hombro con mucho cuidado y lentamente le dio la vuelta. Tenía la cara ensangrentada y dos enormes moratones, uno alrededor del ojo derecho y el otro en plena nariz. La sangre que le había brotado de las fosas nasales se había secado y había formado una costra violácea que le daba un aspecto dantesco.

"¡Me cagüen...!", exclamó Roberto cogiéndole suavemente la cabeza con las manos y dejándola en su regazo, "¿qué mal nacido te ha hecho eso?"

Miguelito se quedó callado y miraba a su salvador con ojos de profunda tristeza como implorándole que no insistiera. Pero fue en vano. Roberto lleno de rabia persistía en su afán de descubrir qué hijo de puta le había infligido tal paliza y, por fin, le dijo:

"Mi padre... se ha vuelto loco... iba a salir de casa cuando de repente se despertó de su letargo. Empezó a insultarme y tratarme de basura inmunda que no sirve para nada más que para incordiar y joderle la existencia. Como no le hice caso intentando pirarme a toda prisa, me atrapó del cuello y me soltó una bofetada que me tiró al suelo. A partir de allí, sin darme tiempo de protegerme, me cayó una lluvia de puñetazos... y ya ves cómo me ha dejado."

"No me lo puedo creer, ¡qué cabrón! Sabes lo que hacemos ahora, te vienes a mi casa y te quedas, por lo menos, hasta mañana y después ya veremos cómo lo solucionamos."

"No tío, te lo agradezco mucho, pero eso sólo empeoraría las cosas, de verdad. Tengo que volver a casa porque si no, le va a pasar lo mismo a mi madre. Te lo juro, no puedo más con toda esta mierda. Así, la vida no tiene sentido... mi madre es una buena mujer, pero es una puta y encima tonta del culo de aguantar a este gilipollas... mi padre es un drogata de mierda, soy un gordo inmundo y en el cole me confunden con un saco de boxeo... te lo juro que no aguanto más... menos mal que te tengo a ti, tío."

"No te preocupes, hermano, cuando pueda irme de casa, te llevaré conmigo y cuidaré de ti, te lo prometo. Nos lo pasaremos pipa, ya verás."

Al llegar al portal de la casa de Miguelito, los dos amigos se despidieron con un fuerte abrazo y la promesa de verse en el descampado la tarde siguiente. Roberto, el corazón roto, emprendió el camino a su casa con un sentimiento de desasosiego y de profundo malestar. Por la noche no pegó ojo, él que solía dormir como un tronco, y no hacía más que darle vueltas al asunto. También en el cole, al día siguiente, estaba muy nervioso y le fue imposible prestar atención en clase. Estaba ansioso por volver y encontrarse con su amigo del alma para que le contase lo que había pasado en su casa. Cuando por fin llegó la hora de salida del colegio, se marchó a toda prisa sin revisar si tenía todas sus cosas para poder hacer sus deberes y, en vez del autobús, cogió el metro para llegar antes al barrio. Al torcer en la bocacalle donde vivía Miguelito reparó en una pequeña aglomeración de gente delante de su portal. La madre de Miguel estaba sentada en la acera con cara desesperada, en medio de un coro de mujeres y no paraba de decir:

"No lo entiendo, es la primera vez que no vuelve a casa por la noche... no lo entiendo..."

Por una vecina que había acudido a presenciar la escena se enteró de que la madre llevaba buscando a Miguelito desde primera hora de la mañana, preguntando a todo el mundo si lo habían visto... que la noche anterior cuando volvió a casa el chico no estaba y que encontró un papel encima de la mesa con las palabras escritas en letras grandes: ¡TODO ES UNA PUTA MIERDA! A Roberto se le heló la sangre en sus venas y, temiendo lo peor, salió corriendo lo más rápidamente posible hacia el descampado. Cuando llegó al lugar de siempre, se asomó al hoyo y, por el nudo que se le puso en la garganta, el grito de angustia que brotó desde sus entrañas no consiguió traspasar la barrera de la laringe quedándose la boca abierta y los ojos inyectados en sangre como si fueran a salirse de las órbitas. Allí estaba Miguelito tumbado de espaldas, como lo solían hacer, pero esta vez, su mirada estaba totalmente inexpresiva. A su lado yacían dos cajas de somníferos que había mangado a su madre y un tetrabrik de vino tinto que ella solía beber. Se quedó petrificado contemplando este espectáculo dantesco. Al cabo de unos instantes, recobró su movilidad y saltó al hoyo. Con cuidado cogió la cabeza de su amigo, como ya lo había hecho la tarde anterior, pero esta vez le salió un buen chorro de líquido rojizo y pestilente de la boca. Era evidente que, debido al vino y los barbitúricos, había perdido la consciencia y que se había ahogado en su propio vómito.

"Qué has hecho, tío..." le decía en voz baja limpiándole la cara con su pañuelo, "te dije que te llevaría conmigo y que te protegería... me cago en la leche, me has dejado sólo."

Fácilmente se podía imaginar lo que había pasado después de su despedida ayer en el portal. Miguelito ya sabía lo que iba a hacer. Lo tenía todo planificado. Subió a casa y, no habiendo nadie, como de costumbre, se dirigió hacia la mesilla de noche de su madre, cogió las dos cajas de somníferos, luego en la cocina sacó el tetrabrik de vino del armario y, tal y como habían quedado, volvió al punto de encuentro en el descampado para, por última vez, no fallar a la cita con su mejor y único amigo.

Para Roberto el día del entierro fue el peor que había vivido hasta entonces. Acompañado de su padre fueron a pie desde casa al cementerio. El cielo estaba cubierto, el aire soplaba con fuerza y caía un sirimiri que empapaba hasta los huesos. Cuando llegaron al Cuartel 225 Manzana 55 Letra A que era el emplazamiento que había comprado la abuela de Miguelito en previsión de lo que pudiese pasar y que a partir de este momento se iba a convertir en su morada definitiva, sólo estaban presentes sus padres y un puñado de vecinas que habían acudido, más que por solidaridad con la pareja, por el morbo que representaba la estampa de sepultar a un suicida tan joven. El párroco había venido a regañadientes por tratarse de una muerte ocurrida en pecado mortal, pero como era el único cura del barrio, no pudo librarse del marrón. Roberto se sentía fatal y la presencia del padre de Miguel le revolvió las tripas. Por la rabia que se apoderó de él, y a pesar del frío, empezó a sudar desmesuradamente. Notaba como las gotas de su transpiración mezcladas con la lluvia le corrían por el cuello, bajando lentamente por la espalda. En un momento dado pensó que iba a perder el conocimiento y se agarró al brazo de su padre para no caerse. Su mente flotaba en la nada y le era imposible enterarse de lo que pasaba a su alrededor. La verdad es que, inconscientemente, lo agradecía porque, de este modo, no tenía que escuchar las chorradas que el cura decía de su amigo. Sólo se percató de que hablaba de un alma perdida, de un cordero extraviado errando sin rumbo, de un más que probable perdón de Dios en su eterno reposo y otras imbecilidades que el párroco atribuía a una persona que no había conocido y que, por su procedencia, nunca quiso conocer. Al recobrar la percepción de la realidad, Roberto se dio cuenta de que se había quedado solo con su padre que, conmovido por el dolor de su hijo, no quiso importunarle cuando la escasa comitiva emprendió el camino de casa.

"Ven, hijo", le dijo en un tono de voz condescendiente, "ya está... ya no se puede hacer nada... vámonos a casa... vas a coger una pulmonía."

"Déjame sólo, papá", le replicó, "quiero quedarme un ratito más con mi amigo... ahora voy. Estoy bien, no te preocupes."

Roberto se quedó mirando el sepulcro y tras un momento de vacilación se sentó en la lápida.

"Ahora sé dónde está tu casa, colega. Cuartel 225 Manzana 55 Letra A, no suena mal... nunca lo olvidaré... Aunque ahora estés del otro lado del muro, te prometo que seguiré acudiendo a nuestras citas por lo menos dos veces al mes... tan rápidamente no te libras de mí."

Encogido de hombros por la lluvia y el frío, se marchó a su casa con la sensación inequívoca de que algo esencial dentro de su alma se había roto y que su forma de ser iba a cambiar radicalmente de aquí en adelante.

La vida ya no era la misma para Roberto. Seguía yendo al colegio aplicándose a fondo en sus estudios para no hundirse e intentar mantener el buen nivel que había adquirido hasta entonces, pero su entorno se había vuelto aún más gris de lo que era antes. Los primeros meses, tras la muerte de Miguelito, se dedicó en cuerpo y alma al entrenamiento de kárate. El esfuerzo físico y el hecho de repartir patadas a diestra y siniestra contra los sacos de boxeo, le reconfortaba consigo mismo, le hacía sentirse bien y este sentimiento de satisfacción le incrementaba paulatinamente su autoestima. Por ello decidió acudir al club todas las tardes de la semana y poco a poco los efectos de tanto ejercicio empezaron a hacerse visibles en su fisionomía. Había pasado de ser el chaval enclenque del cual todos se mofaban a tener una presencia más que respetable. Debajo de su camiseta se podía vislumbrar un cuerpo atlético con músculos bien desarrollados, pero sin exageración: fuerte, pero no ridículo. Al cabo de unos meses parecía que se estaba reponiendo de la pérdida de su amigo y comenzó a dar paseos por el barrio, sin por ello dejar de acudir a sus citas con Miguelito en el cementerio. Era sagrado, y no se lo habría perdonado nunca de haber faltado a su palabra, aunque fuera una sola vez. Sus incursiones en la vida del barrio le permitieron con el tiempo conocer mejor a la gente, si no personalmente, por lo menos de cara. Con el tiempo sabía a qué se dedicaban, qué negocios llevaban y cuál era su rutina diaria. Los vecinos también se acostumbraron a verle caminar solo por las calles, sin su amigo, y poco a poco empezaron a saludarle, porque en el fondo sentían pena por él. Durante sus caminatas, frecuentemente se encontraba con una pandilla de cuatro chavales y dos chavalas que procedían del mismo colegio donde había estudiado Miguelito y, como Roberto sabía hasta qué punto se habían burlado de su amigo, los miraba con recelo y evitaba cruzarse con ellos en la misma acera para no caer en la tentación de corregirles a base de bofetadas. Evidentemente, ellos también sabían quién era y le miraban de reojo con sonrisas burlescas. No pocas veces podía discernir algún comentario como:

"Mírale, el colega de la albóndiga... qué pringao... claro, es el hijo de la loca, ¿qué se puede esperar de un tocao como éste?"

Aunque le hervía la sangre, se controlaba para no provocar un altercado que, sin duda, se volvería en su contra. Otra razón por la cual aguantaba su ira era que una de estas chicas le gustaba muchísimo. Miguelito le había contado en una ocasión durante sus momentos de confidencias en el descampado que había una chica que era la más guapa del colegio, que se llamaba Juncal Cifuentes y que ponía a todos los chicos cachondos. Decía que más de una vez se había hecho una paja pensando en ella. Más tarde, Roberto comprobó que tenía toda la razón del mundo. La tal Juncal era una rubia de bote que vestía siempre de chándal, cada día de un color diferente, colores llamativos, preferentemente azul claro, rosa fluorescente y blanco con rayas moradas a lo largo de los brazos y piernas. Su estilo representaba el prototipo de lo que se conoce despectivamente y con sorna como una "choni poligonera". Pero deslumbraba con su belleza. Tenía unos ojos marrones que enamoraban a primera vista y un tipazo que quitaba el hipo. En el grupo mandaba ella, sin duda alguna. La otra chica no era fea tampoco, pero era la segundona. Ya hubiera podido ser muchísimo más lista e inteligente que a los chicos de esta edad les importaba un rábano. Sólo hacían caso a lo que decía y dictaba la más guapa. Juncal se había percatado de que Roberto la miraba con ojos ávidos y aunque fingía la más absoluta indiferencia hacia su persona, siempre era la última en girar la cabeza para comprobar que seguía mirándola porque, a pesar de tratarse del hijo de la loca, le gustaba que se quedara hipnotizado a su paso.

Un día a finales de marzo, poco después de haber cumplido sus dieciséis años, Roberto se topó a solas con Juncal. Hacía un tiempo maravilloso. Uno de estos días soleados de finales de invierno, tan típicos de Madrid, cuando los primeros rayos empiezan a calentar la atmósfera. Volvía de su tradicional visita al cementerio, cruzó la calle y enfiló el camino del parque que daba acceso al barrio cuando la vio sentada en un banco como esperando a alguien. Dudó un momento de cómo comportarse, pero en seguida optó por la altivez y la mirada de desprecio al pasar delante de ella. Pero cuál fue su sorpresa cuando ella le interpeló:

"Oye, tío, si no me equivoco, tú vives en este barrio y eras el colega de la albóndiga, perdón, de Miguelito."

"Y a ti qué te importa..." reaccionó Roberto al oír que mentaba a su amigo.

"Tranquilo", replicó ella, "sé que vienes del cementerio y sólo te quería felicitar por tu fidelidad hacia él. Es muy bonito lo que haces. Esto es auténtica amistad y todo el resto son tonterías."

"Bueno, tú también sabes lo que es la amistad, sólo hay que ver cómo los chicos revolotean alrededor tuyo."

"Bah, estos no son amigos..." contestó Juncal haciéndole una señal con la mano para que se sentara a su lado, "son unos idiotas. Solo quieren una cosa. No te creas que les importo mucho. Ninguno de ellos me pregunta jamás cómo estoy y qué es lo que pienso de tal u otra cosa. Me dirigen la palabra para poder clavar sus miradas en mi escote y nada más. Por eso te estaba esperando, porque, visto la lealtad que demuestras hacia Miguelito, te quería conocer y hablar contigo. Ahora tengo que irme, pero si estás de acuerdo, podemos quedar aquí mismo otro día e intercambiar opiniones, me haría muchísima ilusión."

Roberto se quedó atónito y, aunque no se fiaba demasiado de la seriedad de esta propuesta, pensó que, en el fondo no arriesgaba más que un buen plantón, pero que quizá, por una vez en su vida, la suerte le sonreía. Así que quedaron para la semana siguiente. Fue una semana de por lo menos veinte días para Roberto. Las manillas del reloj se negaban a avanzar, sobre todo la pequeña, y una hora le parecía una eternidad. Cerca de la desesperación y un ataque de nervios, por fin llegó el día. Dos horas antes de la cita se puso a elegir la ropa que se iba a poner. Los vaqueros más nuevos y una camiseta apretada para marcar el contorno de su recién adquirida musculatura, pero el conjunto tenía que parecer natural, sin el más mínimo rastro de planificación. Justo antes de salir de casa le mangó a su padre tres buenas vaporizaciones de su colonia que sin duda le darían un toque de hombre más experimentado, agarró su chupa de piel de imitación y bajó las escaleras de dos en dos saltando por encima de los últimos cuatro peldaños para alcanzar el siguiente rellano con mayor celeridad. En la calle se serenó y se puso a caminar pausadamente dándose un aire chulesco característico de los chavales en estas ocasiones. Se sentía especial y, a pesar de ser perfectamente consciente de correr el riesgo de vivir el mayor chasco de su vida, le parecía que se iba a comer el mundo. Cuando llegó al parque vio desde lejos que en el banco de su gloria no había nadie. Lógico, llegaba con, por lo menos, un cuarto de hora de antelación. Se sentó, puso el brazo derecho sobre el respaldo y cruzó las piernas para disimular su nerviosismo. A los cinco minutos de cortesía femenina de la hora acordada, apareció la chica en la entrada al parque. Lucía un chándal amarillo con zapatillas blancas. Le saludó con los clásicos dos besos, se sentó a su lado y la sonrisa que le provocaba ver que el chico estaba hecho un flan puso al descubierto unos dientes blancos armónicamente distribuidos en su boca. El único detalle que empañaba su apariencia era que el tinte rubio de su pelo tenía ya algún tiempo y empezaban a vislumbrarse en su cuero cabelludo unas raíces negras que delineaban con claridad la raya separadora de los dos hemisferios de su cabeza. Roberto ni siquiera se percató del fallo. La chica le parecía magnifica. Se pusieron a hablar de mil cosas, intercambiaron impresiones de sus respectivos colegios y se confesaron mutuamente sus sueños de futuro. Estos encuentros se perpetuaron otras dos semanas más y todo indicaba que se estaba forjando una amistad sincera entre ellos. Nuestro chico se sentía por primera vez en su vida importante y acudió al cuarto encuentro con una inusual confianza en sí mismo. Todo seguía el mismo guion de siempre cuando de repente Juncal le preguntó:

"Oye, tú nunca has estado con una chica, ¿verdad?"

Después de la franqueza con la cual se habían contado sus experiencias, a Roberto no le importó confesar su condición de absoluto novato en la materia.

"No lo entiendo", replicó ella con una mímica de sorpresa algo exagerada, "no eres feo y tienes un cuerpo atlético."

Le agarró el brazo para destacar el bulto formado por el músculo bíceps que aparecía debajo de la camiseta y acto seguido empezó a pasarle la mano por el pecho con una expresión de admiración.

"Joder, tío, estás muy bien... da gusto tocar estos pectorales. Mira, vamos a hacer una cosa: busquemos un sitio más tranquilo y te enseño a besar. Pero no te confundas, no quiere decir que vamos a ser novios o, por lo menos, no de momento. Simplemente me caes bien y creo que te lo mereces."

Se levantó y le cogió de la mano. Para Roberto todo lo que le ocurría desde hacía diez minutos fue como pisar el paraíso y se dejó arrastrar sin plantearse nada más. Lo llevó por la primera calle que, saliendo del parque, se adentraba en el barrio y se metió a la derecha por la bocacalle que conducía al patio interior. Allí, al resguardo de los coches, lo empujó contra la pared debajo de los balcones fuera del alcance de la vista de los vecinos y se arrimó a él pegando sus labios contra los suyos. Estuvieron besándose un buen rato cuando de repente ella empezó a acariciarle suavemente la entrepierna con su mano derecha.

"Besas muy bien", le susurró al oído, "esto se merece algo más. Cierra los ojos y relájate, yo me encargo de todo."

Roberto que no sabía bien lo que le estaba pasando, notó que Juncal le estaba desabrochando con gestos expertos la hebilla del cinturón, los botones del vaquero y lentamente le bajó los pantalones y los calzoncillos. Estaba en un estado de éxtasis y bendecía su suerte cuando de repente ella se apartó bruscamente de él. Sin percatarse de lo que ocurría, se quedó desnudo de cintura para abajo, los pantalones en los tobillos, frente a los otros integrantes de la pandilla de Juncal que, móviles en mano, habían salido desde detrás de una furgoneta aparcada y le sacaban fotos que no tardarían en subir a las redes sociales. Las risas y los insultos atronaban en el interior del patio atrayendo la atención de los vecinos que comenzaron a asomarse por las ventanas. Instintivamente, Roberto intentó subirse los pantalones lo más rápidamente posible para minimizar el desastre, pero al darse cuenta de que era demasiado tarde, les gritó:

"¡Por lo menos yo empalmo... no como vosotros, pichas flojas!"

Si bien era verdad que su comentario enfrió durante un instante la euforia de los otros chicos, se dio cuenta de que la humillación alcanzaba tal magnitud que no le quedaba otra que salir corriendo, acompañado de risas, palabrotas y alguna piedra que le pasó rozando la cabeza.

Reponerse de este mal trago le costó varias semanas. Al volver del colegio se encerraba en su habitación y no paraba de reprocharse el haber sido tan ingenuo. Miguelito le había advertido.

"Lo que tiene de guapa, lo tiene de hija de puta... es una

asquerosa víbora," le había dicho más de una vez cuando hablaban de ella.

Y él, ni caso. El seductor irresistible, ¡no te fastidia! Cuanto más lo pensaba, menos podía creerse lo que había pasado. Maldecía el mundo, la gente, especialmente las mujeres, y su estupidez. Se juraba a sí mismo que no volvería a caer en una trampa como ésta... que ya había aprendido para el resto de su vida, pero en aquel momento aún no sabía que pronto iba a sufrir otro revés que le cambiaría definitivamente su existencia.

Todo ocurrió el lunes de la última semana del mes de mayo. Pedro Cosido llegó al colegio aquella mañana de muy malas pulgas y profundamente herido en su dignidad. La noche anterior el Real Madrid había perdido su partido de liga contra la Real Sociedad con un resultado inapelable de uno a cuatro, y en su propio estadio para más *inri*, lo que significó para los hinchas incondicionales como él una humillación sin precedente, rozando el cataclismo nacional. Pedro era uno de estos ciudadanos de destacado sentimiento nacionalista, herencia de una larga tradición familiar cuya vida gira exclusivamente alrededor de los negocios de cualquier índole, siempre y cuando permiten mantener el alto nivel de poder adquisitivo inherente a su estatus social, en el aspecto profesional, y los toros, la caza y, evidentemente, el fútbol como entretenimientos de ocio. Los estudios, sin embargo, no eran lo suyo. Era extremadamente vago y también, hay que decirlo, bastante duro de mollera. El conjunto de estas dos facetas de su carácter era el cóctel perfecto para suspender en todas las asignaturas, excepto en Educación Física. No obstante, no era un asunto que le preocupaba en demasía. Sabía que, a la edad de incorporarse a la vida laboral, su futuro estaba perfectamente resuelto con un puesto de responsabilidad y sueldo opulento en la empresa de construcción de su padre que floreció de forma milagrosa en los primeros años del boom inmobiliario. Su ignorancia en la gestión de una empresa importante y su incapacidad a la hora de tomar las decisiones adecuadas tampoco representaban un inconveniente porque, para eso, existían los asesores que, cobrando muchísimo menos, le resolverían la papeleta. Lo mismo le ocurría con su expediente académico. Cuando se acercaba el final de curso, luciendo un promedio insuficiente en todas las materias, su padre arreglaba el asunto gracias a su amistad con el director de la institución forjada a lo largo de inolvidables fines de semana de caza en hoteles de lujo, destinados a dicha actividad, con todos los costes pagados. Dos semanas antes de la redacción de los informes finales, el jefe reunía a sus profesores en su despacho y les sugería, con magna insistencia, preparar para Pedro una recuperación benevolente que permitiera darle la oportunidad de aprobar el año con todas las garantías administrativas. A pesar de la repulsión que este asunto les producía, por representar un grave atropello a su ética profesional, a los profesores no les quedaba otro remedio que acatar la orden. El resultado final de todo este secreto a gritos constaba en un informe bastante aceptable para el chaval que, lejos de actuar con la discreción que un chanchullo tan vergonzoso hubiera requerido, se iba jactando a todas voces por los pasillos del colegio de sus éxitos académicos. Lo peor de toda esta farsa consistía en el hecho de que Pedro era el único de toda la institución en creer de verdad que lo había conseguido gracias a sus propios méritos.

Las preocupaciones de Roberto Alzúa aquella fatídica mañana no eran, en absoluto, de las mismas características que las de su compañero de clase. Durante todo el fin de semana luchó por resolver una ecuación matemática que se le resistía. No hubo forma de encontrar la solución. Así que, a la hora del recreo, se dirigió en la biblioteca a Beatriz Arias, la alumna más docta en esta asignatura como, de hecho, en todas las demás, para pedirle ayuda. Bea, chica guapísima de cabello largo, negro azabache, mirada profunda y sonrisa embriagadora, era una persona afable y con menos prejuicios que los demás pupilos, por lo cual no tuvo ningún inconveniente en explicárselo. Roberto se sentó a su lado prestando toda su atención a las aclaraciones y cuando captó la clave que permitía resolver el problema, instintivamente asestó un golpe sonoro con la mano abierta sobre la mesa exclamando admirativamente:

"¡Joder, tía, la madre que te parió, qué buena eres!"

El ruido que interrumpió el silencio de la sala llamó la atención de los demás asistentes y el episodio no tardó en recorrer todo el colegio hasta llegar, con una interpretación más que dudosa, a los oídos de Pedro, colado por la niña en cuestión desde la primera vez que la vio. La ira de los celos se apoderó de él y, ante la imposibilidad de actuar inmediatamente, debido al resonar de la campana anunciando la vuelta a clase, juró solemnemente que este asunto no quedaría sin su merecido castigo. Incluso durante la clase no se cortó en anunciar a su contrincante sus intenciones de forma inequívoca girando la cabeza hacia él y moviendo repetidas veces los dedos índice y corazón desde sus ojos en dirección a los suyos para dejar claro que le tenía en el punto de mira. Lejos de amedrentarse, Roberto, sonriendo sarcásticamente, le respondió con una peineta y un movimiento de cabeza desafiante. La confrontación estaba servida. A la hora de la comida Pedro recurrió a sus tres acólitos incondicionales para unir fuerzas. Teófilo era su mejor amigo y el más adulador. Apoyaba, a falta de criterio propio, todo lo que decía el jefe de la banda, le reía las gracias, buenas o malas, e incluso se parecía a él físicamente. Ambos tenían la misma altura, el mismo corte de pelo con unos rizos discretos y, sobre todo, la misma sonrisa forzada que destapaba los dientes delanteros superiores de tal manera que parecía imposible que consiguieran en algún momento volver a bajar el labio para taparlos. Juan Mari era el más bajito y escuchimizado de los cuatro. Tenía una cara que provocaba estupor por su falta de todo tipo de expresión anímica. Se comentaba que nadie le había visto jamás los dientes debido a la ausencia más absoluta de movilidad en los labios cuando hablaba. Los sonidos salían de una rendija tan fina que parecía mentira que se pudiera entender lo que decía. Cuando sonreía su rostro se transformaba en un rictus crispado que provocaba unas arrugas tirantes justo debajo de sus ojos aguileños y resultaba casi imposible saber si reflejaba alegría o dolor. No obstante, arropado por sus amigos poderosos se sentía el ser más valiente de la tierra y, animado por un ego sin igual, desafiaba a sus contrincantes como nadie. Marcelo era el cuarto integrante de la banda, sin duda el más tímido y templado de todos. Su aspecto era de niño bueno, peinado con una raya bien definida a la izquierda y los rizos cuidadosamente disimulados por un buen puñado de fijador de pelo que le hacía parecer un monaguillo de misa del domingo. Al hablar le salía como un ligero silbido de entre los dientes que subrayaba aún más su imagen de ser inofensivo. Cuando Roberto apareció en el patio después de comer, los cuatro guerreros empezaron a rodearle con actitud amenazante. Por la izquierda se habían juntado Pedro y Teófilo con su sempiterna sonrisa hipócrita. Si una de estas sonrisas resultaba ya sumamente empalagosa, las dos juntas directamente insufribles. Juan Mari y Mariano se ocuparon de cubrir el flanco derecho.

"Eh, Alzúa, vasco de mierda, qué suerte habéis tenido

ayer. Lo habrás festejado a tope como etarra e independentista que eres, cabrón", gritó Pedro sin ningún ademán de disimular sus propósitos.

"¿De qué me hablas, imbécil?", contestó Roberto que sinceramente no lo sabía puesto que nunca le había interesado el fútbol.

"Ah, claro, sólo te interesa la pelota vasca. Menuda porquería de deporte. Hay que ser un tarado integral para disfrutar aplastando pelotas contra una pared." Los cuatro compinches se acercaron de golpe y empezaron a zarandearle cada vez con mayor violencia. Roberto intentó zafarse de la encerrona para procurar evitar el altercado, pero a cada tentativa le bloqueaban la salida del círculo agarrándose de los brazos.

"¿Qué pasa, pelotari sin pelotas …", la broma provocó una carcajada ridícula y desmesurada en los tres súbditos de Pedro, "¿por qué acosas a las chicas de la clase? ¿Quién crees que eres … Brad Pitt?"

"Si no he hecho nada, tonto'l culo. Sólo le he pedido a Bea ayuda para resolver un problema matemático, cosa que, a ti, zoquete, nunca se te hubiera ocurrido".

"No es lo que nos han contado. Todos sabemos cómo las gastas con tus sucias manos, sobón asqueroso. Vamos a tener que darte una buena paliza para que aprendas, de una puta vez, a comportarte."

Pedro levantó el brazo con la firme intención de propinarle un puñetazo, pero antes de que pudiera terminar su gesto, Roberto ya le había arreado, en un abrir y cerrar de ojos, dos golpes certeros en plena cara, primero con la izquierda y luego con la derecha en el más puro estilo karateca. Pedro se quedó atónito y sin capacidad de movimiento, hasta que afloró en su rostro un dolor inaguantable y se llevó las manos a la nariz para frenar el chorro de sangre que manaba de ella. Al mismo tiempo, Roberto se giró media vuelta sobre su propio eje y, levantando la pierna, descargó una patada en el pecho de Teófilo con tal fuerza que cayó de espaldas a un metro de donde estaba y con los ojos abiertos de par en par jadeando a gran velocidad para intentar recuperar la respiración. No había transcurrido ni un segundo cuando a Marcelo le alcanzó un golpe en el cuello ejecutado con el canto de la mano. Las gafas volaron a dos metros y al nublársele la vista del mareo que le dio, tuvo que sentarse en el suelo para no caerse redondo. Acto seguido, Roberto se acercó a Juan Mari cuya valentía se había esfumado por completo, le cogió de la camiseta a la altura del cuello, lo atrajo hacia él dejando sólo unos pocos centímetros entre sus dos caras y le dijo:

"A ver, canijo, si no quieres que averigüe a puñetazos la existencia de dientes en boca, sal pitando de aquí y desaparece de mi vista."

No hizo falta repetir la orden. El chaval se puso a correr como nadie le hubiera creído capaz, desapareció en el interior del edificio sin mirar atrás y, sabiendo que su grupito gozaba de un trato privilegiado en las altas esferas del colegio, se fue directamente al despacho del director para chivarse, con su propia versión de lo ocurrido.

Este asunto armó un inmenso revuelo en toda la institución. Nunca se había visto tal trifulca en todos sus años de existencia y nadie puso en duda jamás la culpabilidad de Roberto. El director, que al día siguiente tenía asuntos que solventar fuera de Madrid, delegó la resolución del problema a Kieran Gordon, el jefe del departamento de las asignaturas inglesas, con instrucciones inequívocas sobre el resultado de la investigación. Gordon disfrutaba con este tipo de encargos porque le hacía sentirse importante. Era un individuo repulsivo. Británico afincado en España desde hacía más de veinte años, casado con una española, nunca se adaptó a las costumbres de su país de acogida. Es más; no hacía otra cosa, a lo largo del día, que quejarse de la manera de vivir de la gente que le rodeaba, comportamientos que tachaba constantemente de "stupid", incluyendo los de su propia esposa. No hizo nunca el esfuerzo de aprender el idioma correctamente puesto que, marcado por el típico sentimiento de superioridad que suelen experimentar los ingleses cuando se encuentran en el extranjero, con tal de hablar la "maravillosa lengua universal del Imperio" le bastaba y, eran los demás quienes tenían que amoldarse a su situación... ¡faltaría más! La gente que le conocía desde hacía tiempo afirmaba incluso que cuantos más años llevaba en España peor se expresaba. Su aspecto era grotesco. Aunque un palurdo amorfo se vista con un traje caro, ni con la mejor voluntad del mundo consigue disimular su falta de elegancia, pero si el atuendo en cuestión es una prenda barata comprada en las rebajas de unos famosos almacenes londinenses, el resultado es directamente dantesco. La chaqueta le colgaba como un saco de los hombros y los pantalones le quedaban demasiado grandes, formando unas arrugas en la entrepierna que podían llevar a confusión. Por encima de una corbata de pésimo gusto, sobresalía una cabeza enorme, coronada con una amplia frente que empezaba a cubrirse de pelos bien avanzado el cráneo y, para colmo, sobre una nariz, llena de venitas rojas, tenía un ojo a la virulé que despistaba a cualquier interlocutor porque nunca se sabía con precisión en qué dirección miraba. Por la mañana, cuando llegaba al colegio, deambulaba con estas pintas por los pasillos, maletín en mano, y se encerraba en su despacho durante todo el día sin que nadie supiera exactamente lo que estaba haciendo. Siempre se quejaba de tener una sobrecarga de trabajo, pero durante todo el tiempo que llevaba como empleado en la institución, nadie recordaba jamás haber tenido conocimiento de que hubiese presentado algún proyecto productivo. No obstante, él sí que se jactaba de sus logros laborales inexistentes y, por encima de todo, se sentía muy orgulloso de representar el departamento de enseñanza que dependía exclusivamente del sistema educativo británico. Según su punto de vista era la mejor enseñanza del mundo por su destacado aspecto práctico y su avanzada pedagogía, al contrario que "el obsoleto y ridículo sistema español en el cual solo se aprenden los contenidos de memoria y nada más", como despotricaba hasta la saciedad faltando con desfachatez al respeto de sus compañeros peninsulares. También defendía a ultranza a sus profesores ingleses, unos jovencitos, chicos y chicas, recién salidos de la universidad, sin ninguna experiencia laboral, que, para realzar el lado práctico y divertido de sus clases, intentaban transmitir la materia sentados con las piernas cruzadas encima de la mesa o adoptando otras posturas dudosas para parecer más "guay" ante los adolescentes. Lo importante no era tener buenos conocimientos de la materia que impartían, sino aparentarlo. Así, para disimular sus carencias, organizaban unas clases divertidas con múltiples juegos para que los chavales se lo pasaran bien sin hacer preguntas comprometidas. Afirmaban que de este modo los alumnos aprendían sin esfuerzo. Sin embargo, los resultados que obtenían al final de curso nunca eran mejores que los del departamento español y eso, a pesar de tener unos criterios de valoración mucho más permisivos. De hecho, ellos mismos, cuando se juntaban con los demás profesores en la sala de recreo, al conversar sobre cualquier tema, hacían prueba de tal falta de cultura y conocimientos generales que resultaba difícil creer que habían estudiado en una universidad de calidad. Sólo unos pocos se salvaban de esta penuria y Gordon no era precisamente uno de ellos.

En fin, ante estas deficiencias tan evidentes, tanto su contratación como su permanencia en el puesto eran un misterio. Debía tener muy buenos contactos, si no era imposible encontrar una explicación plausible. Cuando Roberto se presentó en su despacho la misma tarde de la pelea, Kieran Gordon se recostó en su butaca y echó la cabeza para atrás dejando bien claro, a pesar de su falta de puntería con el ojo izquierdo, que le estaba mirando de arriba abajo marcando su estatus de autoridad.

"Siéntate en el silla, Alzúa", ordenó con su marcado acento inglés. "Ha oído que has provocado un grande pelea en la patio y que has pegado con mucho fuerza unos buenos chicos. ¿Qué ha pasado, te has vuelto completamente loca o what? ¡Es una escándalo que aquí no estamos disponido de tolerar!" atacó su discurso en un tono artificialmente grave.

Por la actitud que adoptó en aquel momento, quedaba claro que, siguiendo al pie de la letra las instrucciones de su superior y, sobre todo, para evitar tener que enfrentarse a unos padres poderosos, el veredicto sobre el asunto ya estaba escrito. No obstante, aprovechando la pausa que marcó Gordon para poder saborear mejor su omnipotencia, Roberto intentó intervenir para ofrecer su versión de lo ocurrido. Pero su verdugo le interrumpió pegando un puñetazo encima del escritorio y le gritó que ni se le pasara por la mente abrir "la pico"... que se notaba que era barriobajero porque no tenía modales y que era tan grosero como maleducado. También le refregó que era un malagradecido teniendo en cuenta la oportunidad que se le brindó de poder estudiar en un colegio de tanto prestigio... que solo los tontos desaprovecharían una ocasión como esta y que, en definitiva, desde que le vio por primera vez, supo, sin la más mínima duda, que el proyecto no iba a salir bien porque él era muy perspicaz y se percató en seguida, por su aspecto, de que era un zoquete y un inútil. Si fuera de su incumbencia, le echaría ahora mismo a la puta calle, pero que desgraciadamente había que seguir un protocolo y que, para poder ejecutar la expulsión, necesitaban un informe psicológico.

La persona encargada de redactar dicho informe era la señora Cristiana Gastelu, psicóloga oficial del colegio desde hacía más de veinte años. Era una mujer de unos cincuenta y tantos años, flaca y más bien bajita. Tenía el pelo lacio que le caía sin gracia recto sobre los hombros desde una raya bien definida a la derecha de la cabeza. En su cara predominaba una nariz aguileña que, por su protagonismo, le anulaba cualquier posible aspecto atractivo. Incluso, parecía aumentar de tamaño cuando se ponía de perfil. Se rumoreaba que en los años ochenta, durante la movida madrileña, había tenido su época de esplendor viviendo "a tope" todas las facetas de la vida nocturna que ofrecían los barrios más enrollados de la capital a nivel cultural, musical, bares de ambiente y drogas. De allí le quedaba una forma chulesca de afrontar la vida que se esforzó en mantener viva a lo largo del tiempo para seguir aparentando ser joven de espíritu. Realzaba esta faceta de su personalidad especialmente en su manera de expresarse y en la forma de vestir. Siempre llevaba una blusa ancha o una camisa a cuadros de algodón grueso al estilo alternativo, pero sin exageración, y unos vaqueros holgados sujetos a la altura de la cadera con un cinturón de unos cuatro centímetros de ancho y hebilla prominente. Al hablar le gustaba trufar sus frases con las palabras cheli, de moda en los años ochenta y noventa, cuyo uso adoptaba con mayor esmero e intencionalidad a la hora de dirigirse a los alumnos para dar la impresión de estar en la misma "onda" que ellos. De hecho, cuando había que solucionar situaciones conflictivas, intentaba apaciguar la tensión que reinaba en el ambiente con su frase favorita, "de buen rollito, chavales", que acompañaba con un gesto de la mano girando repetidas veces la muñeca de derecha a izquierda con el pulgar y el menique levantado. La exagerada reiteración de este gesto provocó en los alumnos un sentimiento de vergüenza ajena, por lo ridículo que resultaba de cara a afrontar problemas serios, y pronto lo adoptaron para burlarse de ella a sus espaldas murmurando irónicamente: "De buen rollito... de buen rollito...". Vivía sola y a lo largo de todos sus años en el colegio no se le conoció jamás un amigo destacado ni muchísimo menos un novio formal, lo que despertó en las chavalas de los últimos cursos, más perspicaces o malpensadas que los chicos, múltiples elucubraciones sobre su orientación sexual. Pero la verdad nunca llegó a conocerse. A nivel laboral, Cristiana Gastelu seguía al pie de la letra la ley del mínimo esfuerzo. El trabajo y la dedicación no eran lo suyo. No tenía ningún tipo de protocolo de actuación establecido para tratar con los alumnos necesitados de apoyo psicológico. Cuando su intervención se hacía imprescindible, los citaba individualmente en su despacho, charlaba con ellos durante un máximo de quince minutos fingiendo tomar notas en un cuaderno y acto seguido transmitía oralmente los pocos resultados que había obtenido al profesor implicado. Sólo redactaba un informe oficial por escrito cuando se le pedía formalmente por orden del director. Incluso en estos casos no se esmeraba mucho. Apuntaba dos o tres frases de contenido muy difuso sobre un trozo de papel y añadía unas recomendaciones que se sacaba de la manga sin ningún rigor científico. En los años de crisis económica su situación laboral en el colegio empeoró sustancialmente porque su puesto de psicóloga en exclusiva no resultaba rentable. Como se jactaba de ser una persona bastante leída, la dirección del instituto, para completar su horario, le obligó a impartir clases de Literatura Contemporánea a pesar de carecer de formación en esta materia. Entonces, para no matarse preparando el curso, organizó sus lecciones mandando a los chavales leer el texto del libro de enseñanza en voz alta y al final de cada tema les planteaba la pregunta clave: "¿Lo habéis entendido?" Si a un alumno se le ocurría responder que no había captado bien el contenido, sin esconder su fastidio, se lo volvía a repetir utilizando exactamente las mismas palabras que aparecían en el texto, pero variando la entonación de la voz, poniendo especial énfasis en tal u otro enunciado, para que pareciese una explicación suya. Evidentemente, el chaval se quedaba igual que antes, pero, temiendo un buen rapapolvo, no se atrevía a reiterar sus dudas. Asunto zanjado. No obstante, con el auge de la demanda de plazas en los colegios concertados al terminar la crisis y el incremento de financiación que eso conllevaba, Cristiana, cansada de tantas clases de Literatura y exámenes que corregir, se propuso aprovechar la coyuntura y recuperar, costara lo que costara, su puesto de psicóloga a tiempo completo. Así, se convirtió en la maestra de la adulación. A diario aprovechaba sus horas libres para intentar colarse, con cualquier excusa, en el despacho del director y ofrecerle todo género de colaboraciones encubiertas, con el fin de ayudarle a resolver asuntos delicados, incluso si la tarea implicaba pasar por encima de sus propios compañeros y actuar como chivata. Al cabo de cierto tiempo, lo consiguió porque este tipo de gente rastrera nunca le sobra a un jefe.

Cuando Roberto abandonó, vapuleado y profundamente humillado, el despacho de Gordon, la señora Gastelu ya le estaba esperando en el pasillo y lo llevó con cara seria a su oficina. Era un sitio oscuro y lúgubre, amueblado parcamente con un escritorio cutre de Ikea, tres sillas alrededor, estanterías de media altura llenas de clasificadores vacíos luciendo el título de "informes psicológicos" en el dorso y algunas novelas clásicas de la literatura española esparcidas aleatoriamente. La decoración reflejaba perfectamente la esencia de su inquilina. Las paredes estaban repletas de pósteres de grupos musicales y teatrales de la movida, Nacha Pop, Los Secretos, La Mandrágora, los carteles de las primeras películas de Almodóvar, Entre Tinieblas, La Ley Del Deseo y algunos más, nostalgia de la época en la que aún tenía ideales y convicciones que en la actualidad se habían esfumado totalmente. Le invitó a sentarse y, para quedar bien ante sus ojos, empezó diciendo:

"Siento mucho lo que te ha pasado, Alzúa. Yo sé que no ha sido tu culpa... que te han provocado, pero me temo que nadie nos lo va a creer..."

Roberto se quedó callado porque sabía de qué pie cojeaba la buena señora y no tenía ninguna duda de que no haría absolutamente nada para ayudarle. Estaba sentenciado y punto. Y no se equivocó. La psicóloga siguió con su arenga, sermoneando que los seres humanos tienen que saber dominar sus impulsos en todas las circunstancias de la vida... que el uso de la violencia nunca es justificable en una sociedad decente, sobre todo cuando el adversario es más débil... que para una convivencia armoniosa entre la gente de bien todos tienen que atenerse a las normas establecidas y bla, bla, bla. Quince minutos más tarde, terminó su monólogo con la frase magistral que resume a la perfección la falta de voluntad de pringarse con cualquier asunto que a uno no le incumbe:

"En fin, chaval, es lo que hay..., pero no te preocupes, todo saldrá bien".

Lo despidió con unas palmaditas compasivas en el hombro

y dándole el recado de secretaría que tenía que presentarse, sin falta, a la mañana siguiente para recoger su expediente académico. Apenas había cerrado la puerta, se dispuso instantáneamente a redactar un informe exhaustivo porque este caso sí que era un asunto relevante con el cual podía lucirse ante sus superiores. El contenido era demoledor: Caracterizaba a Roberto como un chico con trastorno mental debido a una carencia de afecto en su casa; lo tachaba de violento e imprevisible en sus actos; un ser salvaje con brotes psicóticos que le impedían integrarse en una comunidad decente; en fin, un peligro para la sociedad. Una hora más tarde, satisfecha de su trabajo y sin remordimiento alguno, entregó el informe a Kieran Gordon y los dos se congratularon de haber resuelto este marrón con tanta eficacia y prontitud. Sin duda, el director iba a estar orgulloso de ellos.

Al salir del colegio aquella tarde, antes de que terminara la última lección e intentando pasar desapercibido, Roberto se topó en la puerta de salida con Bea Arias. Instintivamente, se puso a la defensiva:

"¿Qué... vienes a burlarte de mí? ¡Cómo corren las voces cuando expulsan al apestado...!"

Pero, para su sorpresa, la chica le replicó:

"Calla, bobo, no estoy aquí para eso, sino todo lo contrario. Me he saltado la última clase para decirte que siento mucho lo que te ha pasado y lamento que hayas tenido que padecer tal injusticia por culpa de una pandilla de pijos desalmados como son la mayoría de todos los que estudian aquí. Quiero que sepas que siempre me has parecido un tío legal y que te aprecio mucho."

Se acercó a él y le dio un abrazo sincero y afectuoso. Roberto que no supo cómo reaccionar, se quedó tieso como el palo de una escoba. Sentía cómo su olfato se llenaba de su olor, una fragancia suave y dulce de jovencita adolescente mezclado con un ligero toque a colonia cara, de gusto exquisito, que le dejó embriagado y le colmó de bienestar. Cuando se apartó, le dijo:

"Hasta luego, Roberto, te deseo lo mejor del mundo e intenta animarte, que la vida da muchas vueltas."

"Muchas gracias, Bea, también te deseo mucha suerte, pero hazme un favor y prométeme que nunca te vas a enrollar con el imbécil de Cosido. Eres demasiado lista para aguantar a un felón de esta calaña".

"Descuida, esto jamás ocurrirá".

La chica se dio la vuelta y, sin mirar atrás, desapareció en el interior del edificio. Roberto se quedó perplejo ante este acontecimiento que ni en los sueños más fantasiosos se hubiera atrevido a imaginar. Cuando recuperó el sentido de la realidad, se dio cuenta de que algo había cambiado en su interior. A pesar del día tan surrealista que acababa de pasar, ya no veía las cosas tan negras. Emprendió el camino a casa a pie para tener tiempo de reflexionar y analizar, en profundidad, todos los aspectos de su desdicha. Lo que ante todo le carcomía era la previsible reacción de su padre que, sacrificando una gran parte de su bienestar, había puesto todas sus esperanzas en su educación. Y lo peor era que, por su culpa, todo este asunto podía repercutir negativamente en su vida y hacerle perder el empleo por la comprometida implicación de su jefe, el señor Jiménez. Seguro que se iba a pillar un berrinche y echarle una reprimenda monumental. Primero barajó inventarse una mentira para aparecer aún más víctima de lo que ya era. Sin embargo, cuantas más historias se montaba en su cabeza, más se daba cuenta de que ninguna de ellas superaba la realidad. Al final, decidió que lo más sensato era contar los hechos tal y como se habían desarrollado y sin añadiduras. Mientras caminaba por las calles de la ciudad repletas de gente, también aprovechó para repasar su situación personal. Visto el rumbo que habían cogido los acontecimientos, decidió que había llegado el momento de dar rienda suelta a sus instintos y llevar a cabo su auténtico cometido en la vida. Inmerso en sus pensamientos, se encontró casi sin darse cuenta delante del portal de su casa y, con el corazón pesado, emprendió el ascenso hacia la tercera planta. Como de costumbre, su madre estaba sentada delante de la tele y su padre aún no había llegado a casa. Con un escueto: "Hola, mamá, voy a hacer los deberes... llámame para cenar cuando llegue papá", se encerró en su habitación y se tumbó boca arriba encima de la cama. Era preciso relajarse e intentar encontrar el sosiego necesario para poder afrontar la conversación que se aproximaba inexorablemente. Llegado el momento, se sentó en la mesa y justo después del postre contó lo ocurrido con una serenidad pasmosa. Mientras que en los ojos perdidos de su madre brotaron unas cuantas lágrimas, Jorge mantenía la mirada serena y escuchaba sin interrumpirle hasta que llegó al final del relato. Entonces, se recostó en su silla y le dijo con absoluta templanza:

"Hijo, no voy a poner en duda lo que me has contado porque sé que en circunstancias como éstas, nunca me mentirías. Para eso, eres demasiado noble. Las cosas han ocurrido así y ya no se puede volver atrás. Sabes, Roberto, en el fondo, estoy muy orgulloso de ti de haberles plantado cara a estos mocosos engreídos y te felicito por haberles dado su merecido. Pero, desgraciadamente, desde el principio de la existencia del hombre, la historia siempre se repite y nunca cambiará. El dueño del mundo es el dinero y aquellos que lo tienen, son los que cortan el bacalao... y no hay más tutía. Aprende bien esta lección, hijo. Yo mismo pensaba que quizás en esta ocasión la suerte podía sonreírnos. Pero no, nosotros, los pobres, estamos condenados y si intentamos levantar cabeza, los ricos se encargan de aplastárnosla con toda su artillería. Siento que lo hayas tenido que sufrir de este modo en tus propias carnes. Ahora, no sirve para nada lamentarnos y hay que mirar para adelante. Anímate, ya encontraremos otra solución. Otro día hablaremos de tu futuro. Por hoy tenemos bastante", y, diciendo eso, le apretó el hombro con la mano, seguido de una palmadita en el cuello.

"Gracias, papá", contestó aliviado Roberto, "pero que esta gentuza siempre se sale con la suya como lo afirmas... habrá que ver... igual, en algún momento, las cosas cambiarán."

Jorge achacaba la reacción de su hijo al ímpetu de la juventud y a su carácter rebelde. Con una sonrisa condescendiente se levantó de la mesa para sentarse en el sofá a descansar. Nunca se hubiera podido imaginar las repercusiones que esta afirmación iba a tener.

Al día siguiente Roberto se presentó en la secretaría del colegio para recoger su incompleto expediente académico. Las secretarias le miraron con cara de desprecio y en un tono de voz seco, al límite de la mala educación, le mandaron esperar en el banco que estaba en el pasillo al lado de la puerta. Allí se quedó cabizbajo con la mirada clavada en el suelo porque no le apetecía en absoluto ver a nadie de esta institución podrida que pudiera acudir a la oficina. Afortunadamente, su tiempo de espera coincidió con un período lectivo y en toda la planta baja reinaba un ambiente relativamente sosegado en comparación con el habitual vaivén del personal educativo. De repente el ruido de unos pasos que se acercaban hacia donde estaba le despertó de su letargo.

"Mierda, el que me faltaba" se lamentó cuando reconoció a la persona.

Era el profesor de matemáticas Enrique Morneo que todos conocían como *el ogro*.

"¿Qué haces aquí, Alzúa?", le preguntó en un tono compasivo cuando llegó a su altura.

"Estoy esperando que me den mi expediente académico... es que me han echado del colegio por si aún no lo sabe", le contestó con rencor.

"Ya lo sé y lo siento mucho por ti, porque me caes bien. Además, creo que eres un chico listo y que serías un buen estudiante universitario. No entiendo cómo se han ensañado contigo con tanta alevosía... Es que este mundo funciona así, chico: a los jefes les gustan los lameculos de poca monta porque de este modo no tienen que temer que alguien ponga en evidencia su propia mediocridad, y Gordon es el ejemplo que mejor lo ilustra... y, si encima hay gente influyente y adinerada presionándoles, entonces directamente no hay nada que hacer. Es imposible luchar contra esto."

"Es lo mismo que dice mi padre...", le contestó Roberto sorprendido gratamente de que aquel profesor tan duro y estricto con los alumnos en clase le estuviera hablando de este modo.

"¿Cuánto tiempo llevas aquí esperando?"

"Más de media de hora."

"No me lo puedo creer, te están tomando el pelo... vaya gentuza. Espérame aquí. Voy a arreglar esto en un santiamén."

Entró enérgicamente en la secretaría y unas cuantas voces más tarde salió con el expediente en la mano.

"Ya está, Roberto, vámonos... te acompaño hasta la salida para que nadie se atreva a meterse contigo".

Caminaron en silencio hasta la puerta principal. Una vez en la calle, Enrique Morneo se paró y le dijo:

"Mira, te voy a dar mi número de teléfono por si un día

necesitas algún consejo sobre tus futuros estudios. Te recomiendo fervientemente que, por lo menos, termines la ESO. Para cualquier cosa que quieras hacer en el futuro, este título nunca te vendrá mal. Bueno, chaval, siento de verdad lo que te ha pasado, pero piensa que aún tienes toda la vida por delante. Como dice el refrán: "Dios aprieta, pero no ahoga". Ánimo y mucha suerte."

Le dio la mano y se adentró de nuevo en el edificio. Roberto se quedó pasmado en medio de la acera con el trozo de papel que su profe le había dado entre los dedos. De alguna manera se sentía ligeramente reconciliado con la humanidad porque, le parecía mentira que después de todas las humillaciones que había sufrido estos dos últimos días, fueran precisamente Bea, tan introvertida normalmente, y el señor Morneo, *el ogro*, los que se habían portado tan cariñosamente con él.

"Es curioso", pensó, "¿por qué siempre son las personas de quien menos te lo esperas las que, en los momentos difíciles, te echan un cable?"

No obstante, a pesar de estas experiencias reconfortantes, su determinación era inquebrantable y ya nada podía hacer cambiar el rumbo de sus futuras actividades.

Los primeros días tras la expulsión del colegio, desorientado por el repentino e inusual tiempo libre de que gozaba, apenas pisó la calle. Aparte de sus tradicionales visitas a Miguelito, pasaba la mayor parte del día encerrado en su habitación. Le urgía reordenar sus pensamientos y tomar decisiones eficientes que le servirían para llevar a cabo su cometido. No le quedaba ninguna duda, su instinto se lo dictaba, la hora de convertirse en asesino había llegado irremediablemente y por ello tenía que prepararse a conciencia. La fuerza física, ya la había adquirido con la práctica del kárate donde cada vez se lucía más. Ahora tocaba apropiarse de las herramientas necesarias que le facilitarían la tarea. Lo primero que hizo, fue seguir el consejo de Enrique Morneo y terminó la ESO en una academia que impartía cursos de recuperación de un año. Aprovechando las infraestructuras del centro, acudía a la biblioteca en cualquier momento disponible, no tanto para preparar sus exámenes finales, sino más bien para consultar manuales de anatomía que le permitían estudiar con exactitud las partes vulnerables del ser humano. El adentrarse en estos temas fisiológicos del cuerpo despertó en él un interés creciente que poco a poco se convirtió en auténtica fascinación. Si, en vez de seguir sus instintos, hubiera querido realizar estudios universitarios, sin la menor duda, hubiera optado por la carrera de medicina. Le hubiera encantado ser médico o cirujano. Pero, visto el rumbo que tomaba su vida, los conocimientos que adquiría leyendo y que en circunstancias normales servían para salvar vidas, en su caso, servirían para matar. No hay mal que por bien no venga. Una noche, a la hora de la cena, su padre abordó el tema:

"Bueno, Roberto, ahora que te has sacado la ESO, ¿qué piensas hacer? ¿Vas a seguir tus estudios en un instituto público o... cuáles son tus planes?"

Jorge había tenido suerte. La desventura de su hijo afortunadamente no le había salpicado y pudo mantener su puesto de trabajo. El director del colegio instó al señor Jiménez a que no tomara represalias contra su empleado, quizás debido a la necesidad de asear levemente su conciencia.

"Mira, papá, lo he pensado bien y creo que al final los estudios no están hechos para mí. He pensado seguir una formación profesional de cerrajero. Es un tema que me mola, como a ti la mecánica, y tengo entendido que los sueldos no son nada malos, sobre todo si te dedicas también a las urgencias."

"Me parece bien", le contestó su padre, "no voy a ser yo quien te lo vaya a impedir si es lo que quieres hacer."

Una tarde del mes de julio, los últimos rayos del sol empezaban a dar paso al atardecer, Roberto volvía de una de sus citas con Miguelito cuando al salir del cementerio se le antojó emprender un pequeño peregrinaje conmemorativo al escondrijo del descampado. La ligera brisa que corría le pareció ideal para tumbarse y contemplar el paso de las nubes como lo solía hacer con su amigo. Al llegar al borde del hoyo, absorto en sus pensamientos, se quedó petrificado por el espectáculo dantesco que se abría ante sus ojos. En medio de su sagrado recoveco yacía, espatarrado y completamente enajenado por el viaje de heroína que acaba de meterse, el padre de Miguelito. Era evidente que al volver de un conocido punto de venta al otro lado del descampado, sus pasos le habían traído al azar por aquí y aprovechó las ventajas geográficas del terreno para satisfacer su necesidad. Ni siquiera le había dado tiempo de quitarse la goma que le había servido para apretarse el brazo y la jeringuilla seguía plantada en la vena. Roberto empezó a sentir una fuerte presión en la cabeza por la rabia que se apoderó de él y, sin pensárselo dos veces, saltó a la fosa al grito de "hijo de puta". Se sentó, con todo su peso, encima del tórax de aquel despojo humano, de tal manera que no le dejó ni la más mínima oportunidad de poder defenderse. De hecho, por la poca consciencia que le quedaba, el señor Suárez ni se inmutó y se quedó inmóvil incapaz de reaccionar. Entonces, con sangre fría, Roberto agarró la jeringuilla y, con toda la precaución para no descolocarla de su sitio, desprendió el tubo de plástico de la aguja, lo llenó de aire y uniéndolo a la boquilla de la aguja otra vez, le inyectó todo el contenido en la vena donde estaba enganchada. Poseído por la ira que le provocaban las imágenes de Miguelito ahogado en su propio vómito que en aquel momento le venían a la cabeza, repitió sin titubear cinco, siete, diez veces la misma maniobra. Después, aliviado, se sentó al lado de su víctima y se puso a contemplar como al cabo de unos pocos minutos la vida se escapaba de aquel cuerpo debido a la embolia gaseosa provocada por el aire. Transcurridos diez minutos, Roberto desenganchó la jeringuilla, la limpió con su pañuelo para borrar sus huellas, la dejó en el suelo al lado del cadáver y emprendió el camino a casa. Se encontraba muy tranquilo, incluso satisfecho y en paz consigo mismo.

"Ya está", pensó, "ya he matado por primera vez y, por fin, me he convertido en asesino. No ha sido para tanto y este cabrón desde luego que se lo merecía." Lo que Roberto aún no sabía cuando subía las escaleras para ir a cenar con sus padres, es que, una vez que se ha experimentado la subida de adrenalina al provocar la muerte a una persona, resulta muy difícil, si no imposible, no reincidir. Matar engancha.

"Las ocho y media de nuevo... ¡cómo pasa el tiempo!". Arturo Borey se estira delante de su ordenador. Está totalmente anquilosado y como todos los días a estas horas, le empiezan a chirriar las cervicales. Lleva escribiendo nueve o diez días sin parar, pero, por supuesto, siempre cumpliendo con el acuerdo que había sellado con su mujer Carolina. Es asombroso, reflexiona... cuando ejercía su oficio de profesor, le costaba horrores aislarse en su despacho, las tardes después de la jornada escolar y los fines de semana, para corregir los cientos de exámenes y redacciones acumulados, poner notas, o cumplimentar informes. La enseñanza siempre le encantó y en su tiempo se lo pasaba muy bien dando clase, sobre todo por el contacto con los alumnos. Los chavales eran lo mejor y le mantenían joven de espíritu. Todavía recuerda con algo de nostalgia cómo le gritaban por los pasillos o al entrar en el aula:

"¡Hola Boreeeyyyyy!"... o "¿Qué pasa Boreeeyyyy?"

Les hacía gracia estirar la última sílaba de su apellido por lo sonoro que resultaba, pero nunca le faltaron al respeto. La mayoría de ellos eran buenos chicos y con gran sentido del humor. Por el contrario, todo lo que era papeleo y trabajo de casa se le hacía muy cuesta arriba. Ahora, sin embargo, le resulta no solamente fácil ponerse a escribir su historia, sino que se ha convertido en una necesidad vital como si su propia ficción se hubiera apoderado en cuerpo y alma de su existencia. Disfruta con la creación de sus protagonistas que poco a poco van tomando forma, forjándose a lo largo de los acontecimientos sus respectivos caracteres. Y no siempre según lo que era previsto inicialmente. Al escribir, a menudo se da cuenta de que las exigencias del guion le obligan a modificar el comportamiento de tal u otro personaje, en contra de lo planeado, como si, de alguna manera, se independizaran de su propia voluntad. Para Arturo, esto es precisamente el secreto de la creación que tanto le fascina. Siente a cada uno de ellos como un ser vivo que goza o sufre de verdad, y él, padece o se regocija con ellos.

"Lo que hace la motivación", medita al apagar el ordenador.

Se levanta de la silla y, aún algo aturdido de tanta pantalla, se dirige a la cocina donde le esperan las tradicionales tareas del hogar, vaciar el lavavajillas, sacar la cena del frigorífico y poner la mesa. Repentinamente recuerda que a la mañana siguiente tiene que hacer las maletas para gozar de una escapadita al norte de España. A

Carolina le encanta Asturias y hace unos días se le antojó pasar unas semanas de relax a la orilla del mar.

"Te vendrá de perlas, Arturo", le dijo con la voz animosa que usa para convencer a su marido, artimaña que nunca falla. "Últimamente te veo muy enfrascado con tu novela y creo que salir un poco, pegarte unos bonitos paseos por los acantilados, respirar aire fresco y disfrutar de unos ricos platitos de pescado del Cantábrico te ayudará a recargar pilas".

La costa de Asturias también es el punto débil de Arturo y, consciente de que su mujer tenía razón, no tardó ni un segundo en aceptar la propuesta. Por este parón inminente, tenía muchas ganas de terminar con la adolescencia de Roberto y tiene que reconocer que durante todo este tiempo de trabajo intenso estuvo muy hermético hacia su mujer con lo que escribía. También sabe que, a pesar de no haber preguntado ni una sola vez sobre el desarrollo de los acontecimientos para no molestarle, en el fondo a Carolina le hubiera gustado tener mayor participación y, lo más probable, es que se haya quedado algo resentida. Pero ahora, la meta alcanzada, los papeles se han invertido y es él quien desearía tener su opinión. Para evitar al máximo los posibles reproches, intenta pensar en una estratagema para llevarla a su terreno. Sin dudar, escoge en la despensa una botella de tinto de la Ribera del Duero que le gusta especialmente:

"Oye, cariño, ¿qué te parece si con la cena nos tomamos una copita de este vino? Creo que acompaña perfectamente el ragú con verduras."

La propuesta resulta todo un éxito y entonces, al abrir la botella, le suelta:

"Ah, a propósito, ¿sabes que Roberto acaba de cometer su primer asesinato?"

"No me digas", le contesta Carolina con sorna, "pensé que

ya se había muerto de viejo, el bueno de Alzúa... Y ahora seguro que querrás que vaya a leer lo que has escrito durante todos estos días... pues no sé cuándo tendré tiempo...".

Estas reacciones de su mujer le encantaban; no había quien la engañara y él, menos que nadie. Le conocía tan bien que en seguida le calaba.

"Vale... sé que no te he comentado nada, pero es que tenía mis dudas y a menudo he tenido que volver atrás para corregir o remodelar cosas que no me convencían. Quería que lo leyeras una vez a punto."

"Ya lo sé, tonto, te estoy tomando el pelo... ¿sabes lo que hacemos? Mientras preparas todo, leo tu texto y después lo comentamos durante la cena."

Dicho y hecho. Una hora más tarde, Carolina reaparece en el salón donde Arturo, ya sentado en la mesa, la está esperando en ascuas. Tras el tradicional brindis con el que suelen inaugurar todas las comidas, Carolina le cuenta sus opiniones sobre lo que acaba de leer. Le dice que, en general, le ha gustado y que el desarrollo de la historia le parece coherente, pero que ante todo se ha sentido conmovida con el suicidio de Miguelito y que incluso se le escapó una lagrimilla.

"Pobre chaval, cuántas situaciones como ésta habrá en este mundo... es verdaderamente triste. Y lo peor de todo es que, muchas veces, la realidad supera la ficción, como se suele decir... y, aunque parezca mentira, seguro que hay casos mucho peores que el de Miguelito... También entiendo perfectamente la reacción de Roberto al ver el padre de su amigo tumbado en su escondrijo. Si lo piensas... es increíble con qué rapidez un ser humano puede convertirse en asesino... Ahora, tienes que tener en cuenta que las próximas veces no volverá a tener una justificación tan plausible como esta".

"Ya lo sé, pero es precisamente lo que quiero", le replica Arturo. "No quiero escribir una novela sobre un tío que mata en el afecto ante una situación socialmente indignante que, de alguna manera, podría entenderse y justificarse. No... yo quiero crear el asesino nato... el que mata obligado a seguir sus instintos básicos... el que está predestinado a ello. Que mate quizás a personas que conoce y que, por circunstancias de la vida han podido hacerle daño... esto es secundario, porque en ningún caso la matanza en sí se podrá defender ni moralmente, ni muchísimo menos a nivel legal. El homicidio del padre de Miguelito ha servido a Roberto fundamentalmente como acto de iniciación para adentrarse en el mundo del crimen... para despertar la bestia que tiene dentro."

La supremacía de los instintos...

El día del entierro del señor Suárez, Roberto se mantuvo lejos del Cuartel 225 Manzana 55 Letra A. Había aún menos gente allí reunida para consolar a la madre de Miguelito que cuando enterraron a su hijo. En realidad, no se sabía muy bien si lloraba de tristeza o de alegría por el alivio que sentía tras todo el dolor que este individuo le había propinado. Los pormenores de su muerte se habían resuelto de forma ideal para Roberto. Vistas las circunstancias en las cuales encontraron el cadáver, una autopsia negligente, debido a las prisas del forense encargado para marcharse de vacaciones de verano, concluyó en sobredosis y caso cerrado. De todas formas, teniendo en cuenta el tipo de persona de que se trataba, a nadie se le hubiera ocurrido dudar de ello y tener el interés de exigir pruebas más concluyentes, ni siquiera a la policía. Cuando se terminó la brevísima ceremonia y la gente se había marchado, Roberto se acercó a la tumba y le dijo a su amigo:

"Aquí tienes al hijo de puta causante de tu desgracia. ¿Te acuerdas que prometí protegerte? Pues como no he podido hacerlo en vida, por lo menos he vengado tu muerte... Siento que tengas que soportarlo aquí a tu lado. Pero, ¿sabes qué?, tú déjale que se pudra en un rincón y mantente al loro para cuando venga a verte porque, en los próximos tiempos, tendré muchas cosas que contarte. Un día me dijiste que cuando me haya convertido en asesino me apoyarías y me proporcionarías coartadas... pues, ya ha llegado el momento... pronto necesitaré tu ayuda."

La sepultura 225, 55 A estaba muy mal cuidada, por una parte debido a la falta de dinero y, por otra, porque a la madre de Miguelito, antes de su desgracia familiar, nunca se le hubiera pasado por la mente que una tumba podía necesitar mantenimiento. Ya en varias ocasiones Roberto se había fijado en que los laterales, en vez de estar recubiertos de cemento, tenían el ladrillo a la vista y que el mortero que los sujetaba entre sí se resquebrajaba por el desgaste del paso del tiempo. Además, el hecho de haber quitado la losa para el entierro y vuelto a colocarla instantes después, causó un deterioro aún mayor por el peso y el choque que los ladrillos tuvieron que soportar. El día era propicio para ejecutar el plan que llevaba maquinando desde hacía ya algún tiempo. Sacó de una bolsa de plástico el destornillador de gran tamaño que había comprado en la sección de herramientas de un supermercado y sentado encima de la lápida, curvado hacia adelante, como quien se recoge en silencio, empezó a raspar entre sus piernas el cemento agrietado y seco que unía los ladrillos. No temía llamar la atención de los vigilantes porque, siendo la plantilla muy escasa para la inmensa superficie del cementerio, mucha casualidad hubiera tenido que ser para que uno de ellos pasara justo en aquel momento por allí. Además, todos los guardas jurados y otros empleados de las diversas funerarias le conocían de sobra por las innumerables visitas que hacía a su amigo. Le llamaban "el colega de Miguelito" y si al principio, por puro morbo, observaban lo que hacía, con el tiempo el interés por su presencia se desvaneció y se convirtió en uno más de la vida cotidiana del camposanto. Su idea era soltar tres o cuatro ladrillos y, una vez removidos de su sitio, seguir despejando el agujero de material sólido hasta crear un acceso limpio de obstáculos a la cavidad de la tumba. No había mejor sitio para esconder las armas homicidas y otros objetos delatadores que allí en el fondo, custodiados por su amigo. A nadie se le ocurriría buscar pruebas de un asesinato en una tumba dentro de las miles y miles que había en el interior de estos muros. Después, volvería a colocar cuidadosamente los ladrillos en su sitio de manera suficientemente aparente para evitar ser descubierto. Tras una buena hora de trabajo intensivo, Roberto se dio cuenta de que su tarea era bastante más ardua de lo que se había imaginado y se felicitó de haber tomado la decisión de empezar aquel mismo día porque iba a necesitar mucho más tiempo de lo previsto. Lo bueno era que no tenía demasiada prisa. Según sus cálculos, para convertirse en un cerrajero profesional de primera, aún tenía que cursar varias formaciones básicas, asignaturas avanzadas y especializaciones tecnológicas. Cada una de estas disciplinas se impartían en un centro de enseñanza homologado diferente y, de este modo, su formación duraría aproximadamente entre diez y doce meses. A lo largo de este tiempo, también utilizaría los ratos libres en adquirir mayores conocimientos y técnicas de diferente índole

69

imprescindibles para poder adentrarse en el mundo del crimen sin que le pillasen a la primera de cambio. Por todo ello y para no atraer la atención del personal, decidió seguir con el régimen de visitas a Miguelito tal y como lo había hecho hasta ahora y aprovechar aquellos momentos para continuar con su labor. En un año, seguro que lo conseguiría.

A finales de agosto, tras un verano tórrido y de poca actividad, Roberto se matriculó en el primer curso de formación básica y empezó su aprendizaje de cerrajero con mucha aplicación. Había elegido esta profesión en primer lugar por lo útil que le podía resultar para sus futuros planes, pero pronto le cogió el gusto y desarrolló buenas aptitudes. Le encantaba estudiar el funcionamiento de los diferentes sistemas de cerraduras, la adaptabilidad de sus mecanismos según el tipo de puerta - blindada, acorazada u otras - como los pros y los contras para hacer frente a posibles robos. No obstante, lo que más le interesaba eran las técnicas de aperturas de puertas en caso de emergencia y pronto se volvió un auténtico experto en la materia. El afán de aprender era tal que, apenas terminado el curso, se apuntaba sin demora a otro más avanzado para cubrir todos los contenidos de la profesión. Al cabo de un año más o menos, tal y como lo había previsto, ya no le quedaba ni una laguna en su formación y con todos los títulos que llevaba acumulados, solo tardó unas semanas en encontrar trabajo en una empresa de reconocido prestigio ubicada en un barrio céntrico de la capital.

Al margen de su formación, aquel año fue para Roberto sin duda la época más feliz de su vida. Descubrió la juerga y el amor. Su segundo curso tuvo lugar en un área industrial de las afueras de Madrid. El conjunto, aún en desarrollo, estaba formado por edificios altos repletos de empresas autóctonas e internacionales de actividades mercantiles muy variadas que se repartían sus respectivas oficinas en las innumerables plantas de cada rascacielos. El taller de cerrajería se encontraba en la planta baja de uno de ellos donde los alumnos pasaban la mayor parte del tiempo. No obstante, dos veces a la semana, tenían que coger el ascensor para acudir a las aulas de la cuarta planta a fin de asistir a las clases teóricas. Roberto era extremadamente cuidadoso, por no decir maniático, con las herramientas y siempre tardaba más que sus compañeros en recoger y ordenar todo el material antes de subir, de tal modo que la mayoría de las veces lo hacía solo. Dio la casualidad que al entrar de prisa y corriendo en el ascensor para no llegar tarde, se encontró en dos ocasiones seguidas con la misma chica en la cabina. Nunca había visto una muchacha tan guapa. Su melena ondulada de color marrón claro le caía con elegancia de cada lado de su rostro más allá de los hombros y lucía unos ojos verdes ligeramente achinados que le daban un aire exótico extremadamente atractivo. Era de talla fina y llevaba con mucha naturalidad unos vaqueros negros y una blusa blanca elegante, pero sin pretensiones. Resultaba realmente difícil apartar la mirada para no responder a su sonrisa cálida y sincera que descubría levemente unos dientes blancos perfectos. Desde luego que Roberto no lo consiguió y se quedó un buen rato mirándola con cara abobada hasta que se dio cuenta de lo ridículo que debía parecer y clavó su mirada en los números luminosos que cambiaban con cada planta como lo hace generalmente todo el mundo en esta situación. En la cuarta planta, todavía ruborizado por la situación tan embarazosa que acababa de vivir, se despidió en voz baja y salió del ascensor sin apenas darse la vuelta. De este modo se perdió la mirada socarrona y divertida de la chica que se había percatado de su sofoco. El segundo día, al coincidir de nuevo con ella delante de la puerta del ascensor en la planta baja, controló mucho mejor sus emociones y con todo el aplomo posible la saludó amablemente y, una vez dentro del habitáculo, le preguntó a qué piso se dirigía. Cerrada la puerta, apretó el botón de la cuarta planta y el de la décima quinta, como ella se lo había indicado, y volvió a observar el desfilar de las cifras luminosas. De repente, oyó la voz de la chica que le decía:

"Oye, la próxima vez que nos encontremos en el ascensor me tienes que invitar a un café... es el precio que tienen aquí las coincidencias".

Sorprendido, se dio la vuelta. La chica le miraba desde sus ojos verdes y le sonreía con una expresión que combinaba la ternura y la picaresca. Roberto se quedó medio paralizado ante esta mujer que le pareció la más hermosa que jamás había visto. Sintió cómo se le aceleraban los latidos del corazón e intentó a toda costa evitar que se notara el flujo de sangre que le invadía la cabeza, sin conseguirlo del todo.

"No te preocupes", balbuceó, "eso está hecho."

"Me llamo Virginia Ramiro y trabajo como secretaria para una empresa de marketing en la décima quinta planta. ¿Y tú?"

"Roberto Alzúa y soy cerrajero."

El estruendo de la puerta abriéndose en la cuarta planta les interrumpió y se despidieron con un mutuo "hasta luego". Aquella mañana Roberto no se enteró de absolutamente nada de la materia que se impartió en clase. No hacía más que pensar en esta aparición angelical y, a lo largo de todo el camino a casa, no hacía más que pronunciar mentalmente su nombre: Virginia... Virginia... ¡qué bien sonaba en su cabeza! Por la noche apenas pudo dormir y dándole vueltas a la situación se convenció:

"Esta tía te ha preparado el terreno para que la entres... no hay ninguna duda... lo ha hecho a propósito... esto está claro. Ahora tienes que tomar las riendas de los acontecimientos... no seas cobarde."

El día D, muerto de sueño, se levantó decidido a poner en marcha el plan que había elaborado durante las dos largas noches pasadas en vela, convencido de que no podía fallar. A la hora de subir a las clases teóricas, Roberto se quedó como siempre rezagado en el taller desde donde podía ver perfectamente el acceso principal del edificio formado por una puerta corredera que se abría en medio de un gigantesco ventanal. Virginia no tenía otro remedio que entrar por allí. Cuando la vio acercarse por la acera, salió del taller como quien no quiere la cosa y se dirigió hacia el ascensor. Delante de la puerta fingió estar esperando, pero aún no apretó el botón para alargar la demora y dejarle tiempo de llegar.

"Bueno, señor Alzúa", exclamó la chica cuando solo le faltaban unos pocos metros para alcanzarle, "parece que le toca pagar ese café."

"Eso parece... cuando Ud. quiera, señorita Ramiro", contestó Roberto siguiéndole el juego de la ironía.

"Pues esta misma tarde, si le parece bien. Salgo a las siete."

"Aquí estaré esperándola sin falta."

A las siete en punto Virginia apareció en el hall de entrada y fueron a sentarse en una de las primeras cafeterías que había abierto en aquel mar de oficinas para abastecer de desayunos a los miles de ejecutivos que pululaban por la zona. A estas horas, el local estaba muy tranquilo y los dos pudieron conversar sosegadamente sin tener que levantar la voz para entenderse. En seguida se sintieron muy a gusto y, como si se conocieran desde siempre, hablaron de sus vidas, sus intereses e incluso se atrevieron a intercambiar alguna confidencia personal. Resulta que Virginia era dos años mayor que Roberto, pero el chaval nunca se planteó que esta diferencia pudiera originar algún problema, al contrario. A ella, le encantaba la literatura, la música jazz y el cine y le confesó que, si hubiera tenido la oportunidad de ir a la universidad, sin dudarlo hubiera estudiado filología hispánica, pero que siendo la tercera de cinco hermanos tuvo que ponerse a trabajar lo antes posible para ayudar en casa.

"En fin, es lo que tenemos la gente humilde", concluyó con algo de nostalgia. Cuando llegó la hora de despedirse, ella le comentó que echaban en el cine la nueva película de Woody Allen y que si le apetecía acompañarla. Roberto nunca había oído hablar del tal Woody Allen, pero aceptó sin dudarlo y así quedaron para la tarde siguiente a las siete y media delante del cine. El dinero no era un problema para Roberto porque en su club de kárate su entrenador que ya no daba abasto solo con la enorme cantidad de alumnos que tenía, le propuso entrenar a los jóvenes principiantes. En un primer instante, quiso que se presentara a competiciones, pero, tras meditarlo, Roberto decidió que no era oportuno. Sabía que con su talento y los progresos que había hecho en los últimos meses tenía muchas papeletas para destacar en los combates y forjarse un nombre a nivel nacional. Evidentemente la fama deportiva no le venía nada bien para sus futuras actividades. Cuanto más se mantuviera en el anonimato, mejor para su seguridad. Así que aceptó con mucho gusto la oferta de su entrenador como colaborador porque, aparte de ganarse un buen dinero, disfrutaba enseñando las técnicas de autodefensa a los chiquillos que en general pertenecían a la clase de niños menos favorecidos físicamente cuyos padres, preocupados por su integridad corporal, los habían inscrito a kárate sin pedir su opinión. Cuando los veía ejecutar los movimientos recién aprendidos con la torpeza del patoso somático, no podía evitar verse a sí mismo las primeras semanas de curso y, sobre todo, acordarse de Miguelito, lo que le llenaba de ternura. A las siete y cuarto del día siguiente Roberto ya había comprado las entradas, para evitar inútiles discusiones sobre quién invitaba a quién, y se quedó esperando a Virginia al lado de la taquilla como habían convenido. Llegó a las siete y media en punto. Llevaba unos vaqueros azules apretados, una camiseta naranja bastante amplia y una chaqueta vaquera corta de talla que le realzaba la esbeltez de su figura. Toda su apariencia irradiaba una naturalidad encantadora y con la misma sencillez le dio dos besos para agradecerle la invitación. Cogidos del brazo se adentraron en la sala para ocupar sus asientos. El público que llenaba poco a poco el aforo era muy diferente al que Roberto solía encontrarse cuando iba a ver películas de acción o de artes marciales. Lo que le llamó especialmente la atención era el silencio que se estableció cuando la sala oscureció y empezaron a aparecer las primeras imágenes. Estaba tan nervioso por tener a Virginia a su lado, con sus brazos que se rozaban, que al principio no se enteró de la historia ni la mitad y tuvo que hacer un esfuerzo de concentración para intentar recuperar el hilo. Justo cuando estaba a punto de lograrlo, sintió como la chica apoyaba la cabeza en su hombro y cualquier intento de seguir la trama quedó totalmente anulado. Sigilosamente y muerto de miedo de ser rechazado, le pasó el brazo por los hombros para que estuviera más cómoda. No hubo tal rechazo sino todo lo contrario. Virginia se acomodó aún más sobre su flanco, le cogió la mano y con un movimiento preciso se la puso sobre su pecho derecho. Al principio Roberto no sabía bien cómo reaccionar, pero tras un rato de inmovilidad empezó a acariciarla levemente. A pesar de que la camiseta y el sujetador separaban su mano de la piel de su seno, se sorprendió de lo suave que le resultaba su tacto. Sobre todo le gustó pasar la yema de sus dedos sobre el pezón que se había endurecido y sentir la respiración acelerada de Virginia en su cuello. Estaba en el séptimo cielo. De la película no se enteró de nada, pero nunca en la vida olvidaría su título: "Match Point".

Aquella sesión de cine selló el principio de una relación amorosa y de un tiempo de felicidad completamente desconocido para Roberto. Le encantaba esta chica tan alegre y dicharachera. Compartían cada momento libre que tenían y poco importaba la actividad que habían decidido realizar, pasear por el centro de Madrid, tomar un café o ir al cine, siempre se lo pasaban fenomenal. A fuerza de contarle sus experiencias literarias, Virginia consiguió inculcarle la pasión por la lectura. Lo que más le gustaba de sus primeras incursiones en el mundo de la ficción eran los clásicos de la novela policíaca de la Serie Negra como los de Raymond Chandler, Chester Himes o Dashiell Hammett y los autores españoles Manuel Vázquez Montalbán o Juan Madrid. Pero pronto amplió sus intereses hacia autores más modernos tanto españoles como extranjeros, pero siempre dentro del género del crimen. ¿Quién lo hubiera dudado? También se reunían algún sábado por la noche, con los amigos de Virginia para compartir con ellos un botellón en un parque del barrio y se pillaron más de una borrachera digna de mención. Sin embargo, al final, siempre se quedaban los dos solos, sentados en un banco hablando, besándose o riéndose de cualquier tontería hasta que se les pasaran los efectos de los efluvios etílicos. Un sábado por la noche del mes de diciembre, Virginia le citó en una parada de metro en un barrio que no conocía. No sabía lo que iban a hacer allí, pero se fiaba ciegamente de sus fantasías porque siempre resultaba ser algo divertido que merecía la pena haber experimentado. Y esta vez tampoco se equivocaba. Cuando llegó, ella ya le estaba esperando en la salida y tras el tradicional beso de bienvenida, solo le dijo: "Vamos". A Roberto estos jueguecitos le divertían mucho y por ello la siguió sin abrir la boca. Caminaron unos cinco minutos hasta llegar a un portal de hierro forjado con vidrio que no difería mucho en aspecto al de su casa. Virginia sacó un manojo de llaves de su bolso, abrió la puerta y cogiéndole de la mano penetraron en el vestíbulo. De allí subieron a la primera planta y, sin dudar, abrió con otra llave la puerta de la letra B. Al entrar, Roberto se dio cuenta de que se trataba de un piso de tamaño mediano que hacía bastante tiempo que no se ventilaba. Olía a viejo.

"Es el piso de mis abuelos", le comentó Virginia. "Mi abuelo ha fallecido hace unos tres años y mi abuela está en una residencia porque ya no puede apañárselas sola... y claro, en mi casa no hay sitio. A mis padres les da cosa venderlo antes de que se haya ido y aquí está, cerrado y muerto de risa."

De repente, se acercó a Roberto que se había quedado parado como un pasmarote en el recibidor, le quitó la chaqueta, arrimó su cuerpo contra el suyo y con sus labios buscaba los suyos.

"¿Qué te pasa?", le preguntó cuando se dio cuenta de que el chico se había puesto nervioso y rígido como el palo de una escoba.

Entonces Roberto le explicó que en circunstancias parecidas había tenido una experiencia extremadamente traumática. Cuando aún no había terminado el relato de lo que había ocurrido, ella le puso el dedo índice delante de sus labios para que se callara y le dijo:

"No te preocupes, cariño, no te voy a hacer daño... yo no... todo lo contrario." A partir de allí, todo fluyó solo y Roberto descubrió las delicias del sexo y la dulzura del cuerpo femenino.

A lo largo de los meses siguientes, su relación se hizo cada vez más intensa. El refugio de la casa de los abuelos se convirtió en el sitio ideal para gozar de su intimidad cuando la necesidad apretaba. Los otros días los dedicaban a disfrutar de la vida y de las infinitas posibilidades de ocio que les ofrecía la gran ciudad. Una tarde, viendo el telediario con su padre en casa, a Roberto le llamó la atención que el presentador de la sección cultural hacía especial hincapié en la actuación estelar, en el Teatro Real de Madrid, de un famoso músico de jazz estadounidense, un tal Keith Jarrett. Nunca había oído hablar de este pianista y no tenía ni idea de lo que era la música jazz. Solo se acordó de que Virginia le había comentado que le encantaba este estilo de música y pensó que invitarla a este concierto podía ser un bonito regalo. Las entradas eran carísimas, pero, para hacerla feliz, ni el dinero ni su propio perjuicio en el caso de que no le gustara este tipo de música estaban de más. La sorpresa y la alegría de su novia fueron indescriptibles. La noche del concierto Virginia apareció delante del teatro con una elegancia como nunca se la había visto. Irradiaba felicidad y Roberto por primera vez en su vida se sintió importante y orgulloso de sí mismo. Nunca se hubiera imaginado en aquel momento que el mayor complacido de este acontecimiento iba a ser él mismo. En el escenario solo había un piano de cola negro colocado estratégicamente en el centro para que todos los asistentes lo pudieran ver. Cuando, por fin, Keith Jarrett, un hombre de unos sesenta años, de color de piel marrón claro, flaco, cara alargada con finas gafas de montura al aire, pelo corto rizado y vestido sencillamente con unos vaqueros azules y una camiseta blanca hizo su aparición, la reacción del público le sorprendió muchísimo. Primero hubo una corta sesión de aplausos que no duró más de un minuto y después se estableció un silencio sepulcral expectante, solo interrumpido por unas leves tosecillas. El hombre se sentó al piano sin decir ni una palabra, se curvó hacia delante sobre el teclado y empezó a tocar. Desde las primeras notas, Roberto no se podía creer lo que estaba oyendo. Era la música más hermosa y embriagadora que jamás había escuchado. Las largas improvisaciones le llevaron a un mundo de sensaciones auditivas totalmente desconocido para él y únicamente los aplausos del público entre pieza y pieza le hacían volver a la realidad. El concierto, con los bises, duró más de dos horas y media y la ovación final fue apoteósica. Al cabo de diez minutos, la gente, aún aturdida por la experiencia que acababa de vivir, empezó a dirigirse hacia las salidas, abandonando poco a poco la sala donde seguía flotando un aire de magia que se negaba a desaparecer. En la calle, Virginia le preguntó a Roberto si el concierto le había gustado.

"Si me ha gustado... me ha encantado y francamente, Virginia, no entiendo cómo nunca me has hablado de este tipo de música... es que no me lo puedo creer", le contestó con algo de reproche en el tono de voz.

"Simplemente porque a muy poca gente le gusta el jazz. Ninguno de mis amigos lo aprecia y cuando he intentado ponerles algo, se burlaron de mí. Es música minoritaria y no te quería dar la tabarra con ella. Pero si quieres, para terminar la velada, podemos ir a tomar una copa en un pub de jazz que no queda lejos de aquí."

No tuvo que insistir mucho y diez minutos más tarde entraron en un bar que hacía esquina entre dos calles estrechas de un barrio mítico de la capital. La fachada recubierta parcialmente de madera era de principios del siglo veinte. Los escaparates estaban repletos de carteles antiguos que anunciaban conciertos de artistas consagrados y algún instrumento de música. La decoración modernista del interior era preciosa y sobre todo muy cuidada. Las mesas consistían en estructuras de antiguas máquinas de coser con patas de hierro forjado y recubiertas de un tablero de mármol. En el techo colgaban lámparas art déco y las paredes estaban adornadas con espejos y fotos de músicos legendarios. Al entrar llamaba especialmente la atención la barra de madera esculpida y recubierta de zinc. Justo detrás de ella, destacaba una preciosa caja registradora de madera con manivela. Se sentaron en una de las mesas y enseguida se acercó un hombre de cierta edad con una larga barba blanca a preguntarles lo que querían tomar. Sin duda era el dueño del bar. Su aspecto era tan acorde con el estilo del local que parecía haber estado siempre allí detrás de la barra. En el trasfondo sonaba música de jazz, grandes clásicos elegidos con gusto por el propietario que obviamente era un auténtico experto en la materia. A Roberto le encantó el sitio. Durante más de una hora, mientras tomaban su copa, los dos enamorados hablaron de música y Virginia le explicó en grandes rasgos las particularidades del jazz, su estructura con las improvisaciones y le mencionó algunos de los grandes artistas mundiales. Ambos recordarían aquella noche como una de las mejores que pasaron juntos. Sin embargo, la adhesión definitiva a este tipo de música para Roberto fue en su cumpleaños cuando Virginia le regaló un libro sobre la historia del jazz y el Cd de la legendaria grabación de Miles Davis "Kind of Blue". Por la tarde habían quedado en casa de los abuelos y después de hacer el amor gozaron juntos, acurrucados en la cama, de esta auténtica obra maestra. Era el mundo perfecto. No obstante, en aquel instante de felicidad, no se podían imaginar que a lo largo de los próximos meses empezaría el declive de su relación.

Virginia llevaba tiempo queriendo que sus padres conocieran a Roberto y tenía mucha curiosidad por saber cómo eran los suyos. Pero cada vez que surgía el tema, él se negaba rotundamente. Al principio no le dio demasiada importancia. No había que precipitar los acontecimientos. Era dos años más joven y había que dejarle la oportunidad de madurar. Pero con el transcurso de los meses, cada vez le costaba más entender su postura y empezó a insistir con mayor frecuencia. Roberto se sintió repentinamente acorralado porque se le agotaron las excusas para aplazar lo inevitable. Sabía que tarde o temprano se vería obligado a hacerle daño puesto que la elección entre la felicidad con ella y sus instintos asesinos no estaba en sus manos. Su destino ya estaba escrito y la necesidad de emprender su camino crecía proporcionalmente al paso del tiempo. Cuanta menos gente le conocía, más afianzaba su seguridad y, sobre todo, era primordial que nadie pudiera seguirle la pista a través de sus padres. Por ello, un buen día, tomó la dolorosa decisión de acabar con esta relación que irremediablemente estaba destinada al fracaso. Amaba a Virginia con toda su alma y, para no agravar el sufrimiento de ambos, determinó que cuanto antes lo hiciera, mejor. Eligió para ello un sábado de finales del mes de mayo. Hacía un tiempo maravilloso y una ligera brisa disimulaba el calor que apretaba en demasía para esta época del año. Roberto la llevó a dar un paseo por una zona verde que conocía muy bien cerca de su barrio. Era un sitio precioso repleto de pinos y olivos con zonas de aerobic para los deportistas, merenderos para los domingueros y, lo que más le importaba, poco transitado para no llamar la atención de la gente por el espectáculo que podía producirse. Desde que enfilaron la senda de tierra reseca que se adentraba en el parque, caminaron uno al lado del otro sin intercambiar ni una sola palabra. Igual que los animales en ruta al matadero, Virginia intuía que algo malo se estaba preparando y se le puso un nudo en la garganta que le impedía emitir cualquier tipo de sonido. Roberto se dirigió directamente hacia un área de merenderos con mesas y bancos de madera anclados en el suelo al abrigo de los árboles y algo apartado de los sitios de mayor afluencia. Se sentaron frente a frente en una de las mesas. En el fondo se oía el ruido de los coches que circulaban en ambos sentidos de la autopista que conectaba la capital con los poblados del noreste. Virginia clavó sus ojos verdes en la cara del chico y se le quedó mirando sin apartar la vista ni un segundo. Su expresión reflejaba a la vez tristeza y angustia. Roberto estaba a punto de echarse atrás en su propósito, pero al final arrancó:

"Mira, Virginia, si no quiero que me presentes a tus padres, y que conozcas a los míos, es porque hay cosas tanto de mi familia como de mí mismo que nunca te he contado y que a la larga te harían muchísimo daño...".

Le contó que su madre estaba loca porque padecía una enfermedad degenerativa del cerebro y que él la había heredado genéticamente. No se sabía exactamente a partir de qué edad la dolencia empezaría a afectarle, pero los médicos habían sido categóricos que su decadencia cognitiva solo era cuestión de tiempo. Le describió cómo su padre había sufrido, y seguía sufriendo, lo que no estaba escrito, desde que se casó con su madre... que de ninguna manera podía tolerar que, a ella, le pasara lo mismo por compartir su vida con él... que no podía ser tan egoísta... y que por ello había tomado la decisión de poner fin a su relación.

"Mira, Roberto", susurró Virginia mientras que una lágrima brotó de su ojo derecho y emprendió su recorrido por la mejilla, "déjate de tonterías... todo lo que me has contado son patrañas que no te las crees ni tú... a ti te pasa algo mucho más grave que efectivamente no me quieres contar... pero no me tomes por tonta. Así que, por favor, cállate y márchate... no te quiero volver a ver."

Roberto sabía que sus palabras tenían el valor de una sentencia definitiva y que cualquier intento de réplica hubiera sido inútil y de mal gusto. Se levantó y con el corazón roto, se marchó sin mirar atrás. No vio cómo Virginia escondió la cara en sus brazos entrelazados sobre la mesa y se puso a llorar amargamente. Lleno de dolor y resentimiento hacia sí mismo por no ser capaz de dominar sus instintos, abandonó el parque a grandes zancadas y dirigió sus pasos en dirección al cementerio para afrontar su desazón al amparo de su único amigo. Media hora de caminata más tarde alcanzó el 225, 55 A y ocupando su sitio favorito en la lápida, se desahogó llorando y contándole a Miguelito todo lo que había pasado. Al terminar su relato, las lágrimas dieron paso a la rabia y de repente sintió una incontrolable necesidad de matar. El momento de actuar había llegado definitivamente. No obstante, su lado racional le dictaba que tenía que mantener la calma y preparar todo a conciencia para no cometer ningún error. De momento, allí sentado en la tumba, descargó su agresividad retomando su labor de picador con el destornillador, que guardaba escondido, para intentar terminar con la perforación de la pared del sepulcro. En días anteriores ya había conseguido desprender los dos primeros ladrillos y había empezado a taladrar el cemento de los dos siguientes. Alcanzar el boquete definitivo solo era cuestión de tiempo. Con fuerza rabiosa dio tres o cuatro golpes consecutivos y de repente notó como el tercer ladrillo cedió y oyó como caían algunos trozos de gravilla hacia el interior. Animado por este logro, continuó trabajando con ímpetu y un cuarto de hora más tarde se soltó el cuarto. Con ello había conseguido un agujero suficientemente grande para poder llevar a cabo sus intenciones. Después volvió a colocar los ladrillos en su sitio con tanta maña que nadie hubiera podido decir dónde se encontraba el hueco. Algo más tranquilo y reconfortado con la existencia se marchó a su casa.

A principios de julio, tras haberse sacado el permiso de conducir, Roberto se incorporó a su nuevo trabajo y enseguida se apuntó como voluntario a las urgencias de noche. Se enteró por un compañero de que con estas intervenciones se ganaba un buen dinero suplementario, pero que nadie quería hacerlo. Para padres de familia, caso de la mayoría de los empleados, era un auténtico engorro. A cualquier hora indebida te podían llamar y tenías que desplazarte a donde fuera en el menor tiempo posible. A Roberto esta disponibilidad no le importaba porque no tenía que rendir cuentas a nadie, excepto a sus padres. Pero no había problemas. Contento y orgulloso de ver a su hijo tan dispuesto, a su padre las llamadas en plena noche no le molestaban y su madre ni siquiera se despertaba por todos los medicamentos antidepresivos y los somníferos que se tomaba. Para facilitar estos traslados nocturnos su padre, orgulloso del sentido de la responsabilidad de su hijo, le regaló un Scooter Suzuki Burgman 125. Al cabo de un mes, con el primer salario y el dinero acumulado por las clases de kárate, Roberto empezó a buscar un piso de alquiler. Era fundamental que tuviera una guarida con la intimidad necesaria para poder planificar y organizar sus crímenes. Sus padres se alegraron de esta decisión por considerar que había llegado el momento de que su hijo se independizase para poder encontrar más fácilmente una mujer y formar una familia. De Virginia, nunca habían oído hablar y se preocupaban por la falta de relaciones de su hijo. La búsqueda de un piso adecuado resultó ser una auténtica pesadilla. O se trataba de un cuchitril mal cuidado, que, si no daba asco imaginarse vivir en él, como poco producía repelús, o eran los dueños que no querían aceptar a un hombre solo por resultar sospechoso. No recuerda las veces que tuvo que asegurar que no era homosexual:

"No queremos a maricones en nuestra casa... ¿Qué dirían los vecinos si alquiláramos el piso a gentuza como esta?"

Aunque perjurase que tenía novia, mientras no la vieran, no se fiaban ni un pelo y nada se podía hacer. Al cabo de varias semanas, por fin encontró lo que estaba buscando en el barrio que se situaba justo al otro lado del cementerio, no mucho más alejado de la morada de su amigo que antes cuando vivía con sus padres. Su emplazamiento estaba muy bien comunicado, cuatro líneas de autobuses y una de metro a menos de cinco minutos a pie. En muy poco tiempo se llegaba a cualquier sitio de la ciudad. El apartamento era ideal. Un salón bastante amplio con cocina americana, un dormitorio con ventana a la calle y un cuarto de baño. Era un primer piso no muy alto, lo que le permitiría escaparse por la ventana en caso de necesidad. Los dueños eran gente joven de Valladolid que habían heredado el piso de un familiar y les importaba un bledo la clase de inquilino que tuviesen mientras pagase. Roberto los vio solo dos veces, cuando le enseñaron el piso y al día siguiente para la firma del contrato. El resto de los contactos se producían por teléfono y ellos se fiaban a ciegas de lo que les requería cuando había que hacer una reparación o renovar un electrodoméstico. Roberto se encargaba de todo y descontaba los costes del alquiler del mes. Asunto arreglado. Para amueblarlo, se fue una mañana a Ikea y se compró una mesa con cuatro sillas, dos butacas, una estantería y una cama con mesilla de noche. Pagó todo a tocateja. Evitaba al máximo pagar con tarjeta bancaria para que quedase la menor constancia posible de sus movimientos. Lo mismo hizo cuando adquirió una tele pequeña, una mini cadena para cubrir sus necesidades musicales, un ordenador portátil que le permitiría estar conectado al mundo y buscar información de utilidad para sus actividades y un teléfono móvil de prepago con cámara, pero sin internet para impedir cualquier posible localización. No necesitaba nada más. Satisfecho de cómo se desarrollaban los acontecimientos, inauguró su nuevo hogar con su pizza favorita de Telepizza, una cerveza bien fría y la música del clásico "But Beautiful" de Bill Evans y Stan Getz que había comprado el día anterior para la ocasión. Después de la cena, se sentó en una butaca y, disfrutando de estas inolvidables composiciones, comprendió con cierta excitación que ya nada podía retrasar lo inevitable. Había creado el entorno ideal y la hora de actuar había llegado irremediablemente. De repente se dio cuenta de que le faltaba un detalle fundamental: aún no tenía víctima.

"Cojonudo, tío", se dijo a sí mismo con guasa, "es fácil decidir que vas a matar a alguien, pero si no sabes a quien, tienes un pequeño problema..."
Determinó entonces que a partir del fin de semana próximo se iba a poner manos a la obra y recorrer las calles al azar para dar con aquel idiota que no se merecía vivir.

El sábado siguiente, sin planificarlo realmente y probablemente guiado por su intuición, sus pasos le llevaron por el lujoso barrio de su antiguo colegio. Eran alrededor de las doce y media del mediodía y, por la cantidad de personas que deambulaban por las aceras, el pasear se hacía muy cuesta arriba. No obstante, a Roberto la sobrecarga de transeúntes no le importaba en absoluto porque de este modo la oportunidad de encontrar a una víctima decente era bastante más grande. Saliendo de una calle estrecha, se incorporó a una arteria principal con dos carriles de coches de cada lado y unas aceras muy anchas bordeadas de un sinfín de fastuosos negocios de todo tipo, ropa exclusiva, zapaterías de renombre, sastrería a medida, joyerías de marcas internacionales y comercios de delicatesen y vinos caros. Era la calle comercial de la jet set por excelencia. Una riada de gente le vino encima, familias cogidas de la mano ocupando todo el ancho de la calzada con la firme intención de no apartarse de ningún modo para dejar bien claro que se movían en su hábitat particular. Franquear este muro para el individuo que se había atrevido a invadir su territorio sin chocar con ellos era simplemente imposible y su osadía se castigaba con una mirada despreciativa que le recriminaba su mal comportamiento porque la buena educación que ellos ostentaban venía acreditada desde generaciones de aristocracia. En medio de este gentío Roberto oyó de repente una voz que le interpelaba:

"Oye... a ti te conozco... si eres Roberto Alzúa, el vasco... ¡qué casualidad!" Roberto vio de repente cómo la sonrisa empalagosa de Pedro Cosido se acercaba sin posible escapatoria.

"El vasco de mierda, querrás decir", le replicó.

"Bueno, bueno, esto eran cosas de la adolescencia, chiquilladas del colegio, no seas rencoroso. Ahora somos adultos y hemos madurado. Lo pasado, pasado está y no hay que reabrir heridas. No merece la pena."

"Sí, claro, pero por estas chiquilladas, como dices, me han expulsado del colegio y arruinado mi futuro."

"Ya lo sé... y lo siento, pero no puedo rebobinar atrás y cambiar lo ocurrido. Ven, déjame que te invite a una cerveza, por los viejos tiempos."

A pesar de las ganas que le entraron de volver a arrearle dos bofetadas bien dadas, Roberto le acompañó porque tenía sed y, sobre todo, por curiosidad de saber en qué se había convertido este tipejo. Entraron en una cervecería muy amplia, lujosamente decorada, con una larga barra que ocupaba todo el lateral derecho. Su superficie estaba llena de platos con canapés variados y otros manjares que por sus elevados precios no se veían en los barrios más humildes. Con paso decidido, Pedro se acercó y, tras un chasquido de dedos, gritó:

"Dos cañas y dos tapitas cuando puedas..." y girándose hacia su invitado, "no te puedes quejar, colega, te llevo a un sitio con pintxos como en tu tierra." Roberto se sorprendió de la familiaridad con la cual trataba a los camareros y le preguntó si venía aquí a menudo y si, por ello, le conocían.

"No", respondió destapando de nuevo sus dientes y adoptando una expresión de orgullo, "no vengo casi nunca aquí, pero en este barrio todo el mundo sabe quién soy."
Empezó a contarle que al terminar el bachillerato, con excelentes notas por cierto, entró a estudiar economía en una universidad privada de gran prestigio. Estaba en su tercer año de carrera y sacaba las asignaturas sin estudiar, como en el colegio... la ventaja de tener buenos contactos. No obstante, lo que más le enorgullecía era que se había enrolado en el partido político conservador y que se encontraba actualmente en campaña electoral para presentarse a la presidencia de las Nuevas Generaciones. Había alcanzado ya la fase en la que sus compañeros militantes tenían que elegir entre dos candidatos. Él y otro inútil que no valía para nada. No obstante, sabía que el puesto le estaba predestinado porque su padre tenía excelentes relaciones en la cúpula del partido y le aseguraron que todo estaba amañado en su favor. Las elecciones eran una pura formalidad. Por lo tanto, consideraba que este privilegio representaba una enorme responsabilidad para él y que, por esta razón, no podía dedicar el tiempo necesario a sus estudios. Le contó que lo que más le gustaba de la política era la dialéctica con la cual

se podía engatusar a la población e influir en su tendencia de votos. Las ideas y las convicciones eran secundarias. Lo que importaba de verdad era la forma de transmitir el mensaje para ganar adeptos. Para cualquier político que se preciara, el fin justificaba los medios, incluso si hubiese que hacer uso de la mentira para conseguirlo. Estas artimañas pertenecían al juego político y le molaban muchísimo. Terminó diciendo:

"Oye, ¿por qué no te apuntas el sábado que viene a un mitin que da el presidente de mi partido? Igual te gusta nuestra manera de concebir la vida y te haces del partido. Además, estaba pensando que en un futuro... quiero decir, cuando crezca en la formación y me convierta en una persona importante, necesitaré un guardaespaldas y, con lo cachas que estás, quizás te podría interesar."

Abrumado y cansado de tanta verborrea, Roberto cogió el papel donde Pedro había apuntado su nombre y su número de teléfono y se marchó prometiéndole que asistiría a la convención del fin de semana siguiente. Una vez en la calle, Roberto emprendió el camino a casa eufórico de alegría porque, al final, su búsqueda había sido fructuosa y había encontrado el auténtico idiota que no se merecía vivir. En casa, puso el Cd "The President Plays" de Lester Young, se sentó en la butaca y empezó a elaborar un plan de acción.

La semana siguiente pasó sin pena ni gloria. Una semana corriente con su horario laboral, sus clases de kárate, la visita a Miguelito y la cena del miércoles en casa de sus padres. Lo único que difería de las demás era el nerviosismo que le producía la perspectiva del congreso del sábado donde iba a dar inicio a los pormenores de su proyecto criminal. Dos horas antes de empezar el mitin, Roberto salió de casa vestido con un vaquero negro y una camisa gris marengo, la más elegante que había podido encontrar en su armario. Afortunadamente el tiempo aún era veraniego y, al no tener traje, con el calor que hacía, su atuendo no llamaría demasiado la atención. Aparcó su scooter en las inmediaciones de la sala de actos, lo suficientemente cerca para poder desplazarse con prontitud en el caso de que fuese necesario y silenció su móvil. En la acera, delante de la entrada principal, había ya un montón de gente congregada, charlando animosamente, y unos chavales con insignia oficial del partido repartían banderitas de plástico de España y otras con el logotipo del propio partido. Roberto se quedó con una de España porque le parecía que le comprometía menos y además se sentía mejor representado. De repente hubo un desplazamiento masivo hacia la puerta de entrada y la gente penetró en el recinto dispersándose por todos los lados buscando un sitio lo más cercano posible a la tribuna. Roberto se sentó en una silla de la última fila cerca de la puerta para poder controlar los movimientos de entrada y salida de la gente. Era fundamental que no perdiera de vista a Pedro Cosido una vez terminada la asamblea. De momento lo tenía localizado. Estaba en una de las primeras filas con su perro faldero Teófilo a su izquierda y una mujer rubia a su derecha. Reconoció, sin la menor duda, a Maribel Torrente, la más zopenca de su antigua clase. Era tan tonta como sus padres ricos, una de estas pijas mimadas que a pesar de unos dientes prominentes y nariz respingona se creía irresistible. Su actividad preferida era mover su pelo con grandes movimientos de brazo, en muy cortos intervalos de tiempo, una vez hacia la derecha y otra hacia la izquierda con la correspondiente inclinación de la cabeza. Por su poca sesera, los compañeros de clase, y Pedro, el que más, se burlaban de ella a carcajada limpia cada vez que soltaba una de sus simplezas. Lo peor de todo, era que la propia Maribel también se reía porque no se había percatado de que se mofaban de ella. Al verla cogida del brazo de Pedro, Roberto se acordó de Bea Arias y se alegró de que no hubiese sucumbido a las presiones de aquel chaval prepotente. De repente los perdió de vista porque todo el mundo se levantó al son del himno del partido y un mar de banderas en movimiento le quitó la visibilidad. La música era atronadora y los ánimos exaltados. El presidente hizo su entrada triunfal y con cara de falsa humildad se acercó al atril donde depositó los apuntes de su discurso. Cuando por fin se estableció el silencio, empezó su arenga con críticas al gobierno vigente, la situación económica del país, la falta de decisión en asuntos exteriores, el aumento del paro y las políticas sociales que, en su opinión, solo servían para vaciar inútilmente las arcas públicas. Ante este cataclismo generalizado se presentaba, nada más y nada menos, como el único salvador posible de la nación. También hizo especial hincapié en la situación convulsa del País Vasco donde hacía unas semanas ETA había colocado un coche bomba junto a la casa cuartel de Durango provocando heridas leves a dos agentes de la Guardia Civil y culpaba de ello directamente al ejecutivo por haber entablado conversaciones de paz con los separatistas. De hecho, lo que menos se percibía en esta sala era el anhelo de paz. A Roberto le sorprendió mucho cómo reaccionó la muchedumbre sobre este tema. Se alzaron gritos de insultos y amenazas con una furia más propia de bárbaros que de gente civilizada. Una mujer de unos sesenta años, los ojos enrojecidos por la ira y el odio, mandó al presidente del gobierno, llamándole por su nombre con una familiaridad y una falta de respeto sorprendente, "al hoyo con su abuelo".

"Es increíble", reflexionó Roberto, "dentro de unos días, esta misma gente me tachará de asesino desalmado, pero la única diferencia que hay entre ellos y yo, no son las ganas de matar, sino el coraje para hacerlo."

También le llamó especialmente la atención que ambos bandos, los separatistas vascos y los representantes de este partido, utilizaban un argumentario muy parecido para defender sus respectivas posturas: "soberanía territorial y del pueblo", "patriotismo", "lealtad a la bandera", "orgullo nacionalista" y, sobre todo, "libertad". Lejos de ser un experto político, y aún menos con pretensiones de serlo, le parecía que la única diferencia que existía entre los dos conceptos era el tamaño del territorio que se consideraba la patria de cada uno. Unos extendiéndolo al conjunto de pueblos que forman la nación española y los otros restringiéndose a su hábitat histórico-cultural. ¿Por qué era tan difícil entonces que los pueblos se entendiesen? Ahora, lo que sí rechazaba con vehemencia era el hecho de utilizar la violencia, del género que fuera, para imponer sus ideas a los demás. Matar por razones políticas era absolutamente repudiable y no tenía nada que ver con su propia actividad. Él mataba por instinto, sin implicar a nadie más que a su víctima. Lo tenía en sus genes. Y si de paso resultaba que su presa fuese un auténtico idiota, mejor para la sociedad. La música estridente del himno del partido que anunciaba el final del discurso le sacó de su pensamiento y le recordó que a partir de ahora tenía que estar especialmente alerta para no perder de vista a Pedro Cosido. Roberto fue uno de los primeros en abandonar el recinto y sentado en su moto se puso a observar la salida. El vocerío de la gente era ensordecedor. Los asistentes que se movían al ralentí en pequeños grupitos estaban eufóricos e hinchados de orgullo. Acababan de experimentar un subidón anímico, una gran satisfacción patriótica, y una profunda reafirmación de sus convicciones políticas. Unos cinco minutos más tarde, vislumbró dentro de la multitud a su futura víctima con su novia cogida de la mano y rodeados de unos cuantos aduladores de la misma calaña que Teófilo. Estaban radiantes y charlaban animosamente entre carcajadas. Se dirigieron hacia un parking público donde seguramente habían dejado los coches. Roberto se posicionó justo en la salida del subterráneo sin mucho disimulo porque sabía que era muy complicado que le reconociesen con el casco puesto. Desde allí, no tenía ninguna dificultad en detectar el coche de Pedro porque tenía que pararse forzosamente para introducir el resguardo de pago en la máquina que controlaba el levantamiento de la barrera. Cuando se incorporó al tráfico, lo siguió a una distancia prudencial, a pesar de que era prácticamente imposible que se percataran de su presencia por lo animados que iban todos en el Mercedes de lujo, las ventanillas bajadas de donde se escapaba la música de Camela puesta a todo volumen. Tras unos veinte minutos de recorrido, primero por la carretera de circunvalación y después por una de las calles principales de la ciudad hasta la sede central del partido, el automóvil de Pedro desapareció por la rampa del garaje privado del edificio. Roberto se paró y se quedó un rato escrutando los alrededores. No sabía dónde se ubicaba la salida del parking, pero enseguida dedujo, por la ausencia de acceso pedestre en aquella misma calle, que iba a ser o por la puerta principal o en la calle perpendicular a la izquierda del inmueble. Sin perder más tiempo, arrancó y aparcó su scooter justo en la esquina desde donde podía observar los dos lugares. No tuvo que esperar mucho para averiguarlo. Unos minutos más tarde empezó a oír voces y por unas escaleras apareció el grupito de amigos. Era un callejón sin salida bastante oscuro. Al principio consideró que podía prestarse para llevar a cabo su cometido, pero, tras un segundo reconocimiento ocular, descartó esta posibilidad por falta de rutas de escape. Se resguardó disimuladamente detrás de un panel publicitario y dejó que la pequeña comitiva pasara para, acto seguido, reanudar su vigilancia a escondidas desde el otro lado de la fila de coches aparcados. Dejando atrás la sede del partido, subieron la arteria principal que unía el centro de la ciudad con la parte norte y dos bocacalles más adelante se adentraron en un famoso barrio histórico situado a la derecha. Era una zona de todo lujo en pleno corazón de la capital, calles tranquilas y poco transitadas con casas señoriales solo asequibles a unos pocos privilegiados. Los pisos median como poco trescientos metros cuadrados y cada portal ostentaba una puerta enorme o bien de hierro forjado con cristal noble o bien de madera artísticamente tallada. A ninguno le faltaba tampoco la cabina de portería y la entrada de servicio para la entrega de mercancías. No era sorprendente que muchas embajadas y consulados hubieran elegido uno de estos edificios para su establecimiento. A pesar de tener escasa actividad de ocio, los chicos sabían dónde iban y tras recorrer unas cuantas manzanas, se metieron en un local a penas reconocible desde la acera. Era un cóctel bar carísimo ubicado en un semisótano, lujosamente decorado y con acceso exclusivo para socios. Desde fuera la música era casi inaudible gracias a una excelente insonorización del local, sin duda requerida por la vecindad para salvaguardar su tranquilidad. Roberto se quedó solo en aquella calle sin saber dónde posicionarse para no perder de vista la puerta de entrada ni tampoco llamar la atención. Se sentía cansado. El día había sido largo y todo este ajetreo empezaba a pesarle sobre sus articulaciones. Siguió andando y al llegar al próximo cruce de calles se percató de la existencia de bancos públicos en cada una de las cuatro esquinas. Dio gracias a Dios y eligió, para sentarse, el banco mejor situado para poder mantener su vigilancia. Estaba aburrido y la espera se anunciaba larga. Echaba de menos su butaca, su novela policíaca y, sobre todo, su disco de jazz como música de fondo. Era su actividad más preciada cuando estaba en casa. A veces veía un rato la tele, pero enseguida se aburría de las sandeces que había que soportar por parte de los invitados en ciertos programas de tertulia, opiniones de supuestos periodistas que ofendían la inteligencia humana. Ahora sí, no despreciaba una buena película, especialmente si se trataba de una policíaca de los años cincuenta o cualquiera de intriga, antigua o moderna, si estaba bien hecha. Al recostarse sobre el respaldo, se fijó que detrás del banco, a la izquierda, había un contenedor para reciclar papel y a su alrededor una gran cantidad de cartones, papeles de embalaje y periódicos que los vecinos habían tirado al suelo sin hacer el esfuerzo de introducirlos por la rendija... que para eso ya pagaban muchos impuestos. Se agachó y eligió un diario al azar. En realidad, tampoco había mucho por donde escoger puesto que solo se encontraban ejemplares del ABC y de La Razón. Se puso a leer un artículo elegido al tuntún de La Razón sobre política nacional y se sorprendió con qué parcialidad el autor había enfocado la perspectiva de la noticia en cuestión.

"Hoy es mi día", pensó, "si después de eso no me convierto en un conservador empedernido, no lo seré nunca... vaya bombardeo."

El estruendo de voces que cortó de repente el silencio de la noche le puso en alerta y se escondió detrás del contenedor... que para algo tenía que servir. Se trataba efectivamente del grupito de amigos que habían abandonado el local y se despedían a todas voces sin que les importase lo más mínimo el descanso de los vecinos. Al cabo de unos diez minutos, Teófilo y los otros chicos emprendieron el camino por donde habían venido y Pedro y Maribel se quedaron solos. Entre risas, abrazos y besos, empezaron a caminar en su dirección. La calle estaba desierta y tuvo que tener mucha precaución para que no reparasen en su presencia. La suerte quiso que el contenedor se encontraba en la acera de enfrente, pero, aun así, se agachó para disimular su cuerpo entre los desechos de papel y cartón. Absorbidos por su intercambio de confidencias amorosas, pasaron de largo, cruzaron la calle y unos quince metros más adelante se pararon delante de un enorme portal. Roberto dedujo que era la casa donde vivía Maribel y acertó, porque tras una empalagosa despedida de "te quiero" y "yo más", que duró lo suyo, Pedro deshizo lo andado y con toda probabilidad volvía a la sede del partido para recoger su coche. Por fin se había acabado esta pesadilla y Roberto emprendió el camino a casa satisfecho de sus pesquisas porque, a falta de unos pocos detalles que aplazaba a otro día, había recaudado información suficiente para elaborar un plan definitivo. Al llegar a su hogar estaba exhausto. Se preparó un sándwich de jamón serrano con tomate, abrió una lata de cerveza helada, puso unas baladas de piano solo de Enrico Pieranunzi para relajarse y se acomodó en su butaca favorita. Un cuarto de hora más tarde se quedó traspuesto y solo se despertó al amanecer, todavía a tiempo para desvestirse y meterse en la cama hasta el mediodía, como poco. El timbre del teléfono le despertó. Eran las doce y media y su padre le preguntaba si, por ser domingo, no le apetecía venir a comer. El pobre hombre se aburría como una ostra con su mujer y anhelaba algo de diversión. Roberto, con la disculpa de una urgencia en el trabajo, denegó la invitación porque aún tenía unas cuantas cosas que averiguar y prefería hacerlo pronto para no demorar más su proyecto. Tomó una ducha rápida, se vistió y bajó al supermercado para comprar algo de comida. Una chuleta de cerdo a la plancha, una ensalada variada que aliñaba con un buen aceite de oliva virgen y vinagre de Módena y un tarro de arroz con leche. Puso el programa de radio "A todo Jazz" presentado por Juan Claudio Cifuentes, "Cifu" para los amigos, que se emitía los sábados y los domingos de dos a tres. Si no era inevitable, no se lo perdía nunca. El presentador era una enciclopedia viva de conocimiento en la materia y acompañaba la música del artista elegido para la sesión del día de unos comentarios llenos de sabiduría y sentidas emociones. En fin, una fuente de inspiración imprescindible para cualquier amante de jazz. Ya por la tarde, después de la tradicional siestita del fin de semana, volvió con su moto a la calle donde vivía Maribel. Su aspecto, con la luz de día, era aún más imponente que de noche y, a pesar del poco tránsito, parecía menos desértica. No obstante, no había ninguna duda, era el sitio ideal para la ejecución del idiota. Recorrió las dos aceras de arriba abajo, observando todos los detalles que tuviera que tener en cuenta para garantizar su seguridad. Se fijó que no había ninguna cámara que daba a la calle. Todas enfocaban desde el portal hacia el pasillo interior, seguramente debido a la existencia de porteros físicos que se encargaban del permiso de acceso. Lo que le facilitaría también la tarea era que todos estos guardianes de finca tenían a su disposición un habitáculo cerrado, en el interior del portal, sin visibilidad a la calle más allá de un metro de cada lado. De modo que, si actuaba con rapidez en medio de dos portales, resultaba casi imposible que pudiesen ver lo que ocurría. Además, la distancia entre el acceso de una casa a otra era más que suficiente y con la ayuda no despreciable de los televisores que absorbían la atención de los vigilantes, la probabilidad de ser pillado se reducía considerablemente. Cuando iba a marcharse, de pronto se fijó en una furgoneta aparcada que le sonaba haber visto ya la noche anterior en el mismo sitio. Se acercó por curiosidad. En el lateral estaba escrito en grandes letras: "**Antigüedades López-Cranberry. Servicio a domicilio.**" Unos metros más adelante, en la misma acera que la residencia de Maribel en dirección a la arteria principal, había en la planta baja de uno de los portales una pequeña tienda del mismo nombre que se dedicaba a la venta de muebles y objetos antiguos estilo colonial inglés. La existencia de esta tienda le alegró la tarde porque significaba que los dueños intentarían siempre aparcar su camioneta en las inmediaciones del local y, por lo tanto, podía contar con su presencia en la calle. Echó disimuladamente un ojo a la cerradura de las puertas traseras. Era pan comido, no se le resistiría ni dos segundos. Ahora, solo faltaba que el azar pusiera todos los elementos necesarios en su justo lugar para poder dar el golpe definitivo. Roberto no se preocupaba demasiado por ello porque sabía que tarde o temprano se presentarían las circunstancias idóneas y entonces ocurriría lo inevitable. Mientras tanto se mantendría al acecho. Al llegar a casa, quemó el papel con el nombre y el número de teléfono de Pedro y lo tiró al váter para no dejar ningún indicio que le podría relacionar con el crimen.

A lo largo de la semana siguiente, al salir del trabajo, Roberto pasó varias veces con su scooter por aquella calle y pronto se dio cuenta de que en los días laborables había considerablemente más tráfico de coches y de peatones que el fin de semana, incluso de noche. Esta circunstancia le permitió restringir su emboscada al fin de semana. La tarde del jueves, para alejarse lo máximo posible de su domicilio, se fue hasta el Parque Sur y se compró una mochilita, una chaqueta de chubasquero con capucha y unos sobrepantalones impermeables por menos de quince euros cada uno en una tienda de ocio y deporte. Eran prendas muy ligeras y manejables que cabían perfectamente en la mochila. En otra gran superficie adquirió un cuchillo de cocina común con una hoja de unos veinte centímetros, una caja de guantes de nitrilo y un bote de espray rojo como los que usan los grafiteros. Ya estaba todo listo y solo había que esperar el momento propicio. No obstante, éste tardó bastante en llegar y casi acaba con su paciencia. Resultó que los dos siguientes fines de semana fueron un auténtico fiasco. El primero Pedro y su novia no aparecieron en ninguno de los dos días y el segundo lo hicieron el domingo, pero la furgoneta estaba aparcada en una calle perpendicular. Así que, como colofón de la noche, tuvo que asistir a la empalagosa despedida de los enamorados escondido detrás de su contenedor con ganas de vomitar por la rabia que le entraron a la vista de este lamentable espectáculo. Sin embargo, el tercero, su suerte cambió. Fue el sábado. En un primer instante, al caer la noche, la idea de salir le dio mucha pereza y estuvo a punto de cancelar su excursión porque encima, al día siguiente, había quedado para comer con sus padres.

"¿Y si es *el día*?" le susurraba reiteradamente su voz interior.

Finalmente, sacudió su anquilosamiento, escogió cuidadosamente todo el material que necesitaba y lo metió en la mochila. Encendió la televisión y la puso a un volumen lo suficientemente alto para que se oyera ligeramente, pero que no molestase. Los vecinos de arriba eran una pareja de jubilados muy simpáticos. Las veces que Roberto había coincidido con ellos, el contacto fue amable, pero en seguida se dio cuenta de que les gustaba enterarse de todo lo que pasaba en la casa y en el barrio. Más que considerarlo un inconveniente, decidió usar esta circunstancia a su favor haciéndoles creer que se había quedado toda la noche en casa viendo la tele. Enfrente, en su mismo rellano, no había nadie. El dueño siempre estaba de viaje o por lo menos es lo que le habían contado los ancianos. Salir sin ser visto no engendraba ninguna dificultad. Bajó sigilosamente las escaleras, dejó su scooter a la vista de los curiosos y se dirigió en transporte público hacia el punto neurálgico. Cuando llegó, su corazón se aceleró. Allí estaba la furgoneta aparcada en la acera adecuada y a una distancia prudencial del portal de Maribel. Para regresar al parking, Pedro tenía que pasar forzosamente por su lado dejando la parte trasera a sus espaldas. La situación era la idónea. El reloj de Roberto marcaba las diez y media y la espera, sin duda, resultaría muy larga. Sin embargo, esta vez no le importaba porque presentía que el momento había llegado y que su ejecución solo era cuestión de tiempo. La euforia mantiene alerta. Por fin, sobre las dos de la madrugada la parejita hizo su aparición por la esquina de la calle principal. Roberto tenía que actuar con celeridad para que no le pillasen. En un periquete forzó la compuerta de la furgoneta y se resguardó en su interior, cerrándola detrás de sí. Afortunadamente el habitáculo estaba vacío. Sin perder más tiempo, se puso el sobrepantalón, se colocó una bolsa de plástico sobre cada zapatilla que sujetó en el tobillo con una goma y se puso el chubasquero con la capucha sobre la cabeza. Oyó las voces de los dos jóvenes que debían estar a la altura de la camioneta. Esta vez estaban discutiendo y Roberto podía distinguir palabras como "política", "elecciones", "todo vale si quieres ganar" y "qué le den por culo". Se apresuró en terminar los preparativos porque esta vez, por el tono de voz que utilizaban, seguramente no iban a tardar mucho en despedirse. Se ajustó los guantes, dejó la mochila, el cuchillo y el bote de espray en un rincón del fondo y se bajó del vehículo dejando las puertas entreabiertas. No había nadie en la calle y solo se oían las voces de los chicos peleando, sobre todo la de Pedro que no hacía más que chillar que era una tonta como todas las mujeres y que no se enteraba de nada. Con un portazo se restableció el silencio y empezaron a resonar unos pasos lentos que se acercaban. Roberto se pegó contra la carrocería trasera y aguantó la respiración. Al cabo de unos segundos apareció Pedro, los ojos clavados en el teléfono móvil, totalmente absorbido por la pantalla y sin prestar la menor atención a lo que ocurría en su entorno.

"Benditos sean los móviles", pensó Roberto con sorna, "la gente hoy en día se emboba con las redes sociales y pierden toda relación con la vida real, lo que nos facilita la tarea a los asesinos como yo."

Como una serpiente venenosa se abalanzó sobre su víctima y, colocándole el brazo alrededor del cuello, le hizo la llave del sueño como lo había aprendido en kárate. Pedro perdió instantáneamente la conciencia. Sabiendo que el efecto de desmayo dura solo pocos minutos, sin soltarlo recogió el móvil, lo aupó a la furgoneta y cerró las puertas detrás de sí. Arrastró el cuerpo al fondo y teniéndolo bien agarrado en el suelo empuñó el cuchillo. En aquel instante Pedro recobró parte de conciencia, pero solo pudo preguntar:

"¿Quién eres?"

"Tu guardaespaldas, imbécil", contestó y le plantó el cuchillo en el cuello desde la derecha seccionando de un tajazo la yugular.

La sangre empezó a fluir como un manantial caudaloso salpicando todo lo que le rodeaba. Roberto dejó el cuerpo desangrándose lentamente en el suelo, cogió el bote de espray y se puso a escribir sobre las paredes del habitáculo: "Pedro, hijo de puta", "mentiroso", "presidente lameculos", "tramposo", "corrupto", "politicucho de pacotilla" y algunas cosas más que hacían referencia a su fraudulenta elección como presidente de las Nuevas Generaciones. Cuando terminó, se quitó los guantes, el chubasquero y, junto con el espray y el cuchillo, lo guardó todo en una bolsa de basura que había traído con ese propósito. Sin tocar nada más, se asomó por la puerta de la furgoneta. En la calle no había nadie y reinaba un silencio absoluto. Saltó a la calzada, cerró las compuertas con llave y se desprendió, lo más rápidamente posible, de las bolsas de plástico que envolvían sus zapatillas y del sobrepantalón para no llamar la atención en el caso de que alguien apareciese. Una vez que hubo metido todo en la bolsa de basura, la escondió en la mochila y se marchó a paso tranquilo. La noche estaba agradable. Hacía aún calor, pero corría una ligera brisa que daba la sensación de frescor. Roberto tenía una larga caminata delante de sí porque, excepto los buses nocturnos cuyo funcionamiento desconocía, ya no había transporte público y coger un taxi estaba absolutamente fuera de cuestión. Caminar un poco tampoco le importaba. Así podía repasar tranquilamente los acontecimientos y saborear su primer asesinato. Todo había salido a la perfección. Estaba eufórico. A la media hora se cruzó con un grupo de chicos y chicas achispados por el alcohol que disfrutaban de su salida del sábado por la noche cantando las canciones de sus ídolos.

"Es curioso cómo cada uno se alegra la vida", reflexionó Roberto, "ellos bebiendo y cantando con los amigos y yo matando... qué diferentes somos todos."

Cuando por fin llegó a la esquina de su calle, incrementó la cautela. Asomó la cabeza y vio que la joven vecina de enfrente estaba sentada en el Seat León amarillo de su novio aparcado en segunda fila. Se estaban despidiendo. Más de una vez, al asomarse casualmente por la ventana antes de ir a la cama, observó este ritual que podía durar hasta media hora. Afortunadamente en esta ocasión no fue así. La chica se bajó del vehículo, se adentró en el portal y el coche desapareció con un arranque que hizo chirriar los neumáticos. Roberto recorrió el tramo de la bocacalle hasta su casa rozando la pared de las casas, a la sombra de la luz de las farolas, para evitar ser visto por los ancianos en caso de sufrir insomnio. No hubo percance. En la televisión echaban "La Profecía", el clásico de terror de Richard Donner. Antes de apagarla se fijó en la programación anterior por si alguien pudiese preguntar por ello, puesto que se suponía que había pasado la velada apoltronado en su butaca. Se sorprendió al constatar que la cadena en cuestión había emitido una noche dedicada al cine de terror con "Carrie" de Brian De Palma, seguido de "La semilla del diablo" de Roman Polansky.

"Qué casualidad...", ironizó mientras apuntaba los títulos en un papel para no olvidarlos. Luego se metió en la cama agotado.

Al día siguiente, se despertó tarde. Durmió sin sobresaltos durante toda la noche y con la conciencia muy tranquila.

"¡Cómo no iba a tener la conciencia tranquila si en nuestra sociedad existen un montón de empresarios que pagan a sus empleados un sueldo mísero por más de diez horas de trabajo al día o los echan a la calle sin miramientos, y siguen durmiendo tan plácidamente! Es asesinar en diferido, no muy diferente a lo mío... solo que soy algo más expeditivo...", se justificó con sorna.

Ahora tenía que darse prisa para no llegar muy tarde a casa de sus progenitores. A su padre le encantaba, antes de comer, bajar al bar a tomar el aperitivo. Disfrutaba de este momento para charlar libremente con su hijo, sin la presencia de su mujer que no se enteraba de nada y se asustaba por cada cosa seria que se comentaba. El despertador marcaba ya la una menos cuarto. Se duchó a toda prisa, se puso unos vaqueros y una camisa de manga corta y, de pie delante del fregadero, apuró un café bien cargado. Antes de salir, recogió la mochila que había dejado en el bidé, comprobó con satisfacción que la sangre no había calado y salió de casa. En la acera, arrancó la moto, no sin antes haber escondido la mochila en el departamento debajo del asiento reservado al casco, y se marchó. Su padre le estaba aguardando en el bar de la esquina. Se abrazaron.

"Tienes muy buena pinta, Roberto", exclamó Jorge, "estás radiante, de verdad."

"Es que las cosas me van muy bien, papá. El trabajo va sobre ruedas y disfruto mucho con las clases de kárate. Los chavales son muy divertidos y me lo paso bien."

"Me alegro mucho, hijo. Hablando de trabajo... el otro día apareció en el taller el director de tu antiguo colegio. Ahora se ha metido en política y desde entonces ya ni me saluda, el hijo de puta. Dicen que, si ganan las próximas elecciones, quieren nombrarle ministro de educación. Parece que tiene un plan para privatizar la enseñanza. Dijo a mi jefe, guiñándole el ojo, que era una fórmula para ganar mucho dinero. En fin, cada uno con su historia."

Mientras que disfrutaban de un par de cañas y de una tapa de calamares a la romana, siguieron conversando de sus asuntos personales, anécdotas del trabajo, la situación económica, las tragedias que el paro había provocado en algunas familias del barrio, hasta que Jorge tocó el tema:

"Hijo, la situación de tu madre es cada vez peor y no sé cuánto tiempo podré mantenerla en casa. Está perdiendo la cabeza y es un asunto serio. El médico dice que puede ser un principio de demencia, pero aún es pronto para establecer un diagnóstico certero. El caso es que cada vez se olvida con mayor frecuencia las cosas que tiene que hacer o que acaba de hacer. Ya no habla normal. Cada dos por tres interrumpe su frase porque se le ha ido de la mente la palabra que quería utilizar y no encuentra otra. Al final, ni se acuerda de lo que quería contar... Algunas veces, cuando llego a casa por la tarde, me la encuentro sentada en el sofá, mirando la pantalla de la tele apagada y cantando canciones de su infancia. Otras veces está en la cocina dando vueltas, moviendo cosas de un sitio a otro y me dice que está muy cansada porque ha trabajado mucho toda la tarde, pero, en realidad, no ha hecho nada. En fin, todo se ha convertido en una auténtica pesadilla y lo peor es que, a la vuelta del trabajo, me tengo que encargar de todas las tareas de la casa. Ya sabes... a pesar de todos sus problemas, la quiero mucho... siempre la he querido. No me imagino separarme de ella, pero llegará el momento en que la situación se volverá insostenible."

"No te preocupes, papá," le contestó Roberto, "cuando llegue este día, cuenta conmigo, te ayudaré en todo lo que pueda. De momento te recomiendo que la metas en un centro de día para que no tengas que tener miedo mientras estés en el taller. La recogen por la mañana y te la traen a casa por la tarde. Es lo mejor para ti y para ella. Si estás de acuerdo, me encargo de la solicitud lo antes posible. Después, cuando ya no puedas ocuparte de ella, te acompañaré a la Comunidad de Madrid para pedir plaza en una residencia y si hay que hacer frente a un pago, los dos juntos, con nuestros sueldos tendremos suficiente para acarrear con ello. Iremos juntos a visitarla por lo menos una vez a la semana."

"Gracias, hijo. A pesar de tu poca empatía con ella, sabía que podía contar contigo. Eres una buena persona... Venga, subamos ahora a comer y felicítala por el bacalao con tomate... lo he hecho yo, pero le hará ilusión."

Roberto se quedó en casa de sus padres una buena parte de la tarde y sobre las seis y media se despidió con la excusa de que tenía que pasarse por el supermercado a comprar comida para la semana. No obstante, su destino era otro. Cogió su scooter y se dirigió al cementerio. Cuartel 225, Manzana 55, letra A.

"Hola, Miguelito, aquí estoy de nuevo, pero esta vez me

presento ante ti como asesino consolidado. Te lo dije... era mi destino y he cumplido... ahora tú también tienes que cumplir con tu palabra. Me vas a guardar esta mochila sin decir nada a nadie... sé que puedo contar contigo," dijo con una sonrisa.

Y mientras soltaba los ladrillos con el destornillador, le contó a su amigo todos los pormenores de lo ocurrido la noche anterior. Tras descolocar el último adobe, empujó la mochila por el agujero hasta que se cayó al fondo de la tumba y volvió a reconstruir la pared. Antes de marcharse, se quedó sentado un rato encima del sepulcro, como lo solía hacer, y dijo:

"Gracias, amigo, tú sí que vales un potosí. Echo de menos los momentos que pasamos juntos... me sentía acompañado... aunque las cosas no siempre fueron fáciles. Fíjate como es la vida... te acuerdas cuando la gente llamaba a mi madre "Paca la loca" y a mí "el hijo de la loca"... pues resulta que estos malnacidos, al final, tenían razón. Mi madre se está volviendo loca de verdad y pronto vamos a tener que internarla en un centro de salud mental. Nunca pensé que lo iba a decir, pero tengo que admitirlo, me da pena. Nadie se merece un final así. ¡Qué le vamos a hacer...! Bueno, colega, pronto volveré con más historias... cuídate."

A media mañana del lunes estalló la noticia. Todas las cadenas de televisión y emisoras de radio interrumpieron la retransmisión programada para anunciar el macabro descubrimiento que había hecho el conductor de la tienda de antigüedades cuando se disponía a cargar los muebles para el reparto. Estaba fuera de sí y pálido como la cera cuando los medios de comunicación le entrevistaron. Aparecía en la pantalla sentado en una de las sillas que tenía que entregar a domicilio en la acera al lado de su vehículo y comentaba que, al abrir las puertas traseras de la furgoneta, se le vino una ola de sangre encima. Se levantó para enseñar la enorme mancha que teñía de rojo su camisa y sus pantalones. Después descubrió horrorizado el cadáver en el fondo del habitáculo y las amenazantes inscripciones en las paredes. Casi se desmaya, pero tuvo la heroica sangre fría de llamar enseguida al 112.

"Era espantoso... espantoso...," sollozó y se tapó la cara con sus manos, los codos apoyados en sus rodillas. Con esta imagen los reporteros dieron la entrevista por acabada y siguieron con el relato de los sucesivos acontecimientos. Los agentes de la científica no tardaron mucho en llegar y, en aquel preciso instante, estaban haciendo una minuciosa inspección de la furgoneta, pero todo parecía indicar que no hallaban ningún indicio que les pudiera poner sobre la pista del asesino. Por el momento no se podía comentar nada más y los enviados especiales devolvieron la comunicación a los estudios donde los presentadores de los respectivos programas en marcha prometieron a los telespectadores o radioyentes que les mantendrían informados tan pronto se conociera alguna novedad. A Roberto el anuncio del suceso le pilló en el trabajo y, delante de la radio que los empleados solían poner en el taller para entretenerse mientras trabajaban, fingió, al igual que sus compañeros, un profundo estupor.

"¿Cómo puede pasar una cosa así hoy en día?" comentó uno de ellos.

"Ya ves... ya no hay ningún respeto por la vida humana. Seguro que es un encargo de algún político frustrado a unos matones... por menos de cuarenta mil euros ejecutan a quien sea," respondió otro.

"Las cloacas del estado... no me sorprendería que se lo haya merecido por corrupto, el cabrón. Solo hay que ver lo que estaba escrito en las paredes del furgón. Al final, todos los políticos son iguales, jóvenes y viejos... solo quieren poder y forrarse a nuestra cuenta... ¡no te jode!", argumentó el tercero.

Siguieron divagando sobre el asunto toda la mañana, pero Roberto ya no escuchaba. Estaba encantado con el giro que tomaban los acontecimientos. La opinión pública puede influir considerablemente sobre el rumbo de una investigación. La policía siempre está sometida a mucha presión y esto induce a cometer errores. Al rato se vio obligado a marcharse porque tenía que instalar una gran cantidad de cerraduras en una obra y no pudo seguir las noticias hasta la noche en su casa. Llegó justo para el telediario. Sacó de la nevera una cerveza, se puso unas patatas fritas y se instaló delante de la tele para ponerse al día de las últimas novedades. Como era de esperar, las noticias abrieron con el asesinato de Pedro Cosido en extrañas circunstancias. El presentador afirmaba que el mundo político estaba en shock y que nadie se podía explicar lo sucedido. Todos los partidos políticos condenaron rotundamente este acto repulsivo y apelaban a la convivencia pacífica del pueblo español. Al principio del reportaje aparecieron de nuevo algunas imágenes del repartidor de la tienda de antigüedades que descubrió el cadáver sobre las nueve y media de la mañana. Después emitieron una corta entrevista con Maribel Torrente, novia del fallecido, que entre sollozos y lágrimas afirmaba que no había observado nada sospechoso en la calle cuando Pedro la acompañó a casa... que todo estaba tranquilo, igual que siempre... que estaba destrozada y que su vida ya no tenía sentido... Súbitamente, la retransmisión cambió de tercio y dio paso a la crónica del arresto en su domicilio del segundo candidato a la presidencia de las Nuevas Generaciones del partido. Según la policía era, lógicamente, el primer sospechoso debido a las inscripciones encontradas en la furgoneta. No obstante, este tenía una coartada inquebrantable y tras tomarle declaración, tuvieron que soltarlo. En la entrevista que le hicieron los reporteros a la salida de la comisaría de policía nacional afirmó, con cara compungida y aspecto seriamente afectado, que jamás sería capaz de hacer daño a nadie y menos a su gran amigo y compañero Pedro Cosido para quien tenía un profundo respeto. Acto seguido, el presentador anunció la difusión de los comunicados que emitieron los presidentes de los diferentes partidos políticos nacionales. El primero en salir fue, evidentemente, el presidente del partido conservador que con cara seria lamentaba la pérdida de un gran amigo, un hombre honrado, un político como la copa de un pino, una promesa nacional - se secó con fingido disimulo una lagrimilla del ojo derecho - y que no iban a escatimar esfuerzos en colaborar con las fuerzas del orden para perseguir al sanguinario asesino hasta encerrarle a cal y canto para el resto de sus días. Roberto se fijó en que al lado suyo estaba Teófilo que no dejó de llorar a lágrima viva durante todo el mensaje.

"¡Qué falso!... ¡qué capullo!," murmuró entre dientes porque, tal y como lo conocía, sabía perfectamente que no lloraba por la muerte de su mentor sino por la impotencia que le producían tantos años de adulación con el fin de forjarse una posición relevante y que ahora, de un sopetón, se habían quedado en nada. Asqueado, apagó la tele, cargó el Cd "Alone Too Long" de Tommy Flanagan para relajarse, se abrió una botella de vino y se dispuso a cenar el resto del bacalao con tomate que su padre le había preparado en un táper. A los dos días del asesinato se celebró un funeral pomposo y con todos los honores, pero con el paso de las semanas siguientes el suceso cada vez se mencionaba menos en los medios y terminó por desaparecer por completo. La policía no había encontrado ninguna pista fiable hasta entonces. Al cabo de un año, el caso se archivó por falta de pruebas.

Un año. Este también fue el tiempo que Roberto dejó pasar antes de retomar sus aspiraciones asesinas. Era fundamental que todo el asunto Pedro Cosido se enfriara lo suficiente para que fuera improbable poder relacionar aquel crimen con el próximo. Durante estos doce meses vivió una vida tranquila, rutinaria y sin sobresaltos. Lo primero que hizo, fue, tal y como se lo había prometido a su padre, entregar en la Comunidad de Madrid una solicitud de acogida en un centro de día para su madre. Le fue concedida a las pocas semanas. A partir de ahí su día a día fue trabajo, clases de kárate, visitas a sus padres fines de semana esporádicos, incluyendo las Navidades, y peregrinajes al cementerio dos veces al mes. Procuraba dedicar su tiempo libre, siempre que podía, a sus dos pasatiempos favoritos: la lectura de novelas policíacas y escuchar jazz. Su colección de música iba creciendo y, por consiguiente, la elección del Cd, del músico o del estilo - Swing, Post Bop o Modern Jazz - para amenizar el momento se convirtió poco a poco en una disyuntiva complicada de resolver. Tutelado por su programa de radio favorito se acostumbró a frecuentar la tienda de discos por lo menos una vez a la semana y cada visita conllevaba la adquisición de dos o tres títulos nuevos, como poco. De hecho, aparte de los costes de la casa, la compra de música era su mayor fuente de gastos. También, harto de comer siempre platos precocinados, se apuntó a un curso de cocina para principiantes. Ponía sus nuevos conocimientos en práctica sobre todo los fines de semana, coincidiendo con la emisión del programa de jazz, lo que a menudo le obligaba a limpiarse las manos a toda prisa para poder apuntar en la libreta, que tenía preparada a este propósito, el nombre del músico que "Cifu" acababa de presentar. Eran momentos que disfrutaba como pocos y hacía lo posible para nunca perdérselos. El trabajo, por su parte, se convirtió en una rutina que hasta cierto punto le agradaba porque le ayudaba a guardar una vida ordenada y sencilla. A nadie se le hubiera ocurrido sospechar de un chico tan formal. Se llevaba bien con sus compañeros y de vez en cuando se apuntaba a tomar una caña con ellos al terminar la jornada, pero sin intimar con ninguno. De todas formas, todos estaban casados y tenían mujer e hijos. Estas obligaciones les impedían disfrutar de más tiempo de ocio, lo que a Roberto le venía de maravilla porque se libraba de buscar disculpas para evitar mantener contactos más personales con ellos. Un día, al salir del taller para ir a desayunar, se enteró por el conserje del edificio de que la empresa en la que trabajaba Virginia se había cambiado de sitio. Comentó que el negocio había crecido muchísimo y que, por ello, se había trasladado a otro polígono industrial para ocupar un edificio entero. La revelación le llenó de sentimientos contradictorios. Por una parte, se sentía aliviado porque ya no tenía que tener tantas precauciones para no toparse con ella. Todos los días, a la hora del desayuno o de la comida, procuraba salir a destiempo o incluso se quedaba encerrado en el taller para evitar cualquier encuentro casual. No hubiera soportado tener que aguantar su mirada de reproche y revivir el dolor que le produjo su incapacidad de dominar sus instintos. Por otra parte, la noticia le llenó de tristeza. La idea de tenerla cerca todos los días le producía una sensación de ternura y de bienestar. En aquel instante, esta percepción se esfumó para siempre. Fue como una segunda ruptura y, esta vez, la definitiva. Durante este tiempo los días se sucedieron plácidamente hasta que una tarde, a finales del mes de abril, el timbre del teléfono le sacó de su somnolencia musical. Era su padre. Le llamaba para comunicarle que la situación en casa se había vuelto insostenible. Desesperado le contó que Paquita llevaba ya semanas teniendo importantes pérdidas de memoria hasta tal punto que, a veces, ni siquiera le reconocía. No se lo había comentado hasta ahora para no preocuparle. Solo había ocurrido en escasas ocasiones. No obstante, en los últimos tiempos estos episodios se repetían cada vez con mayor frecuencia. Así mismo le describió cómo la noche anterior, a la hora de irse a la cama, se había puesto, sin darse cuenta, la parte superior del pijama por los pies y al no poder caminar normalmente se cayó en el baño pegándose la cabeza contra la bañera. Afortunadamente, no se hizo mucho daño. Le salió un chichón, pero todo quedó en un susto. De repente se quedó callado y Roberto pudo distinguir un ligero sollozo al otro lado de la línea.

"No te preocupes, papá, mañana mismo me presento en las oficinas de la Comunidad para pedir plaza en una clínica adecuada para ella."

Jorge intentó serenarse y por fin dijo:

"Gracias, hijo... ya no puedo más... esto es demasiado."

El tiempo de espera duró menos de lo previsto. Con el informe del centro de día que atestiguaba la gravedad del caso, se le otorgó una plaza en menos de un mes. Los costes se adecuaron proporcionalmente al sueldo del cónyuge y con la ayuda financiera de Roberto la carga resultó soportable. Afortunadamente, la residencia que les había tocado tampoco se encontraba situada muy lejos de sus respectivos domicilios, lo que les evitaría mayores molestias a la hora de las visitas. El día del ingreso se presentaron Jorge, con cara triste, Roberto, sereno, y Paquita, con la mirada perdida, en la recepción de la residencia donde el encargado los estaba esperando. El edificio resultó bastante decente para ser de uso público. El personal era muy amable, de una profesionalidad ejemplar.

Se notaba que se hacía un esfuerzo considerable para convertir el hall y los pasillos en lugares de lo más acogedores posibles. La habitación que le habían adjudicado estaba en la segunda planta y daba al jardín interior. La despedida fue bastante escueta debido a todas las formalidades que hubo que cumplimentar. No obstante, cuando Roberto se despidió de su madre, Paquita, en un instante de lucidez, seguramente provocado por este abrazo sincero que había anhelado durante tantísimo tiempo, le susurró al oído:

"No sigas, hijo... no lo hagas...".

Roberto supo en seguida a lo que se refería - se dice que las madres tienen un sexto sentido con sus descendientes varones - y le contestó:

"Lo siento, pero no puedo mamá, el poder del instinto es más fuerte que mi voluntad."

En su cara se dibujó una inmensa tristeza y su mirada volvió a perderse en el infinito. La dejó sentada en la butaca que había en una esquina de la habitación y al salir oyó cómo cantaba:

"Dónde están las llaves... matarile, rile, rile... dónde están las llaves... matarile, rile, ron, chimpón..."

Al alejarse por el pasillo la voz se hacía cada vez más débil y finalmente desapareció cuando se cerraron las puertas del ascensor.

"Qué ironía", pensó Roberto sentado en el coche durante el trayecto de vuelta a casa, "que sea precisamente mi madre, la demente, la única que sepa a qué me dedico realmente... es de locos... y nunca mejor dicho. Lo bueno es que ya ni se acuerda y, si se fuera de la lengua en otro momento de lucidez, nadie la creería. Es el destino de los locos, nadie los toma en serio."

Su padre condujo todo el camino en silencio con la mirada fija y sin apartar la vista de la carretera. Solo cuando entraron en el piso, Jorge se giró hacia su hijo con los ojos enrojecidos y dijo:

"Me siento vacío, Roberto, como si me hubiesen quitado una parte fundamental de mi vida... y me siento un traidor por haberla dejado allí sola con su desgracia."

Las lágrimas empezaron a deslizarse por sus mejillas.

"No pienses eso, papá, no es tu culpa y sinceramente, no podías hacer nada más. Todo el mundo lo sabe y nadie te va a juzgar por ello. Ella está bien donde está y la cuidarán estupendamente. Son profesionales. Y para que no te sientas tan solo, vendré a verte mucho más a mendo."

Como siempre, Roberto se mantuvo fiel a sus promesas y, al principio, pasaba todos los fines de semana con su padre. A veces, cuando la conversación entre padre e hijo, amenizada con una buena botella de vino, se prolongaba hasta muy tarde por la noche, se quedaba a dormir y al día siguiente iban a visitar juntos a Paquita. Uno de estos sábados por la tarde, sentados los dos en el sofá a la hora del telediario, se quedaron atónitos al ver una noticia sobre un grupo de antiabortistas que, delante de una clínica especializada a este propósito, con caras de perros rabiosos, increpaban, insultaban y agredían hasta físicamente a las mujeres que acudían a abortar. Jorge se indignó:

"Mira estos palurdos... ni soy experto en la materia ni tengo estudios superiores, pero no entiendo cómo en esta sociedad siempre aparece gente que quiere imponer sus ideas a los demás. Dime, ¿qué daño hacen estas mujeres a estos mismos que las increpan? ¿Con qué derecho intentan imponerles sus convicciones? ¿Conocen, ellos, las circunstancias que las han llevado a tomar esta decisión? Es como para el colectivo LGTBI. ¿Por qué hay personas que se meten con ellos e incluso les pegan palizas simplemente por ser diferentes? No molestan a nadie, solo quieren vivir como los demás ... Y ¿sabes qué, hijo?, lo más sorprendente de estos maestros de la moral es que, cuando se comprueba que hay políticos que se han enriquecido con dinero público, no dicen ni mu, ... nadie mueve un dedo. Como mi jefe, el imbécil del señor Jiménez, en vez de indignarse cuando el director del colegio le confiesa que se mete en política para forrarse, le ríe las gracias y se siente orgulloso de conocer a tan prestigioso personaje. De verdad, ¿no sé quién es más retrasado mental, él o mi pobre Paquita?"

Se levantó enfurecido del sofá visiblemente afectado por sus pensamientos y se fue a la cocina a preparar la cena.

"Tienes razón, papá, pero no te sulfures, es gente vacía que no sabe pensar por sí misma y necesita agarrarse a una doctrina impuesta por un líder espiritual, llámese como se llame, para encontrar un sentido a su miserable existencia... Venga, te ayudo, dime qué hago..."

Sin embargo, lo que, personalmente, le llamó de nuevo la atención concerniente a esta noticia, era la frágil frontera que existe entre una persona que se jacta de ser decente y un asesino como él. Al igual que la mujer que observó en el mitin político, a esta gente adoctrinada no le importaría eliminar de la faz de la tierra a todos los que no piensan como ellos, y, sin duda, lo harían si el maestro de turno, político o religioso, les diera la orden, pero, por su propia voluntad, no se atreven. Solo es una cuestión de cobardía.

Al principio de septiembre, después de unas vacaciones pasadas enteramente en Madrid, Roberto se presentó un sábado a mediodía sin anunciarse en casa de su padre para comer juntos. No había nadie. Obviamente, Jorge no había llegado aún de su tradicional compra del fin de semana. Decidió esperarle en el bar de la esquina "Los Compañeros". Era el típico bar de barrio montado por sus jóvenes dueños, con mucha ilusión, al principio de los años ochenta y desde entonces nunca se volvió a retocar. Con sus baldosas verdes brillantes y una cenefa dorada imitando el arte griego, parecía un baño público. La diferencia era que tenía barra y olía bien. Del techo de escayola blanca con pequeñas pirámides invertidas como relieve, justo encima del mostrador, colgaban cinco o seis cuerdas que sujetaban rollos de papel higiénico a guisa de servilleteros. Ofrecían tapas y menús del día, buena comida casera que la dueña preparaba con esmero en una cocina enana. La especialidad de la casa era la sangre frita encebollada cuyo olor impregnaba el local desde media mañana hasta la noche. Roberto se sentó en la barra, pidió una caña y se puso a leer el periódico que los dueños ponían a disposición de los clientes. Al poco tiempo, tres jóvenes, más o menos de su edad, con camisetas de Fito & Fitipaldis, Rosendo y Barricada, cazadora de cuero negro sobre los hombros, entraron sin saludar y, acodándose en el mostrador, siguieron con su animada conversación. El dueño debía conocerles porque, sin que hubiesen pedido, les puso a cada uno su bebida con la respectiva tapa de la casa. Roberto los miró distraídamente como se suele hacer cuando se adentra gente nueva en un local. No obstante, algo atrajo su atención y se fijó más detenidamente. A dos de ellos los reconoció. Eran dos de los malnacidos de la pandilla de Juncal Cifuentes. Con la edad habían cambiado físicamente, pero estaba seguro de que eran ellos, no había duda. Los colegas no parecían haber reparado en él y, si lo habían hecho, lo disimularon perfectamente. De repente, como de la nada, le invadieron los recuerdos, las imágenes de la humillación pública a la cual le había sometido la muy zorra de Juncal. Las fotos que le hicieron en pelotas entonces, no tuvieron el impacto deseado. En las redes sociales se censuraron por pornográficas y en los chats de

WhatsApp que hicieron circular por el barrio no gozaron de mucho éxito porque hasta el más garrulo se dio cuenta de que la emboscada había sido una auténtica canallada. Pero el daño moral era irreparable. Incitado por la rabia que se apoderó de él, decidió en aquel mismo instante que Juncal Cifuentes iba a ser su próxima víctima. Roberto acababa de dictaminar una nueva sentencia de muerte.

Para planificar su crimen, resultaba fundamental recabar el máximo de información posible sobre la vida actual de Juncal. Era evidente que no podía empezar a preguntar abiertamente lo que había sido de ella a los comerciantes y vecinos que la conocían. Hubiera sido demasiado llamativo, sobre todo después de lo que había acontecido entre ellos. Tenía que encontrar el modo de dar con su paradero sin que nadie pudiese sospechar. Después, ya se encargaría él de indagar en profundidad sobre la ubicación de su domicilio, su trabajo y sus hábitos diarios. Ahora ¿quién podría ponerle sobre su pista? Esta pregunta empezó a darle vueltas en la cabeza, pero no encontraba la solución. Durante la comida con su padre, Roberto estaba con los pensamientos en otro sitio y participaba en la conversación solo con monosílabos.

"Vamos a ver, hijo", protestó de repente Jorge, "¿por qué me das la sorpresa de venir a comer conmigo si después no me haces ni caso? Dime, ¿qué acabo de decir...?"

"No tengo ni idea, papá... Tienes razón, lo siento. Es que, en el bar, esperándote, me he acordado de un encargo urgente en el trabajo que se me ha pasado totalmente," le mintió. "Nada menos que para el lunes por la mañana a primera hora y ya sabes cómo soy, me como mucho el tarro con estas cosas. Así que esta tarde no podré quedarme contigo. Como tengo las llaves del taller, iré a arreglar este asunto."

"No pasa nada, lo importante es que te hayas acordado de mí... yo, por mi parte, haré una visita a tu madre."

"Otro día te acompaño", respondió Roberto cogiendo sus guantes y el casco de la moto. Le dio un beso y se marchó a toda prisa. Necesitaba estar solo para poder pensar. No soportaba quedarse con la incógnita de cómo, o de quién, podría obtener la información que le hacía falta. Al salir del portal se le ocurrió, en vez de irse a casa, adelantar su visita a Miguelito, visto lo cerca que estaba del cementerio. Aparcó la moto en la calle que bordeaba la manzana 55 y se adentró en el senderito que llevaba a la tumba. Enseguida se percató de que algo no estaba como siempre. Alguien había dejado un ramo de flores en el recipiente que sirve a este propósito al pie del sepulcro. Ya había pasado algún tiempo desde aquel día porque estaban completamente marchitadas. A Roberto se le iluminó la cara. Era una señal. Solo había podido ser una persona... su madre.

"Vaya, chaval, veo que te has tomado tu trabajo de colaborador muy en serio, tal y como me lo prometiste. Cuando menos idea tengo de cómo abordar mi cometido, aquí estás para indicarme el camino. Tienes toda la razón del mundo, la única persona que me puede guiar en mi investigación sin levantar sospechas, es tu madre. Eres un genio, colega, no puedo agradecértelo lo suficiente."

Se quedó un ratito más sentado encima de la lápida para contarle a su amigo los pormenores que le habían llevado a tomar la decisión de matar a Juncal Cifuentes y se marchó a casa. Necesitaba relajarse con su música para ir elaborando un plan de acción. En esta ocasión se decantó por el disco "Moment" de Kenny Barron. Se sentó en su butaca y se puso a reflexionar.

Eligió la mañana del sábado siguiente como el momento más idóneo para efectuar su visita a la madre de

Miguelito. Era el período del día en que menos probabilidad tenía de encontrársela trabajando. El portal de la calle estaba abierto, como la gran mayoría de los portales de Madrid debido a la falta de civismo de los propios propietarios de la finca. Subió las escaleras y a las doce y veinte llamó a la puerta del piso donde había vivido su amigo. En el interior se escuchaba el vocerío de un programa de tertulia de sociedad en la televisión. Obviamente, la madre de Miguelito no había oído el timbre de la puerta y tuvo que repetir la llamada. Tras tres vueltas de llave y el ruido de deslizamiento de un cerrojo, la puerta se abrió lentamente y apareció la silueta de una señora en combinación. Tenía un aspecto horrible. Estaba completamente despeinada y en sus mejillas quedaban churretones de pintura, restos de un desmaquillaje fallido. Los marcados rasgos de su cara y las bolsas negras debajo de sus ojos eran los testigos visibles de un profundo cansancio y una inmensa tristeza. Roberto se dio cuenta enseguida de que estaba bebida y el tetrabrik de Don Simón, como la copa medio vacía encima de la mesa de salón, corroboraron su veredicto.

"Buenos días, señora, soy Roberto, el amigo de Miguelito. ¿No sé si se acuerda de mí?", le soltó para tranquilizarla.

"Ah, sí, Roberto, claro que me acuerdo de ti." Su cara se iluminó. "El vecino y único amigo que tuvo mi niño... ¿Qué te trae por aquí?... Me imagino que sabes a qué me dedico y no creo que hayas venido a pedirme un servicio..."

"No, señora", contestó sin poder disimular una sonrisa, "he venido a ver qué tal estaba Ud. Hace mucho tiempo que no la veo."

"Llámame Linda. Es un nombre horrible... un nombre de puta, pero es el mío... qué le vamos a hacer... Muchas gracias por preocuparte, es todo un detalle. Pasa, pasa... ahora te cuento."

Entró en aquel salón donde, con su colega del alma, habían pasado tantas horas charlando y visionado las películas porno que la madre escondía en el aparador debajo de los manteles. Tuvo que hacer un esfuerzo para disimular la emoción que estos recuerdos le producían. Linda le ofreció cerveza o vino, pero se decantó por un café solo. Cuando, por fin dejó de trajinar en la cocina, le dejó la taza de café y el azucarero en la mesa, se sentó en la vieja butaca descolorida que estaba al lado del sofá y, tras un buen lingotazo de vino, empezó a hablar.

"Una vez más, muchas gracias por preocuparte por mí. Ya no estoy acostumbrada a que alguien lo haga. Desde que perdí a mi hijo y a mi marido, el muy cabrón, mi vida es un desastre y no hay forma de levantar cabeza. El trabajo me ayuda a sobrevivir, pero tampoco es como antes. Al principio, ganaba dinero. Lo malo es que mi difunto marido se lo gastaba todo en drogas... esta porquería de sustancia que se lleva todo por delante. Cuando nos conocimos, no era mal tío. Me cuidaba y me prometió una vida de familia feliz. De ser así, hubiéramos podido darle a mi Miguelito una existencia decente. Pero llegó la maldita droga y con ella, el desastre. Tuve que empezar a prostituirme para poder sobrevivir. Sabes, al principio te da asco, pero con el tiempo te acostumbras. Por mi niño hubiera hecho cualquier cosa, créeme. Como te dije, en mis primeros años ganaba un buen dinero. Los señores que venían eran hombres de verdad. Tíos de pelo en pecho que la tenían muy dura. Venían a desfogarse... a hacer cosas que con sus mujeres no se atrevían para no incomodarlas. Ya sabes, la educación de entonces. Pero ahora ya no hay machos así. Una parte de los jóvenes se dedica al culto del cuerpo, pero no se dan cuenta de que lo estropean todo. Con sus cuerpos afeitados parecen conejos despellejados... da grima verlos. Pasan todo el día en el gimnasio y se hinchan a testosterona para potenciar los músculos y lo único que consiguen es perder fuelle. Después hay los machitos de casta que vuelven a proliferar. Niños mimados con mentalidad conservadora, de "familia bien" como se suele decir, anclados en una tradición obsoleta e incapaces de digerir la emancipación de las mujeres. Creen que con sus coches de lujo, sus teléfonos móviles de última generación y su ropa de marca con los que se pavonean sin jamás haber dado palo al agua su masculinidad está garantizada. Pero se equivocan. A ellos tampoco se les levanta y vienen a buscar amparo a las putas porque con ellas no pasan vergüenza. Los últimos son mis favoritos. Hombres entrados en edad que añoran viejos tiempos. Viven felices con sus mujeres, pero les gusta que, de vez en cuando, alguien les masturbe. Es el servicio más barato y no piden más. En eso soy una especialista y sé cómo agasajarlos. Antes de empezar, les pregunto si, por un módico suplemento, lo quieren con música. La mayoría acepta esta opción para amenizar el momento. Así que me pongo un brazalete con unas campanillas en la muñeca y al meneársela parece que llaman a misa de las doce el domingo. Al principio se sorprenden, pero con el tiempo les hace gracia y muchos de ellos repiten."

Roberto se atragantó por intentar reprimir una carcajada. Cuando se hubo recuperado, decidió que era hora de orientar la conversación hacia otros derroteros.

"He visto que ha dejado flores en la tumba de Miguelito..."

Linda se sirvió otra copa de vino y la vació de un trago.

"Sí, hijo... por fin he conseguido superar la desazón que me impedía ir al cementerio. Ha sido muy duro, sabes... Pero tengo entendido que tú sí vas a menudo."

"Sí, señora... perdón... Linda. Voy dos veces al mes. Se lo prometí. Era mi mejor amigo y nunca le dejaré en la estacada. Pasamos momentos muy buenos y también muy malos en este barrio, pero estábamos juntos y éramos como una piña."

"Sí, sí, me acuerdo... momentos muy malos... sobre todo tú, ya lo creo. Lo que te hizo la zorra de Juncal, esa desvergonzada, no tiene perdón de Dios."

A Roberto se le llenó el alma de júbilo. Por fin se abordaba el tema que le interesaba.

"No me lo recuerdes..." contestó fingiendo disgusto.

"Entiendo que no quieras hablar de ello, pero, sabes, ella también tuvo su merecido. Tengo entendido que, tras haberse burlado y utilizado a todos los chicos del barrio, un día se enamoró locamente de un chaval de la alta sociedad y se quedó embarazada. Las malas lenguas dicen que lo hizo a propósito para atarle, pero evidentemente, el señorito no quiso saber nada de ello y la mandó a paseo. No tuvo otro remedio que abortar, pero todo el barrio se había enterado de su historia y se volvió el hazmerreír de los vecinos. Muchos le tenían ganas, sobre todo los chicos. Así que, para huir del bochorno, se mudó a otro barrio. Lo único que la vincula aún con éste, es su empleo. Trabaja como dependienta vendiendo colonias, champús y cremas faciales en una perfumería cerca de la parada del autobús 4."

Roberto estaba eufórico. Ya tenía toda la información que necesitaba y la interrumpió:

"Pues me alegro de que haya probado de su propia medicina, pero, sabes Linda, esta chica, ni me va ni me viene. Por mí, que se pudra... Vaya, ¡qué tarde se ha hecho!... lo siento, pero me tengo que marchar. He quedado con unos amigos para comer y ya voy retrasado."

Se levantó y ayudó a Linda que por los vapores etílicos tuvo serias dificultades para ponerse en pie.

"Muchas gracias, hijo, por venir a verme... me ha hecho mucha ilusión. Vuelve cuando quieras. Y si por un casual necesitas aliviarte, no lo dudes... no te cobro."

Una vez en la calle, Roberto respiró hondo. Tenía la cabeza como un bombo y anhelaba el silencio de su hogar.

"¡Qué personaje, esta mujer!", pensó subiéndose al scooter. "Parece sacada de una película de los hermanos Coen, pero a la española."

Sin embargo, no pudo evitar sentir algo de compasión por ella. La vida le había dado muchos palos y allí estaba, luchando por su supervivencia. Y lo que más valoraba de ella es que quiso muchísimo a su hijo y se sacrificó para darle la mejor vida posible. No consiguió protegerle de su padre... vale, pero no fue su culpa.

Llegó a casa justo a tiempo para poner la radio y oír a "Cifu" anunciar su programa: "Seguimos en radio 3, de Radio Nacional de España y en este mismo momento estamos empezando un programa de jazz para ti que te gusta el jazz..." Esta voz y la sintonía sacada de "Boy, What a Night" de Lee Morgan anunciaban, como siempre, un momento de sabiduría musical y gozo auditivo. Roberto estaba de buen humor. Todo había salido según el guión que se había planteado. Subió el volumen de la radio y se puso a cocinar una lubina al horno con patatas. Para celebrar su éxito, se abrió una buena botella de Albariño y disfrutó de la comida como pocas veces. El resto del fin de semana lo dedicó a elaborar su plan de acción. Lo primero que hizo, fue buscar en internet una tienda de barbas y bigotes postizos profesional. Las de disfraces para fiestas no le servían de nada porque sus productos, más que disimular, llamaban la atención. Las auténticas eran mucho más caras, pero no le importaba, tenía que cuidar hasta el más mínimo detalle. El lunes por la tarde, después del trabajo, acudió a la tienda que más seria le había parecido. El encargado era un auténtico experto en la materia y le asesoró con una maestría fuera de lo común. Tras probarse varios modelos, al final se decantó, siguiendo los consejos del vendedor, por el denominado "Candado" que consistía en un bigote unido a una perilla estilo Walter White en la serie "Breaking Bad". Acto seguido, en una bocacalle a pocos metros, entró en una óptica y compró unas gafas de pasta marrón con cristales tintados sin graduar. Para completar su transformación fisonómica, solo le faltaba el sombrero Panamá negro que había encontrado en una página Web. Para adquirirlo tuvo que desplazarse hasta la parte antigua de la ciudad donde había localizado una tienda especializada en este tipo de género, una boutique con solera revestida de estantes de madera noble a la vieja usanza que luchaba por sobrevivir a la globalización y a la proliferación de los grandes almacenes. El sombrero era la adquisición que más ilusión le hizo. Mirándose en el espejo de la tienda, descubrió con alegría que tenía un aire de Humphry Bogart interpretando a Philip Marlowe en la película "The Big Sleep" de Howard Hawks.

"¡Qué ironía", pensó contemplando su aspecto, "el que tiene pinta de súper detective es en realidad el delincuente... fantástico!".

Una vez en casa, se afanó en ataviarse con el conjunto del disfraz para ver el efecto que producía y comprobó que el resultado final quedaba bastante aparente. Aunque, para cerciorarse definitivamente de su eficacia, se puso el único traje que se había comprado recientemente para grandes ocasiones y salió a la calle a dar un paseo por los lugares que más solía frecuentar. El ensayo general fue todo un éxito. Nadie se percató del engaño, ni siquiera la panadera donde compraba el pan a diario. Sin embargo, tuvo que aplazar la puesta en marcha de su proyecto al miércoles por la tarde porque los martes impartía sus clases de kárate y de ningún modo se le hubiera ocurrido dejar a sus alumnos en la estacada. Además, era primordial que mantuviese su rutina diaria. Nadie se fija en lo que pasa cuando la vida sigue su rumbo establecido, pero cualquier cambio o anomalía enseguida llama la atención, sobre todo a los cotillas de sus vecinos de arriba. Llegada la mañana del miércoles, salió a la misma hora de siempre para ir al trabajo con su bolsa de deporte que solía coger cuando iba a entrenarse, pero, en esta ocasión, en lugar del kimono llevaba los artilugios de su disfraz. Al final de la jornada, fingió estar ocupado con una cerradura que supuestamente le creaba problemas y con esta excusa permaneció en el taller hasta que todos sus compañeros hubiesen abandonado el lugar. El último en marcharse fue, como siempre, su jefe que salió dándole la orden:

"Que no se te olvide cerrar el taller con llave cuando te vayas."

Roberto dejó pasar un tiempo prudencial para no correr ningún riesgo. Pasado este rato, se fue al cuarto de baño y emprendió su transformación. Con el traje de las grandes ocasiones, su aspecto ofrecía la típica imagen de un hombre de negocios con el ego por las nubes. Mirándose en el espejo, levantó la mano con el dedo índice apuntando a su reflejo y exclamó con voz prepotente:

"Ud. no sabe con quién está hablando..."

Su mirada provocativa dio paso a una sonrisa de satisfacción. Su nuevo aspecto daba el pego y él mismo tuvo que admitir que resultaba si no guapo, por lo menos atractivo. Salió del edificio con paso firme y al pasar delante del conserje oyó:

"Hasta luego, señor, qué tenga una buena tarde" en vez del tradicional: "Hasta mañana, capullo."

Lo que hacen las apariencias, meditó, y le contestó:

"Hasta luego, señor" en sustitución a su acostumbrado: "Cuídate, viejo chocho".

A Roberto le gustaba mil veces más el trato amistoso con el

portero, pero se asombró con qué poca cosa una persona cambia de estatus social y de honorabilidad frente a los demás. Media hora más tarde, aparcó su moto en la acera cerca de la parada del autobús y, tras sustituir el casco por el sombrero, empezó a orientarse. No le costó mucho dar con la perfumería que Linda le había mencionado.

"Se llama perfumería Berta... otro nombre horroroso como el mío, pero por lo menos la dueña no es puta."

Era una tienda bastante grande con un letrero luminoso de color rosa muy al estilo del barrio. Se acercó al escaparate como alguien que estudia los productos y escrutó el interior para intentar localizar a Juncal. Temía no reconocerla, pero en seguida dio con ella. No había duda. Allí estaba atendiendo a una señora de mediana edad enseñándole un muestrario de diferentes cremas faciales. Llevaba, como no, un chándal de color plateado con rayas rosas y unas zapatillas también rosas de plataforma alta que hacían juego con las rayas. Parecía bastante mayor de lo que era, había engordado ligeramente y se notaba que el sufrimiento le había endurecido los rasgos de la cara. No obstante, seguía siendo guapa y no había perdido esta mirada seductora que la hacía tan atractiva. Roberto se fijó en el horario de apertura de la tienda y comprobó que aún faltaba algo más de media hora hasta las nueve, hora de cierre del negocio. Afortunadamente a pocos metros de allí el típico bareto de turno tenía unas mesas en la acera, a modo de terraza, de donde se podía observar perfectamente la puerta del local. Eligió la mesa con mejor vista y se pidió una cerveza que pagó al instante por si tenía que actuar prontamente. La espera fue larga, demasiado larga para su gusto y, en torno a las nueve y veinte, justo cuando empezaba a preocuparse por si hubiese otro acceso a la tienda para el personal, que no tuvo la diligencia de averiguar, Juncal salió de la perfumería. Móvil en mano y sin levantar la cabeza, se dirigió directamente a la parada de la línea 4. Roberto se quedó sentado hasta que vislumbró a lo lejos la llegada del autobús. Tranquilamente se levantó, se acercó a la marquesina y se puso en la cola de la gente que esperaba. Por ser la hora de cierre de los negocios, el habitáculo estaba bastante lleno. Juncal fue una de las primeras en subir y logró encontrar un asiento libre en el fondo del coche, situación que a Roberto le vino de maravilla. Se quedó de pie apoyado contra el cristal de la plataforma del medio, justo en frente de la puerta. Esta ubicación le permitiría dejarla pasar y bajar detrás de ella sin llamar la atención. De todas formas, no corría ningún peligro de que alguien se fijase en él. De las cuarenta y cinco personas aproximadamente que completaban el aforo, solo dos no miraban obsesivamente su teléfono, él y el conductor... y éste último de puro milagro. No obstante, y para mayor precaución, se giró de cara hacia la ventana y contempló el paisaje que desfilaba delante de sus ojos. Nunca había pasado por allí y se sorprendió del abandono y el descuido al que estaba sometida aquella zona de Madrid. La planificación urbanística era absolutamente nula y los bloques de ladrillo se intercalaban entre talleres mecánicos, empresas de aparatos sanitarios, gasolineras, chatarrerías y descampados que mayoritariamente servían de vertederos. Tras cruzar por un puente una autopista de circunvalación, el autobús se adentró en una barriada bastante poblada, reminiscencia de un antiguo pueblo que se ha visto absorbido por la gran urbe y remodelado con edificios sin ninguna gracia, parecidos a los del barrio de su niñez. Juncal se bajó en la parada justo pasada la primera rotonda en frente de un parque. El lugar resultaba ideal por ser fácilmente reconocible. Roberto la siguió a una distancia prudencial. El camino que enfiló atravesaba, serpenteando entre los árboles, la alameda de una punta a otra. Era una zona verde bastante más amplia de lo que parecía en un principio. Las áreas de juegos infantiles colindaban con las extensiones recreativas para mayores y unos arbustos tupidos de notable tamaño bordeaban los laterales de los caminos. Sin duda, los vecinos del barrio solían disfrutar de este sitio relajante, sobre todo en verano para refugiarse del tórrido calor. Sin embargo, en esta época del año en que anochece cada vez más temprano y que la temperatura experimenta un descenso considerable al caer el sol, a estas horas el lugar quedaba casi desierto. Solo algún que otro deportista practicando jogging pasaba a toda velocidad por su lado y se perdía dentro de la vegetación detrás de una curva. El recorrido por el parque duró unos diez minutos y, al salir del otro lado, Juncal se metió por un callejón estrecho que se abría paso dentro de una hilera de casas humildes, bastante deterioradas debido al paso del tiempo y la falta de mantenimiento. Resultaba evidente que era uno de los pocos sitios de la capital donde una dependienta de perfumería podía pagarse un alquiler. Desapareció en el portal del número 17. Roberto se quedó un rato observando la fachada y se fijó que una luz se encendía en la tercera planta del lado derecho. Ya había recopilado suficientemente información y emprendió el camino de vuelta para recuperar su moto y volver a casa. Con los datos que manejaba, no le quedaba muy claro cuál sería la mejor manera de actuar. Forzar la cerradura de su puerta y esperarla en el interior del piso para matarla, no le costaría ningún esfuerzo, pero temía que, con lo endebles que debían resultar las paredes, los gritos que pudiera soltar se oirían perfectamente y llamarían la atención de los vecinos. Además, la gente humilde suele ser muy solidaria y, sin duda, acudirían en su ayuda. Tenía que encontrar otro método y por ello resultaba imprescindible volver a observar el terreno. Intuía que descubriría la solución en la propia naturaleza del parque. Realizó la segunda inspección el viernes por la tarde. De nuevo disfrazado de señor honorable se desplazó con su scooter directamente del trabajo a la parada del autobús donde dos días antes se había apeado su futura víctima y se puso a recorrer con toda tranquilidad el camino del parque fijándose en cualquier aspecto del entorno que pudiera inspirarle un *modus operandi*. El primer repaso fue infructuoso y al volver en sentido inverso, algo desanimado, se sentó en uno de los bancos colocados en un lateral del camino. Miró su reloj que marcaba las nueve y veinte. Juncal no tardaría en pasar por aquí. Estaba anocheciendo y la oscuridad empezaba a adueñarse del lugar solo entrecortada por el débil halo de luz que proyectaban las farolas recientemente encendidas. Se quedó observando los alrededores elucubrando diferentes planes de acción, pero ninguno le convencía, descartando unos por complicados y otros por peligrosos. Al cabo de unos veinte minutos, apareció por el camino la silueta de Juncal que avanzaba hacia él igual que aquel fatídico día en el parque enfrente del cementerio, preludio de su humillación. No obstante, su expresión corporal era totalmente diferente. Lejos de ondular provocativamente sus caderas al caminar como entonces, sus pasos eran pesados, fruto del agotamiento de una larga jornada laboral. La cara seductora de su juventud tenía una expresión anodina marcada por el aburrimiento de la rutina diaria. Ni siquiera se percató de su presencia. Tenía la mirada clavada en la pantalla del teléfono y su aislamiento del mundo se completaba con la música que escuchaba a través de unos cascos bien anclados en sus oídos. De repente, justo cuando pasaba delante de él, apareció por un cruce de caminos un joven deportista que, incorporándose a la calzada principal en dirección hacia ellos, pasó corriendo a toda velocidad por su lado y desapareció en la oscuridad de la noche. Todo ocurrió en un santiamén. Roberto se quedó atónito al constatar que Juncal no se inmutó para nada. Debía de estar más que acostumbrada a ello y en ningún momento levantó los ojos del móvil. Al instante, tuvo las ideas claras. ¡Cómo no lo había visto antes! Aquí estaba la solución a su problema y una sensación de júbilo invadió su mente. Cuando la chica se había alejado lo suficiente, se levantó y empezó a examinar más detalladamente el lugar. Justo enfrente del banco observó que los arbustos que delimitaban el camino tenían una ligera separación entre sí, el espacio suficiente para permitir el acceso de una persona al lado opuesto. Apartó las astas más molestas y atravesó el seto para inspeccionar la parte de atrás. Era el sitio idóneo para esconder un cuerpo. El matorral era tan tupido que impedía el paso de la luz de la farola. Todo estaba oscuro y, para mayor protección, el tronco voluminoso de un castaño centenario resguardaba el lugar de miradas indiscretas por su parte trasera. Satisfecho de este descubrimiento, se marchó a casa.

Afrontó el fin de semana con mucha tranquilidad. El sábado por la mañana había quedado con su padre para hacerle una visita a su madre y después comieron juntos en un restaurante vasco que le gustaba a Jorge. Era algo caro, pero en la residencia encontraron a Paquita en mejores condiciones mentales que de costumbre y por ello consideraba que la ocasión merecía la pena. La comida fue divertida y copiosa. Pimientos rellenos de marisco y un descomunal chuletón de buey, tan apreciado en la gastronomía de esta tierra. La buena botella de vino que acompañó estos manjares no hizo más que aumentar el buen humor que tenían padre e hijo, aunque cada uno por razones diferentes. Ya avanzada la tarde y después de unos chupitos de licor de hierbas, los dos se despidieron en la puerta del restaurante y Roberto decidió dar un paseo por el centro de la ciudad. Se sentía bien. Las cosas habían tomado un rumbo favorable e intuía que podía encarar su próximo asesinato con todas las garantías. Como hacía una temperatura muy agradable, se sentó en una terraza de la plaza de Oriente justo en frente del Palacio Real y disfrutó durante un buen rato del desfilar de la gente más variopinta mientras saboreaba tranquilamente un tercio de cerveza. El espectáculo era especialmente variado aquella tarde. Estatuas humanas caracterizadas de personajes de ficción que no encontraban otra manera de ganarse la vida que la de quedarse quietas sin mover ni una pestaña y solo guiñar el ojo o inclinarse ligeramente cuando un paseante le echaba una moneda en la cestita destinada a ello. En estos instantes, el susto de los niños era mayor y, con la duda de si habían visto bien o si todo era fruto de su imaginación, agarraban con fuerza el brazo de sus madres y escondían la cara en su ropa para buscar refugio y seguridad. Manadas de japoneses, todos bien agrupados, que no levantaban los ojos del visor de sus cámaras, disparando sin cesar fotos a diestra y siniestra y olvidando que el monumento que venían a visitar lo tenían físicamente delante de ellos. Patinadores que rodaban por la plaza a toda velocidad y sorteaban con una destreza asombrosa a los viandantes que sobresaltados se echaban a un lado. Una peña de ingleses, hinchas de fútbol, completamente borrachos, cada uno con su litrona en la mano y cantando a grito pelado cánticos de su equipo con la vulgaridad tan intrínseca a los seguidores del balompié isleño. El grupito andaba seguramente algo desorientado por haber perdido el contacto con la inmensa manada de los suyos que suele invadir el centro de la ciudad y destrozar a su paso el mobiliario urbano antes del comienzo del partido. El entretenimiento estaba garantizado y Roberto se deleitó observando, no sin algo de desconcierto y preocupación, la diversidad del comportamiento humano. Al cabo de una hora y media, con la caída de la noche, el ambiente empezó a refrescar y la permanencia en la terraza se volvió incómoda. Pagó su consumición y empezó a andar.

No le apetecía en absoluto irse a casa y decidió dar un paseo y callejear por el barrio de los Austrias. Mientras caminaba, le vino la melodía "Love For Sale" de Cole Porter a la mente y se le antojó ir a escuchar jazz en algún sitio. Se acordó de que no muy lejos de donde estaba se encontraba el bar "El Despertar" donde en su día había pasado una noche memorable con Virginia. Nunca había vuelto por miedo de encontrársela, pero esta noche le daba igual. Tenía ganas de ir y estaba dispuesto a arriesgarse. Al entrar se sorprendió de nuevo con la belleza del sitio. Su recuerdo no le había engañado. Todo se había mantenido igual a la imagen que se quedó anclada en su mente durante tanto tiempo. El concierto aún no había empezado. Eligió una mesa con vista al escenario y se pidió un cubata que la hija del dueño sirvió con tal generosidad de ron que Roberto se vio obligado a echar toda la coca cola de la botella al vaso para poder tomarlo. Nunca se lo habían puesto así, pero tuvo que reconocer que estaba buenísimo. Un cartelito en la mesa con la foto de una cantante mulata anunciaba un quinteto de jazz brasileño. Al poco tiempo aparecieron los músicos en el mini escenario, algo apiñados, y dieron inicio al concierto. Todos tocaban bastante bien y la joven cantante, sin ser una diva, poseía una voz potente e interpretaba las canciones con un estilo propio que resultaba muy agradable y certero. La noche se presagiaba placentera. Al terminar el tercer cubata, ya bien avanzada la segunda parte de la actuación, Roberto se dio cuenta de que el alcohol había hecho estragos y que había llegado la hora de irse a casa si no quería acabar en un estado lamentable. Pagó en la barra y tras una breve conversación con el dueño alabando la calidad de los músicos, abandonó el local a paso lento y algo tambaleante. Afortunadamente, por la mañana había optado por dejar su moto en casa, por lo que podía pasar, y se buscó un taxi. La emisora de reggaetón que el joven conductor sudamericano escuchaba a todo volumen y la cantidad de coches que circulaban aún a estas horas, obligándole a maniobrar de un carril a otro para abrirse paso, terminó por marearle del todo y se sintió profundamente aliviado cuando por fin llegó a su domicilio. Con la poca fuerza de voluntad que le quedaba, se quitó la ropa y se lavó los dientes antes de tirarse en plancha a la cama. La habitación daba vueltas, pero no le importaba, había pasado un día estupendo y estaba contento.

Por la mañana se despertó muy tarde. Tenía la boca pastosa y le dolía la cabeza. Al repasar mentalmente los acontecimientos del día anterior, de repente le invadió una sensación de tristeza que pocas veces había experimentado al darse cuenta de hasta qué punto se había quedado solo por causa de su opción de vida. Recordó con melancolía la noche que había pasado con Virginia en el mismo bar, los paseos juntos por el centro de la ciudad y en los parques de los alrededores... recordó hasta que el dolor que le producía el sentimiento de vacío anclado en medio de sus entrañas se volvió inaguantable. Entonces se levantó con determinación y borró cualquier duda que pudiera haberse forjado en su mente sobre su forma de ser con una buena ducha fría. Ya era la una y media de la tarde y tuvo que pensar en prepararse algo de comer. La verdad es que apenas tenía hambre y el estómago aún algo revuelto por el abuso de las bebidas alcohólicas. Optó por una ensalada de pasta que elaboró de forma rudimentaria, solo aliñada con un tomate y unos pimientos del piquillo picados, aceite de oliva y vinagre de Jerez. Se la comió de mala gana sentado en el taburete de la cocina apoyado en la encimera y escuchando su imprescindible programa de radio. La tarde la dedicó a confeccionar la lista de la compra con los objetos necesarios para llevar a cabo su plan de acción. Consistía en un chándal impermeable negro - la parte de arriba con capucha - zapatillas deportivas, guantes de jardinero, la misma mochilita que la vez anterior, por barata y tamaño ajustado, y una bobina de hilo de pesca de nylon del máximo grosor. Estableció el viernes siguiente como el día de la ejecución por ser el mismo día de la semana en el cual efectuó el reconocimiento del lugar. Aquella tarde el ambiente que reinaba le pareció idóneo. El resto de los días de la semana apuró los momentos libres después del trabajo para adquirir todo el material. La noche del jueves, después de cenar, preparó minuciosamente los últimos detalles. Sentado en la mesa del comedor, cogió el sedal de pesca, formó con él un círculo de doble hilo de unos cuarenta centímetros de diámetro y lo cerró con un nudo de alta resistencia. Se levantó de la mesa, se puso los guantes y en medio del salón empezó a maniobrar el lazo por los aires, con amplios movimientos a modo de cowboy, para comprobar su manejabilidad. Tras unos diez minutos de práctica, concluyó que su invento le serviría perfectamente para su cometido. Lo bueno era que, siendo el hilo transparente, nadie lo distinguiría en la noche. Lo dobló lo mejor que pudo y lo metió en la mochila con los guantes y el resto de los objetos que acababa de adquirir. Ahora, solo faltaba un elemento para terminar con los preparativos. Encendió su ordenador y se puso a escribir en un documento Word en letras grandes:

Este es el castigo de Dios por haber asesinado a la criatura del Todopoderoso en tus entrañas. Amén. Los Guardianes de la Palabra Divina en la Tierra.

Para mayor seguridad, grabó el documento en una memoria externa con el fin de imprimirlo en la fotocopiadora pública cerca de su trabajo y borró cualquier evidencia del texto de su ordenador. Acto seguido fue a la cocina a buscar una bolsita de congelación de plástico con cierre hermético para utilizarla como funda protectora para el papel y junto con el "pendrive" la guardó en el bolsillo exterior de la mochila. Ahora sí, todo estaba listo.

Al término de la jornada laboral, al día siguiente, Roberto salió del taller, la mochila colgada del hombro, y se dirigió directamente a la tienda de imprenta y fotocopiadoras ubicada a unos diez metros en la primera bocacalle de su trabajo. Era un establecimiento muy grande con maquinaria de última generación para poder dar servicios especiales a las empresas del polígono. A estas horas estaba abarrotado de gente que acudía a recoger los pedidos antes del cierre de las oficinas. El único aparato libre era una fotocopiadora obsoleta que funcionaba con monedas colocada en un sitio apartado, lejos de posibles miradas indiscretas. Era precisamente la que necesitaba. Introdujo el "pendrive", una moneda de diez céntimos y sacó una única copia. Con una tijera recortó las partes sobrantes del folio, dobló la hoja con el texto por la mitad, la guardó en el bolsillo interior de su cazadora vaquera y devolvió el "pendrive" a la mochila. Debido al barullo de última hora ningún empleado se había preocupado por atenderle y ni siquiera se habían percatado de su presencia. Se marchó tranquilamente y con su moto se desplazó al parque, escenario de su próximo asesinato.

Llegó sobre las ocho y veinte y aún le quedaban alrededor de tres cuartos de hora para ultimar los preparativos. La oscuridad del anochecer se estaba apoderando del lugar, pero hacía bueno y la temperatura se mantenía agradable. Lo primero que hizo, fue acudir al cruce de donde había surgido el corredor el otro día con el fin de inspeccionar aquel camino. Era una senda más estrecha y menos iluminada que la calzada principal y, un poco más adelante, había un banco colocado de espaldas, a unos quince metros en línea recta del castaño que ocultaba la escena del crimen por la parte trasera de los setos. El terreno de acción formaba un triángulo perfecto. Calculó que, si empezara a correr desde este mismo banco, cuando Juncal hubiese rebasado el cruce, la alcanzaría justo en el lugar estratégico que había detectado el viernes pasado. Todo encajaba. Sentado en el banco, su primera operación fue sacar la nota escrita de la cazadora, meterla en la bolsa de congelación, cerrarla herméticamente y guardarla a buen recaudo en el bolsillo derecho del pantalón. Después abrió la mochila, sacó el chándal y las zapatillas. Se puso los pantalones por encima de sus vaqueros e intercambió la parte de arriba con su chaqueta que introdujo bien doblada en la mochila. Lo mismo hizo con las zapatillas y sus zapatos. Los guantes y el lazo de nylon los cogería en el último momento. Ya estaba todo listo y solo le quedaba esperar. Sobre las nueve y diez, la tensión empezó a aumentar y notó cómo la adrenalina invadía su cuerpo. Sigilosamente se acercó al cruce y se quedó observando la parada de autobús. Unos cinco minutos más tarde vislumbró la silueta de Juncal fácilmente reconocible por su chándal. No había nadie. Retrocedió hacia el banco y con la capucha levantada, los guantes puestos y el lazo en la mano derecha, se quedó al acecho como una pantera ante su presa. Al cabo de unos minutos, Juncal hizo su aparición bajo la luz de las farolas y cruzó la intersección sin levantar la cabeza de su teléfono. Tensó sus músculos y, justo cuando iba a arrancar, oyó un silbato y una voz potente que gritaba:

"¡Chavales, media hora para el calentamiento individual! ¡Todos a correr... no quiero ver a nadie que camine... vamos... vamos!"

Los diferentes caminos se llenaron de chicos de entre quince y dieciséis años, todos con el mismo chándal del club de fútbol del barrio. Roberto se quedó petrificado. Tuvo que sentarse en el banco y respirar hondo para bajar las pulsaciones de su corazón. Casi le da un ataque. Por qué poco no le han pillado in fraganti. Algo recuperado, se dio prisa para guardar los guantes y el lazo en la mochila, los dos objetos que más podían llamar la atención. Se quedó sentado un rato y paulatinamente se quitó el chándal, cambió las zapatillas por los zapatos, se puso su cazadora y se marchó sin llamar la atención.

Llegó a casa con el susto aún metido en los huesos, pero, una vez dentro, sintió cómo la rabia se apoderó de él y le invadieron unas ganas de destrozar todo lo que había a su alrededor. No obstante, consiguió controlarse y solo soltó unos sonoros tacos para desahogarse.

"¡Me cago en todo lo que se menea...! ¿Cómo ha podido ocurrir esto?... ¡Si lo tenía todo atado y bien atado!"

Lo que más le fastidiaba era que alguien hubiese podido interferir en sus proyectos. Le parecía una cosa inaudita. Se sentó en la butaca, respiró hondo y recapituló, paso a paso, cada movimiento de su plan. Llegó a la conclusión de que era perfecto y que de ningún modo tenía que cambiarlo. La única equivocación fue no haber previsto la posibilidad de que algún club deportivo pudiese hacer uso del parque para la preparación física de sus miembros y siendo la tarde elegida un viernes con tiempo favorable, con más delito aún.

Era consciente de que había tenido muchísima suerte. Para el próximo caso, este error no podía de ninguna manera volver a repetirse. De momento tenía que retomar su planificación. Descartó por completo el viernes siguiente para intentarlo de nuevo, no solamente por la posible invasión del club de fútbol sino también porque tenía que preparar el equipaje para acompañar a su jefe el fin de semana a una feria de cerrajería y puertas de seguridad en Barcelona. Miró las predicciones meteorológicas en su ordenador y constató con alegría que el jueves por la tarde el tiempo iba a ser muy nublado y con rachas de viento de moderadas a fuertes. Cumplía todos los requisitos; día de entre semana y, previsiblemente, poca gente por las malas condiciones atmosféricas. Sin embargo, a pesar de tener ya una nueva fecha establecida, no consiguió librarse de su malhumor. El fracaso no iba con él y durante días se estuvo reprochando su falta de rigor. Todas las noches, antes de acostarse, repasaba minuciosamente su plan imaginándose tal u otro posible contratiempo, pero cuanto más se acercaba el día, menos peros le encontraba y poco a poco recobró su espíritu emprendedor.

El jueves se levantó animoso y presintió que todo iba a salir a la perfección. Al terminar el trabajo, se tomó un café en el bar de la esquina para hacer tiempo antes de acudir al parque. Ya no hacía falta que llegase tan pronto porque cada movimiento estaba registrado en su mente y calculado al milímetro. Llegó al banco, su punto de partida, a las nueve menos veinte, el tiempo justo para repetir los preparativos de la semana anterior: Nota plastificada en el bolsillo del vaquero, los pantalones de chándal por encima, intercambio de chaquetas, la capucha cubriéndole la cabeza, los guantes puestos y el lazo en la mano derecha. Solo le quedaba esperar. El parque resultaba más oscuro que de costumbre debido a la poca altura de unas nubes negras que amenazaban con un inminente aguacero y el viento que soplaba con fuerza lo convirtió en un lugar de lo más inhóspito. Los caminos estaban desiertos. Obviamente, nadie se atrevía a desafiar los efectos de la intemperie solo por dar un paseo. Tal y como lo había previsto, las condiciones estaban perfectas. A las nueve y diez, Juncal apareció en el cruce y lo atravesó ovillada dentro de un plumas rosa que llevaba por encima del habitual chándal para protegerse del aire. Cuando desapareció detrás de los arbustos, Roberto empezó a correr a toda velocidad y enfiló el camino principal detrás de ella. La alcanzó justo en el sitio previsto y, con un gesto preciso, le echó el lazo por encima de la cabeza hasta el cuello y tiró del nylon con tanta violencia que, con el impulso de su cuerpo en movimiento y la fuerza de sus brazos, la arrastró casi por los aires a través del hueco entre los setos al lugar previsto. La maniobra se realizó con tal rapidez que la chica ni siquiera pudo oponer la más mínima resistencia y desapareció del camino en un abrir y cerrar de ojos sin dejar rastro. Aterrizó de espaldas en el estrecho espacio que había entre los arbustos y el tronco del castaño, a los pies de su verdugo. El nylon le había atravesado la mitad del cartílago traqueal y su cabeza colgaba del lazo, la boca abierta y jadeando para intentar coger aire. Para terminar con la agonía, Roberto puso la chica boca abajo y empezó a atornillar el sedal a modo de un garrote hasta que, tras dos o tres convulsiones, el cuerpo se quedó quieto. La sangre que manaba ahora en abundancia de la garganta se escurría hacia los setos. Roberto se colocó en el lado opuesto evitando así que le salpicara en demasía, aunque, con el chándal impermeable que llevaba, las manchas tampoco le preocupaban mucho. Sin perder tiempo, le bajó los pantalones y las bragas e introdujo la nota envuelta en el plástico en la vagina.

"A ver quién tiene ahora los calzones en los tobillos, Juncal... ¿Te sigue gustando el jueguecito?... y no te preocupes, también te sacarán fotos."

Se incorporó, recuperó el lazo de nylon, destrozó con una piedra el móvil que se quedó colgando de los audífonos y, tras cerciorarse de que no había nadie, se encaminó al banco que le sirvió de punto de partida. Reinaba un silencio absoluto y las primeras gotas de lluvia hicieron su aparición. Se cambió de ropa con la máxima celeridad y guardó todo en la mochila. Ya vestido de calle, fue a recoger su moto y se marchó a casa sin mirar atrás. Dejó la visera de su casco abierta para que el aire y la lluvia le azotaran la cara. El frescor le procuraba una sensación de bienestar que durante el trayecto fue creciendo hasta convertirse en estado de júbilo como cuando se alcanza una victoria importante. Todo había salido de maravilla. Sabía que su plan era infalible y lo celebró con una sonora risotada que se perdió en la intemperie.

Al llegar a casa, igual que la vez anterior, dejó la mochila en el bidé y, tras una buena ducha, se puso a cenar tranquilamente antes de pegarse un largo y plácido sueño. Al día siguiente, su estado de euforia aún no había decrecido y aprovechó la tarde libre que le dejó su jefe de cara al fin de semana en Barcelona para llevarle la mochila, como trofeo, a su amigo en el cementerio.

"Hola, colega. ¿Te acuerdas de que, en mi última visita, te comenté que los preparativos para matar a Juncal Cifuentes estaban bastante avanzados?... Pues ya está, la ejecución se efectuó ayer por la noche. ¿Qué te parece? Sabía que te ibas a alegrar de la noticia, pero ahora te toca a ti cumplir con tu tarea, ya sabes..."

Mientras le contaba su *modus operandi* con todo tipo de detalles, descolocó los ladrillos y empujó la mochila por el hueco hasta que el sonido de la caída se hizo audible.

"Gracias, Miguelito... sabes, sigues siendo mi mejor y único amigo. En estos asuntos, no te puedes fiar de nadie y la soledad es, por consiguiente, gaje del oficio. En fin, te tengo a ti y eso es lo mejor que me ha pasado, en serio... Bueno, me voy... te mantendré al tanto."

Arturo Borey está en ascuas. Lleva ya diez minutos sentado en el sofá del salón delante de la tele. Aunque mira la pantalla, no se entera de nada de lo que se dice en el programa que congrega a unos ocho tertulianos apoltronados en butacas rojas alrededor de un presentador que gesticula con movimientos amanerados. Ni siquiera sabe qué cadena ha puesto. Las imágenes desfilan delante de sus ojos, pero su mente está en otro sitio. Hace ya más de una hora y cuarto que Carolina Ibarrola, su mujer, se ha puesto delante del ordenador en el estudio para leer las evoluciones de su héroe, Roberto Alzúa.

"Dos asesinatos y requiero tu opinión".

Así quedaron el mes pasado cuando hablaron por última vez de la novela. Las críticas y, sobre todo, las propuestas de mejora de su mujer representan una aportación muy valiosa para Arturo y por ello está ansioso por saber lo que piensa. Hasta este momento ha matado el tiempo de espera preparando la cena y poniendo la mesa, pero ahora solo le queda la tele. De repente aparece Carolina en el quicio de la puerta:

"Pero ¿qué haces viendo telebasura? Parece mentira... el gran escritor disfrutando con las cloacas de la vida de los famosos. Debería darte vergüenza...", le suelta con sorna.

Lo conoce como si lo hubiera parido y sabe perfectamente en qué estado de nervios se encuentra.

"Pon el telediario y nos tomamos una cervecita de

aperitivo. Hablaremos durante la cena."

Vaya por Dios, media hora más de espera. Lo hace para chincharle un poco, pero también entiende que lleva una hora y media leyendo y que se merece un descanso. La ansiedad es exclusivamente problema suyo y ahora toca tragar. Por fin llega el momento esperado. Copa de vino en mano brindan y se desean mutuamente buen provecho.

"Como la última vez, te he resaltado en amarillo los errores mecanográficos y las partes que a mi gusto necesitan un retoque. Te he dejado la lista de propuestas encima del teclado y están organizadas de forma cronológica. No tendrás ningún problema para entenderlo y, si algo no te queda claro, me llamas", le explica Carolina para romper el hielo.

"Ah, muchas gracias y... ¿qué te ha parecido a nivel del contenido?"

"Pues, la verdad que, la historia me gusta, pero qué derrame de sangre y cuánta violencia..."

"Es lógico", replica su marido, "son asesinatos y Roberto no es del tipo de "veneno en la copa". Cuando tiene su víctima en el punto de mira, se convierte en un hombre de acción, en un depredador calculador y frío que necesita matar con sus propias manos."

A partir de ahí se entabla entre ellos una conversación o, mejor dicho, un fructuoso intercambio de ideas sobre los dos crímenes que acaba de cometer, un análisis de los detalles tanto de los preparativos como a la hora de la ejecución y, sobre todo, de la verosimilitud del relato. Como tantas veces, el entendimiento entre los dos es casi perfecto y juntos ultiman los cambios necesarios para la credibilidad del *modus operandi*.

"¿Te das cuenta de que Roberto en el asesinato de Juncal Cifuentes ha arriesgado muchísimo?", comenta Carolina. "En el segundo intento su plan le ha salido a la perfección...

pero en el primero... por unos segundos no le cogen en plena faena. Eso de actuar en un lugar público a la merced de posibles miradas imprevisibles no me parece idóneo si quiere asegurarse su invulnerabilidad. Yo creo que, de aquí en adelante, tendrá que extremar aún más las precauciones."

"Tienes razón... pero también te digo que él mismo se ha dado cuenta de ello y ya veremos las medidas que adoptará para sus próximos homicidios...".

"Bueno... ¿qué me dices?... tú como autor sabrás algo de eso, me imagino", replica Carolina sorprendida de lo que Arturo le acaba de soltar.

"En teoría sí que tengo mis ideas, pero sabes, las cosas no siempre salen como uno se lo imagina. Empiezas con las ideas claras sobre lo que quieres escribir y cuando estás en pleno desarrollo, te das cuenta de que los acontecimientos no evolucionan según lo previsto... como si tu personaje se implicara en su propia historia y te dijera que ciertos aspectos no van con él... que no encajan en su personalidad. Y al releer, te das cuenta de que los cambios que has introducido sin pensarlo son mucho mejores que tus ideas originales."

"A ver, eso me lo tienes que aclarar."

"Así de repente, es difícil explicarlo... ha ocurrido en varias ocasiones..., pero espera... tengo un ejemplo... ¿Te acuerdas del despertar que tiene Roberto a la mañana siguiente de su borrachera en el bar de jazz? Pues, nunca me hubiera imaginado que pudiese sentir tal tristeza e incluso angustia por su soledad. Siempre me lo he imaginado con una fortaleza inquebrantable y, al final, resulta que no... que tiene flaquezas y padece. Al principio me arrepentí de lo que había escrito porque no pertenecía a la imagen que me había hecho de mi protagonista y me propuse cambiarlo, pero con el giro de la ducha fría para espantar todos los fantasmas, el texto me parecía mejor ... le da a Roberto una dimensión superior... más humana... y pienso que me lo agradece."

"Qué curioso, nunca me hubiera imaginado que eso pudiese ocurrir, pero me parece bonito. Supongo que pertenece al misterio de la inspiración, como se suele decir, y que es precisamente lo que convierte la escritura en una adicción para el autor. Oye... hablando de creación literaria, una cosa que hace tiempo que quería preguntarte: ¿cómo se te ha pasado por la mente inventarte una historia sobre la vida de un asesino? Con la diversidad de seres y caracteres que existen en este mundo... y, además, siendo tú mismo una persona tan sosegada y pacífica."

Arturo se queda un rato pensativo, se toma un trago de vino y contesta:

"No lo sé con precisión... se me ocurrió una mañana y sin pensarlo más, me puse a escribir lo que me pasaba por la mente. También es verdad que hace mucho que los asesinos me parecen individuos dignos de análisis. Si te fijas, ejercen en nuestra sociedad una fascinación colectiva sobre el resto de seres humanos que la conformamos. Sin tener datos exactos, diría que del sesenta al setenta por ciento de todos los libros que se publican y películas o series que se emiten en el cine o en la tele tratan de crímenes y homicidios. Las historias se nutren de psicópatas desalmados, de matones del crimen organizado sin escrúpulos o de criaturas que matan por venganza, provecho económico o despecho amoroso. Y al final, la sociedad siempre los identifica y los castiga por sus fechorías porque todo tiene que volver al orden establecido. En general, todos estos relatos están muy bien y entretienen, pero no reflejan mi visión del problema. El asesino que a mí me interesa es el asesino por instinto. Como lo digo al principio de la novela, nunca se sabe con qué rasgos característicos o vocaciones nace un niño. Hay gente que desde muy joven sabe perfectamente que quiere ser músico, artista, político, militar o cura. Entonces, por qué no asesino, como Roberto. Ninguno de estos individuos tiene garantizado por el tipo de vocación que siente ser una persona totalmente buena, o totalmente mala, o parcialmente buena y mala. Todo depende de las circunstancias en las que crece. Roberto tiene en sus genes la necesidad de matar, vale, pero a mí me interesa cómo es realmente... y en ello estoy."

"Está bien, es un punto de vista defendible y no falto de interés, pero has mencionado la gente que mata por venganza. ¿No te parece que es un poco el caso de tu protagonista?" le replica Carolina.

"Sí y no. Su mente está programada para matar y tiene la necesidad de hacerlo independientemente de la persona que lo va a padecer. Pero ya que lo va a hacer, ¿por qué no matar a un individuo que le ha causado algún daño? De hecho, sus dos víctimas, las elige en circunstancias fruto de la casualidad. Hubiera podido vivir perfectamente si, en vez de dar con ellos, se hubiera fijado en dos personas diferentes... ahora tampoco niego que tanto el encuentro con Pedro Cosido como la reaparición fortuita de Juncal Cifuentes en su vida han significado un aliciente de mayor satisfacción para él. Si te quiero ser sincero, creo que la única vez que Roberto ha matado conscientemente por venganza ha sido el caso del padre de Miguelito, pero no lo ha hecho para vengarse a sí mismo, sino a su amigo... que no es lo mismo. Y a partir de ahora, ya veremos lo que ocurre...".

"Ansiosa estoy por averiguarlo, Arturo," le contesta Carolina, "dos asesinatos y hablamos..."

La toma de conciencia...

Roberto Alzúa llegó a casa el domingo por la noche. El fin de semana en Barcelona fue de locura. Récord de visitantes en esta edición de la feria.

"Cómo se nota que la gente está muerta de miedo... vaya mierda de sociedad en la que vivimos..." pensaba mientras atendía a los miles de compradores potenciales que se interesaban por puertas acorazadas y cerraduras de seguridad.

No tuvo ningún respiro. Imposible escaparse un ratito del recinto ferial, ni siquiera dos horitas para dar una vuelta por el centro de la ciudad. El sábado por la noche, cena obligatoria con su jefe que le invitó a un restaurante fino del barrio del l'Eixample para no quedarse solo, aunque su presencia resultó ser una mera formalidad. Durante las tres horas que duró el menú degustación, tuvo que soportar un monólogo ininterrumpido sobre el valor del sacrificio personal a la hora de montar una empresa seria, su dedicación al mil por ciento con el objetivo de hacerse con un lugar privilegiado y un renombre en el mundo de la seguridad doméstica para, por fin, llegar al colofón del éxito tal y como lo estaba demostrando la gran afluencia de clientes a la caseta de exposición y la descomunal facturación prevista al acabar el fin de semana. La arenga del "yo porque yo" fue extremadamente aburrida, pero a Roberto no le importó demasiado. Con solo fingir interés, disfrutó de unos manjares fuera del alcance de su bolsillo y, sobre todo, agradeció profundamente que, de este modo, se libró de cualquier pregunta indiscreta sobre su vida privada.

"Una suntuosa comida bien vale aguantar a un gilipollas que paga", se decía mientras que los platos desfilaban delante de él y que las palabras de su jefe se desvanecían en la nada.

Al terminar la cena, tras dos botellas de vino y unos cuantos licores de ratafía, recomendados por el metre por ser un símbolo del nacionalismo catalán, no le quedó otro remedio que volver al hotel y aprovechar las pocas horas que le quedaban para descansar antes de volver a enfrentarse al ruidoso alboroto de la feria. A las siete de la tarde del domingo, con el tiempo contado para dirigirse a la estación de Sants donde tenía que coger el AVE de vuelta a Madrid, le tocó guardar solo todos los folletos informativos, como las hojas de pedido sobrantes, y trasladar las tres cajas, aparte de su propio equipaje, sin la menor ayuda hasta el vagón donde tenían los asientos reservados. Ya al mediodía, su jefe se ausentó de la feria para asistir a una comida importantísima con unos clientes importantísimos y sobre las cinco de la tarde le llamó para pedirle que se ocupara de todo porque no le daba tiempo a volver.

"Cuento contigo, chaval... nos vemos en el tren y no te retrases", le había soltado antes de colgar.

Roberto estuvo a punto de mandarle a freír puñetas, pero se contuvo. No merecía la pena ponerse a mal con su superior porque, al fin y al cabo, la paga extra que le había prometido por su compromiso del fin de semana era una cantidad considerable. Llegó agotado y sudoroso por el esfuerzo que supuso trasladar tantos cachivaches a la vez. Su jefe estaba durmiendo plácidamente en su asiento, la cabeza apoyada contra la ventanilla y por la esquina de la boca le salía un hilo de baba que ya había dejado alguna gota en la camisa. El ruido de las cajas le despertó. Se incorporó visiblemente achispado por el exceso de consumo de alcohol y balbuceó unas palabras incomprensibles debido a la boca pastosa que su sueño etílico le había dejado, sin percatarse del hilo de baba que seguía colgándole del mentón. A partir de allí, Roberto tuvo que volver a aguantar una larga charla sobre el buen negocio que acababa de cerrar con los clientes del mediodía y la suerte que tenía él por ser un empleado de esta modélica empresa y tener un jefe tan astuto y generoso, hasta que, tres cuartos de hora más tarde, los efluvios alcohólicos y el agotamiento de tantas palabras pronunciadas ininterrumpidamente le sumergieron de nuevo en un profundo sueño.

Cuando por fin llego a su casa, a Roberto le dolía muchísimo la cabeza. Se tomó un Gelocatil y se dejó caer en su butaca favorita intentando digerir todo lo que le había pasado a lo largo de estos dos días. No tuvo tiempo de repasar la prensa para averiguar lo que se decía del homicidio de Juncal Cifuentes. Peor aún, ni siquiera se acordó de su crimen, como si no hubiera existido. Encendió el ordenador y buscó información. Las noticias eran escasas. ¿A quién le preocupa verdaderamente el asesinato de una dependienta de perfumería? Encontró algún que otro artículo que hablaba del descubrimiento de un cadáver femenino en un parque del extrarradio de la ciudad. Un crimen horrendo perpetrado, sin duda alguna, por algún perturbado mental. La policía descartaba la hipótesis de un psicópata asesino en serie y centraba su búsqueda en torno a su ámbito personal, un crimen pasional o una venganza. No tardarían en encontrar al culpable y la ciudadanía podía dormir tranquila. Nadie mencionó la nota encontrada en su vagina. Su plan se había cumplido según lo previsto. Roberto conocía de sobra el poder que las altas esferas de la iglesia y el Opus Dei ejercían sobre el gremio político y, previsiblemente, al enterarse del contenido de la nota, pusieron en marcha su maquinaria de influencias para entorpecer cualquier investigación en esta dirección. No convenía, en absoluto, que las asociaciones religiosas en favor de la vida, subvencionadas por ellos, estuvieran en el punto de mira de las pesquisas policiales y, menos aún, de la opinión pública. Así, sin la rimbombancia mediática, las probabilidades de que el asunto se considerase de poca relevancia y desapareciera a lo largo de los meses en los archivos de los casos no resueltos, era bastante mayor. Y, como pudo comprobarlo con el paso del tiempo, así ocurrió. Muerto de sueño, apagó el ordenador y se fue a la cama sin cenar. La cabeza le daba vueltas. Tardó en poder conciliar el sueño y, a pesar del agotamiento, durmió fatal. En sus sueños aparecían imágenes revueltas y superpuestas de las caras pálidas de Pedro Cosido y de Juncal Cifuentes, unas veces muertos con los ojos abiertos llenos de pánico y otras vivos, pero totalmente ensangrentados. De repente se veía correr por las calles de la ciudad, lazo y cuchillo en mano persiguiendo a sus víctimas que abruptamente desaparecían, como por arte de magia, y él se quedaba en medio de una plaza rodeado de una multitud de gente que le miraba fijamente sin decir ni una palabra. Los hombres tenían un cuchillo clavado en el cuello y las mujeres un corte en la garganta de tal magnitud que se tenían que sujetar la cabeza con la mano para que no se les cayera hacia atrás. El círculo se estrechaba cada vez más e incapaz de realizar el menor movimiento, sentía cómo poco a poco se asfixiaba por la falta de aire. Se despertó de un sobresalto, la frente empapada de sudor frío. Necesitó unos minutos para reponerse y controlar los latidos de su corazón. Miró el despertador que marcaba las cinco de la mañana. Nunca le había pasado cosa semejante. Toda su vida había dormido plácidamente. Ni siquiera cuando se suicidó Miguelito o cuando se separó de Virginia había padecido pesadillas o insomnios. Aún afectado por el susto, se levantó y se fue al salón donde se acomodó en su butaca. No tenía ganas de quedarse en la cama. Solo pensar que podía volver a caer en un sueño de esta índole, le daba pavor.

"¿Por qué me pasa esto?", se preguntaba.

No se sentía nervioso, todo lo contrario. Las noticias que había leído sobre el homicidio de Juncal le habían tranquilizado. Todo había salido tal y como lo había planeado y, a pesar del dolor de cabeza, se había acostado feliz y satisfecho. También es verdad que, por el ajetreo del fin de semana, no había podido disfrutar de su éxito como en el caso de Pedro, pero tampoco era para tanto. Al final, achacó el mal trago que había sufrido al cansancio acumulado de su estancia en Barcelona. Esta conclusión le reconfortó, se acurrucó como un gato en el respaldo de su butaca hasta que encontró la postura más placentera y se quedó adormilado. De repente se despertó alarmado y miró el reloj. Le parecía que solo habían pasado cinco minutos, pero las manecillas marcaban ya las siete y media. Si se descuidaba, llegaría tarde al trabajo. Sacudió su pereza y se pegó una buena ducha para espabilar. Tres cuartos de hora más tarde estaba listo para salir. Apuró el fondo de su taza de café, cogió el casco y se marchó. Entre el jolgorio y las risas que provocaron a sus compañeros las anécdotas del fin de semana a costa de su jefe, las primeras horas de la mañana pasaron rápidamente. No obstante, el resto del día se le hizo muy cuesta arriba. Estaba mustio y no le apetecía hacer nada. La jornada duró una eternidad y al llegar a su casa, seguía sintiéndose igual de alicaído. Ni siquiera una buena sesión de música le devolvió el ánimo y eso que lo intentó con el disco "Ballads" de Paolo Fresu que no suele fallar. Desanimado, se sentó delante de la tele con una cerveza y un sándwich de pavo que había preparado sin esmerarse y se dejó atontar, zapeando de una cadena a otra hasta que, muerto de sueño, se marchó a la cama. Aquella noche durmió intranquilo, pero bastante más sosegado que la anterior. Aún así, cuando se levantó, se dio cuenta de que no se encontraba mucho mejor. La melancolía persistía y la arrastró todo el resto del día.

Tampoco la visita a su padre por la tarde le devolvió su talante.

"¿Qué te pasa, hijo?, le preguntó su padre, "te veo cabizbajo... como abatido."

"No lo sé, papá", se excusó Roberto por su falta de lozanía. "Desde que he llegado de Barcelona, me siento flojo y sin ganas de nada... como insatisfecho... como si me faltara algo, sin saber qué. Pero no te preocupes... seguro que es algo pasajero y te prometo que, en cuanto se me haya acabado la tontería, iremos juntos a ver a mamá y después repetiremos la comida del otro día. Invito yo."

Al día siguiente, su estado anímico, que se mantenía idéntico, empezó no solamente a preocuparle sino también a irritarle. Enfadado consigo mismo, decidió, al salir del trabajo, dar una vuelta por el cementerio para intentar encontrar una solución a su problema en compañía de su amigo. Incluso muerto, Miguelito siempre le había proporcionado buenos consejos. Se sentó, como de costumbre, sobre la losa y se quedó un rato ensimismado. Al cabo de unos minutos, se puso a contarle su viaje de fin de semana con el jefe y le describió, sobre todo, las nefastas consecuencias que había tenido para su mente. Mientras hablaba, la noche comenzó a invadir el camposanto hasta dejarle en la más absoluta oscuridad y, poco a poco, se levantó un viento frío de otoño que, soplando cada vez más fuerte, le azotaba la cara y le dejó el cuerpo helado. Paradójicamente, su estado de ánimo experimentó un cambio repentino. Las circunstancias atmosféricas habían recreado el mismo ambiente inhóspito que aquella tarde en el parque mientras esperaba a Juncal para ejecutarla y, alentado por el recuerdo de estas fascinantes sensaciones que percibió cuando la adrenalina se apoderó de su cuerpo, recobró paulatinamente su vivacidad.

"¡Eso es!", exclamó. "Miguelito, eres un genio, siempre sabes lo que necesito. Es evidente... lo que me falta es acción. ¿Cómo no me he dado cuenta por mí mismo? Si no siento el cosquilleo en el estómago que me producen las perspectivas de una nueva faena, no vivo... no soy yo... está claro."

Se quedó sentado un rato más para empaparse de aquella atmósfera beneficiosa y se despidió de su amigo prometiéndole que pronto le traería la identidad de su próxima víctima.

El resto de la semana volvió, sin más preocupaciones, a la rutina de su vida ordenada. Sin embargo, el fin de semana, como no tenía ningún compromiso, aparte de algunas horas de entrenamiento en el gimnasio del club de kárate, decidió aprovechar el tiempo para elaborar la planificación de su nuevo proyecto o, por lo menos, concebir su concepto básico. Evidentemente, la selección del protagonista de su nueva aventura era lo primero que tenía que hacer, pero, al contrario que en el caso de Pedro Cosido, no lo quería dejar a la merced del azar. Después de las dos primeras experiencias, se dio cuenta de que el hecho de haber elegido, aunque por casualidad, personas que le habían causado, a él o a sus seres queridos, algún daño, le había aportado una sensación de satisfacción suplementaria. Así que se le antojó seguir en esta misma línea. El sábado, después de la siesta, se sentó en la mesa con hoja y bolígrafo y se dispuso a establecer una lista de toda la gente que, a su parecer, se había ganado el privilegio de figurar en ese inventario. Al cabo de cinco minutos contempló el listado y se sorprendió de cuántos energúmenos había conocido y recordado sin tener que esforzarse. La lista de buena gente hubiera sido, sin duda, muchísimo más corta.

"Es alucinante", se puso a meditar mientras se encaminó hacia la cocina para buscar un tercio de Mahou en la nevera, "cuántos trepas sin escrúpulos se afanan, en pro de su propio beneficio, en hacer daño a los demás sin sentir el menor remordimiento. Y lo peor de todo es que sus actos se quedan impunes porque la sociedad los considera de poca gravedad, cosas de la vida, el instinto de supervivencia. ¡Es un ganador! le alaban con admiración... ¡Se ha hecho a sí mismo! exclaman. Pero nunca se han parado a pensar en toda la crueldad que ha sembrado a su paso y en los agravios que ha cometido en su camino al éxito. Este mismo triunfador que, en nombre de una justicia adaptada a sus intereses, me lincharía sin que le temblara el pulso en el caso de descubrirme, mientras que la única diferencia entre él y yo, es la magnitud del delito cometido...".

De vuelta a la mesa, un segundo repaso de su lista fue suficiente para determinar al candidato idóneo. Primero se fijó en el nombre de Cristiana Gastelu.

"Ésta sí que fue una auténtica cabrona", murmuró con cara de asco.

Pero, pensándolo bien, aquella figura tan falsa, tan retorcida, tan egocéntrica y, en realidad, tan insignificante para la sociedad, no merecía ni la más mínima atención por su parte. No obstante, justo debajo de su nombre figuraba el de Kieran Gordon, el inmundo. Solo rememorar la imagen de aquel tipejo y la perspectiva de darle un buen escarmiento, le alegró la tarde. Además, su localización era coser y cantar, siempre y cuando siguiera vegetando en el mismo colegio.

"Primer punto del orden del día resuelto, y por unanimidad", se regocijó en voz alta, "ahora el resto."

El lugar en el cual debía efectuarse el crimen - lo tenía clarísimo después de su última experiencia - sería obligatoriamente un sitio cerrado al abrigo de encuentros fortuitos y miradas indeseadas. Quizás lo más adecuado sería la propia casa de Gordon. Ya encontraría el modo de disimular los ruidos que su actuación pudiera acarrear. De hecho - lo recordaba ahora - antaño en el colegio, las malas lenguas de los profesores ingleses que habían tenido un desencuentro laboral con él, comentaban, con sorna e imitaciones teatrales en clase, que no se llevaba bien con su mujer y que los gritos de las peleas estaban al orden del día. Otro punto a su favor. Los vecinos, hartos de oír siempre la misma monserga, no le prestarían demasiada atención, aunque los estruendos fueran algo diferentes de lo habitual. En definitiva, necesitaba a partir de ahora investigar la ubicación de su casa y todo lo referente a sus costumbres, manías y rutina diaria. El único inconveniente a una ejecución inmediata de su plan era la llegada inminente de la época navideña. En este periodo del año la gente, por todo el ajetreo que estas fiestas suponen, rompen con su vida rutinaria y son más propicios a cambios de hábito. Un comportamiento inusual o una improvisación de última hora podían echar todo al traste, sin contar con el peligro que tal contratiempo pudiera conllevar. Así que decidió, muy a su pesar, retrasar su proyecto para finales de enero o principios de febrero cuando la cuesta económica obligaría a la mayoría de los ciudadanos a permanecer en sus casas para controlar el gasto. Inconveniente menor - se decía a sí mismo - por esperar un poco, no le pasaría nada. El simple hecho de tener un objetivo le evitaría recaer en la melancolía y mientras tanto, se entretendría con la recopilación de datos sobre la vida de Gordon. Satisfecho con el enfoque que le había dado al asunto, se levantó de la mesa, quemó la hoja con el listado de candidatos en la pila de la cocina para no dejar evidencias, cogió su cazadora y bajó a la calle para hacer la compra con el propósito de garantizar el abastecimiento de cara al fin de semana. Se sentía risueño, como hacía mucho que no se había sentido, y, sobre todo, había recobrado el apetito y tenía la nevera vacía. Se le antojó para cenar, como homenaje a su nuevo plan, comprar una copiosa ración de jamón de bellota, un trozo de queso de cabra extremeño y una buena botella de vino de la Ribera del Duero. Para el mediodía del domingo prepararía un guiso de ternera al vino tinto con setas que acompañaría con unas patatas braseadas y, de postre, unos buñuelos de crema y chocolate. Con el jazz de su programa radiofónico favorito como fondo musical mientras cocinaba, tenía la sensación de que su vida había recobrado sentido y que todo había vuelto a su ser. Se acabaron las penas y las quejas. Todo estaba perfecto y se inculcó a sí mismo afrontar los nuevos retos con tranquilidad y aplomo. Con este buen talante y el placentero regusto que le habían dejado los manjares de los dos últimos días, abordó la rutina de la semana siguiente.

El miércoles por la tarde, aprovechó el cambio de cerradura en un domicilio cerca de su antiguo colegio para empezar con sus indagaciones. Llegó a las puertas del edificio sobre las cinco y cuarto. Los alumnos ya habían abandonado el recinto y el conserje estaba a punto de cerrar las puertas. Descartó hablar con él por precaución. Las personas de este gremio tienen generalmente una memoria prodigiosa y a la menor sospecha de que algún acontecimiento no encaja en la rutina establecida, lo comunican a sus superiores. Prefieren pecar de precavidos que de descuidados. No vaya a ser que se les pudiera achacar algún error por falta de perspicacia. De pronto, a diez metros acera abajo, en la esquina de un cruce de calles, se fijó en un grupo de chicos y chicas vestidos con el uniforme escolar que, apoltronados en un banco público o tirados en el suelo, charlaban animosamente y echaban el último cigarrillo antes de volver a casa. Dejó el scooter aparcado en la calzada y se acercó a la pandilla.

"Hola, chavales", les interrumpió, "soy un antiguo alumno del colegio y, al pasar por aquí, me picó la curiosidad de saber si Kieran Gordon, el jefe del departamento de inglés sigue trabajando en esta institución... es para hacerle una visita de cortesía un día de estos."

Tras un momento de silencio durante el cual los jóvenes le escudriñaron perplejos de arriba abajo, obtuvo una sonora carcajada de respuesta. Cuando se calmaron, el más chulito de todos le contestó:

"Desgraciadamente aquí sigue... pero no me puedo creer que alguien y, sobre todo, un antiguo alumno quiera volver a ver, ni siquiera de lejos, a ese gilipollas. Tienes que ser muy raro, tío."

"Ya sé que no era la persona más agradable con los estudiantes. También tuve mis rifirrafes con él, pero con los años las cosas se suavizan y todo se relativiza", les mintió.

"No creo que a mí me pase eso... ya tendría que estar muy enferma", replicó una chiquilla con la cara cubierta de un maquillaje extravagante provocando otra risa colectiva.

Roberto se despidió de ellos deseándoles suerte con sus estudios, pero ya no le prestaban atención y volvieron a sus conversaciones como si nunca las hubieran abandonado. En el camino de vuelta hacia su moto, súbitamente se quedó como paralizado. La figura amorfa que salía por la puerta principal del colegio era Gordon. Con su traje gris deslavado que le colgaba de los hombros como la sábana blanca de un disfraz de fantasma a un niño en Halloween y su viejo maletín raído sujeto por una mano enorme que apenas sobresalía de la manga, no cabía la menor duda. Afortunadamente, giró en dirección contraria de donde estaba y se dirigió hacia el aparcamiento reservado a los jefes. La oportunidad que se le brindaba a Roberto para seguirle y dar con su domicilio era de oro. Cogió su Suzuki y le esperó en la calle a una distancia prudencial de la salida del parking. Si por su apariencia física era difícil no reconocerle, dentro de su vehículo, imposible. Gordon tenía un coche pequeño, un viejo Ford Fiesta de dos puertas, y cualquiera que le veía sentado dentro, se preguntaba, alucinado, cómo diablos este mastodonte había conseguido meterse. Ocupaba casi la totalidad del espacio delantero y su cabeza desaparecía en la concavidad del techo dejando a la vista de la ventanilla solo la parte inferior de la cara, como si le hubieran quitado de un hachazo el cráneo justo por encima de los ojos. La imagen recordaba, por patética, a las escenas de Mr. Bean conduciendo su Mini, pero sin ninguna gracia. Seguirle por las calles de la ciudad, sin perderle de vista, resultó ser una tarea sencillísima porque en ningún momento rebasó los treinta o cuarenta kilómetros por hora, ni siquiera en las arterias principales. La dificultad para Roberto con su scooter residía en no perder el equilibrio a tan poca velocidad y esquivar las maniobras bruscas e incontroladas de los demás conductores que, atrapados en el carril detrás de Gordon, perdían la paciencia. El casco le impidió quedarse sordo por el concierto de cláxones que le acompañó a lo largo de todo el trayecto. Encontró algo de sosiego cuando por fin el coche abandonó las calles céntricas y se incorporó a la avenida principal que atraviesa la ciudad de norte a sur. Al cabo de unos diez minutos de recorrido en dirección norte, Gordon giró a la izquierda y se adentró en un barrio de torres altas construidas alrededor de un centro comercial en un entramado de largas vías paralelas y perpendiculares imitando la estructura de un tablero de ajedrez. Era un distrito principalmente residencial, de clase media, creado para albergar el máximo posible de familias en la menor superficie. Carecía de cualquier encanto, pero era funcional y estaba dotado de todos los servicios necesarios para garantizar el bienestar de los vecinos. Orientarse en sus calles resultaba bastante complicado puesto que todas tenían exactamente el mismo aspecto. Tras cambiar varias veces de dirección en otros tantos cruces y rotondas, el coche de Gordon se encaminó hacia la rampa de un parking de residentes y desapareció por una enorme puerta metálica que se cerró detrás de él de forma automática. Por el tamaño de la entrada, el garaje debía albergar los vehículos de varios edificios colindantes. Imposible saber en cuál de las cuatro torres que formaban la manzana tenía su residencia. Roberto estaba cabreado. No se lo podía creer. Venir hasta aquí para nada. Aparcó la moto en la acera y empezó a caminar desesperadamente de arriba abajo observando los portales por si acaso Gordon aparecía en uno de ellos. En seguida se dio cuenta de que era inútil. Con toda seguridad, los ascensores de los inmuebles comunicaban directamente con el garaje sin que los vecinos tuvieran que apearse en la planta baja. Su frustración crecía a cada instante. Por narices tenía que encontrar una solución si no quería volver a casa con las manos vacías. De repente, se fijó, en la hilera de los locales comerciales de las casas de enfrente, en una papelería que le valió de estímulo para inventarse una estrategia. Sin pensarlo más, compró un bolígrafo y un sobre amarillo de tamaño folio, de los que las empresas utilizan para mandar documentación por mensajería de una agencia a otra. Lo cerró y escribió en letras grandes: To Mr. Kieran Gordon. Con el sobre bien visible en la mano y el casco puesto, como lo hacen los mensajeros de las grandes empresas, entró en el primer portal y se dirigió al conserje imitando el acento inglés:

"Buenas tardes, tengo un sobre urgente para Mister Gordón. Correo privado de la embajada británica. Lo tengo que entregar en mano, personalmente."

"No conozco a esta persona. Aquí no vive nadie que se llame así".

"¿No es el número 85?"

"No, es el 83. El 85 está justo al lado, a la derecha."

"Lo siento, no me he fijado bien... hasta luego".

En el siguiente portal, la escena se repitió casi de forma idéntica. Sin embargo, en el tercero, el portero le contestó:

"Ah, sí, el señor inglés, quinta planta, puerta D."

Sin cruzar más palabras, característica propia de la fina educación anglosajona, se encaminó hacia el ascensor y subió. Llegado al quinto, se acercó sigilosamente a la puerta D para escuchar, por si se pudiese oír algo, y gracias a ello cerciorarse de que se trataba efectivamente del piso correcto. No podía permitirse cometer el más mínimo error.

"¡Joder, Kieran, todos los días pasa lo mismo... llegas tarde del trabajo y te apoltronas en el sofá delante de la tele en vez de ocuparte de tu hija... todo lo tengo que hacer yo!" retumbó por debajo de la puerta una voz de mujer.

"¡Oh, what the fuck!", contestó una voz potente de hombre, "yo tiene mucha trabajo en la cole y llega a casa cansado... for heaven's sake... yo no pasar toda la día en tiendas y charlar con los vecinas de tonterías como tú..."

En la parte trasera del piso se percibían los llantos desconsolados de una niña.

"Si voy de tiendas es, entre otras cosas, para comprar comida y tus cervezas para la cena, estúpido... que bien te pones hasta el culo cada noche..."

"Shut up, stupid woman..."

"Vete a la mierda..."

No cabía la menor duda, este era efectivamente el hogar de Kieran Gordon. En aquel momento, Roberto no pudo remediar acordarse de la imitación de "Gordon enfadado" que hacía en clase un profesor británico de complexión similar y que había mantenido un contacto más personal con él. Empezaba por aguantar la respiración durante un buen rato y, cuando su cara se había puesto roja y tenía los ojos inyectados en sangre, se echaba los pelos para atrás, abría los brazos como los gorilas y, caminando de un lado a otro, gritaba:

"¡What the fuck... holy shit... can't believe it... stupid woman...!"

Los alumnos se tronchaban y le coreaban para que siguiera. Tuvo que hacer un gran esfuerzo para no soltar una risotada y se marchó a toda velocidad para que nadie le viera espiando detrás de la puerta. De nuevo en la calle, apuntó en el sobre la dirección exacta del domicilio para poder, desde casa, reconstruir con la ayuda de Google Maps el camino a través de este laberíntico entramado de calles. De hecho, salir de allí aquella tarde le costó sangre y sudor. Tras mil vueltas, calle arriba y calle abajo, consiguió, más por casualidad que por sus dones orientativos, dar con el centro comercial de donde los carteles circulatorios le indicaron la ruta a seguir para alcanzar el cinturón de circunvalación que le llevaba directamente a su barrio. Ya era tarde cuando abrió la puerta de su vivienda. La jornada había sido muy larga y las inevitables obligaciones hogareñas que aún requerían su dedicación le daban muchísima pereza. No obstante, a pesar de ello, estaba muy contento con la evolución de los acontecimientos y se felicitó por toda la información que había recopilado en tan poco tiempo. La euforia de aquel momento le animó a tomar la determinación de que antes de Navidades, pese a haber fijado la fecha del crimen para principios de febrero, volvería varias veces al lugar para familiarizarse con el entorno y estudiar todas las vías de escape posibles, por si las circunstancias lo requiriesen. Mientras preparaba la cena, dándole vueltas al asunto, nunca se hubiera imaginado que no iba a tener la oportunidad de llevar a cabo sus intenciones.

El martes siguiente, sobre las diez de la noche, Roberto, sentado plácidamente en su butaca, gozaba de un grato descanso hogareño escuchando la música de Gerry Mulligan y leyendo una novela negra de un autor sueco que le habían recomendado en su librería favorita, cuando, de repente, el timbre de su teléfono le sobresaltó. Nadie solía llamarle a estas horas, a no ser algún operador sudamericano intentando venderle productos de una empresa de telecomunicaciones sin el menor respeto por la intimidad de la gente. No tenía ganas de amargarse la existencia discutiendo con un desconocido sobre la idoneidad de una llamada comercial a estas horas, ni muchísimo menos contratar una oferta de telefonía. Así que obvió por completo el requerimiento de su portátil. No obstante, a la segunda llamada apenas tres minutos más tarde, la insistencia del solicitante no le dejaba presagiar nada bueno. Extendió el brazo para coger el teléfono que estaba encima de la mesa y miró la pantalla. Reflejaba el número de su padre.

"¿Qué pasa, papá?", preguntó nada más descolgar.

"Nada grave, hijo, no te preocupes, pero tengo que hablar contigo de un asunto delicado con la mayor brevedad posible", sonó del otro lado una voz que denotaba preocupación. "¿Podrías acercarte a casa mañana después del trabajo? Prepararé algo de cenar..."

"Claro que sí, no tengo nada previsto, pero adelántame algo de lo que ocurre... que me estas poniendo de los nervios."

"Tranquilízate, no es nada preocupante. Es demasiado largo y complicado para decirte algo por teléfono y por ello me gustaría hacerlo en persona. Venga... buenas noches y hasta mañana."

Colgó sin esperar respuesta. Roberto se quedó mirando como embobado la pantalla de su móvil. No salía de su asombro. ¿Qué puñetas tenía que contarle su padre que fuera lo suficientemente importante para hacerlo con tanto secretismo? La llamada le cortó el rollo. Enfadado, tiró el libro de malas maneras sobre la mesa del salón, apagó la música y se fue a la cama. Tardó en dormirse, dándole vueltas al asunto, pero no llegó a ninguna explicación lo suficientemente plausible como para relajarse. Su preocupación se extendió a sus sueños. Más de una vez a lo largo de la noche se despertó agitado por una pesadilla persecutoria que le obligaba a respirar hondo para apaciguar los latidos de su corazón. Y, de nuevo, su mente se ponía a elucubrar posibles acontecimientos que justificasen la actitud misteriosa de su padre, quitándole unas cuantas horas más de sueño. El último despertar ajetreado tuvo lugar apenas unos minutos antes de la irrupción acústica de su despertador. Había dormido poquísimo y tenía el cuerpo baldado. Menudo día le esperaba en el trabajo. Se levantó a regañadientes, la mente vacía, y con gestos mecánicos más propios de un robot que de un ser humano, se preparó un café el doble de cargado que de costumbre. Presagiaba que lo iba a necesitar. El chute de cafeína y la buena ducha fría que se dio posteriormente, consiguieron espabilarle lo suficiente para afrontar la jornada. No obstante, a pesar de tener que recorrer la ciudad de punta a punta para cumplimentar varios servicios urgentes, las horas le resultaron interminables y no conseguía quitarse la llamada de su padre de la cabeza. Era tan inusual por su parte. Ese hombre que tenía la mente como un libro abierto y que jamás había conseguido mantener una sorpresa en secreto cuando era niño. Su estado de ansiedad a la hora de abrir la puerta del piso de su padre había llegado a su máximo nivel e intentó disimularlo con un "hola, papá... ya estoy aquí" que le salió tan exagerado que resultó más parecido a un grito para atracar un banco que a un saludo cariñoso.

"Ya te he oído, hijo", le contestó su padre desde la cocina, "no hace falta que grites... aún no estoy sordo."
Roberto se sorprendió de que no oliera a comida guisada. Su padre tenía tres o cuatro recetas estrella que iba turnando cada vez que venía a casa para no aburrirle. Sin embargo, aquella noche solo había preparado comida fría, salchichón, chorizo, queso y una ensalada variada. Se presagiaba una conversación larga e intensa.

"Lo siento, hijo, por no haber cocinado alguno de mis platos que tanto te gustan", le dijo mientras traía las diferentes bandejas a la mesa del comedor, "pero no me puedo entretener con filigranas de última hora."

"Está perfecto, no te preocupes... pero suelta ya el rollo, papá, que me tienes en ascuas."
Se sentaron a la mesa, abrieron una botella de vino tinto, brindaron y empezaron a comer en silencio. Jorge tenía la mirada clavada en la copa de vino sin parpadear. Roberto sabía que no era el momento de interrumpirle y respetó su recogimiento. De repente levantó la cabeza y empezó:

"Te acuerdas que siempre te hemos dicho, tu madre y yo, que tus abuelos, es decir mis padres, han muerto hace mucho tiempo... pues, no es verdad o, mejor dicho, por lo menos hasta ahora. Sin embargo, en lo que concierne tu tío Luis - o Koldo como quiere que se le llame - que no me hablo con él, sí que es cierto."
Roberto casi se atragantó con un trozo de pan y tuvo que beber un buen trago de agua para reponerse. Se quedó mirando a su padre con una cara que expresaba sorpresa, incredulidad e indignación al mismo tiempo, pero era incapaz de pronunciar una sola palabra.

"Siento soltarte esto así de sopetón, hijo, y no te enfades

conmigo... ahora te cuento las razones para haber actuado de esta manera. Pero primero decirte que ayer me llamó mi hermano para contarme, en una llamada escueta, que tus abuelos habían tenido un accidente de autobús mientras viajaban con el Imserso. La noticia salió en el telediario. Iban a pasar el día en un pueblo de la costa, pero, de camino, el autobús se despeñó por un acantilado. Mi madre ha muerto y mi padre está en cuidados intensivos enganchado a una máquina. Los médicos le dan poco tiempo."

Roberto estaba atónito viendo a su padre contarle esta desgracia con una expresión que no denotaba ni el más mínimo sentimiento, ni tristeza, ni desesperación, ni nostalgia... nada.

"Te iba a pedir que vinieras conmigo al entierro de tu abuela este sábado, si no te importa."

Acto seguido le contó que la relación con sus padres se había perdido por culpa de su hermano Koldo. Al radicalizarse en favor de ETA y la independencia de Euskal Herría, participando activamente en los actos violentos de la kale borroka, obligó, bajo amenazas, a todos los miembros de la familia a decantarse por una postura política inequívoca. Koldo era el mayor de los dos y el ojito derecho de sus padres. Así que, atemorizados por posibles represalias, también por parte de los vecinos, optaron por el bando de su hijo mayor. Jorge siempre había sido un chico pacífico y, sobre todo, apolítico. Nunca le gustaron las broncas, ni muchísimo menos los actos vandálicos sin sentido y por ello poco a poco se vio despreciado por su entorno y de refilón repudiado por sus padres. Le contó cómo sufrió amenazas por parte de sus propios amigos y cómo Paquita y él, antes de sucumbir a la locura colectiva que les rodeaba, decidieron marcharse del País Vasco en busca de otro sitio más adecuado para ellos. Esta determinación les valió el apodo de traidores a la patria y el estatus de *persona non grata* en su pueblo. No odiaba a sus padres porque sabía que eran personas débiles con nula voluntad propia, pero no podía remediar sentirse defraudado por no haber sido capaces de mantener el contacto, aunque sea a escondidas, con su propio hijo. Por ello y para evitar mucho sufrimiento innecesario, optaron por contarle la mentira de que sus abuelos habían muerto poco después de su nacimiento."

Los dos se quedaron un buen rato en silencio. El primero en hablar, fue Roberto:

"Vaya historia más chunga que me cuentas. No me lo puedo creer... yo que pensaba que éramos una familia del montón, tirando a aburrida. Y ahora me vienes con este culebrón... esto también me explica la tristeza y las depresiones de mamá. No me extraña que haya perdido la cabeza... y no te preocupes, no estoy enfadado con vosotros. Entiendo perfectamente vuestra decisión. Tiene que ser muy duro que tus propios padres te echen de casa y corten toda relación contigo. Y la verdad sea dicha, pensando que habían muerto, nunca los eché de menos, con lo cual, esto tampoco va a cambiar ahora. Pero, hay una cosa que no entiendo, ¿cómo puede ser que tu hermano y tú seáis tan diferentes habiendo tenido la misma educación?"

"No lo sé, hijo, cosas que pasan, supongo. Tu tío siempre ha sido una persona curiosa... se las da de machote, de echado para adelante, pero en el fondo es un ser débil, inseguro y, sobre todo, extremadamente influenciable. Si sus amigos del momento eran del Athletic de Bilbao, él también lo era y más forofo que nadie. Era el primero en comprarse una bandera del club y acudir a todos los partidos como cabeza visible del grupo. Lo que pasa, es que los amigos nunca le han durado mucho. Siempre se han cansado de él por ser sumamente pesado. Si los próximos hubiesen sido fanáticos de la pelota vasca, seguro que hubiera sido el más entendido de todos. Desgraciadamente, en las herriko tabernas se juntó con gente del movimiento independentista y, como era costumbre en él, se radicalizó en muy poco tiempo. Siempre el que más... Pero en este caso, resulta que los fanatismos políticos son implicaciones de otra categoría y, gracias a unos lavados de cerebro perfectamente estudiados, consiguen trastornar por completo la percepción de las personas. Para más *inri*, Koldo no solo cayó en la trampa del radicalismo patriótico, sino también en el alcoholismo que terminó por erradicar de su cerebro cualquier tipo de autocrítica y lucidez. También con la bebida, Koldo, el que más... Y allí sigue metido sin escapatoria... cada vez más radical y nosotros, cada vez más alejados."

"Vaya tipejo tu hermano, parece mentira... Oye, por lo del entierro, no te preocupes. Por supuesto que voy contigo. Hablo con mi jefe mañana para coger el viernes libre y nos vamos. De ninguna manera te dejaría ir solo, con la jauría de indeseables que nos vamos a encontrar..."

"Muchas gracias, Roberto... y dos cositas más... la primera: cuando estemos allí, no te dejes provocar por él, que sin duda lo intentará. Evítalo o simplemente no le hagas caso... será mejor para todos. La segunda: no menciones nada de eso a tu madre. Si le queda algo de lucidez, este asunto terminaría por destrozarla. Demasiados recuerdos y demasiado dolor."

"Cuenta conmigo, papá, no ocurrirá nada que pueda desencadenar una trifulca."

El tiempo había transcurrido de prisa. Cuando quisieron darse cuenta, el reloj del comedor marcaba ya las doce y media, hora para Roberto de volver a casa. De pie en el recibidor, padre e hijo se dieron un fuerte abrazo y quedaron en que, al día siguiente, Roberto confirmaría su disponibilidad y que Jorge se encargaría de todos los preparativos. Viajarían en su coche y saldrían tranquilamente sobre las diez y media. Roberto condujo su moto como un autómata, maquinalmente y con la mente vacía. Acertó con el trayecto solo por haberlo recorrido miles de veces. Una vez en casa, se dejó caer en su butaca y una avalancha de emociones invadieron su cerebro.

"Es curioso", pensó, "uno se pasa la vida criticando y mofándose de la manera de vivir de los demás y un buen día, así de sopetón, se entera de que también en su familia cuecen habas. Y, con toda probabilidad, incluso peor. Resulta que tengo un tío alcohólico con aires de grandeza, un terrorista de pacotilla que cree que gritar consignas al amparo de la multitud, tirar adoquines y quemar contenedores es luchar por una causa. Unos abuelos resucitados que acaban de morir y que, por débiles, sumisos y pusilánimes han sido capaces de repudiar a un hijo e ignorar por completo a su nieto. Una madre que, incapaz de afrontar los retos de la vida, ha caído en una profunda depresión y ha terminado por perder definitivamente la cabeza. Y, por último, yo mismo, un asesino de nacimiento que no ha logrado dominar sus instintos básicos para llevar una vida normal, formando una familia, cuando tuvo la oportunidad. El único que se salva, es el buenazo de mi padre, si no surge una sorpresa. Por ello, es primordial que nunca se entere de quién soy yo en realidad, lo mataría".

Roberto no tuvo mayores problemas en conseguir permiso para faltar el viernes al trabajo. No es que le haya hecho mucha gracia a su jefe, a pesar de todos los autoelogios que siempre se otorga, dándoselas de director modélico. Una cosa es presumir de legalista cuando se habla por hablar sentado en un tren y otra, actuar en consecuencia cuando la situación lo requiere. No obstante, en caso de fallecimiento de una abuela, la ley ampara al trabajador y por ello, aunque a disgusto, tuvo que dar su brazo a torcer.

"Qué curioso que nunca me hayas hablado de tus abuelos, Roberto", le soltó insinuando que le estaba tomando el pelo.

"Es normal. Hasta ayer por la noche pensé que no tenía, pero resulta que sí tenía y que desde anteayer ya no tengo... en fin, cosas de familia", le contestó con una sonrisa maliciosa.

El viernes por la mañana, a las diez y cuarto en punto, Roberto aparcó su moto delante de la casa de su padre. Este ya le estaba esperando en el portal. Es llamativo cómo las personas, con la edad, cada vez se vuelven más impacientes.

"¿Qué, haciendo piernas, papá?", le preguntó con sorna.

Jorge pasó el comentario por alto, más por vergüenza que para evitar una discusión. Metieron sus bolsas de viaje en el maletero y se pusieron en marcha. La salida de la capital la hicieron en silencio escuchando las noticias por la radio. En cuanto enfilaron la autopista A-1 en dirección norte, a unos veinte kilómetros, la señal de la emisora empezó a perderse y a duras penas se podía entender lo que el locutor decía por culpa de las interferencias. Jorge apagó la radio y comentó a su hijo:

"He reservado una habitación doble con dos camas en un hotel de la capital de provincia que queda a pocos kilómetros de mi ciudad. No se tarda nada en llegar, pero prefiero que estemos un poco alejados de todo este mundillo. Estaremos más a gusto. De hecho, así también podremos ir a ver al abuelo antes de irnos. No creo que vaya a volver para su entierro. Con uno me vale."

"Me parece todo muy bien, papá, tienes que hacer, por una vez en tu vida, lo que te apetezca, sin pensar en los demás."

El resto del viaje, Roberto se lo pasó adormilado. Dormir del todo era simplemente imposible por los comentarios, palabrotas e insultos que soltaba su padre en voz alta en referencia a los otros conductores. Conducir saca lo peor de cada uno, incluso de una persona tan tranquila como su padre. Para no tenerla más gorda, no le dijo nada porque al recriminarle su actitud, como ocurre con todos los conductores, se calentaba aún más y se perdía en largas explicaciones técnicas que demostraban, sin la menor duda, que tenía razón. Roberto no aguantaba estas murgas y optó por callarse. Ya en el País Vasco, se pararon en un restaurante de la autopista para comer y llegaron sobre las tres y media al hotel. Después de acomodarse, aprovecharon el resto de la tarde para visitar la ciudad, el paseo marítimo y el casco viejo donde se pegaron un homenaje a pintxos y chatitos de vino en varias tabernas. Menudo espectáculo que ofrecían las múltiples bandejas repletas de manjares a lo largo de los mostradores. Roberto estaba maravillado. Nunca había visto una ciudad tan bonita y tan acogedora. Después de cenar le propuso a su padre dar un paseo nocturno para facilitar la digestión y disfrutar un rato más de este magnífico entorno. Hacía fresco, pero el cielo estaba despejado y la luna iluminaba la bahía dejando miles de reflejos en el mar. Era simplemente idílico. Dos horas más tarde, exhaustos, volvieron a su habitación. Huelga decir que, para Roberto, la aventura vasca empezó de manera muy diferente a lo que se había imaginado. Otra cosa le esperaba al día siguiente.

Se levantaron a las nueve de la mañana. Jorge prefería que le sobrara tiempo para llegar con toda tranquilidad y sin estrés al entierro de su madre que se celebraría a las doce en el cementerio de su ciudad. Al contrario que Roberto, había dormido fatal y se le notaba intranquilo e irritado. A la hora del desayuno, apenas probó bocado y casi se tira la taza de café encima. Por la tensión que tenía en el cuerpo, sus manos temblaban y no conseguía controlar sus movimientos.

"Tranquilízate, papá", le instó Roberto, "ya sé que no es plato de buen gusto lo que te espera, pero tienes que serenarte y ser fuerte. Si no, eres vulnerable. No olvides que estoy contigo y los dos juntos vamos a poder con todo lo que nos venga encima."

"Tienes razón, hijo, pero tampoco he pegado ojo y me siento cansado. No sé si he hecho bien en venir."

"Claro que sí, joder. Tú vales más que tu hermano y ya es hora de que se lo demuestres. Ahora tómate una buena taza de café bien cargadito, come algo y ármate de valor. En algún sitio he leído que el mundo es de los intrépidos, de los que luchan por sus ideas y su integridad. Y es exactamente lo que vas a hacer... Venga, date prisa, tenemos que irnos."

Terminado el desayuno, subieron a la habitación para ultimar los preparativos. El viaje en coche no duró más de veinte minutos. Aparcaron delante del cementerio y Jorge compró un ramo de flores en el quiosco de la entrada. El cielo estaba gris y unas enormes nubes negras amenazaban con descargar un buen chaparrón. Solo el fuerte viento que soplaba por ráfagas impedía la caída de lluvia y el ambiente desapacible incrementaba aún más la sensación de malestar que la naturaleza del lugar ejercía sobre el visitante. Cuando bajaron por la avenida principal hacia el emplazamiento que les habían indicado en las oficinas del camposanto, Roberto no pudo remediar tener un recuerdo para su amigo del alma.

"Mira qué raquítico, Miguelito, este cementerio no vale nada comparado con el tuyo. Tú sí que estás en el gran lujo, con espacio, cómodamente a tus anchas. Nada que ver con estas estrecheces. Aquí están todos amontonados. En el fondo tienes suerte con tu mansión debajo de los cipreses. Es que siempre te ha gustado la buena vida... bueno, en tu caso, mejor dicho, la buena muerte...".

Tuvo que parar de pensar en sus tonterías porque por poco le da la risa imaginándose la cara de indignación que solía poner su compañero cuando se le tomaba el pelo y, desde luego, no era el momento más adecuado. En el tercer cruce de calles, cogieron el camino de la derecha y, a unos cincuenta metros, advirtieron una pequeña aglomeración de gente alrededor de una tumba abierta. Con toda seguridad era el sitio en cuestión. Había muy pocos asistentes congregados. Jorge reconoció a dos vecinas, amigas de su madre, a los colegas más íntimos de su hermano, clientes empedernidos de las herriko tabernas, a la novia de Koldo, una inmigrante sudamericana conocida por ser la mujer más radicalizada de la ciudad y al cura aberzale que todos los domingos en sus sermones disparaba palabras envenenadas contra el estado opresor. Todos estaban ubicados en el lado derecho del sepulcro, en medio círculo alrededor de su hermano que presidía la reunión con cara seria y actitud provocadora. Roberto se sorprendió de verle tan imponente comparado con su padre. Era alto, fuerte, pero no solo musculoso, sino también barrigudo y fofo. Entre los hombros, sobre un cuello casi inexistente, sobresalía una cabeza de grandes dimensiones y en medio de una cara enrojecida por el alcohol, justo por encima de una prominente nariz, trufada de venitas rojas, se abrían dos ojos pequeños con expresión amenazante. Aparte de un ligero aire familiar, el tipo no tenía nada que ver con su progenitor. Jorge saludó a los asistentes con una ligera inclinación de la cabeza, dejó el ramo de flores encima del ataúd y se colocó en el lado izquierdo, justo enfrente de su hermano. Roberto le siguió y se mantuvo a su lado bien erguido y con cara seria. La situación era patética. Los dos hermanos se miraron a los ojos con expresión tensa en el rostro. Parecía más bien una escena de duelo final de una película del oeste que el entierro de una madre. Solo faltaban el sonido de las voces agudas y el tintineo de las campanas de las composiciones musicales de Ennio Morricone. Para apaciguar la tensión, el cura se desplazó hacia la cabecera de la fosa y dio inicio a la ceremonia. Habló todo el rato en euskera y solo gracias a sus gestos Roberto pudo adivinar en qué momento del protocolo funerario se encontraban. Le pareció una grosería y una falta de educación. Aquí presentes había otros parientes de primer grado que no tenían por qué dominar aquel idioma. Escaso tiempo necesitó para cogerles manía a toda esta chusma como los definía. Afortunadamente, la arenga duró poco. No habían pasado ni diez minutos cuando los enterradores bajaron el ataúd hasta el fondo del hoyo dando pie al último adiós de los asistentes con el lanzamiento de un puñado de tierra. El inevitable momento fatídico había llegado. Los dos hermanos se encontraron cara a cara en el camino de regreso. El primero en tomar la palabra fue Koldo:

"Así que éste es tu hijo, hermanito. Tampoco parece mucho más espabilado que tú, pero, por lo menos, es menos raquítico y tiene algo de mayor presencia física. Aunque parezca mentira, has conseguido mejorar la raza. Y la loca de tu mujer, ¿dónde está?"

Antes de que Jorge pudiera contestar, Roberto se dirigió a su padre:

"Si entiendo bien, papá, este individuo que se ha presentado tan amablemente, ¿es tu hermano Luis?"

"Me llamo Koldo", soltó medio chillando con los ojos inyectados por la rabia, "que quede claro."

"¿Kol... qué?", preguntó Roberto con una sonrisa sarcástica, "¡qué nombre más raro!... nunca he oído una cosa igual...".

"Pues sí, Koldo... Luis en euskera."

"Pero bueno, es exactamente lo que decía... el tío Luis", le

172

replicó mirándole fijamente a los ojos.

"Es un graciosillo tu hijo, Gorka. Si no estuviéramos donde estamos, ya le hubiera dado su merecido. Pero dejemos las cosas claras entre nosotros. Para el inminente entierro de papá, es mejor que no vengas. No te preocupes por la herencia, te ingresaré la legítima en tu cuenta. Es lo único que te corresponde. La casa ya está a mi nombre. Se la compré a los padres hace tiempo y resultó bastante barata", terminó soltando una risa mezquina que su novia detrás de él imitó a destiempo y de forma forzada.

"Desde luego que no iba a venir", le replicó Jorge con sorprendente calma, "el cabrón este no se merece ningún homenaje. Este tío, lo único que ha conseguido en su vida es empeorar la raza con el primogénito. Ahora, también te digo que si no me ingresas lo que me corresponde, te demando. Disfruta del piso y, sobre todo, sigue bebiendo, te sienta estupendamente. Vámonos, hijo, ya no tenemos nada que hacer aquí".

Se dio la vuelta y emprendió el camino hacia la salida del cementerio. Antes de seguirle, Roberto se dirigió de nuevo a su tío:

"Hasta luego, Luis... a propósito, ¿cómo se dice "hijo de puta" en euskera?"

Le dio la espalda tranquilamente, alcanzó a su padre en dos zancadas, le puso el brazo sobre los hombros y los dos siguieron andando sin mirar atrás. Sentados en el coche, se miraron y soltaron una sonora carcajada. Jorge estaba muy satisfecho con el desarrollo de los acontecimientos y se le notaba en la cara.

"Ves, papá, qué bien lo has hecho. Te lo dije, vales muchísimo más que este orangután alcoholizado", le felicitó Roberto entusiasmado.

"Tú tampoco has estado nada mal, hijo, hubo un momento en que pensé que se iba a liar... pero, ¡cómo le aguantaste el tipo!... me has impresionado, no conocía esta faceta tuya. Bien hecho."

A Roberto le hubiera gustado en aquel momento de armonía familiar decirle a su padre que había muchas cosas que no conocía de su vida y que era capaz de cosas que nunca se imaginaría. Proezas y artimañas de un auténtico profesional en el oficio del asesinato. Pero sabía que no lo entendería y que le mataría del disgusto. Así que se aguantó y le soltó:

"Y ¿sabes qué? Esto no se ha acabado aún. Ahora nos vamos con el coche a la ciudad y me la enseñas con toda la parsimonia del mundo... tu casa y cada lugar significativo de tu juventud... y a la vista de todos. ¿Qué te parece?"

"Me parece una excelente idea, hijo. Vámonos."

Tardaron unos diez minutos en llegar al centro y aparcaron el coche en las inmediaciones de la estación de autobuses. Jorge eligió esta zona porque era un lugar estratégicamente ubicado desde donde se podía alcanzar a pie cualquier parte de la ciudad en relativamente poco tiempo. Otra ventaja era que por la explanada que daba acceso al transporte interurbano y las calles adyacentes transitaba mucha gente, lo que disminuía la posibilidad de un potencial acto de vandalismo rencoroso a su vehículo. Lo primero que tuvieron que hacer fue entrar en un bazar de chinos para comprar un paraguas. El mal tiempo persistía y la lluvia caía con intensidad. Aun así, no renunciaron a su recorrido conmemorativo. El conjunto de la urbe era bastante feo. A la excepción de dos o tres callecitas pintorescas en la parte antigua que los habitantes llamaban con orgullo el centro histórico, la ciudad no ofrecía al visitante ningún rincón que hubiera merecido la pena ser fotografiado. Los edificios modernos de ladrillo rojo se amontonaban en aglomeraciones de tamaños desiguales denominándose barrios más por fruto de la casualidad que de una estudiada planificación urbanística. Las calles configuraban un entramado desordenado y laberíntico en el cual perderse para un turista estaba al orden del día. De hecho, los habitantes estaban hartos de las constantes interrupciones en sus vidas cotidianas para reubicar almas extraviadas que, plano en mano y caras desencajadas, pedían ayuda. A Roberto la falta de encanto no le importó en absoluto porque presentía que iba a descubrir una faceta de la personalidad de su padre que hasta hoy le había sido ocultada. Peregrinaron por todos los lugares que en su día habían significado algo para él, la casa de sus padres -ahora la de su hermano-, el colegio, el taller mecánico donde había cursado su formación profesional, el parking del Eroski, punto de su primer encuentro con Paquita, el jardín público en el cual de enamorados se refugiaban de las miradas ajenas para charlar y otros sitios que pertenecían a sus recuerdos. Jorge le contó absolutamente todo a su hijo, sin tapujos y con todo tipo de detalles. Fue para él como el exorcismo de un lastre que arrastraba desde hacía demasiado tiempo. Se lo debía. Roberto supo apreciar este momento de confidencias y le prestó toda su atención sin interrumpirle. A la vez, se esforzaba por memorizar, sin que se notara, el nombre de las calles, las plazas y, con especial hincapié, la dirección completa de la casa paterna por si un día lo pudiera necesitar. Al cabo de una hora larga, pletóricos por esta vivencia en común, padre e hijo llegaron de nuevo a su punto de partida donde les esperaba una última sorpresa. Jorge lo vio enseguida y soltó una sonora palabrota. Entre el limpiaparabrisas y la luna delantera colgaba una nota, cuidadosamente resguardada en una funda de plástico para que no se estropease por la lluvia. Al abrigo dentro del coche, Roberto le instó a su padre:

"¿Qué pone papá?"

Con ansiedad, sacó el papel de la funda y leyó el texto que estaba escrito a ordenador en letras mayúsculas:

POR RESPETO A TU DIFUNTA MADRE TE HEMOS TRATADO CON DEFERENCIA, A TÍ, A TU HIJO Y A TU VEHÍCULO. PERO ES LA ÚLTIMA VEZ. ESTÁS AVISADO: LOS TRAIDORES A LA PATRIA NO TIENEN CABIDA AQUÍ. NO VUELVAS NUNCA MÁS. ¡GORA ETA! ¡GORA EUSKAL HERRÍA!

Se estableció un momento de silencio intenso, solo interrumpido por el repiquetear de la lluvia sobre la carrocería del coche.

"Así son las cosas aquí", dijo repentinamente Jorge sin apartar los ojos del papel, "Esto es la mafia... peor, terrorismo puro y duro. O estás con ellos o te repudian. Nadie puede vivir tranquilamente sin tener que optar por uno de los dos bandos. La gente de bien está atemorizada. Prefieren callarse y fingir que comulgan con la causa para poder vivir en paz. La mayoría de los vascos no comparten estas ideas totalitaristas, pero la coacción es demasiado brutal. Si no te sometes, no te queda otra solución que irte de tu tierra, como lo hemos hecho tu madre y yo, o te matan. Estoy convencido de que esto es obra de mi hermano. Después de los cortes que le infligimos en el cementerio, tenía que reafirmarse delante de los suyos."

"¡Qué cortes...! Dos buenas bofetadas en plena cara que le dimos al muy capullo... y además con su propia gente en primera fila... la humillación debe haber sido muy gorda para él. Pero no te preocupes, a cada cerdo le llega su San Martín, como dice el refrán."

"No sé, hijo. El refrán suena muy esperanzador, pero pocas veces acierta. Si efectivamente fuera así, el mundo sería bien diferente. Hay demasiados cerdos que escapan a su condena y así estamos en este planeta. La historia da fe de ello. Pero bueno, vámonos ya de aquí. Este es un lugar inhóspito."

El viaje de vuelta al hotel lo hicieron en silencio procesando mentalmente los acontecimientos que acababan de vivir. Lo que ambos no querían confesarse mutuamente era el efecto moral que les causó la nota en el parabrisas. Que lo quieras o no, un ultimátum de este calibre impresiona y asusta. Estos individuos son capaces de todo y, como lo han demostrado demasiadas veces, no dudan en ejecutar sus amenazas. Es como una coacción subyacente que se te pega al cuerpo y te acompaña, sin tregua, a donde vayas. En cualquier momento puede surgir un verdugo y ejecutar la sentencia. La música ligera y fácil de tararear que sonaba en la radio les ayudó a disimular sus inquietudes. En la habitación del hotel ya se sentían mejor y poco a poco recuperaron el buen humor. Decidieron asearse y disfrutar de la tarde empapándose, una última vez, del encanto de la ciudad. Por la noche cenarían en un buen restaurante con una estrella Michelin que Jorge había descubierto gracias a la Guía de la Buena Vida que había comprado antes del viaje. Sin decirle nada a su hijo, ya había efectuado la reserva desde casa y, tras el grato desarrollo de los acontecimientos de la mañana, el homenaje era aún más merecido. Mientras Jorge se duchaba, Roberto aprovechó el rato de intimidad para recopilar por escrito todos los nombres de calles, plazas y direcciones que había memorizado durante la visita y guardó sus apuntes en lugar seguro. Después, se vistió con el mejor atuendo que tenía para que su padre se sintiera orgulloso. Aquella tarde noche se lo pasaron francamente bien. La fuerte lluvia había cesado y, pese a que el cielo seguía encapotado, el ambiente se había vuelto mucho más apacible. Deambularon por barrios que el día anterior aún no habían visto, tomaron el aperitivo en los salones lujosos de un hotel de reconocido prestigio cuyos ventanales daban al paseo marítimo y disfrutaron de una cena compuesta de todo un espectro de manjares, acompañados por excelentes vinos que el sumiller maridaba con cada plato. Pero, sobre todo, gozaron de su mutua compañía y se dieron cuenta de que lo que habían experimentado juntos a lo largo de este viaje les había permitido acercarse el uno al otro de forma inusitada. Se estaba creando una complicidad entre ellos que hasta ahora nunca había existido.

A la mañana siguiente, antes de emprender el viaje de vuelta a casa, pasaron por el hospital donde el padre de Jorge estaba ingresado. En un primer momento, la recepcionista les negó la información necesaria para poder visitar al abuelo. Koldo les había dicho que era el único familiar que vivía y que prohibía el acceso a cualquier persona que viniera a visitarlo. Tuvieron que llamar al director del hospital, acreditar el estatus de hijo legítimo con la presentación de los papeles correspondientes y dar largas explicaciones sobre la precaria relación familiar entre los dos hermanos. Esto era el colmo. La animadversión que Roberto experimentó hacia su tío en aquel instante alcanzó su máximo nivel. Cuando hacía solo unas horas se lo planteaba, tras ese descaro, lo tenía claro: Luis o Koldo o como puñetas se llamara, no era una persona imprescindible para el mundo. Era una lacra que nadie echaría de menos si desapareciese. Media hora más tarde, por fin se les indicó donde estaba Joseba Alzúa. Permanecía en la UCI enganchado en una máquina con pronóstico muy grave. Solo se le podía ver a través de un cristal grueso desde el pasillo. El espectáculo no resultaba muy gratificante. El cuerpo esquelético que yacía encima de una camilla era irreconocible. Tenía vendajes por todo el cuerpo y miles de tubos que desaparecían por cualquier orificio disponible. Jorge se quedó lívido y visiblemente afectado. Cuando Roberto le puso el brazo sobre los hombros, en seguida se repuso y le dijo:

"No te preocupes por mí, hijo. Me he sobrecogido de verle en tan mal estado. Que lo quieras o no, es mi padre, aunque no se haya comportado como tal. No era un hombre malo, solo víctima de su propia cobardía. Un pusilánime sin carácter que ha preferido perder a un hijo que enfrentarse a otro. Es triste, pero así son las cosas. También es verdad que las circunstancias políticas han sido siempre muy adversas para esta generación que ha sufrido la opresión del franquismo primero y después la coacción independentista. Han pasado de Málaga a Malagón, sin tener realmente la oportunidad de elegir su propia forma de vida. Siempre bajo el yugo de unos prepotentes que por sus santos cojones, con perdón, han impuesto, al más puro estilo nazi, su criterio a los demás. En este panorama, los débiles deambulan por el mundo sin ton ni son y tu abuelo era uno de estos. En fin, aquí lo tienes al borde de la muerte y dentro de poco se irá sin dejar rastro."

"Tampoco se merece que se le llore, por lo mal que se ha portado contigo", replicó Roberto, "a las personas se las valora por sus méritos y si no has acumulado ninguno durante tu existencia, atente a las consecuencias."

Pensativos, pero sin tristeza, dejaron atrás al moribundo y se dirigieron hacia las oficinas del hospital para pedirles que le comunicaran a Jorge también, en condición de pariente directo, el fallecimiento de su padre en cuanto tuviese lugar. Esta vez, no se toparon con ninguna resistencia. Un cuarto de hora más tarde ya habían alcanzado la autopista en dirección a la capital. Las condiciones atmosféricas prometían un viaje sin complicaciones. No había amenaza de lluvia y el sol empezaba a abrirse camino a través de las espesas nubes grises que aún cubrían el cielo. Padre e hijo, codo a codo, no podían borrar de sus rostros una expresión de profunda satisfacción. Todo había salido de manera muy favorable. Mejor de lo que se hubieran atrevido a imaginar hace solo unos tres días. No obstante, muy pronto la euforia se transformó en aburrimiento. Los temas de conversación se agotaron y el resto del viaje se les hizo larguísimo. El cansancio acumulado por el ajetreo del fin de semana y la perspectiva de reincorporarse al trabajo al día siguiente fue como una bofetada que les dejó groguis, pero ninguno de los dos lo admitió en voz alta para no deprimir al otro. Así, se tiraron los restantes trescientos cincuenta kilómetros en silencio, con el hilo musical de la radio, como único entretenimiento, que emitía canciones pachangueras de los años ochenta de la época de Jorge. Ya anochecía cuando paró el coche delante de la casa de su hijo. Sin más palabras que la promesa de comunicarse pronto por teléfono, se dieron un abrazo y Roberto desapareció en el portal. Estaba reventado de tantos kilómetros de carretera. No le apetecía cenar, pero se decantó con gusto por una cerveza bien fría y el piano de John Lewis como música de fondo. Aún abrumado por los acontecimientos vividos, intentó poner orden en su mente. Toda su vida pensando que no tenía abuelos y en dos días entierra a su abuela, asiste desde el otro lado de un cristal a la agonía de su abuelo y conoce, en circunstancias extrañísimas, a su tío que resulta ser un indeseable malnacido, un terrorista de poca monta. Vaya panorama. Afortunadamente, del lado de su madre no cabía la posibilidad de llevarse una sorpresa de igual calibre porque su padre le había asegurado, tras lo sucedido el fin de semana, que la muerte de sus abuelos maternos había ocurrido tal y como se lo habían contado en su momento. Ahora, como diría cualquier gracioso, solo faltaba una puta y un asesino en la familia para completar el percal. En lo que concierne a la puta, como no había tenido hermana, no cabía lugar a especulaciones, pero el asesino sí que lo había y de cuerpo presente. Quizás, dentro de toda esta estirpe, él era la personificación de la peor calaña y, sin duda, fuente del mayor disgusto para su padre si lo supiese. Llegado a estas alturas de sus cavilaciones, en aquel mismo instante, se juró solemnemente que jamás, y bajo ningún concepto, permitiría que su progenitor se enterase de su condición de homicida. Antes desaparecería.

Le resultó muy penoso retomar su vida cotidiana. Faltaban pocas semanas para la navidad y las calles se habían llenado de miles de lucecitas que permanentemente recordaban al transeúnte que tenía que gastarse un montón de dinero para agasajar con un regalo a todos los miembros de la familia y, si fuera posible, de lo más caro. Era la época del año en que el consumo se volvía obligatorio y todos los ciudadanos tenían que contribuir a esta fiesta del despilfarro para sostener la economía del país. Con la proliferación de papanoeles de barbas largas, reyes con indumentaria pomposa, pajes negros de betún y músicos callejeros interpretando los sempiternos villancicos, flotaba en el ambiente una sensación de falsa alegría que a Roberto le daba ganas de vomitar. Nunca le habían gustado las navidades por razones obvias. Con una madre depresiva en casa que en estas fechas tan señaladas no hacía más que llorar recordando a su propia madre también depresiva, el panorama nunca fue precisamente el más alegre. Su padre intentaba revertir la situación con payasadas, pero en cuestiones humorísticas era extremadamente torpe y apenas conseguía arrancarle una sonrisa a su esposa. Las risas forzadas de Roberto a sus bromas para no frustrarle, tampoco rebosaban de sinceridad y se notaba. Al final estas veladas del veinticuatro y treinta y uno de diciembre terminaban siempre en una burda farsa que no engañaba a nadie y provocaba un profundo malestar en todos los miembros de la familia. La única velada que recordaba con cariño, era la noche de Reyes. Sus padres la planificaban con especial cuidado. Todos los preparativos estaban enfocados a su felicidad y hasta el día en que tuvo conciencia de que los reyes no existían, lo lograban. Rememoraba con cariño coger los zapatos de su padre por ser más grandes que los suyos, ponerlos debajo del árbol y dejar tres copitas de licor con el roscón encima de la mesa para obsequiar a sus majestades de oriente. Al día siguiente, al descubrir sus regalos, todo era regocijo e incluso su madre conseguía a lo largo de la mañana mantener una cara alegre sin derramar lágrimas. Desgraciadamente este momento de felicidad duraba poco. Por la tarde la melancolía volvía a inundar la casa, devolviéndole de golpe a la cruda realidad. Entonces, pedía permiso a su padre para salir y juntarse con Miguelito para inaugurar juntos todos sus juguetes. Su amigo nunca recibió ninguno. Le decía que estaba convencido de que los reyes no pasaban por su casa para no encontrarse con el iracundo de su padre. No les guardaba rencor porque lo entendía perfectamente. Si él hubiera podido elegir, tampoco hubiera entrado. Cobijados en el patio interior, jugaban hasta el anochecer. Llegado el momento de separarse, Roberto le daba la mitad de sus regalos para que los guardara a buen recaudo por si alguien venía a robárselos. Así, no desaparecerían todos a la vez. Sabía que Miguelito jamás hubiera aceptado que se los regalase, pero ser merecedor de su confianza como guardián de aquel tesoro le llenaba de satisfacción y orgulloso volvía a su casa con la promesa de restituírselos al día siguiente en perfecto estado. El recuerdo de estos instantes que compartió con su amigo del alma, le puso un nudo en el estómago. ¿Cómo no iba a aborrecer las navidades con todas sus ganas? Durante estos días, tanto su trabajo como cualquier tipo de obligaciones se le hacían cuesta arriba y se sentía permanentemente cabreado e irascible. Así que para evitar posibles altercados, prefería permanecer en casa, al abrigo de toda esta locura colectiva. Con su música y sus novelas policíacas se sentía sumamente a gusto y solo deseaba que esta época del año pasara lo antes posible sin que nadie le molestase. Desgraciadamente, el destino tenía otros planes para él. A los diez días de su vuelta del País Vasco, su padre le llamó a media mañana a su trabajo por un asunto urgente. Por la noche, Paquita había sufrido una embolia cerebral leve. No estaba en peligro de muerte, pero se había quedado paralítica del lado derecho. Acababan de llamarle y no sabía nada más. En este mismo instante, dejaba su trabajo y se dirigía hacia la residencia para constatar las dimensiones del problema. Roberto no dudó ni un segundo y le contestó que, tras avisar a su jefe, se reuniría con él lo antes posible. Cuando por fin se presentó en la oficina de admisiones, la recepcionista le comunicó que Jorge había llegado hacía un rato. Subió a toda prisa a la habitación. Su madre yacía en la cama y a su lado, sentado en una silla, su padre con cara seria le sujetaba la mano.

"No hace ni una hora que la han traído de vuelta del hospital", le informó sin saludarle por su estado de nervios. "El ataque cerebral afortunadamente no ha sido muy fuerte y, gracias a Dios, el enfermero de noche que le traía sus medicamentos se dio cuenta de que algo no iba bien. En seguida llamó al médico de guardia que organizó inmediatamente su traslado en ambulancia a urgencias. Allí le hicieron un TAC y, tras comprobar su estado, le administraron un tratamiento con anticoagulantes que le salvó la vida. No obstante, se ha quedado paralítica del lado derecho y ha perdido el habla. Con su estado mental, una rehabilitación es absolutamente impensable. Le van a proporcionar una silla de ruedas para poder sacarla de su habitación y llevarla al jardín los días de buen tiempo. El único consuelo es que probablemente no se dé cuenta de su situación."

Su voz era tenue y terminó sus explicaciones con lágrimas en los ojos. Efectivamente, Paquita tenía una evidente parálisis facial en el lado derecho, dejándole el ojo medio abierto y la boca torcida hacia abajo. En el mismo lado del cuerpo, ni el brazo ni la pierna tenían movilidad y carecían de toda sensibilidad. El incidente había tenido consecuencias importantes para ella porque su mirada se había vuelto totalmente inexpresiva. Cuando antes aún se percataba de la presencia de personas en su habitación y seguía atentamente sus movimientos tanto con la cabeza como con los ojos, ahora su rostro permanecía impasible y sin aparente actividad cerebral. En su estado actual parecía obvio que no reconocía a sus seres queridos o, por lo menos, esa era la impresión que daba.

"Venga, papá. No te desanimes... Es una fatalidad, pero, como bien dices, ella no se da cuenta de lo que le pasa. El único fastidio de todo esto es que ya no va a poder moverse sola y necesitará ayuda para comer, lo que complica bastante su día a día. Pero no te preocupes, no es la única paciente en este edificio que tiene este problema y los enfermeros están más que acostumbrados. Saben cuidarlos y son muy cariñosos."

A la vez que pronunciaba estas palabras, de repente se le ocurrió que la pérdida del habla de su madre tenía una enorme ventaja para él. En estas condiciones, nunca podría revelar a nadie lo que, por intuición, sabía de su hijo. Su secreto estaba, de aquí en adelante, completamente a salvo. Al mirarla tumbada en su cama, su mente se llenó de sentimientos contradictorios. Por una parte estaba conmovido y apesadumbrado por la trágica situación que sufría su progenitora, pero por otra, se sentía profundamente aliviado. Una vez más, el azar le había sonreído. El resto de la tarde, se quedó con su padre para hacerle compañía. Jorge lo necesitaba. Permanecer solo en la habitación con su mujer en estas condiciones, le hubiera destrozado. Estaba afligido y sentía cómo un inmenso vacío se apoderaba de él. Era consciente de que no había sido la esposa que le hubiera gustado que fuera, ni la mejor madre para su hijo, pero, a pesar de todo, la quería. Siempre la había querido, desde el primer día que la vio delante del Eroski. No se merecía lo que le estaba pasando. La mayor parte del tiempo, padre e hijo lo pasaron en silencio, cada uno sentado de un lado de la cama. A las ocho de la tarde, Roberto cogió a su padre por el brazo y, sin decirle nada, lo sacó de la estancia.

"Ya es hora de que vuelvas a tu casa. Estás hecho polvo y necesitas descansar. Si quieres, esta noche me quedo contigo", le dijo una vez alcanzado el pasillo.

"No te preocupes por mí... estoy bien. Ya me he acostumbrado a estar solo y peores momentos me esperan todavía. Estoy tan cansado que, al llegar, me meteré en la cama y no tardaré en dormirme. Mañana será otro día."

"Vale, mañana por la mañana te llamo para ver qué tal estás. Pero que no se te ocurra engañarme, ¿estamos?".

Se abrazaron y cada uno emprendió el camino a su casa. Cuando Roberto se sentó en su butaca con música de fondo, una cerveza bien fría y unas patatas fritas, siguiendo un ritual ya firmemente establecido, se dio cuenta de que el destino le había preparado unas andanzas para estas navidades muy distintas de las que hubiera deseado. Era obvio que este año su padre le necesitaba. Había llegado la hora de devolverle todas las atenciones que había tenido cuando era niño. Ahora le tocaba a él hacer payasadas y confiaba en tener más éxito que su progenitor. Borró de su mente la sensación de fastidio que esta perspectiva le produjo en un primer instante con el recuerdo del fin de semana que habían pasado en Euskadi. Si entonces disfrutaron juntos de momentos memorables, ¿por qué no iban a poder repetirlo, incluso durante estas fiestas tan latosas? Al día siguiente llamó a su padre en cuanto llegó al trabajo. Su voz sonaba algo más animosa y le perjuró que había dormido bien. Entonces, Roberto le expuso su idea. Como iban a ser las primeras navidades que pasarían sin Paquita, los dos convinieron en un principio, para aliviar la situación, seguir con su vida cotidiana pasando por alto toda la parafernalia que estas fechas imponían. Se juntarían los días más festivos, pero sin grandes alardes y nada más. No obstante, lo que Roberto le propuso a su padre aquella mañana fue todo lo contrario. Le planteó que ambos cogieran unos días de vacaciones para pasarlos juntos y a lo grande. Se trasladaría una semana a casa de su padre y, desde este campamento base, harían lo que más les apeteciese. Durante el corto instante que duró el silencio que obtuvo como primera reacción, intuyó la cara de alegría que se le había puesto a Jorge y la respuesta emocionada que siguió, corroboró su impresión:

"Me parece estupendo. Creo que nos vendrá bien a los dos. No hay que dejarse abatir por los acontecimientos y estoy convencido de que Paquita aplaudiría esta iniciativa. Juntos lo vamos a petar, hijo, no habrá quien nos frene... ¡Qué ilusión!"

Roberto se dio cuenta de que una euforia excesiva se estaba apoderando de su padre y antes de que pudiera decir mayores insensateces, le interrumpió:

"Perfecto. Pues hablamos con nuestros jefes y nos volvemos a llamar."

Antes de colgar se pusieron de acuerdo en los días de vacaciones que iban a pedir para que coincidieran y en la fecha de su traslado a la casa paterna. Media hora más tarde, todo estaba arreglado, confirmado y organizado. Con la excusa de tener trabajo, Roberto interrumpió la conversación bruscamente, dejándole con la palabra en la boca, porque de nuevo se estaba enrollando con la planificación de las compras, las comidas y los vinos que iban a poner.

"Joder con el viejo", pensó retomando su labor, "¡qué ilusión le ha hecho!... esto promete."

Quedaban solo dos semanas para el comienzo de las festividades y la locura se había desatado en los barrios céntricos de la capital. Las calles estaban literalmente abarrotadas de gente que entraba y salía en tromba de los grandes almacenes, las manos llenas de bolsas repletas de regalos de compromiso. Roberto odiaba estas aglomeraciones de personas que al igual que los ríos desbordados te llevaban por delante sin piedad en cuanto te parabas un rato para mirar un escaparate o simplemente sacarte un pañuelo del bolsillo. Así que durante estos días, su vida se limitaba a trasladarse de su casa al trabajo por la mañana y por la tarde volver por el mismo camino. No obstante, antes de emigrar temporalmente al hogar de su infancia, se impuso la tarea de retomar sus investigaciones sobre la vida de Gordon. Consideraba primordial conocer lo antes posible la apariencia física de su mujer para poder, a partir de mediados de enero, seguirla y recopilar todos los datos necesarios sobre su rutina cotidiana. Si quería pillar a Gordon solo en casa, sin peligro de verse sorprendido *in fraganti* por su esposa, tenía que saber en todo momento dónde estaba. La única oportunidad que le quedaba para llevar a cabo su reconocimiento recaía en el fin de semana siguiente por ser el último antes de la navidad. Calculó dedicar ambos días a esta tarea por si, a lo largo del primero, sus intentos se quedasen a dos velas. El sábado se levantó temprano para ampliar sus posibilidades de éxito. A las diez y media de la mañana aparcó su scooter en la acera, a unos veinte metros del portal de la casa de Gordon. Estaba algo irritado porque según el programa que había establecido la noche anterior, tenía media hora de retraso. A pesar de haber estudiado a fondo Google Maps para diseñar al milímetro su ruta, le costó mucho más orientarse por el barrio de lo que había previsto. Estas puñeteras calles tenían todas exactamente el mismo aspecto y, a primera vista, no existía ni un indicio que las diferenciara entre sí, excepto la placa callejera con su respectivo nombre que a menudo estaba tapada por todo tipo de cachivaches urbanísticos. Cualquier dilación en la ejecución de sus planes le sacaba de quicio, especialmente si ocurría por su propia culpa.

"¿Y si la familia Gordon ha salido de casa justo en esta media hora?", pensó exasperado.

En fin, ya no podía enmendar la situación, así que respiró hondo para tranquilizarse y se sentó en el banco al lado de su moto con una revista que había traído para disimular. El tiempo era desapacible. No llovía, pero el cielo estaba nublado y corría un aire helador. Sin perder el portal de vista, se acurrucó dentro de su cazadora de motorista y su jersey de lana que se había puesto en previsión de una larga y cansina espera. Transcurrió una hora sin el menor indicio de la familia. Estaba congelado y maldecía su suerte. Tuvo que levantarse para que la sangre reactivara sus miembros que se habían quedado completamente anquilosados. Girando el tronco del cuerpo de izquierda a derecha sobre su eje a modo de ejercicio para entrar en calor, inconscientemente dirigió su mirada hacia la rampa del garaje justo en el instante en que sonó el crujido del desbloqueo de la puerta que empezó a abrirse entre chirridos. Saliendo de la oscuridad observó el lento avance de un viejo Ford Fiesta conducido por medio cráneo pegado a un saco de tela azul marino y una camisa blanca de cuyo cuello colgaba una corbata de rayas verdes y amarillas. En el lado derecho, despachurrada contra la ventanilla, reconoció la figura de una mujer escuchimizada y en la parte trasera, en una silla de coche, una niña rubia de unos tres o cuatro años. No cabía duda, la suerte quiso que el clan Gordon saliera a dar un paseo. Tan rápidamente como sus miembros endurecidos por el frío se lo permitían, volvió a su scooter, se puso el casco y se dispuso a seguir el coche. Por su propia experiencia sabía que resultaba casi imposible perder el vehículo de vista y mantuvo suficientemente distancia para no llamar la atención. Después de un cuarto de hora de camino, Roberto se dio cuenta de que se dirigían hacia el mero meollo de la ciudad. Por una vez, la ventaja que las callecitas de la parte vieja saturadas de gente le ofrecían para seguir inadvertidamente a su presa predominó sobre su aversión inherente a estos lugares y le colmó de buenos augurios. La mañana prometía ser fructuosa. Cuanto más se acercaban a las calles céntricas, más denso se hizo el tráfico y el flujo de los coches se convirtió en un lento y exasperante peregrinaje hacia cualquier sitio que permitiese estacionar sin infringir las normas. Los peatones avanzaban con mayor celeridad por las aceras que los propios automóviles, hecho que no ayudaba ni lo más mínimo para aplacar la impaciencia creciente de los conductores. El tronar de los cláxones se elevaba por momentos a niveles insoportables. Tras tres cuartos de hora de atasco, Gordon se adentró a la desesperada en un aparcamiento público cuyo rótulo luminoso pasó repentinamente del rojo "completo" al verde "libre" justo cuando se encontraba a la altura de la rampa. Para aprovechar la coyuntura favorable, hizo una maniobra tan brusca e incontrolada que por poco atropelló a un viandante que tuvo la mala suerte de pasar por allí justo en aquel instante. Solo un salto in extremis le salvó de un destino fatal. Acompañado de un rosario de insultos, el Ford Fiesta desapareció detrás de la barrera eléctrica como si todo lo ocurrido no fuera de su incumbencia. Roberto tenía que darse prisa. Sabía, por un servicio que efectuó con la furgoneta de la empresa por la zona, que el parking solo poseía una salida para los peatones y se ubicaba en la calle paralela. Sin pensárselo dos veces, aparcó la moto y recorrió a pie los ciento cincuenta metros que le separaban del acceso. A pesar de las oleadas de transeúntes, tardó bastante menos en alcanzar su destino que con su vehículo sorteando las complicaciones del tráfico. Escudriñó los alrededores en busca de un escondrijo adecuado y se percató de que el edificio de la acera opuesta estaba en obras. La situación no podía ser más ventajosa. Cruzó la calle y se ocultó detrás de la lona que cubría los andamios. Desde allí podía divisar toda la calzada, sin ser visto. El tiempo de espera le resultó larguísimo y rezó para que la familia no hubiese cambiado de opinión. Un sonoro "what the fuck", que retumbó desde el fondo de la escalera de entrada, por encima del barullo callejero, le tranquilizó. Poco tiempo después, Gordon, su mujer y la niña, cogida de las manos entre los dos, hicieron su aparición y se pararon justo en el último escalón, primero para terminar de discutir y, después, intentar orientarse. Kieran debía de estar furioso porque tenía la cara roja como un tomate y al hablar gesticulaba como un títere que se encuentra de frente con el lobo. El hecho de que obstruían el paso a los demás usuarios del parking, les importaba tres pepinos. Ni siquiera ante las quejas de la gente que intentaba, en vano, salir o entrar, hacían ademán de apartarse como si la situación no fuera con ellos. De repente, Gordon arrancó a caminar con tal brusquedad que levantó a la niña del suelo y gracias a que la madre la sujetaba de la otra mano, se libró de aplastarse contra el pavimento. Roberto salió de su apostadero y les siguió el paso. Lo que le importaba ante todo era fijarse detenidamente en la fisionomía de la mujer. Desde atrás podía comprobar que lucía una silueta esbelta y que su estatura no era tan baja como podía parecer en el coche. Pero, en lo que realmente tenía que reparar, eran sus rasgos faciales y si únicamente se veía destinado a perseguirles, su tarea resultaría muy difícil de llevar a cabo. Urgía encontrar una manera de hallarla de frente para poder memorizar su cara. Pero, ¿cómo hacerlo para evitar que Gordon también le viera? Habían recorrido unos doscientos metros cuando giraron a su izquierda y se adentraron en unos grandes almacenes como absorbidos por la cortina de aire caliente que servía para aclimatar a los futuros compradores. Aquí estaba su oportunidad. Se armó de valor para abrirse paso contra el torrente de clientes que ya habían cumplido con su cometido e intentaban, cargados de bolsas y cansados de tantos empujones, recobrar en el exterior su libertad de movimientos sin ningún miramiento hacia los que se afanaban por entrar. La lucha duró más de lo que le hubiera gustado. Cada segundo perdido podía tener consecuencias fatales. En el interior, una nube de perfume le invadió las fosas nasales, una fusión de decenas de colonias que conformaban juntas una fragancia tan intensa que al instante provocaba mareos y picor en las vías respiratorias. Conscientes de que sus productos representaban un regalo muy socorrido para las fiestas, las marcas más potentes del mercado ocupaban todo el espacio de la planta baja y, en cada puesto, unas azafatas exageradamente emperifolladas se empeñaban en rociar al pasante con sus esencias de última generación. Los vaporizadores no daban abasto y dejaban en el ambiente un vahído de ínfimas partículas que, empujadas por las corrientes de aire, se elevaban por encima de las cabezas, se mezclaban entre sí y recaían sin piedad sobre los visitantes. Nadie se libraba de este bautizo de lujo. Roberto tardó en recuperarse de su ataque de tos y tuvo que tragar saliva para suavizar la irritación de la garganta. Había perdido de vista a sus víctimas. Con el corazón acelerado, avanzó por el pasillo principal escrutando a diestra y siniestra todos los caminos por donde hubieran podido perderse. Infructuoso. No había manera de tener una perspectiva global. La masa de gente era tan espesa que la vista no llegaba más allá de dos metros. La idea de que sus esfuerzos hubiesen sido en vano, le llenó de angustia. Desesperado, se puso a recorrer los pasillos sin ton ni son, cuando, por el rabillo del ojo, vislumbró una voluminosa cabeza con frente prominente que se perdía en el hueco de las escaleras eléctricas hacia la primera planta. En aquel instante se encontraba a pocos metros de las escaleras de emergencia e instintivamente se lanzó por ellas, subiendo los peldaños de dos en dos. Irrumpió en la planta superior justo en el momento en que la familia Gordon se disponía a continuar por las próximas escaleras eléctricas hacia el nivel superior. Había acertado. Gracias a su perseverancia, los había recuperado. Ahora solo le faltaba subir al segundo piso y retomar el seguimiento. Aquella superficie la ocupaba la sección de moda de señoras y en ella se detuvo la familia. El ambiente seguía abarrotado de gente, sobre todo de mujeres que rebuscaban en los percheros la prenda adecuada para deslumbrar durante las noches de fiesta, pero el tránsito por los pasillos resultaba algo más sencillo que en la planta baja. Esta mayor facilidad de desplazamiento le otorgaba mejor visibilidad. Podía mantener una distancia prudencial sin correr el riesgo de perderlos otra vez. Por la actitud de Gordon, quedaba claro que el hecho de haberse detenido precisamente en esta planta, no le hacía ni la más mínima ilusión. Por experiencia sabía lo que le venía encima. Con cara de pocos amigos se refugió con su hija en un rincón tranquilo y, sin parar de refunfuñar en inglés, se dispuso a aguantar una larga espera. En cambio, la expresión de su mujer había cambiado radicalmente. Se la veía feliz. Empezó a deambular por los puestos de las marcas punteras en moda femenina y rebuscaba, entre los miles de prendas, la que mejor se adaptaría a sus necesidades o capricho... ¿por qué no? De vez en cuando, desaparecía con una blusa, una falda, un pantalón, o las tres cosas a la vez, en un probador y diez minutos más tarde reaparecía con semblante de mayor o menor satisfacción. La situación era idónea para Roberto. Sin ser visto por Gordon podía acercarse y estudiar las facciones de esta mujer que, en el fondo, no tenía nada que ver con él, pero que, sin comerlo ni beberlo, desempeñaba un papel fundamental en la probabilidad de éxito de sus planes. Se situó detrás de una fila de ropa justo en frente del perchero de donde había elegido un nuevo conjunto de chaqueta pantalón para probárselo y esperó que saliese del probador. Cinco minutos más tarde, cuando regresó para devolver la prenda a su sitio, se encontró cara a cara con ella, a solo un metro de distancia. Era una mujer de aspecto mediterráneo que, a pesar de tener entre treinta y cinco y cuarenta años, había mantenido una apariencia muy juvenil. Lucía un pelo negro ligeramente ondulado que le caía desenfadadamente sobre los hombros y unos grandes ojos marrones. Más que guapa, que también lo era, resultaba muy atractiva, especialmente debido a su vivaz y encantadora mirada.

"¿Cómo una mujer de esta clase ha podido fijarse en un energúmeno del calibre de Gordon?", reflexionó Roberto, "Desde luego que ocurren cosas raras e inexplicables en este mundo."

De repente, como despertándose de sus pensamientos, se percató de que había olvidado completamente llevar su reconocimiento con discreción y que la observaba de frente sin ningún disimulo. Obviamente, ella se había dado cuenta, pero, lejos de mostrarse incómoda y marcharse con cara de repugnancia, se ruborizó ligeramente y le sostuvo la mirada con una sonrisa picarona. Al instante, sin apartar la vista, cogió cualquier prenda que colgaba del perchero y se dirigió con unos andares disimuladamente provocativos hacia los probadores. A Roberto, se le aceleró el latir del corazón. No había duda. El mensaje estaba claro. En aquel momento no había nadie haciendo cola para entrar. Aprovechando la idoneidad de la situación, se encaminó, sin prisa, pero con decisión, hacia la puerta y recorrió el pasillo que daba acceso a las cabinas. La penúltima tenía la puerta entreabierta y en el espejo se reflejaba la figura de la mujer en ropa interior. Le estaba esperando. Con un movimiento preciso, abrió la puerta, le tiró del brazo y echó el cerrojo detrás de él. Sin decir palabra le quitó el abrigo y poniendo el dedo índice sobre la boca le señaló que se mantuviera callado. Se soltó lentamente el sujetador y le preguntó en voz baja:

"¿Cómo te llamas, chico? Yo soy María."

"Enrique", le mintió Roberto en un tono apenas audible.

Mientras le acariciaba los pechos, ella se afanó en desabrocharle el cinturón para bajarle los pantalones. Tenía manos expertas y tardó muy poco tiempo en llevar a cabo la maniobra. El encuentro duró poco más de cinco minutos. Corto, pero intenso y sumamente satisfactorio. Les costó mantener el nivel de ruido lo más bajo posible para no llamar la atención y evitar protagonizar un escándalo público en plena tienda. Al final, nadie había dado la voz de alarma y aliviados, tuvieron que aguantar la risa, lo que resultó casi tan difícil como lo otro. María le dio un último beso furtivo y le susurró al oído:

"Me lo he pasado muy bien. Ahora vete. Soy una mujer casada y mi marido me está esperando con mi hija allí fuera en algún sitio."

Roberto le iba a contestar que lo sabía, pero se contuvo y no dijo nada. Se subió los pantalones y, sin mirar atrás, se marchó con el abrigo colgado del brazo. Intentó salir del edificio lo más rápidamente posible. Había cumplido, y con creces, con su propósito. Desde luego, nunca olvidaría la cara de la mujer de Gordon. Estaba muy aturdido y no se dio cuenta ni de los empujones que le daban ni del tiempo que tardó en alcanzar la calle. Una vez fuera, respiró hondo. El aire frío le llenaba dolorosamente los pulmones y poco a poco recuperó la percepción de la realidad. Imposible volver a casa en el estado de agitación en el cual se encontraba. Decidió caminar y, sin haber planificado realmente su rumbo, cruzó la Puerta del Sol y recorrió la calle que le llevó hasta la Plaza Mayor. La multitud de gente con gorros de Papa Noel o cuernos de alce, los puestos repletos de cachivaches navideños y las luces multicolores le devolvieron como una bofetada a la cruda realidad. Pero todo este teatro no le sacó de quicio como de costumbre y, hasta cierto punto, le hacía gracia. Se sentía fenomenal, revigorizado y eufórico. Deambuló por la plaza en medio del gentío e incluso compró, para la Nochevieja, cotillones y un conjunto de melena blanca con barba de Santa Claus para su padre y otra peluca verde de elfo para él. Media hora más tarde, cansado de tanto trajín, emprendió el camino de regreso hacia su scooter, escogiendo las pintorescas calles estrechas de la ciudad vieja. En medio de una de ellas se detuvo de golpe y casi se le paró el corazón. A unos cincuenta metros acababan de incorporarse desde una vía perpendicular la familia Gordon y se dirigían de frente hacia él. No había posibilidad de escapatoria. Afortunadamente, los viandantes que le precedían y el pataleo de la niña que acaparó toda la atención de los padres evitó que le vieran. Sin pensárselo dos veces, se lanzó hacia la puerta del negocio que se encontraba a unos pocos metros y entró en tromba para refugiarse. La vehemencia con la que abrió la puerta llamó la atención del encargado y de los pocos clientes que, sorprendidos, se le quedaron mirando. Roberto se recompuso, saludó educadamente y se disculpó por el alboroto echándole la culpa a un inexistente tropezón. Era una librería antigua, magnífica, que mantenía su aspecto decimonónico original. Estantes de madera con motivos florales esculpidos en los frontales que tapizaban las paredes hasta el techo de, por lo menos, cuatro metros de altura. La escayola que lo cubría estaba ostentosamente adornada con molduras gruesas y voluminosos rosetones de donde colgaban espléndidas lámparas de latón con tulipas de cristal. Tres columnas de hierro estratégicamente distribuidas en medio del espacio ayudaban a sujetarlo. Era un local pequeño con solo dos pasillos de libros entre la puerta de acceso y la pared del fondo. La tienda estaba dividida en tres sectores. La entrada con el mostrador auténtico de madera noble y una caja registradora con manivela de principio de siglo, la zona de libros nuevos en la parte trasera y una sección de libros antiguos de segunda mano que ocupaban las estanterías en frente del escaparate. El olor a papel viejo que emanaba de allí provocaba la felicidad de cualquier bibliófilo nostálgico. Instintivamente, Roberto se encaminó hacia aquel apartado no solamente porque le fascinaban estos libros con solera que habían pertenecido a personas anónimas cuyas vidas nunca conocería, sino también porque desde allí podía observar lo que ocurría en la calle. No tuvo que esperar mucho para ver aparecer el trío familiar que, para no cambiar, atraía la atención de todo el mundo con sus sonoras discusiones. La intensidad de la disputa se había elevado de tal manera que tuvieron que interrumpir su marcha y se pararon justo delante de la única puerta que daba paso a la librería. Para disimular, Roberto se giró hacia la estantería fingiendo recorrer con la vista los lomos desgastados de los viejos volúmenes, pero en realidad no les prestaba la más mínima atención. Toda su concentración estaba orientada en captar lo que los dos contrincantes se decían. Sus esfuerzos se vieron considerablemente facilitados cuando un cliente, un señor mayor de una elegancia poco común, de pañuelo en el cuello y bastón, intentó salir y se quedó estancado en la entrada, bloqueado por los Gordon que ocupaban todo el espacio. Las educadísimas y reiteradas peticiones para que le permitieran el paso cayeron, como de costumbre, en saco roto y la puerta se mantuvo abierta durante el resto de la discusión haciéndose audible en toda la tienda.

"No puede ser... gastar tanta dinero en tonteríos... demasiadas regalos para la niña... fucking reyes... y una montaña de ropa inútil para ti... además, dos horas en el tienda... ¿cómo, the hell, se puede tardar tanto para coger un falda, dos blusos y dos pantalonos... no sé lo que haces tanto tiempo en el cabina...", gritaba Gordon sin ningún sentido de la vergüenza.

"Si eres un rácano patológico inglés, no me importa que te metas conmigo por permitirme un regalito que tú nunca me haces", le respondió María, "pero que te metas con los regalos y la ilusión de tu hija, no te lo consiento. Hay que ser un miserable para quejarse de eso. Has caído muy bajo, Keiran. Cuando te gastas una fortuna en cervezas con tus amiguetes, no te importa el dinero."

"Estoy hasta los cojonos de todo esta mierda... yo no aguanta más. Te dejo solo con el niña y espero en el pub irlandés cerca del coche."

"Claro, vete a tomar tus cervezas... a ver si te tranquilizas. No te necesitamos."

Los gritos de la niña ahogaron el "stupid woman" que Gordon soltó antes de largarse con paso decidido y la cabeza roja de rabia. María se fijó entonces en el hombre que pacientemente seguía esperando en el quicio de la puerta y, cogiendo la niña de la mano se marchó en la dirección opuesta.

"Muchas gracias, señora, es Ud. muy amable... qué tenga un buen día", le dijo el anciano con una educación exquisita antes de emprender su camino, el bastón en la mano derecha y la bolsa con los libros recién comprados en la izquierda. En el interior de la librería todos los presentes se miraron de reojo y nadie pudo disimular una sonrisa cómplice. Roberto decidió regresar a su moto siguiéndole el paso a su futura víctima para observar su comportamiento cuando estaba solo en medio de la gente y sobre todo en el bar. Tenía que darse prisa para no perderle. No obstante, para encubrir la auténtica razón de su presencia en la tienda, cogió en el estante de los libros de bolsillo usados el primero que tenía delante de él sin fijarse ni en el título ni en el autor de la novela. Por un módico precio no iba a perder más tiempo. Pagó los dos euros cincuenta que marcaba, lo introdujo en la bolsa de plástico con las pelucas, se despidió del encargado y abandonó el local a toda prisa. Tuvo que correr a lo largo de dos callejuelas para alcanzar la arteria principal que llevaba directamente al aparcamiento público donde los Gordon habían dejado el coche y él su scooter. Tan pronto se incorporó a ella, localizó el cabezón de aquel mastodonte que, arrastrando los pies, se abría paso entre la multitud. De hecho, lo hacía con una facilidad asombrosa porque, con la cara de pocos amigos que debía tener en aquel momento, eran los viandantes quienes se apartaban de su camino. El seguimiento hasta el pub resultó de lo más cómodo. De la puerta, que Gordon dejó abierta, salía un calor espeso recargado de efluvios corporales y cerveceros que en circunstancias normales hubiera echado para atrás a cualquier ser humano en su sano juicio, pero que, con el frío que hacía, resultaba bastante apetecible. Lamentándolo mucho, sabía que no podía exponerse a tanto riesgo y, desde fuera, se asomó al ventanal del bar para intentar escrudiñar la conducta de la bestia en su hábitat natural. No resultaba sencillo discernir lo que pasaba dentro porque el cristal era ligeramente opaco y estaba recubierto de grandes letras blancas componiendo el nombre del sitio y su logotipo. No obstante, al fijarse con atención, reconoció la silueta de Keiran que se dirigió con paso firme hacia la barra y se sentó en un taburete que había quedado libre. El camarero tardó solo unos pocos minutos en ponerle una pinta de Pale Ale. Acodado encima del mostrador, agarró el vaso con la mano derecha y, sin apenas levantar el brazo, se lo bebió de un tirón. Por el gesto de limpiarse la boca con la manga del abrigo, era fácil deducir que, al apurar tanto el contenido de la jarra, la cerveza se le había derramado por las comisuras de los labios, empapándole todo el mentón y parte de su prominente vientre. Obviamente, Gordon estaba satisfecho con el nuevo rumbo que habían tomado los acontecimientos y chasqueó los dedos para indicar al camarero que le sirviera otra. Roberto despegó la cara de la ventana y emprendió el camino hacia su moto. Había visto lo suficiente y lo que acababa de observar era, en todos los aspectos, una buena noticia para sus intereses. Manifiestamente, al director del departamento británico, como a la mayoría de los ingleses, le gustaba la cerveza y mucho. Aún no tenía ningún plan concreto, pero estaba seguro de que, en algún momento, esta faceta de aquel individuo le iba a beneficiar.

A las tres y cuarto de la tarde abrió la puerta de su piso. Tenía un hambre feroz. Con tantos acontecimientos inesperados aquella mañana, se le había hecho tarde. Dejó el casco y los guantes en la estantería de la entrada, colgó el abrigo en el perchero y se fue directamente a la nevera para sacar el entrecot que, afortunadamente, había comprado la tarde anterior para evitar tener que dedicar tiempo a la cocina. La hora de su programa de jazz radiofónico ya había acabado. Así que se decantó primero por tomar el aperitivo mientras veía lo que quedaba del telediario. Se sentó en su butaca delante de la televisión con una cerveza bien fría y unas patatas fritas para no alterar las buenas costumbres de la casa. Sin embargo, al poco tiempo se aburrió del noticiario que había terminado de despachar los asuntos nacionales e internacionales y se recreaba en sucesos de sociedad, desapariciones y asesinatos de todo tipo. Como no se trataba de los suyos, no le encontraba ninguna gracia. Apuró su cerveza y se dispuso a freír la carne que acompañaría de una ensalada de tomates con albahaca fresca y una botella Cabernet Sauvignon del Somontano. De música de fondo eligió esta vez el volumen cuarto de la colección de Blue Note de Dexter Gordon que se había comprado al completo la semana anterior. Aún no había tenido tiempo de escuchar los últimos tres CD y, teniendo en cuenta el apellido del artista, le pareció que no había momento más idóneo para hacerlo. La comida le supo a gloria bendita. Con el efecto del vino y el estómago lleno sintió cómo poco a poco le invadía una sensación de modorra irresistible. Hizo un esfuerzo para recoger la cocina y se preparó un cafetito que disfrutaría de sobremesa echado en su sillón y dejándose mecer por el saxo melódico de Dexter. De repente se fijó en la bolsa de las pelucas que había dejado encima de la mesa y se acordó del libro que había comprado. Lo sacó y leyó el título: **"Filomeno, a mi**

pesar" de un tal Gonzalo Torrente Ballester. Qué cosa más rara. Nunca había oído hablar de este autor y el título le parecía rocambolesco. A él, le gustaban las novelas policíacas y esta no tenía pinta de ser una de ellas. Dudaba de que le fuera a gustar. Mejor dicho, ni siquiera se planteaba leerla. Cansado, lanzó el libro encima de la mesa y se acomodó en la butaca.

"Cuando le cuente a Miguelito lo que me ha pasado, va a alucinar", pensó antes de repasar en detalle todos los acontecimientos que había vivido por la mañana.

Se acordaba de que, en un reportaje televisivo sobre la sociedad actual, unos expertos afirmaron que las relaciones sexuales entre dos personas que no se conocían eran relativamente frecuentes, sobre todo en discotecas y festivales musicales, pero nunca se lo había creído realmente, ni muchísimo menos imaginado que le pudiera ocurrir a él. Era como una fantasía que pertenecía a la vida de los demás y de la cual se sentía totalmente excluido, hasta hoy. Medio adormilado le aparecieron las imágenes de María semidesnuda esperándole en el probador, su silueta delgada y sus pechos con los pezones duros. Se sentía cada vez más excitado hasta que una voz masculina le llamó al orden. Era el vozarrón de Gordon que le berreaba que era un idiota. Se vio sentado en la oficina del director del departamento de inglés. El hombre estaba sobredimensionado en proporción al resto de la habitación. Parecía un gigante y él un ser diminuto en una silla minúscula replegado en una esquina. Le acusaba de ser una persona despreciable, que no servía para nada, un barriobajero maleducado y sin cerebro. Que maldita la hora que le habían admitido en el colegio porque solo había sido una pérdida de tiempo. No obstante, esta vez, él no se quedó callado. Lejos de amedrentarse, se levantó y la estancia volvió a sus dimensiones normales como un barco que se endereza tras una ola.

"No se atreva a juzgarme", le gritó con determinación. Su voz sonaba potente y segura de sí misma. "Ud., con su falta de educación y su grosería congénita, no es quién para desdeñar a otras personas. Seré un inútil, pero acabo de tirarme a su mujer delante de sus narices y le ha gustado. A ver si aún osa vociferar. Es Ud. un patán... una auténtica escoria."

Esta última palabra la dijo en voz alta y dio un respingo. Seguía sentado en la butaca medio torcido y se notaba aturdido por la siesta de más de una hora que se había pegado. El salón estaba a oscuras, el CD se había acabado y reinaba un silencio absoluto. Eran las siete de la tarde y tenía que espabilar para ir a la compra. La nevera estaba totalmente vacía y no tenía nada que comer.

"¡Escoria con cuernos!", repitió con rabia mientras se dirigía a su habitación para vestirse.

Hora y media más tarde ya estaba de vuelta y guardó todos los víveres perecederos en el frigorífico. Para la comida del día siguiente había comprado unos filetes de bacalao frescos que prepararía con una salsa de vino blanco y tomate, acompañado de unas patatas al horno y una botella de Albariño. Unos cuantos alimentos más completaban las reservas necesarias para cubrir sus necesidades para las dos jornadas laborales que le quedaban antes de las navidades y su traslado momentáneo a la casa que le vio nacer. Precisamente, para agasajar a su padre durante los días de fiesta, se hizo con unos cuantos paquetes de jamón y lomo de bellota que tanto le gustaban. Era la primera vez en su vida que la aproximación de esta época del año le hacía ilusión. No por los festejos en sí, sino por el tiempo que iba a compartir con su padre. Definitivamente, el viaje al País Vasco había cambiado las cosas entre ellos y los había acercado como nunca se lo habría imaginado. Muchos tabúes se habían derribado y se hicieron confidencias que hacía solo unos meses parecían inconfesables. Solo quedaba por su parte un único secreto y se reafirmó en su determinación de que, por no matarle del disgusto, nunca se lo descubriría. No obstante, y no podía remediarlo, se sentía como un traidor por ello. Había nacido con esta lacra y no le quedaba otro remedio que resignarse a padecerla en soledad, con la excepción de su madre y su amigo Miguelito, lo que resultaba ser lo mismo. Cansado, pero satisfecho con el desenlace de la jornada, se dejó caer en el sillón para ver un ratito la televisión antes de cenar. Al coger el mando que estaba encima de la mesa, su mirada tropezó con la portada del libro que había caído justo al lado. "Filomeno, a mi pesar" leyó de nuevo preguntándose qué tipo de historia podía contener una novela con un título semejante. La curiosidad le empujo a abrirlo y leer las dos primeras páginas.

"Vaya patraña", pensó al acabar la lectura, "ahora resulta, si lo he entendido bien, que se trata de un individuo que desde su nacimiento tiene que soportar la lacra de haber sido bautizado con un nombre ridículo por imposición paterna y que, como acto de rebeldía, la parte materna de la familia le llama por su segundo nombre que tampoco resulta mucho mejor. Pobrecillo: Filomeno por herencia del abuelo paterno y Ademar por parte de la abuela materna... evidentemente, toda una putada. Pero, ¿eso da para llenar más de cuatrocientas páginas?... En fin, si un día me animo, lo averiguaré."

Llevó el libro a la estantería y lo puso al lado de sus novelas policíacas, pero algo apartado para distinguirlo por pertenecer a un género diferente.

El día siguiente a Reyes volvió a su casa. Le apetecía recobrar su intimidad, la tranquilidad de su piso y, sobre todo, su música. Ya no soportaba compartir tanto tiempo de su vida, sin descanso, con otras personas, ni siquiera con su padre. Pero, tenía que admitirlo, se lo había pasado fenomenal. Era la primera vez, desde que nació, que las navidades le habían aportado algo de alegría y sentimientos de complacencia. De lo que siempre presumía la gente y que él tachaba de vil mentira. El único aspecto triste de estos días fueron las visitas a su madre. Al salir de la clínica sentían el corazón pesado y un malestar en el vientre que les carcomía las entrañas. Sin embargo, Jorge estaba tan eufórico de tenerle en casa que en seguida se animaba y planeaba una vuelta de tapas en bares cuyos nombres había recopilado de una revista especializada en temas gastronómicos o proponía una cena en casa para dar buena cuenta de todos los manjares que había comprado. Se había gastado la mayor parte de la paga extra en delicatesen, buenos vinos y, como obsequio de Reyes para él, un teléfono móvil de última generación que, sin duda, le había costado un pastón.

"Para que te modernices, chico... que pareces un viejo con tu zapatófono", le dijo al entregarle la caja envuelta en papel de regalo con una sonrisa de satisfacción.

Por su seguridad, Roberto nunca había querido un aparato de este tipo, pero no le regañó por ello. La felicidad que tenía en el cuerpo era digna de ver y le parecía más oportuno dejarle disfrutar. Quizás lo que más ilusión le hizo fue la peluca y barba de Papa Noel que le compró en el mercadillo. Todas las noches se la ponía y hacía las típicas imitaciones del personaje. Probablemente fue, en estas ocasiones, la única vez en su vida que tuvo algo de gracia. Solo en el silencio de su casa sintió de repente un atisbo de melancolía porque sabía que estas circunstancias no volverían a repetirse. Para sacudírsela de encima, puso un CD del virtuoso pianista Michel Petrucciani y se fue al dormitorio a deshacer su maleta. Descartó por completo cenar. Se sentía empalagado de tantos excesos de comida y alcohol de estos días de desenfreno. Solo quería descansar para recuperarse no tanto para su reincorporación al trabajo como para retomar muy en serio los asuntos del caso Gordon. Como se lo había comentado a Miguelito durante sus frecuentes visitas al cementerio, tenía que planificarlo al detalle para no correr riesgos. Sus primeras indagaciones empezarían con los hábitos de María. De alguna manera tenía que agenciárselas para poder llevarlas a cabo los días de la semana cuando su marido no estuviera en casa. También tenía claro que si ella le descubriese durante su seguimiento y que se volviese a dar la posibilidad de echar un buen polvo, lo haría sin dudar. Prefería abandonar el proyecto del asesinato que perderse esta oportunidad. Lo lamentaría por las ganas que le tenía al imbécil de Keiran, pero, con toda seguridad, encontraría a otro con características similares. Desgraciadamente, energúmenos de este tipo no faltaban en la sociedad. Las dos primeras semanas de su vida rutinaria las dedicó a ponerse en forma. Se sentía anquilosado por los abusos de las fiestas y necesitaba urgentemente desprenderse de la pereza que se le había metido en el cuerpo. Retomó las clases de kárate con los chavales que se habían suspendido durante las vacaciones y dobló la frecuencia de sus propios entrenamientos. La puesta a punto tardó pocos días en dar resultados. Tenía una fisionomía privilegiada y daba gracias a la naturaleza por ello. Ya podía comer y beber todo lo que le daba la gana que jamás engordaba. Al cabo de la quincena había recuperado por completo su vitalidad y su espíritu emprendedor. La hora de la acción había llegado. Para faltar al trabajo, se inventó un resfriado morrocotudo, de estos que te dejan sin fuerzas durante tres días, y su puesta en escena a la hora de hablar con su jefe por teléfono alcanzó la altura de una auténtica obra maestra. Sin demora, estableció el puesto de observación delante del portal de los Gordon. No obstante, su entusiasmo se vio rápidamente trocado en desesperación. Los dos primeros días no pasó absolutamente nada. Ni rastro de la familia. Roberto no podía creérselo. En algún momento María tendría que ir a la compra o, por lo menos, sacar a la niña a la calle. No podía dejarla encerrada todo el tiempo. Pero nada. Al segundo día, ya por la tarde, aguardó incluso la vuelta de Gordon del colegio a la hora aproximada de cuando le siguió por primera vez y, al resultar la espera infructuosa, la alargó dos horas más, por si acaso. Pero el Ford Fiesta blanco no dio señales de vida. Estaba desmoralizado y sobre todo se sentía ridículo por haber perdido tanto tiempo para nada. Cuando llegó a su casa aquella tarde, tenía un humor de perros. Tiró los guantes al suelo con rabia, dejó el casco de malas maneras encima del estante y soltó unos sonoros tacos. No aguantaba los contratiempos. Sus planes tenían que funcionar con la precisión de un reloj suizo. Encima, tenía el frío metido en los huesos y solo una buena ducha caliente le permitió recuperar una temperatura corporal adecuada. Se sentó, por fin calentito, en su butaca para analizar tranquilamente lo que había pasado. Algo iba mal y tenía, por narices, que encontrar una estratagema para averiguar lo que era. Una buena cena con unos vasitos de vino le agudizaron los sentidos y no tardó en encontrar la solución. Al día siguiente, sobre las once de la mañana, entró en el portal de los Gordon y se dirigió directamente hacia la portería de la finca con un papel en la mano. En él figuraba, en letras grandes, el nombre completo de Kieran y la dirección de la propia casa.

"Hallo Mister", le dijo en inglés fingiendo ser británico.

Para darle mayor verosimilitud, al quitarse el casco de la

moto se despeinó aún más y se sacó la camisa de cuadros de diferentes tonos verdes del pantalón, pero solo del lado izquierdo, y se desabrochó los últimos tres botones. De este modo, debajo de un jersey beige rescatado de su ropa de adolescente que aún guardaba, dos tallas inferiores a la suya, sobresalía por encima de un vaquero viejo una parte de la barriga. La bragueta abierta de par en par de donde salía otro retal de la camisa completaba la imagen del atuendo. Con estas pintas, daba perfectamente el pego.

"Mister Gordon, please, which floor?" repitió mostrándole el papel.

El conserje se había quedado completamente paralizado ante semejante aparición y lo miraba con una expresión de incredulidad. Cuando se repuso, salió de su cabina y le contestó:

"¿Inglés...?"

"Yes I'm English... I'm a friend of Mister Gordon."

"Joder, lo que me faltaba esta mañana, un inglés... a ver cómo se lo explico..." Levantó la voz como hace la gente que no sabe un idioma y piensa que hablando alto en el suyo se le entiende mejor: "Familia Gordon, ya no aquí, not live jirr... marchar... go aguay," agitó las manos en dirección de la puerta para indicar que habían abandonado el edificio, "matrimonio kaput... separados y pronto divorciados... muchas peleas... coño, cómo se decía... very very fight...".

"Oh, They don't live here anymore... divorced. Where does Mister Gordon live? Where... dónde...?" exclamó Roberto más por sorpresa que fingiendo por fin haber entendido lo que el buen hombre le decía.

"La mujer", explicó el portero imitando la silueta femenina con las manos, "con sus padres... parents... and Mister Gordon, no lo sé... don't nou... y tampoco me importa porque... anda que no era un maleducado el cabrón y encima rata... en todo este tiempo, ni una propina... nada", añadió en voz baja.

"Thank you", gruñó Roberto al más puro estilo inglés y se marchó. Estaba perplejo. El hecho de que María quisiera separarse de este tipo no le sorprendía, se veía venir, pero que lo hiciera justo ahora, le fastidiaba un montón. Hubiera podido esperar un poco y él la hubiera ayudado con mucho gusto. Con aguantar solo unas semanas más, lo hubiera tenido en bandeja. Ahora, le tocaba a él volver a empezar desde el principio, pero, por lo menos, sabía a qué atenerse.

No le costó ningún esfuerzo localizar la nueva guarida de Gordon. Con tal de seguirle una tarde al salir del colegio resultó suficiente. Se había trasladado a un piso enano en una zona céntrica donde la mayoría de los habitantes eran extranjeros. Los había de todas las nacionalidades. El barrio, vieja gloria del Madrid antiguo, se había convertido con el paso del tiempo en un lugar barato, popular y transitorio, en el cual los inmigrantes se refugiaban hasta encontrar algo mejor. Sin embargo, la mayoría se quedaba allí, estancada por la ausencia de oportunidades. Debido a la falta de inversión, por culpa de una especulación inmobiliaria salvaje, las viviendas se fueron deteriorando poco a poco hasta convertirse en auténticos cuchitriles. La calidad de vida que ofrecía el ochenta por ciento de ellas era ínfima. Las calles eran estrechas, empinadas por el fuerte desnivel del terreno y muy ruidosas. Los motores de los coches y de las motos rugían a altas revoluciones subiendo y bajando las pendientes, impidiendo cualquier intento de comunicación entre las personas, tanto a pie del asfalto como dentro de las propias casas. Y cuando el tráfico disminuía, eran las aglomeraciones de compradores alrededor de los negocios de especialidades alimenticias de todas las partes del mundo las que se encargaban de elevar el ruido ambiental. Los dueños sacaban las cajas con sus productos exóticos a las aceras y mantenían con sus compatriotas animadas tertulias. Los que vivían en apartamentos con ventanas dando a una plaza, tampoco corrían mejor suerte. Si bien gozaban de más luz, las bandas musicales étnicas no perdían la oportunidad de ascender el nivel sonoro a unos límites difícilmente soportables. Se sucedían las palmas con la guitarra flamenca a los cantos africanos al ritmo de los djembés o los grupos andinos con sus quenas y zampoñas. Escasos eran los momentos en que nadie se ocupaba del entretenimiento callejero. Obviamente Gordon se había mudado a este barrio por la necesidad de encontrar urgentemente un alojamiento tras la separación que, sin duda, había sido precipitada. Con el sueldo que ganaba pronto encontraría algo mejor adaptado a su condición social. No obstante, para Roberto este entorno se revelaba ideal para ejecutar su asesinato. Se hablaban cientos de idiomas con entonaciones vocales de tan variadas índoles y convivían costumbres tan variopintas que nadie se inquietaría por un grito, un quejido o cualquier ruido que no se asemejase a un cataclismo. Tenía que darse prisa si quería poder aprovechar estas condiciones favorables. El seguimiento de Gordon, aquella tarde, lo llevó a una de las calles más transitadas y de mejor aspecto del barrio. Se veía que la mayoría de las casas habían sido renovadas y acondicionadas para alojar inquilinos de un poder adquisitivo más elevado. Incluso, en varios balcones colgaban carteles de "Se Alquila", lo que hacía pensar que muchos pisos se utilizaban como alojamientos turísticos. Quiso la suerte que cuando Keiran llegó a su portal, una familia de turistas, los padres y dos adolescentes con un montón de maletas, intentaban abrir la puerta para acomodarse en el apartamento que habían alquilado. A su llegada y conforme a los cánones de la educación, se apartaron y le dejaron pasar deseándole una buena tarde. Como respuesta recibieron un silencio y una mirada desdeñosa. Roberto aprovechó el tiempo que tardaron en entrar y meter las maletas en el portal para acercarse y sujetar la puerta. Con una señal de la mano les hizo entender que estaba esperando a alguien y la familia, a falta de ascensor, emprendió la subida por las escaleras. Gordon ni se inmutó por el ruido que armaron. A sabiendas de donde venía, continuó tranquilamente su ascenso sin mirar atrás. Gracias a ello, Roberto pudo observar a su víctima por la caja de las escaleras sin ningún peligro de ser descubierto. Se paró en el tercero y recorrió todo el rellano hacia la puerta de la izquierda. Afortunadamente, solo había dos viviendas por piso, lo que facilitó considerablemente su identificación. Vivía en el tercero B, el lado que daba a la calle. Cuando los turistas cerraron la puerta de su apartamento, se restableció el silencio dentro del inmueble y solo le llegaba el rumor habitual del trajín exterior. Se quedó un rato aguardando y, al no percibir ningún movimiento, subió sigilosamente las escaleras hasta el tercero. Se acercó de puntillas al piso señalado con la letra B y examinó la cerradura. Pan comido. Era un modelo que tuvo mucha aceptación hacía unos diez años y que ya no se utilizaba por su gran vulnerabilidad. No tardaría ni treinta segundos en abrirla y sin provocar ningún ruido. Desde dentro del piso le llegaba el sonido de la tele de una cadena británica puesta a todo volumen. Seguro que Gordon se había apoltronado en el sofá con unas cuantas cervezas. Satisfecho, Roberto abandonó el edificio y se marchó a casa. Ahora que tenía localizado el refugio de su víctima, se le planteó el dilema de si debía actuar el fin de semana o cualquier otro día. Vistas las circunstancias, no precisaría de mucho tiempo para ejecutar su plan. En menos de una hora ya habría liquidado el asunto. Así que tampoco era primordial que fuera un viernes o un sábado. Cualquier día le valía. Siguiendo su costumbre, se sentó en la mesa con un trozo de papel y un bolígrafo para establecer la lista de la compra con todos los bártulos que iba a necesitar. Esta vez, su plan de acción era tan sencillo que requeriría muy pocas cosas. Antes de poder apuntar el primer objeto, sonó el teléfono. La estridente melodía de la muñeira que había elegido como timbre le sobresaltó. Aún no se había acostumbrado a su nuevo móvil e incluso tardó en recordar cómo se descolgaba. Le llamaba su padre para comunicarle que por la mañana había recibido un aviso del hospital vasco anunciándole que su padre había fallecido y que, en beneficio de su salud mental, había decidido contactar con un abogado para que actuara como su representante en el cumplimiento de todos los trámites obligatorios para el cobro de su parte. Prefería mil veces pagar a una persona que viajar hasta allí o dejarlo todo en manos de su hermano de quien no se fiaba un pelo.

"Fíjate", le comentó, "hace un rato he llamado al imbécil de Koldo para avisarle de mis intenciones y se puso como una furia. Que cómo me había enterado del fallecimiento, que los del hospital eran unos auténticos cabrones de habérmelo comunicado, que les había dicho que era el único familiar, que mi padre hubiera querido que el dinero sobrante hubiese sido para la causa y no para un traidor como yo, que no tenía huevos de presentarme personalmente, que, por mi bien, nunca volviese a pisar Euskadi... Cuando le interrumpí para indicarle que lo que acaba de decir era totalmente incongruente, se cagó en todo lo que se meneaba y colgó abruptamente. Menudo energúmeno que tengo como hermano. Es que, los extremismos son muy malos para el equilibrio psíquico de sus adeptos... siempre lo he dicho y me reafirmo. Y en este caso, el abuso del alcohol tampoco ayuda."

"Lo que pasa, papá, es que el tío Luis es un gilipollas. Su existencia solo sirve para envenenar la vida de los demás", le contestó, "es un parásito que habría que exterminar."

"Ya lo sé, hijo, pero eso no se puede hacer. Nosotros no somos como ellos."

Roberto no compartía la opinión de su padre. Que no era como ellos, evidentemente, pero que no se podía tomar cartas en el asunto para corregir el rumbo de los acontecimientos, en eso discrepaba radicalmente.

"Tienes razón", mintió, "pero entiéndeme, desde que le conocí me cayó como una patada en el culo y, encima, a ti te ha hecho muchísimo daño y no lo soporto... En fin, si necesitas ayuda para algo, no dudes en pedírmela."

Le dio las gracias y colgó. Roberto se quedó un rato pensativo. La desfachatez de su tío le ponía enfermo. Se dio cuenta de que nunca había odiado tanto a una persona. Y eso que, en su vida, se había topado con unos cuantos individuos malintencionados. Pero esta situación le sacaba de quicio y presentía que iba a ser el asesinato con el cual más disfrutaría. No obstante, estaba contento con la conversación que había tenido con su padre porque en su tono de voz había notado que ya no estaba tan amedrentado como antes. Con el viaje a su tierra consiguió superar sus peores angustias y se alegraba por él. Saliendo de sus cavilaciones, se dio cuenta de que aún tenía el teléfono en la mano y se lo quedó mirando como si fuera un objeto extraño. Siempre se había negado a poseer un aparato tan moderno y, sobre todo, tan caro. Nunca le vio la utilidad y hasta ahora no le había prestado la menor atención. Se había aprendido las funciones básicas: descolgar, colgar, guardar un contacto en el registro y pocas cosas más. No le faltaban las aptitudes para saber manejarlo, pero, aparte de ser extremadamente receloso con su intimidad, no le veía sentido a tanto postureo en las redes sociales. Desde que los "smartphones" invadieron la sociedad, siempre había opinado que la gente se había vuelto totalmente loca. El móvil se convirtió, en muy poco tiempo, en la prolongación natural de la mano y todo el mundo, hombres y mujeres jóvenes, viejos o de mediana edad, deambulaban por la vida con los ojos clavados en sus pantallas. No era un trastorno de las nuevas generaciones, ni muchísimo menos, implicaba a todos y en cualquier lugar o circunstancia. La humanidad se convirtió en un ejército de androides herméticos completamente aislado del mundo exterior. Su vida social, laboral y, en algunos casos, hasta sexual se desarrollaba a través de un miniordenador con pantalla táctil. Roberto no lo podía entender, y eso que se consideraba un lobo solitario. Pero, la razón principal que le impidió adquirir uno, fue la facilidad con la cual se podía localizar a una persona a través del móvil. Para su seguridad a la hora de llevar a cabo sus asesinatos, era un inconveniente a tener muy en cuenta. No obstante, con el regalo de su padre, perdió la facultad de perseverar en su negacionismo. Frente a la ilusión con la cual le entregó el obsequio, nunca se le hubiera ocurrido rechazarlo. Y ahora, lo tenía aquí en la mano. Picado por la curiosidad, empezó a mirarlo de más cerca e indagar todas las opciones que le ofrecía. Lo conectó a su red wi-fi y poco tardó en descubrir el mundo de posibilidades que este cacharro ponía a su disposición. Cuando quiso darse cuenta, ya habían transcurrido tres cuartos de hora. No se lo podía creer, no había visto pasar el tiempo. Se había divertido y al dejarlo encima de la mesa, de repente se le pasó por la mente que, en vez de considerarlo un peligro, podía usarlo en su favor. Si resultaba tan fácil dar con la ubicación de una persona en cualquier momento y lugar, incluso retroactivamente, también podía servirle de coartada dejándolo en casa en el momento del crimen. Sabía que no era un descubrimiento merecedor del Premio Nobel, pero había que caer en la cuenta. Reconfortado y con ánimo, volvió a su nota de compra. Primero apuntó un cuchillo de cocina del mismo tipo que aquel que utilizó para la ejecución de Pedro Cosido. Le había dado un excelente resultado y no tenía ninguna razón para cambiar de herramienta. Completaría su arsenal con una maza de albañil de 50 mm de anchura de cabeza por si, en caso poco probable, tuviese algún problema con la cerradura. A nivel de logística vestimentaria necesitaba unos cubrezapatos de lluvia, en sustitución a las engorrosas bolsas de plástico, el ya acostumbrado chándal impermeable negro, chaqueta y sobrepantalón, unos guantes de látex, una gorra con visera y nada más. Para rematar el kit del buen homicida se procuraría, sin excederse en gastos, un maletín de tela suficientemente grande para que cupieran todos sus bártulos, pero que, al mismo tiempo, diera el pego para convertirle en el perfecto vendedor de seguros. Acabada su tarea, cayó en la cuenta de que, entre la llamada de su padre y sus propias ocupaciones, no había cenado y que ya no eran horas para ponerse a cocinar. Se preparó un bocadillo de jamón con tomate, cogió una cerveza bien fría de la nevera y encendió la televisión para relajarse. La cadena que estaba puesta al encenderse el aparato retransmitía un programa de deportes en el cual los tertulianos analizaban acaloradamente el sorteo para los octavos de final de la Champions League y los inminentes enfrentamientos de la eliminatoria entre los mejores equipos europeos. A Roberto no le gustaba mucho el fútbol, pero lo suficiente para querer averiguar, antes de cambiar de canal, contra quién tenían que jugar el Real Madrid y el Atlético, por ser los dos equipos clasificados de su ciudad. Sin embargo, más que en la adversa fortuna que había sufrido el conjunto madridista, se fijó en el hecho de que también el Manchester United seguía activo en la competición. Como un destello, le vino a la mente el recuerdo de que Gordon era un forofo del fútbol y un incondicional de aquel equipo inglés. En medio de la pared principal de su despacho colgaba el escudo del club rodeado de fotos de jugadores emblemáticos y una bufanda de la peña, extendida de par en par. Estaba decidido: no había mejor fecha que su próximo encuentro contra el Inter de Milán para llevar a cabo su asesinato. Daba igual el resultado del partido. Que ganase o no, por frustración o alegría, Kieran bebería tantísimas cervezas que apenas se mantendría de pie, lo que facilitaría enormemente la faena. Vivía solo y, por consiguiente, no tenía a nadie que le pudiera socorrer. Y si tuviese la mala idea de ir a ver el partido en un pub, le esperaría a la vuelta. Miró el calendario del ordenador y descubrió que el día en cuestión caía en el miércoles de la semana siguiente. El tiempo apremiaba. Si no quería sorpresas de última hora, dedicaría el fin de semana por una parte a la adquisición del material necesario y por otra a la elaboración y visualización mental de su plan. Para no dejar ni un fleco suelto, consideraba primordial recrear en su imaginación todo el entorno - calle, portal, escalera - para prevenir posibles contratiempos y poder reaccionar de forma adecuada ante cualquier situación imprevisible.

Aquel miércoles por la tarde, a la vuelta del trabajo, Roberto dejó su scooter bien visible en la acera delante del portal de la casa. Los viejos del piso de arriba se habían acostumbrado a su presencia en la finca, pero, aun así, más por inercia que por maldad, seguían controlando esporádicamente sus movimientos. Al subir las escaleras hizo algo más ruido que de costumbre dejando que las dos litronas de cerveza que acababa de comprar en la tienda china de la esquina se entrechocasen dentro de la bolsa y así dejar claro que preveía disfrutar de una noche de fútbol como la mayoría de los hombres de este país. Nada más entrar en casa, encendió la tele y puso la cadena que retrasmitía el partido del Madrid. Los presentadores comentaban ya, a todas voces, los pormenores del encuentro. No tenía prisa para llevar a cabo los preparativos. Su idea era llegar a casa de Gordon poco antes del final del partido. Había que dejarle tiempo de beber todas las cervezas que le cupieran en el cuerpo. Guardó minuciosamente todos sus aparejos en el orden inverso a su utilización en el maletín y se sentó un rato a ver el partido para hacer tiempo. Poco antes de terminar la primera parte, entró en el cuarto de baño para arreglarse. Delante del espejo se colocó cuidadosamente la perilla candado que utilizó en su momento para seguir a Juncal Cifuentes y completó su disfraz con el traje y las gafas. Verse así, ya no le sorprendía y se reafirmó en su apreciación de entonces: se gustaba. Era como si perteneciera a su otro ego, el hombre formal. Con muy pocas cosas añadidas, sentía que cambiaba de categoría y pasaba de ser Roberto a secas a señor Alzúa.

"Como ese personaje en la novela rara que compré... ¿cómo se llamaba?... ah sí, Filomeno que, según las circunstancias, se convierte en Ademar", pensó. Satisfecho con su nueva imagen, sonrió a su doble que le miraba desde el otro lado del espejo. Llegó la hora de marcharse si no quería echar a perder su plan. Se puso el abrigo, el panamá negro, cogió el maletín y salió sigilosamente de su piso donde había dejado el televisor encendido y el móvil encima de la mesa. Se cuidó mucho de que nadie le viera salir del portal y se dirigió hacia la boca de metro más cercana. Media hora más tarde, salió de la estación que quedaba a unos diez minutos de la casa de Gordon. Se puso a caminar con determinación y paso firme. Las calles estaban mucho más tranquilas que de costumbre y solo el transitar de algún coche o el griterío esporádico de los hinchas tapaban las voces de los comentaristas de fútbol que emanaban de los bares. Al acercarse a su destino, sintió cómo se despertaban paulatinamente en su interior las mismas sensaciones que se apoderan del cazador cuando acecha a su presa. El cosquilleo de la adrenalina en su vientre aumentaba al ritmo de los latidos de su corazón, se agudizaron sus sentidos y sus músculos se pusieron cada vez más tensos. Al forzar la cerradura del portal con su ganzúa, todo su ser estaba en plena exaltación, como el depredador que huele la sangre. Sin hacer ruido, entró en el zaguán y cerró el portalón detrás de sí. No había nadie. Todo el edificio estaba a oscuras con la excepción de las luces de emergencia en cada rellano. Solo se oía el rumor de las teles que se filtraba por las rendijas de las puertas. En tres zancadas se puso al abrigo en el hueco debajo de las escaleras donde se guardaban los cubos de la basura y empezó a cambiarse. A medio hacer, con una pierna metida en el sobrepantalón, de repente, se encendieron las luces y en todo el inmueble estalló el vocerío de unos jóvenes que abandonaban su vivienda para ir a festejar la victoria de su equipo en los bares de la ciudad. Roberto se tiró al suelo encima de todas sus cosas para esconderlas debajo de su cuerpo. El retumbar de las botas sobre los peldaños era ensordecedor, lo que aprovechó para arrastrarse detrás de los cubos sin ser oído. Era una pandilla de tres o cuatro chavales de unos veinte años que gritaban "Liverpool", "Liverpool" acompañados de unos cánticos roncos y desafinados. Por su acento, dedujo que eran británicos y que habían tenido más suerte que los hinchas del Madrid. Se lanzaron a la calle sin percatarse de nada. Tras el portazo, se restableció el silencio. Roberto esperó que se apagasen las luces y continuó con su transformación. Este episodio no le había pillado por sorpresa. Sabía que algo así podía pasar y en casa había ensayado mentalmente la forma de actuar. Todo había salido según lo previsto. Terminó de vestirse en un periquete. Dejó su abrigo y el sombrero escondidos detrás de los cubos, se apretó la gorra con la visera hasta las cejas, cogió su maletín y subió las escaleras de dos en dos con la agilidad de una pantera hasta el tercero. Sigilosamente se acercó a la puerta de la vivienda de Gordon y agudizó el oído. Aparte de las voces de los comentaristas en el programa post partido, no se oía absolutamente nada. Puso el cuchillo en el bolsillo exterior del maletín por si tuviese que usarlo precipitadamente y con su herramienta especializada empezó a manipular la cerradura. A los pocos segundos cedió sin causar el más mínimo ruido. Abrió con mucha precaución, la rendija justa para poder realizar un reconocimiento visual de la situación. Afortunadamente, la apertura daba directamente al salón. En el fondo, contra la pared, estaba el televisor que reproducía a todo volumen en inglés las mejores jugadas del partido y, de espaldas a la entrada, el sofá de donde sobresalía la cabeza de su víctima. Debía de estar dormido, o borracho, o las dos cosas a la vez porque no se movía en absoluto. Con cuidado, Roberto empujó un poco más la puerta hasta tener un espacio suficiente para introducirse y cerró tras de sí. Lo que se presentó ante sus ojos era un estudio enano con salón cocina, habitación y cuarto de baño. Seguro que no medía más que unos treinta y cinco o cuarenta metros cuadrados. Lo que más le sorprendió, fue el desorden. Había platos y vasos sucios que compartían la superficie de una mesa con hojas de exámenes, libros de enseñanza y un trozo de bocadillo de plátano a medio mordisquear. El suelo estaba cubierto de ropa limpia y usada, toallas de baños y zapatos de todo tipo. El espectáculo daba grima y vergüenza ajena. Y, efectivamente, allí, sentado en el sofá enfrente de la tele, estaba aquel energúmeno profundamente dormido por la monumental cogorza que se había pillado. En la mesa de centro se amontonaban, sin exagerar, unas quince latas de cerveza de medio litro. Tenía los pies apoyados encima del tablero y la cabeza se le había caído hacia atrás sobre el respaldo de forma que se quedó encarando el techo con la boca abierta de par en par. Un hilo de baba mezclada con espuma de cerveza le resbalaba por la mejilla derecha. Sin duda, el sueño le había asaltado de sopetón porque aún tenía los ojos semiabiertos y, debido a su bizquera, el derecho se quedó enfocando la bombilla que colgaba del plafón, mientras que el otro se perdía por la izquierda hacia un lugar indefinible. Se sabía que estaba vivo por los ruidos guturales que salían esporádicamente de su gaznate. En el ambiente flotaba un olor nauseabundo, una mezcla de sudor rancio, pies sucios y alcohol. El espectáculo era dantesco y a Roberto le entraron ganas de vomitar. Se repuso de las primeras arcadas y poco a poco su repugnancia se fue transformando en una cólera incontrolable. En vez del cuchillo, cogió la maza y desde la parte trasera del sofá, le descargó un golpe certero en la frente, justo en medio de los ojos. El mazazo cayó tan fuerte que el cráneo se hundió con un sonoro crujido de tal manera que torció el ojo izquierdo hacia el centro de la cara con el efecto inaudito de enderezar la mirada y ponerla por primera vez en paralelo. El resultado era aún más esperpéntico que antes. Su cara se había trasformado en algo parecido a la imagen del hombre elefante en la película de David Lynch. La repulsa que Roberto sintió en aquel momento por este individuo alcanzó tal magnitud que le urgía terminar con este asunto lo antes posible. Sin dudarlo, le asestó con toda su alma cuatro o cinco porrazos más hasta dejarle la cabeza totalmente destrozada, borrando para siempre su sonrisa sarcástica. Cuando se calmó, se dio cuenta de que la sangre había salpicado a un metro de distancia a la redonda. Su chándal estaba empapado y tuvo que sacudirse con las manos unos cuantos trozos de piel o de sesos que tenía pegados. Menos mal que se había puesto los guantes. Respiró hondo varias veces para domar su respiración y rebajar la tensión que tenía acumulada en el cuerpo. Ahora resultaba primordial abandonar el lugar con la mayor brevedad posible, sin ser visto. Guardó la maza y el cuchillo en el maletín y se desplazó hacia la puerta. En el camino, recogió una toalla del suelo, se secó superficialmente el impermeable para que no estuviera tan mojado y se lo quitó con la excepción de los cubrezapatos que, una vez limpios, mantendría puestos hasta el portal para evitar dejar huellas. Siguiendo con su rutina, introdujo todas sus cosas, incluida la toalla, en la bolsa de basura que había traído a este propósito y tuvo que apretar con fuerza para que todo cupiera en el maletín. Ya estaba listo. Cuando iba a salir, vio por debajo de la puerta cómo se encendía la luz de la escalera y le llegó el eco de un intercambio de palabras desde el zaguán. Por el timbre de las voces dedujo que se trataba de una chica y un chico que se despedían en el portal. Lo que le faltaba, precisamente ahora. Según el nivel de ñoñería de la pareja el proceso podía durar tiempo y, solo pensarlo, le ponía los nervios a flor de piel. Rezaba para que no se les ocurriese refugiarse de las miradas indiscretas debajo de las escaleras para meterse mano y descubrir el abrigo y el sombrero detrás de los cubos. La espera se le hizo larguísima y a cada minuto se sentía más incómodo. No contó las veces que se apagó la luz y volvió a encenderse al instante. Por fin, se oyeron unos taconazos subir las escaleras y con las vueltas de la llave en la cerradura se restableció el silencio. Cuando la luz se apagó, esperó un rato más para cerciorarse de que efectivamente no quedaba nadie en el interior del inmueble. Sin causar el menor ruido, salió del piso y cerró la puerta con su ganzúa como si alguien hubiese echado la llave. Bajó las escaleras a toda prisa, recuperó detrás de los cubos su abrigo y el sombrero y guardó, no sin dificultad, los cubrezapatos en el maletín. Con su disfraz de hombre honrado al completo, salió a la calle y se perdió dentro de la multitud que, al acabar los partidos, había crecido considerablemente. Caminó un buen rato. El aire frío de la noche le ayudó a recobrar su estado normal y, por la euforia del éxito, se le fue dibujando en la cara una sonrisa de regocijo. Dentro de lo que cabe, todo había salido según sus cálculos y se congratuló de haber sido capaz de solventar los contratiempos con tanta soltura. Se sentía tan a gusto consigo mismo que antes de volver a casa se detuvo en un bar para picar algo y tomarse un buen vaso de vino. Tanto trasiego le había dado hambre. Se sentó en la barra y se pidió una ración de chorizo a la sidra y unas patatas bravas. Al servirle el vino, notó que el camarero le estaba mirando de forma extraña y se puso tenso. Algo no iba bien. Observó cómo el joven, aún con la botella en la mano y sin quitarle ojo, cogió una servilleta de papel del servilletero y se la tendió:

"Con el debido respeto, señor, límpiese el bigote... debe haber sangrado de la nariz y se le ha quedado pegado un coágulo."

Sintió cómo la sangre se le subía a la cabeza y se le hizo un nudo en la boca del estómago.

"Muchas gracias...", le respondió, haciendo un auténtico esfuerzo para mantener la serenidad y controlar su voz, "es verdad que con el frío y la sequedad me pasa de vez en cuando. Es Ud. muy amable."

"Nada, señor, para eso estamos."

La copa de vino le duró muy poco y se pidió otra. Cuando

vio que el camarero siguió funcionando como si nada hubiese ocurrido, se tranquilizó y recuperó el apetito que, hacía solo un ratito, se había esfumado de golpe. Ahora sí, con la satisfacción del trabajo bien hecho, cenó muy a gusto.

"Hola, Miguelito. Aquí estoy otra vez. Hoy te traigo, para su custodia, un maletín de lujo. En él están guardadas las memorias de Gordon, literalmente", le soltó Roberto a su amigo nada más llegar.

Había esperado el domingo para hacerle su tradicional resumen posasesinato. Los dos días de trabajo posteriores a la ejecución de Kieran fueron agotadores y, encima, el viernes por la noche tuvo que cumplir con un servicio urgente de apertura de puerta a las tres de la mañana. El sábado se levantó tarde. Se sentía aturdido, sin ganas de nada y con la mente atormentada. En todo el día no se quitó el pijama y ni siquiera se le pasó por la cabeza asearse para tener un aspecto más decente. El simple pensamiento de tener que salir para ir al cementerio le creó un profundo malestar. Así que lo dejó para la mañana siguiente. La tumba estaba muy desmejorada. La lluvia y el tiempo invernal habían hecho estragos y se notaba que, aparte de él, nadie venía a visitarla.

"Un día tendré que mandarla limpiar antes de que la morada de mi colega caiga en la más absoluta decadencia", pensó ante el aspecto penoso que presentaba.

Siguiendo el ritual establecido, se sentó encima de la lápida, en el mismo sitio de siempre, y empezó a contarle sus hazañas con todo tipo de detalles mientras descolocaba los ladrillos. También le relató que encontraron al muerto solo dos días después, gracias al aviso de desaparición del colegio y que el sábado los medios informativos se habían hecho eco del suceso. En los periódicos se publicaron titulares como "Brutal asesinato de un ciudadano británico", "Depredador ejecuta a su víctima a martillazos" o - la joya de la corona - "Asesinato descarado". En el desarrollo de los artículos los periodistas no daban ningún tipo de información fehaciente, pero alertaban con insistencia sobre el hecho de que la inseguridad se había apoderado de los barrios de la capital. En la tele mencionaron el caso en la parte final del noticiero afirmando que las investigaciones estaban bajo el secreto del sumario, pero que se había filtrado que la policía buscaba al culpable en el ámbito más cercano a la víctima porque habían encontrado la puerta del piso cerrada con llave y sin ninguna señal de violencia. En este sentido se sentía muy tranquilo. Una vez despejado el acceso al hoyo, intentó deslizar el maletín por debajo de la losa, pero, con tantos cachivaches acumulados en su interior, se había quedado demasiado grueso para poder empujarlo con la fuerza necesaria desde su postura sentada. La situación que se originó entonces resultó bastante comprometida. La valija se quedó estancada a medio camino, dejando la mitad sobresaliente y a la vista de cualquier pasante. Menos mal que hacía un día gris y desapacible. El viento soplaba fuerte y las nubes negras amenazaban tormenta. Muy poca gente se había atrevido a desafiar el mal tiempo para visitar a sus seres queridos en el camposanto. Roberto se levantó, miró a su alrededor y cuando se hubo asegurado de que nadie venía, se puso a darle patadas con todas sus fuerzas. El resultado fue parcial. El bulto se quedó a ras del murete y tuvo que parar de darle puntapiés si no quería romperse la espinilla. La rabia se le subió a la cabeza y soltó un sonoro:

"Me cago en la puta... ¿qué hago yo ahora?"

Intentó tirar del maletín para sacarlo, pero no hubo nada que hacer. Desesperado, empezó a dar vueltas para encontrar una solución y casi se tuerce el tobillo al pisar la rama de un árbol que se había caído debido al fuerte viento. Su enfado en aquel momento fue monumental. Se agachó, cogió el palo para tirarlo lejos cuando, de repente, se percató de que era un trozo de madera bastante grueso y sólido. Tenía la solución delante de sus ojos. Sin pensarlo más, ajustó una punta de la rama contra el bulto y desde la punta opuesta empujó con todo el peso de su cuerpo. Centímetro a centímetro se fue moviendo para adentro. Al quinto empujón por fin lo consiguió y oyó cómo el fardo se cayó al fondo de la tumba. Misión cumplida. La rama voló cuatro sepulcros más allá y se sentó de nuevo en su sitio para recolocar los ladrillos. Al cabo de unos diez minutos, se levantó para marcharse a casa, pero se paró repentinamente y volvió sobre sus pasos. Pensativo se quedó mirando la inscripción con el nombre de su amigo en la lápida, pero sin realmente verla. Parecía querer confesar algo y luchar contra la indecisión de si hacerlo o no. Finalmente, se acurrucó en su abrigo y se sentó otra vez.

"Hay una cosa que no te he contado, amigo mío", se sinceró. "¿Cómo empezar?... Pues, allá voy... No sé si todo lo que estoy haciendo tiene verdaderamente sentido", soltó de sopetón. "Desde que acabé con el caso Gordon me lo estoy planteando. No te voy a decir ahora que no he disfrutado con cada uno de mis asuntos... sería mentira. La adrenalina es lo mío... lo tengo en los genes. Y el subidón que se experimenta después... ¡qué gozada!... pero, al final, tanta sangre... tanta violencia... ¿es necesario? No sé... quizás me hubiera sentido más a gusto siendo otra persona, con una vida social intensa, ¿quién sabe?... También es verdad que las circunstancias de mi existencia nunca han sido muy favorables, pero tengo la impresión de no haber podido elegir mi destino. Y después... las tonterías como lo que acaba de ocurrir ahora con el puñetero maletín... o con el equipo de fútbol en el parque... o con la parejita en la escalera... la sangre en el bigote... Cualquier día me pillan por una estupidez así y no me imagino quedarme el resto de mi vida en el trullo, ni convertirme en la vergüenza de mi padre. A lo mejor estoy pasando una época de bajón y de debilidad... no sé... pero lo que te he dicho, se queda entre nosotros, ¿vale? Igual, se me pasa pronto y recupero los ánimos. De momento, lo próximo será encargarme de ajustar las cuentas con mi tío Koldo. Bien sabes que, desde el primer día que le vi, odio profundamente a este energúmeno y que le tengo muchísimas ganas, pero, insisto, no sé si lo hago más por mi padre que por mí... En fin, a lo hecho pecho y tira pa'lante, como se suele decir. Seguro que pronto saldré de esta crisis existencial."

Se despidió de su amigo y cabizbajo se marchó a su casa.

Su estado de ánimo no mejoró a lo largo de los días que siguieron a su peregrinación al cementerio. En un principio pensó que el hecho de haberse desahogado con su amigo le aliviaría, pero nada. Todas las mañanas se levantaba a regañadientes y acudía a su trabajo desanimado. Ni siquiera el kárate le hacía ilusión. Iba al dojo para no perder la forma y, sobre todo, para no desilusionar a los chavales, pero ejecutaba los ejercicios maquinalmente, sin energía. Se sentía desganado también para la comida. No le apetecía para nada cocinar y se nutría de platos precocinados, pizzas congeladas, quesos y embutidos. Solo su música le daba algo de respiro, pero tampoco siempre. Con referencia a la investigación del caso Gordon, no tenía que preocuparse. La policía daba palos de ciego y las escasas noticias que se publicaron a posteriori eran muy pobres en información real. El suceso sirvió ante todo a los medios de tendencia más conservadora para crear alarma social en cuanto a la inseguridad ciudadana. A raíz de la confusión que tenía en su mente, también decidió aplazar el ajuste de cuentas con Koldo hasta el verano. Sabía que se iba a enfrentar al caso más complicado y peligroso de todos los que había manejado hasta ahora. Por una parte porque tenía implicaciones políticas y por otra porque era el único con el cual se le podía relacionar directamente por pertenecer a la familia más cercana. La policía no tardaría en tener información sobre el viaje con su padre al entierro de la abuela y del enfrentamiento con su tío protagonizado delante de todo el mundo en el cementerio. Era consciente de que, ubicándose el escenario del crimen lejos de su entorno, tendría que condicionar el éxito de su actuación mayormente en la improvisación y todavía no se sentía en condiciones psíquicas de hacerlo. Así que decidió darse un tiempo de reposo y vegetar en la vida rutinaria hasta que sus instintos asesinos resurgieran. Atribuía su falta de vigor ante todo a un hartazgo de tanto ajetreo y estaba persuadido de que tarde o temprano recuperaría la intrepidez. Se convencía a sí mismo de que la sobredosis de tensión y adrenalina tenía forzosamente que pasarle factura y que resultaba normal verse obligado a echar mano de un buen período de rehabilitación. Sin embargo, las semanas se sucedieron y Roberto seguía sin levantar cabeza. Su cumpleaños fue quizás el único día que se sintió ligeramente reconfortado. Con el poco dinero que le aportó la herencia de sus padres, después de abonar la jugosa minuta del abogado, Jorge le invitó a uno de los mejores restaurantes de la capital.

"De perdidos al río", le dijo su padre, "si la miseria de tus abuelos no sirve para hacernos ricos, por lo menos que nos proporcione un suculento homenaje." Pidieron el menú gastronómico más caro, el de nueve platos, y se bebieron dos botellas de los mejores vinos de La Rioja. Después fueron a tomar café y copa en una cafetería de renombre donde mantuvieron una larga y tendida conversación entre padre e hijo como lo solían hacer desde su periplo a

Euskadi. Fue probablemente el único día, en muchos encuentros, que Roberto no tuvo que fingir alegría delante de su padre. Pero, aun así, no fue suficiente para encauzar su recuperación. Durante todo este tiempo, su vida se volvió extremadamente monótona. Iba al trabajo, regresaba a casa, salía para comprar y se encerraba para ver películas, leer o simplemente escuchar música. Únicamente salía de su autoimpuesta reclusión para comer el fin de semana con su padre, ir a ver a su madre a la residencia y cumplir con el ritual de visitas a su amigo Miguelito. Sin embargo, un día que se sentía especialmente confuso, dando vueltas en el salón, su mirada cayó sobre el lomo de la novela que tenía algo apartada de las demás por ser la única de un género diferente. "Filomeno, a mi pesar", pronunció en voz alta y la bajó del estante. Miró la encuadernación antigua, leyó en el dorso la corta biografía del autor "Gonzalo Torrente Ballester" y retomó la lectura de las dos primeras páginas donde el narrador hablaba de la herencia que dio origen a sus dos nombres de dudoso gusto y contra la cual nada se podía hacer si no se quería renunciar a uno mismo. Esta vez, en lugar de abandonar la narración donde siempre lo había hecho, le picó la curiosidad de saber más sobre la vida de ese Filomeno y se sentó en su butaca para continuar con la lectura. La historia le enganchó y todos los días retomaba el relato después de cenar hasta que el sueño le obligaba a acostarse. No obstante, cada vez que cogía la novela, antes de seguir en el sitio donde la había dejado la noche anterior, releía las dos primeras páginas. Era como una obsesión, no lo podía remediar. Había algo en ellas que le llamaba la atención. Él mismo no conseguía explicárselo, pero lo necesitaba.

"No puede ser... pero ¿esto qué es?" exclama Arturo Borey en voz alta tras releer lo que acaba de escribir. Se levanta y sale en tromba del estudio abriendo la puerta con estruendo.

"¿Qué te pasa?" le pregunta sorprendida Carolina, su mujer, cuando aparece fuera de sí en el salón. "¿Aún no son las ocho y media y ya lo dejas por hoy? Pareces asfixiado... ¿te encuentras bien?"

"Sí, estoy bien, pero no entiendo lo que está pasando. Resulta que todo lo que he escrito a lo largo de estos últimos días no tiene nada que ver con lo que quería contar... como si no tuviera el control sobre mi propia voluntad. Me siento delante de la pantalla y primero, tardo un montón en saber cómo empezar... nada me parece bien... y cuando por fin arranco, la historia va por derroteros que no tenía en mente."

"Vamos a ver, ¿has terminado ya con los dos asesinatos tal y como lo convenimos?"

"¡No!, este es el problema. Roberto acaba de matar a Gordon y todo le ha salido de maravilla. Planificación y ejecución impecable... como para estar muy orgulloso de su *modus operandi*. No tiene que temer nada de la policía porque no ha dejado ninguna huella que le podría incriminar. Una obra de arte, vamos. Y, a partir de ahí, en vez de estar celebrándolo, le da el bajón. Al igual que tras el asesinato de Juncal Cifuentes. Tú te crees que en el cementerio, después de contarle a Miguelito los pormenores de su actuación, justo antes de marcharse, le confiesa que no le ve mucho sentido a todo lo que ha hecho... como si se arrepintiera... He intentado cambiarlo, pero no me sale nada mejor. Siempre caigo en lo mismo.

"Bueno, cálmate. Vamos a ver... si cada vez que intentas escribir algo diferente, sin quererlo, vuelves a reincidir en el mismo contenido, estoy convencida de que esto ocurre porque, en el fondo, es lo que quieres contar. No sé si me explico... seguro que es lo que tú tienes latente en tu subconsciente y, a la hora de crear, surge a la superficie con más fuerza que tus ideas preconcebidas. Esto explicaría el hecho de que no puedes luchar contra ello. Pero, ¿sabes lo que podemos hacer, si te parece bien? me dejas leer lo que has escrito hasta ahora y después lo comentamos. Cuando tengas mi punto de vista, sin duda lo veras todo desde otra perspectiva y te darás cuenta de que no vas tan mal encaminado."

"Vale, me parece perfecto."

"Mientras tanto, sal a la calle y date un buen paseo. Te vendrá que ni pintado."

Algo desorientado por este contratiempo, Arturo se viste y sale de casa. Necesita despejarse la mente. Se siente aturdido y no consigue pensar con claridad. Al cabo de unos cinco minutos de caminata rápida, nota cómo el aire fresco le ayuda a serenarse. Mentalmente repasa lo que Carolina le ha dicho a propósito de su subconsciente. Quizás tenga razón. No es por nada que es licenciada en sociología y sabe de lo que habla. A menudo uno subestima la fuerza de la mente y los efectos que pueda tener sobre su comportamiento. Se siente algo más reconfortado. Pensándolo fríamente, no hay otra explicación plausible a lo que le está ocurriendo. No obstante, al repasar con la mayor objetividad posible lo que ha experimentado hace un rato delante de la pantalla, no puede quitarse de la cabeza la sensación de haber sido manipulado.

"Serán tonterías mías", se reprende, "pero no puedo remediarlo."

De repente, suena un "bip" en su teléfono móvil que le anuncia la entrada de un WhatsApp. No ha visto pasar el tiempo y se sorprende al constatar que lleva ya más de una hora caminando. No ha parado de darle vueltas al asunto y aún no está convencido de la teoría de su mujer. Tiene un cosquilleo en el estómago que no le anuncia nada bueno. "Ya he terminado de leer. Vuelve cuando quieras" pone la escueta nota, acompañada de un emoticono mandando un beso. Arturo se ha alejado considerablemente de casa y le queda un buen trecho para volver. Ansioso por saber lo que opina Carolina, aprieta el paso. Veinte minutos más tarde, abre la puerta del piso y, en seguida, le envuelve el placentero calor de la calefacción. El contraste con los aires fríos de fuera le da una sensación de bienestar y de cobijo hogareño. Carolina está cómodamente sentada en su sillón leyendo el periódico y con el ruido de la puerta levanta la cabeza con esta sonrisa tan suya que le funde el corazón. Es sorprendente cómo sentirse protegido por sus cuatro paredes influye sobre el estado de ánimo. Al momento, Arturo se encuentra mucho más positivo e intuye que el intercambio de opiniones resultará muy fructuoso. Se quita el abrigo y se pone la ropa de casa para estar más a gusto.

"Qué te parece si vemos el telediario con una cerveza bien fría y comentamos lo tuyo cenando como lo solemos hacer", le sugiere Carolina.

No tiene ninguna objeción. Es el procedimiento establecido y así hay que mantenerlo. De hecho, las noticias son, últimamente, la única ventana abierta que tiene hacia el mundo exterior. Su trabajo durante el pasado mes se ha intensificado de tal manera que apenas sale de su estudio. Hasta hoy estaba muy satisfecho de sus progresos. Cuanta más creatividad experimentaba, más dedicación le otorgaba. Sin embargo, la revelación de esta tarde ha sido un jarro de agua fría. Por su nivel de confusión necesita cambiar de ideas y la televisión es, sin duda, una herramienta muy eficiente. Tras la puesta al día con los acontecimientos mundiales, de contenidos mayormente orientados a provocar disgustos e indignación, la pareja se sienta a la mesa y, como de costumbre, antes de empezar a cenar, brindan con un vaso de vino.

"Por tu novela", le dice Carolina. "Te lo digo sinceramente, ya sabes que nunca te mentiría, lo que he leído me parece estupendo..."

"Vale, gracias", le interrumpe Arturo, "pero ¿no te parece que la depre de Roberto - por llamarla de alguna manera - no pega con su personalidad... que da la imagen de un héroe derrotado, blandengue y sin carácter? En fin, ¿de un cantamañanas que ha perdido toda su credibilidad?"

"Qué va... si me hubieras dejado terminar ya te lo estaría explicando... Desde que has empezado con esta historia y que la comentamos, nunca me has dicho que querías retratar a un asesino tipo malo malísimo de las películas de superhéroes, que masacra a sangre fría y sin remordimientos... todo lo contrario. Tú mismo me decías que el asesino mafioso o psicópata no te interesaba... que tu intención era descubrir la personalidad de un ser de carne y hueso que mata por instinto y porque tiene el crimen metido en los genes... en definitiva, que no puede luchar contra ello. Pues, es precisamente lo que estás haciendo. Tu personaje tiene mucho más peso con sus dudas y sus remordimientos. Le da un toque más humano y le otorga mayor veracidad en sus relaciones con los demás... su amistad con Miguelito y, sobre todo, el creciente vínculo con Jorge. No olvides que una de sus mayores preocupaciones es de no convertirse en la vergüenza de su padre. A un bruto sin corazón, lo que opine su padre, jamás le preocuparía... Repito: en este mundo no existe ser humano, digno de este apelativo, que no sucumba esporádicamente a dudas o cavilaciones."

"Vaya... te lo has pensado bien... me dejas abrumado. Seguramente tienes razón, pero no me puedo quitar de la cabeza la sensación de que ya no soy yo quien lleva el timón de los acontecimientos en esta historia. Quiero contar algo y me sale otra cosa... y si insisto en mis intenciones, lo que produzco es malísimo y en seguida lo borro. Fíjate lo que te voy a decir, y me vas a tratar de lunático porque es totalmente absurdo, pero he llegado a la conclusión de que es Roberto quien impone su criterio. Cuando se me ocurre algo que no le conviene, simplemente se opone y con su negativa me impide llevar a cabo una redacción correcta. Y al final, termino por escribir lo que él quiere por imperativo legal porque soy incapaz de hacer otra cosa."

"Mira... dicho de esta manera, sí que parece algo extraño lo que me estás contando, pero creo que es tu manera de expresar lo que ya te he sugerido antes. Todo está en tu subconsciente. Los autores siempre dicen que sus protagonistas cobran vida propia y aquí está el quid de la cuestión. A lo que seguramente se refieren es que los personajes van creciendo y tomando forma a lo largo de la escritura y que brotan por sí solos desde el interior o, reitero, desde el subconsciente de su progenitor sin tener que recurrir a invenciones forzadas. En fin, la esencia de la creación literaria."

"Lo más probable es que tengas razón, una vez más. Pero te aseguro que la impresión de que alguien te está manipulando es una cosa extrañísima y que, hasta cierto punto, da miedo... Otro ejemplo... ¿Qué me dices del hecho de que ahora le ha dado por leer "Filomeno, a mi pesar" y su manía de repasar las dos primeras páginas de la novela cada vez que reanuda la lectura? Si no le gustan este tipo de novelas... si lo suyo son las novelas policíacas y esta, no tiene nada que ver con aquel género. ¿Cómo me explicas esto?"

"Pues muy sencillo... "Filomeno" desde siempre ha sido una de tus novelas favoritas. Si no me equivoco la has leído dos o tres veces. Roberto tiene un lado artístico bastante desarrollado, teniendo en cuenta sus orígenes. Le gusta el jazz que no es precisamente una música de masas y fácil de entender. Entonces, ¿por qué no puede tener la curiosidad de descubrir otra cara de la literatura como lo has hecho tú en su tiempo? Además, es evidente que si el libro que ha comprado, sin fijarse, ha resultado ser "Filomeno", es por decisión tuya. Entiendes lo que te quiero decir... nada es contradictorio. Ahora sí... tengo que admitir que el hecho de releer constantemente las dos primeras páginas resulta algo raro. Me imagino que será porque, desde la primera vez que las ha hojeado, le ha llamado la atención la lucha familiar por los dos nombres exóticos del protagonista. No lo sé... pero tampoco tiene tanta importancia... le da un toque insólito al personaje que no viene mal."

"En fin, si me aseguras que la evolución de Roberto, a pesar de sus debilidades, es coherente, así la mantendré... y no se hable más." Con cara de resignación, Arturo suspira profundamente. "Para ser justo, también tengo que admitir que las últimas dos páginas que he escrito, me han brotado de un tirón. Estaba como absorto por los acontecimientos y tenía la impresión de que mis pensamientos se desarrollaban a una velocidad que no conseguía, ni quería, controlar."

"Ves", le interrumpe Carolina con júbilo, "esto es lo que se llama la inspiración y corrobora mi teoría. Cuando el argumento es realmente bueno, las palabras emanan de tus entrañas como de un manantial, sin la necesidad de pasar por el filtro de la consciencia... Pero ¿sabes lo que te sugiero?... Tómate un tiempo de descanso para tranquilizarte. Es evidente que el exceso de trabajo de estas últimas semanas te ha estresado y te ha absorbido toda tu energía. Estás anímicamente muy decaído y por ello lo percibes todo de forma negativa. De hecho... te pareces a tu propio protagonista... para que veas que nadie se libra de los bajones."

"Toma puñalada trapera... y ¡borra esta sonrisa irónica de tu cara!", interviene Arturo con fingido enfado. "Esta me la tenías guardada... y, a la primera, me la has soltado sin la más mínima compasión... Bueno, vale, admito que el cansancio haya podido influir negativamente sobre mis opiniones y que haya faltado de objetividad. Pero ¿crees, de verdad, que debo interrumpir mi trabajo?"

"No te digo que debes parar una temporada larga", lo contesta su mujer a sabiendas de que ya le ha convencido, "pero una semanita o dos, no te vendría mal. ¿Qué te parece si pasamos unos días en Salamanca? Hace un montón que no vamos, y también aprovecharemos la estancia para visitar los alrededores como Ciudad Rodrigo o la Peña de Francia y sus pueblos. A la vuelta retomas tu trabajo y, si me permites una sugerencia, te recomiendo que sigas el relato con la planificación del asesinato de Koldo. Seguro que Roberto no tendrá ninguna objeción. En fin, como mejor lo consideres... eso es asunto tuyo."

"Una semana... me parece una excelente idea. Mañana organizamos la ruta. Y ahora, tomemos un vasito de vino más y cambiemos de tema... que bastantes vueltas le hemos dado a este."

Arturo coge la botella, rellena las copas y los dos brindan por su merecido descanso.

Con la llegada de temperaturas más suaves hacia finales de mayo, Roberto empezó a sentirse algo más reconfortado con la vida. Poco a poco notaba cómo recobraba su equilibrio emocional y sus ganas de moverse. Todos estos meses lo había pasado francamente mal. En toda su vida no recordaba haber estado tanto tiempo con los ánimos por los suelos y con tanta apatía. Ya no le quedaban palabras en su mente para explicarle a su padre que no se preocupara, que todo iba bien, que no le pasaba nada. Pero la realidad era otra. Cada obligación le resultaba extremadamente penosa y le costaba horrores ponerse en movimiento para realizarla. Lo único que le apetecía era escuchar música y apoltronarse delante de la tele. Sintonizaba cualquier programa, lo primero que pillaba, pero muchas veces ni siquiera se enteraba de lo que veía. Al consultar sus síntomas en internet, la mayoría de las páginas le sugerían que debía padecer depresión. La propia palabra le hacía sentirse incómodo y, hasta cierto punto, avergonzarse de sí mismo. Trató varias veces de luchar contra su melancolía, pero todos sus intentos fracasaron estrepitosamente. Ahora sí, terminó de leer "Filomeno, a mi pesar" y tuvo que admitir que le gustó. Sobre todo le fascinó la dicotomía del protagonista según circunstancias y ubicación geográfica: Filomeno por un lado y Ademar por el otro. Acabado el libro, lo guardó de nuevo en la estantería apartado de los demás, pero, esta vez, no por ser de un género diferente sino como trofeo de una experiencia insólita. No obstante, desde hacía unos días, su encarcelamiento voluntario y su soledad se le hicieron cada vez más pesados, más angustiosos, de tal manera que temía reventar si no reaccionaba de inmediato. Era un sábado por la mañana. Durante toda la noche apenas había conseguido conciliar el sueño y por las rendijas de las persianas se filtraban los primeros rayos de sol matutinos. Roberto, en un sobresalto de orgullo, apartó con rabia la ropa de cama, se levantó y, sin desayunar, se puso el chándal y salió a correr. Primero adoptó un paso ligero para calentar sus músculos atrofiados y ajustar la respiración, pero paulatinamente fue aumentando el ritmo hasta alcanzar una velocidad de crucero considerable. No sabía a dónde iba, solo pensaba en correr y correr, como si la vida le fuera en ello. No paró antes de sentirse completamente exhausto.

No era consciente de cuánto tiempo había pasado, ni cuántos kilómetros había recorrido, ni tampoco dónde se encontraba. Al recobrar el sentido de la realidad, se dio cuenta de que estaba en un parque, en lo alto de una colina desde donde se podía contemplar toda la ciudad y, en el horizonte, los picos de la sierra. Hacía un día espléndido. En medio del cielo azul, inmaculado de nubes, un sol primaveral propagaba un calor suave y reconfortante. Solo una ligera brisa mañanera le secaba las gotas de sudor de la frente. Se sentó en un banco y contempló el espectáculo con una sensación de bienestar. El esfuerzo físico a ultranza le había servido de exorcismo para borrar las afecciones de su mente. Por primera vez en mucho tiempo estaba en paz consigo mismo. Al cabo de media hora, se puso en pie y emprendió el camino de vuelta. En la acera de enfrente a la salida del parque vislumbró el típico bareto de barrio con mesas plegables de aluminio colocadas en una explanada a guisa de terraza de verano. Cuando Roberto se sentó, el dueño aún no había tenido tiempo de limpiarlas. Acudió corriendo, bayeta en mano, y disculpándose por la suciedad. De una pasada limpió las hojas que se habían quedado pegadas a la superficie por la humedad del rocío y con una sonrisa paternal preguntó qué se le antojaba. La carrera había obrado un auténtico milagro en el espíritu de Roberto y había despertado en él una sensación que hacía tiempo que no había experimentado: el hambre. Además, no se trataba de un hambre normal y corriente como se suele sentir al cabo de unas cuantas horas sin comer, ni muchísimo menos. Era un hambre intensa, un apetito gargantuesco lleno de antojos que, solo de pensarlo, producen una exagerada salivación en la boca. A pesar de la hora tempranera, se pidió un bocadillo de lomo a la plancha con pimiento verde asado y un tercio de Mahou. El patrón, disimulando su sorpresa, hizo un comentario sobre la necesidad de reponer fuerzas que tienen los deportistas después del entrenamiento, pero le pidió algo de paciencia para dejar a su mujer en la cocina el tiempo de calentar la plancha y acondicionar los alimentos. No tardarían más de diez minutos. A Roberto no le importaba en absoluto. Sentado en la mesa con su cerveza, saboreó aquel momento de plenitud e intuyó que estaba viviendo el punto de inflexión que le permitiría salir poco a poco del hoyo. Y, así fue. El resto del sábado lo dedicó a la limpieza de su piso que durante los últimos meses se había convertido en la guarida del oso. Abrió todas las ventanas de par en par para renovar el aire rancio, recogió los enseres que permanecían tirados por los suelos y pasó la aspiradora hasta los últimos recovecos como nunca lo había hecho. Tras una buena ducha, bajó al mercado para repoblar la nevera que se había quedado completamente desierta. Terminó su labor cuando ya estaba anocheciendo y se dejó caer en su butaca. Estaba cansado de tanto ajetreo, pero aun así decidió seguir con la terapia y salir a dar una vuelta por el centro de la ciudad. Necesitaba ver coches, conductores quejándose a golpe de bocinas, gente deambular por las calles, tiendas abarrotadas de compradores, en fin, escenas de la vida en el corazón de una gran metrópolis. Paseó por los lugares más emblemáticos, se tomó el aperitivo con un pincho de bacalao en una taberna tradicional y terminó acomodándose en la mesa de un asador castellano. Se le había antojado el típico menú de morcilla, cordero asado con ensalada y todo bien regado de un buen vino tinto de la Ribera del Duero. La comida le supo a gloria bendita y tardó poco en dar buena cuenta de ella. Terminó la noche tomando una copa en un pub donde solían poner la música de los artistas más consagrados del jazz. Cuando llegó a casa, se sentía pletórico. Pese a haber estado solo toda la noche, se lo había pasado fenomenal. Sobre todo estaba satisfecho porque notaba que el camino de la recuperación ya no tenía marcha atrás. Aun así, necesitó algún tiempo para recobrar una actitud positiva frente a la vida rutinaria, el trabajo, las bromas pesadas de sus compañeros y sus clases de kárate. Hasta que, una mañana al salir de casa, se dio cuenta de que los últimos resquicios de pensamientos oscuros se habían esfumado definitivamente y que la persona que se subía a la moto para dirigirse al taller era el auténtico Roberto, el Roberto de siempre. Solo le faltaba recuperar sus instintos asesinos para completar la metamorfosis. El azar de los acontecimientos le echó una buena mano en este sentido y reavivó instantáneamente el caso Koldo que se había quedado en el olvido. La llamada de su padre un domingo por la mañana fue suficiente. Le relató, en un evidente estado de indignación, que su hermano le había despertado sobre las cinco de la madrugada. Estaba completamente borracho y lloraba a lágrima viva la pérdida de sus padres. Balbuceaba cosas apenas comprensibles como que se había quedado solo, que los echaba de menos, que había sido buena gente, que no se merecían un final tan dramático y más birrias de este tipo, hasta que su tono de voz cambió radicalmente. Entonces empezó a insultarle, a echarle en cara que había sido un mal hijo... un judas por haberlos abandonado y un traidor a la patria... que no se le ocurriese volver a Euskadi y tener la desfachatez de presentarse delante de sus ojos... Cuando se puso a soltar amenazas de muerte, Jorge le colgó el teléfono en las narices. Ya estaba bien de tonterías. Roberto estaba indignado. No podía creerse lo que acababa de oír. Solo se le había podido ocurrir a este idiota integral reabrir las heridas de la familia, en vez de dejar las cosas como estaban. Carecía por completo de sentido. Era pura maldad y ganas de fastidiar, obra de una mente atrofiada por el alcohol y amargada por un odio irracional. Había que acabar con esta situación lo antes posible. Mientras viviera, su padre jamás conseguiría encontrar la paz. Nada más colgar el teléfono, tomó la decisión de que este tema iba a convertirse en su mayor preocupación, en el objetivo principal de su vida hasta la erradicación definitiva de esta lacra. No obstante, el asunto se anunciaba arriesgado y Roberto era consciente de ello. El desafío resultaba mucho mayor que en todos los casos anteriores, por ser la primera vez que iba a matar a una persona de su círculo familiar y en un entorno geográfico que no era el suyo. Para la planificación, solo se podía apoyar en los recuerdos adquiridos durante el paseo con su padre por la ciudad. Por consiguiente, tendría que incluir en su elaboración cierta flexibilidad y dejar espacio a improvisaciones de última hora. Para su seguridad era primordial que tuviese una coartada inquebrantable y que nadie pudiera seguirle la pista hasta el lugar del crimen. Tenía que encontrar el modo de viajar a la casa de su tío sin dejar rastro - ni billete de transporte, ni registro de alojamiento - y, a la vez, conseguir que testigos asegurasen haberle visto en otro sitio, lo más alejado posible, el día de los hechos. Ante tal quebradero de cabeza necesitaba tiempo para encontrar la solución. Estando a finales de mayo, le quedaba un mes para la creación de su estratagema. Siempre solía coger sus vacaciones en julio y no quería modificar sus costumbres para no llamar la atención, hasta en los más mínimos detalles.

La tarde del treinta de junio Roberto llamó a su padre para despedirse. Como de costumbre, en el trabajo había entregado la solicitud de sus vacaciones para julio, pero era la primera vez que las había pedido el mes entero. Normalmente las partía en bloques de dos semanas para que le cundieran más a lo largo del año. Contó a todo el mundo que había pasado una primavera nefasta y que este verano necesitaba desconectar una larga temporada. Estaba harto de la ciudad y necesitaba descansar en un ámbito tranquilo en plena naturaleza. Por ello, reservó para dos semanas un emplazamiento en un camping a unos tres kilómetros de Soria, en un paraje idílico donde podía dar libre curso a su nuevo pasatiempo, la ornitología. Al principio, sus compañeros de trabajo, e incluso su padre, se mofaban cuando les reveló sus intenciones de dedicar toda la quincena a la observación de aves en su hábitat natural. Pero cuando empezó a explayarse en detalladas exposiciones sobre el comportamiento de las diferentes especies en el área del parque natural Cañón del Río Lobos, no solamente empezaron a creer que la cosa iba en serio sino que optaron por no volver jamás a hablar del tema porque el aburrimiento era inaguantable. Con ello, Roberto logró su propósito. Todo el mundo estaba al tanto de su nueva extravagancia. Ya a finales del mes de mayo, justo después de su recuperación, se informó en internet sobre las variedades de aves que poblaban la sierra de Soria y se compró varios libros especializados en estos temas. Dedicó mucho tiempo a estudiar las distintas categorías de pájaros y memorizar cada detalle de su comportamiento. Al igual que lo hizo en aquel entonces cuando se empollaba los libros de medicina en la biblioteca de la academia con el fin de adquirir los conocimientos anatómicos necesarios para poder aplicarlos en sus asesinatos. Pero esta vez le costó horrores y muchas noches terminaba con un dolor de cabeza espantoso. El tema no le gustaba nada y, al contrario de la medicina, no tenía ninguna utilidad. Era puro aburrimiento. Sin embargo, para su plan de acción, resultaba fundamental que su entorno creyera firmemente que le había surgido la pasión por las aves. Para darle aún mayor veracidad al asunto, se compró un telescopio especializado y una cámara con teleobjetivo. Un día llevó los dos aparatos a su trabajo y, fingiendo una pasión sin límites, los enseñó a sus compañeros mientras daba todo tipo explicaciones pedantes sobre sus cualidades técnicas. Todo el mundo terminó harto de aves y de observaciones, pero nadie podía afirmar que no conociera su nuevo pasatiempo.

"Entonces, ¿estás listo para tus vacaciones?", le preguntó su padre con una voz apesadumbrada. "¿Estás seguro de que vas a aguantar dos semanas solo en plena naturaleza sin tener contacto con nadie?".

"Con los pájaros, papá... con los pájaros... Son mucho más interesantes que los seres humanos. Por lo menos no se quejan por todo. Y si quiero hablar con alguien, te llamo y ya está. Sabes, aunque te parezca raro, necesito estar una temporada solo para reordenar mis pensamientos y las aves me ayudarán a reencontrar mi equilibrio. Son animales fascinantes."

Al día siguiente Roberto se levantó muy temprano. Tenía un largo viaje delante de sí y quería llegar al camping antes de la hora de la comida para poder acomodarse tranquilamente. La tarde la utilizaría para familiarizarse con las instalaciones y el entorno más cercano. Las cuatro horas de ruta hasta Soria transcurrirían por carreteras convencionales porque quería evitar ser registrado por las cámaras de la autopista. Sus intenciones eran, en caso de investigación, que todo el mundo creyera que había viajado de Madrid a Soria en tren dejando su moto en el aparcamiento público de la estación de Chamartín. Con este propósito, compró un billete de ida y vuelta, con fechas cerradas, en el Regional Exprés que cubría este trayecto. Cuando se plantó delante de su scooter con todo su bagaje, se dio cuenta de que la mochila que llevaba era muy grande y le costó atarla sobre el portaequipaje. Aparte de ropa de abrigo para aguantar el frescor de la noche en la sierra, las botas de montaña y sus aparatos de observación, tuvo que adquirir una colchoneta, un saco de dormir y una tienda de campaña para una persona. Doblada, dentro de su funda, no abultaba mucho, pero el cúmulo de todos los bártulos resultaba bastante voluminoso. Afortunadamente, el día anterior se le ocurrió comprar una araña de goma de alta resistencia y fácil manejo, como presumía su envoltorio. Aun así, tuvo que apretar con mucha fuerza para conseguir fijar el bulto de manera segura. En el hueco de almacenamiento debajo del asiento, destinado al casco, guardó otra mochilita de nylon que, con su consabida planificación escrupulosa, había provisto de las herramientas necesarias para resolver el caso Koldo. Todo estaba listo. Al arrancar la moto, el peso de su equipaje le sorprendió de tal manera que le faltó un pelo para estamparse contra una farola. Tras dos descomunales zigzagueos que le obligaron a bajarse de un salto de la acera e invadir sin control el carril contrario, consiguió por fin dominar su vehículo y, con el corazón acelerado, emprendió su camino. Por fortuna, a estas horas, la calle estaba poco concurrida, lo que le salvó de convertirse en el hazmerreír de los transeúntes. Veinte minutos más tarde se plantó en el parking de la estación de Chamartín. El tiempo apremiaba. Solo le quedaban quince minutos para presentarse en el control de pasajeros que daba acceso al andén en dirección a Soria. A la hora de comprar su billete en la taquilla hacía unos días, se enteró, gracias a unas preguntas estratégicas, de que tanto la presencia como la ausencia de los pasajeros en el tren quedaba registrado. El hecho de personarse al control resultaba, por consiguiente, fundamental para su coartada. Cogió su mochila y apretó el paso hasta el apeadero. Se sorprendió de la cantidad de gente que había a tan temprana hora haciendo cola. Cuando llegó su turno, fichó y siguió el desfile de los viajeros que buscaban su vagón para acomodarse. No obstante, a una distancia prudencial de la barrera de control, en vez de embarcar, se quitó la mochila, la apoyó contra una columna del lado oculto a la entrada y se sentó encima a esperar que el tren se hubiese marchado. Desde el acceso al andén, nadie podía verle. Aguardó bien quince minutos para estar seguro de que todo el mundo hubiese desaparecido y volvió al aparcamiento donde había dejado su scooter. La carretera a Soria le llevó por terrenos áridos, largas rectas atravesando campos de tierra ocre y pueblos semidespoblados que no carecían de encanto, pero que provocaban tristeza por su estado de abandono. Las veces que se paró para tomar café y satisfacer sus necesidades, no tenía otro remedio que meterse en el ultramarinos pegado a la carretera por ser el único sitio del pueblo que quedaba abierto y que servía a la vez de bar como de tienda de abastecimiento de productos básicos para los pocos habitantes que quedaban. Antes de seguir su camino, dejaba una buena propina en el mostrador porque no podía remediar sentirse desolado por esta gente que sobrevivía de mala manera en sus hogares de toda la vida. No entendía cómo el estado había podido desentenderse hasta tal punto de estos núcleos rurales y dejar a sus habitantes completamente desprovistos de las necesidades más elementales. Aun así, durante un buen tramo del recorrido, Roberto disfrutó de su nueva experiencia. Nunca había viajado por estas tierras y el descubrimiento de un paisaje completamente distinto a lo que estaba acostumbrado le produjo satisfacción. Sobre todo le encantó la visita de la ciudad medieval de Almazán con su recinto amurallado, su plaza mayor y sus iglesias románicas. Jamás hubiera imaginado encontrarse con un pueblo de semejante belleza en su ruta.

"Lo que hace la incultura", se lamentó de sus pocos

conocimientos, "a la vuelta habrá que enmendar estas lagunas."

No obstante, pasadas las tres horas de periplo, empezó a hartarse de carretera. Sabía que no le quedaba mucho recorrido, pero con la moto que apenas rebasaba los cien kilómetros por hora, el trayecto se le hizo interminable. Estaba anquilosado y, con el incremento del calor del mediodía, en pleno mes de julio, tenía la cabeza empapada de sudor debajo del casco. La llegada a su primer destino, la estación de Soria, fue un alivio descomunal. Dejó el scooter en el aparcamiento destinado a las motos, intercambió la mochila debajo del asiento con el casco y, después de asegurarse de que el candado de la gruesa cadena antirrobo estuviese bien cerrado, se encaminó con todo el equipaje hacia las taquillas que servían de consigna. Depositó en una de ellas el bulto con los utensilios asesinos y guardó la llave en un sitio seguro para no perderla. Aún le quedaban unos veinte minutos de caminata hasta la tienda de alquileres de bicicletas donde había reservado una BTT para toda su estancia. Nadie debía saber que había llegado con su propio medio de locomoción. La bicicleta le pareció la mejor manera de desplazarse por las largas distancias de la región con toda la libertad de movimientos que requería su propósito. También le mantendría en plena forma física para poder afrontar cualquier contratiempo. Se sentó en un banco del hall de la estación en frente del tablón de avisos. Tenía que esperar para hacer coincidir su horario con la llegada del tren de Madrid. Cuando se anunció oficialmente su entrada en el andén, cargó la mochila a los hombros y emprendió su marcha hacia el centro de la ciudad. El dueño de la tienda le estaba esperando. Era el último cliente que tenía pendiente antes del cierre de mediodía.

"Así que viene a recorrer dos semanas nuestros bellísimos parajes naturales en bicicleta", le soltó con ese tono cotilla

que adoptan los lugareños para enterarse de los planes de los turistas. "Hace Ud. requetebién. La todoterreno le proporciona una movilidad que no tiene con el coche. En el monte puede meterse donde le apetezca, cualquier camino le vale y encima, sin contaminar. Ya me contará... firme aquí... es el contrato de alquiler. La bici le espera fuera."
Este tipo de chismorreo le venía a Roberto como anillo al dedo para divulgar su coartada.

"En realidad vengo a observar las aves. Soy ornitólogo amateur. Acabo de llegar en tren desde Madrid y me quedaré las dos semanas en el camping "La Fuente" a tres kilómetros de aquí. La bici la necesito para poder recorrer los lugares más recónditos y, como bien dice Ud., tener la libertad de moverme donde quiera y a la hora que requieran mis estudios. Seguro que pasaré alguna que otra noche fuera, en plena naturaleza."
Entusiasmado, el paisano le dio unos cuantos consejos más sobre los sitios idóneos para llevar a cabo sus indagaciones con éxito y se despidieron.

El camping estaba ubicado en un sitio privilegiado. Se extendía sobre una planicie en lo alto de una colina desde donde se podía contemplar toda la extensión de los campos hasta la ciudad. Lo primero que vio al traspasar la entrada al recinto vallado fue la piscina que ocupaba la parte céntrica del terreno. En tres de sus laterales estaba rodeada de una gran superficie de césped con hamacas y sombrillas a disposición de los clientes. La idea de aprovechar la tarde para descansar allí, tras un buen chapuzón, se le antojaba imprescindible. El cuarto lateral era una zona embaldosada con mesas de jardín que servía de terraza veraniega para el restaurante-bar, única construcción de ladrillo del perímetro. Dentro del mismo edificio, a la izquierda de la puerta que daba paso al comedor, había otra puerta que ostentaba, en su parte superior, el cartel de "Recepción". Roberto dejó la bicicleta en el lugar destinado a ello y entró para registrarse. La oficina era una habitación cuadrada, de tamaño mediano, atravesada en su parte trasera por un mostrador de madera donde lucía la típica campanita de hotel como único objeto a la vista. Detrás, en su superficie más baja, se hallaba la pantalla de un ordenador y su correspondiente teclado. Una foto gigantesca con la vista de la ciudad captada desde la piscina cubría la pared del fondo. A la derecha, en el rincón, al lado de una estantería repleta de mapas y folletos con información turística, se alzaba desde un voluminoso tiesto de barro una hermosa palmera que, por sí sola, convertía la estancia en un sitio acogedor. La silla del recepcionista estaba vacía y la puerta que daba acceso a la zona de oficinas abierta. Roberto dio dos golpes secos sobre la campana cuyo tintineo retumbó con mayor fuerza de lo que se hubiera imaginado.

"¡Voy enseguida!", contestó una voz femenina desde el fondo del pasillo. Dos minutos más tarde apareció una mujer joven, de entre veintidós y veinticinco años, por la puerta del despacho. Llevaba el típico uniforme de recepcionista de hotel, una falda negra hasta la rodilla con una blusa blanca de manga corta que le realzaba su fina y elegante silueta. Su cara era simplemente hermosa. Tenía una preciosa mata de pelo color teja que le caía recto sobre los hombros hasta las axilas y unos grandes ojos marrones que por la pícara inocencia de su mirada atraían irremediablemente la atención. Unas finísimas pecas sobre los pómulos, tan propios de las pelirrojas, y una cálida sonrisa completaban la perfección de su rostro. Roberto se quedó instantáneamente prendado de ella.

"Hola, buenos días. Me llamo Ester Martos y soy la hija de los dueños. En nombre de toda la familia le deseo la más sincera bienvenida a nuestro camping. ¿En qué puedo ayudarle?"

La chica soltó la arenga de un tirón y con el típico tono de voz monótono que se usa cuando se repite hasta la saciedad una muletilla bien aprendida. Cuando se fijó realmente en su interlocutor, se quedó callada sin poder apartar los ojos de la cara del joven que, a su vez, la miraba como si fuera una aparición. No pudo evitar ruborizarse, pero al poco rato consiguió reponerse parcialmente de su asombro, se sentó detrás del mostrador y repitió con una voz aún algo temblorosa:

"Dígame, señor..."

Roberto no se había enterado de nada de lo que dijo la chica y se dio cuenta de que tenía que reaccionar enseguida si no quería parecer totalmente lelo. Carraspeó para recuperar su tono de voz habitual y le dijo con el mayor aplomo posible:

"Buenos días, señorita...", paró de hablar y señalando con el dedo sobre la placa identificativa que llevaba sobre el pecho izquierdo, "¿la puedo llamar Ester?"...

"Sí, por supuesto...", le contestó con una sonrisa que hubiera aniquilado las fuerzas de cualquier superhéroe.

"Muy bien, Ester... me llamo Roberto Alzúa y tengo un emplazamiento reservado en este camping para dos semanas y..."

"Me imagino que no le importará que le llame por su nombre, ¿verdad, Roberto?", le interrumpió en un tono pícaro.

"Claro que no, Ester, encantado..."

"Efectivamente, aquí tengo tu reserva. Lo bueno de la primera quincena de julio es que aún no hay demasiado turismo y puedes elegir el sitio que más te convenga... vamos a ver..."

Desplegó sobre el mostrador un mapa del camping con todos los emplazamientos dibujados. Marcando con el dedo índice un círculo sobre una zona determinada, continuó:

"Mira, el mejor lugar para tiendas pequeñas, en mi opinión, está por aquí, algo apartado, pero muy tranquilo, sobre todo en esta época del verano. Te lo recomiendo."

Al sujetar el mapa sobredimensionado para la poca superficie, sus manos se rozaron, pero ninguno de los dos hizo ademán de retirarla.

"Te hago caso, faltaría más... muchas gracias... cogeré este, el de la esquina. Me gusta la idea de estar aislado. Viniendo de la capital, tengo mono de silencio."

"¿Viajas solo?", preguntó con intención.

"Sí, me encanta la ornitología... a nivel aficionado, por supuesto y, en vez de estudiar las aves exclusivamente a través de los libros, hace ya unos meses se me antojó observarlas en su hábitat y aprender más sobre su comportamiento por mis propios medios. No sé si sacaré algún provecho de mis dos semanas aquí porque no tengo ninguna experiencia en la materia y mi equipamiento es rudimentario. Ya veremos dónde me lleva todo esto... por lo menos las ganas están."

"Me parece perfecto y te aseguro que has elegido el mejor lugar de España para hacerlo. Desgraciadamente, no tengo ni idea de pájaros y no te puedo ayudar mucho... pero cualquier cosa que necesites para tu confort en el camping o cualquier información turística que requieran tus estudios, estaré encantada de proporcionártelos. En horario de atención al cliente me encontrarás aquí metida y el resto del día atendiendo en el restaurante."

Roberto le agradeció su amabilidad y, al acabar los trámites de registro, se encaminó con todo el equipaje hacia su emplazamiento. Estaba encantado con el desarrollo de los acontecimientos. Las circunstancias le habían permitido divulgar de forma natural su trola sobre la ornitología y, en recepción, le había atendido una chica encantadora que siempre hacía más ilusión que encontrarse con un viejo gruñón. Mientras montaba su tienda de campaña con las correspondientes dificultades que experimentan todos los novatos en la materia, no se podía quitar de la cabeza la imagen de Ester. Esta chica le gustaba mucho y su falta de conocimientos del mundo pajaril resultaba también ventajoso. No tendría que tener tanto cuidado a nivel de contenido al colarle sus pseudodescubrimientos que le servirían de coartada. Una vez terminada su acomodación, se puso el bañador y, toalla en mano, se dirigió hacia la zona de descanso al lado de la piscina. El chapuzón le revitalizó por completo su maltrecho cuerpo de motorista y le abrió el apetito. Se pidió una cerveza en el bar y se acomodó en una hamaca con vista sobre el paisaje para relajarse un rato y elaborar un plan de acción de cara a los próximos días. Tenía que estar en el País Vasco el sábado. Antes de su viaje se había informado por internet sobre posibles manifestaciones de la izquierda abertzale en el mes de julio y descubrió que ese día, por la tarde, había una marcha convocada a favor de ETA en la capital de la provincia. Siendo su tío uno de los mayores agitadores, sabía que no se la perdería por nada en el mundo, lo que le permitiría localizarlo con facilidad y mantenerlo bajo control hasta la ejecución. El desplazamiento de aquí hasta su punto de destino duraría unas tres horas y media. Así que tenía que agenciárselas para poder marcharse con su scooter, sin ser visto, el mismo sábado por la mañana a primera hora y que nadie le echara de menos hasta el domingo por la tarde noche. Su reloj marcaba ya las tres y media y decidió satisfacer su apetito con el menú del día que ofrecía el restaurante del camping. Aún había poca afluencia de clientes y no tuvo ningún problema para sentarse en una de las mesas pegadas al ventanal con las mejores vistas. Se sentía tan a gusto que se le olvidó elegir los platos que figuraban como posibles opciones en la carta.

"Veo que el señor es un sibarita... ha elegido la mejor mesa."

A su lado estaba Ester con libreta y bolígrafo en mano. No la había oído venir y se sobresaltó.

"Pero bueno, dichosos mis ojos, pareces la multiempleada del lugar. Así se ahorra en personal."

"Ya te he dicho que si no estoy en la recepción, ejerzo de camarera aquí en el comedor, pero lo hago por mi propia voluntad. Así, aparte de ayudar a mis padres, me gano un dinerito para financiarme mi último año de estudios en Salamanca. Con el camping, mis padres sacan lo justo y conmigo se ahorran el sueldo de un empleado."

"Me parece estupendo... y ¿qué estudias si no es indiscreción?"

"Económicas... y cuando termine, haré un máster, pero aún no sé dónde... Bueno, ya está bien de charletas, no tengo todo el día... ¿Qué vas a comer?" le dijo con una de sus sonrisas irresistibles.

Siendo hija de la cocinera, Roberto dejó en sus manos la elección de los platos y se pidió una botella de vino de la Ribera del Duero soriana. Si no se la bebía entera, los dueños se encargarían de guardarla como cortesía para los clientes habituales hasta la siguiente visita. La comida resultó deliciosa y, sobre todo, abundante.

"Joder, aquí no especulan con la comida", pensó cuando terminó de comer. "¡Qué diferencia con la capital donde los menús son más caros y las raciones raquíticas! Cómo nos toman el pelo... creen que todos somos ricos y con la necesidad de estar a régimen. Aquí da gusto, la verdad."

Pagó la cuenta dejando una sustanciosa propina y se marchó a su tienda para pegarse una buena y merecida siesta. El resto de la tarde la utilizó para adquirir productos alimenticios básicos para garantizar su supervivencia durante sus largas escapadas en la naturaleza. Cuando volvió del supermercado eran las siete y media. Antes de marcharse, se había fijado en que la recepción se mantenía abierta hasta las ocho y aprovechó el tiempo sobrante para hacerle una visita a Ester, no solamente porque le apetecía verla sino también para seguir elaborando su coartada. La chica le dio una calurosa bienvenida y, mirándole con unos ojos seductores, le preguntó por los motivos que le traían por aquí. Roberto hubiera tenido que ser muy tonto para no darse cuenta de que le gustaba y que vaticinar la posibilidad de vivir un romance con ella no era una ocurrencia descabellada. Pero primero tenía que llevar a cabo sus propósitos. Le contó que tenía entendido que el mejor sitio para la observación de pájaros era el Cañón del Río Lobos y venía a consultarla para cerciorarse de que no se equivocaba. Asimismo, le quería pedir un mapa de la región para poder orientarse en sus desplazamientos.

"Vamos a ver, Roberto, ¿qué medio de transporte tienes?", le preguntó, esta vez en serio. "El Cañón del Río Lobos es conocido como uno de los parajes con mayor diversidad de aves de España, efectivamente, pero está a unos sesenta kilómetros de aquí."

"He venido en tren desde Madrid y al llegar he alquilado una bici. Me mola el ciclismo, especialmente el todo terreno, y con ella me moveré por aquí. Lo que pasa es que, teniendo en cuenta las distancias, seguramente tendré que pernoctar alguna noche al aire libre para poder aprovechar realmente las condiciones del entorno. Mira... la idea que tengo en mente es la siguiente: Voy a pasar la noche del sábado al domingo en un lugar estratégico para no perderme ningún acontecimiento importante. El día de mañana lo dedicaré a buscar este lugar y el viernes prepararé la logística. ¿Qué te parece el plan?"

"Me parece perfecto, pero para ti. Entre los kilómetros de

carretera y después los caminos de por allí, menuda paliza que te vas a pegar."

"Ya lo sé, pero para eso he venido. Bueno, me retiro... buenas noches... mañana nos vemos."

"¡Espera! Te olvidas del mapa de la región... y, sobre todo, te recomiendo que cojas ropa de abrigo... en la sierra, por la noche, refresca bastante, incluso en verano. Ah, y otra cosa... no hace falta que me dejes tanta propina... te vas a arruinar y siempre te atenderé de la mejor manera posible."

"Ayudita a los estudios... buenas noches." Le guiñó el ojo y se marchó.

La estratagema de Roberto ya estaba en marcha y los dos días siguientes se comportó exactamente como se lo adelantó a Ester que, sin saberlo, se había convertido en su mayor colaboradora. El jueves pasó toda la jornada en el Parque Natural Cañón del Río Lobos. Lejos de dedicarse a la búsqueda de un sitio idóneo para la observación de aves, se concentró en familiarizarse con los lugares de especial interés para poder, a la vuelta, jactarse de sus conocimientos geográficos. También aprovechó el tiempo para fotografiar la mayor cantidad de aves posibles. En realidad, no tuvo que esforzarse mucho porque las había de todas las especies y en abundancia. Aun así, se empleó a fondo. Su intención era recopilar tal variedad de especímenes y retratarlos con tanta profusión de imágenes que a nadie se le ocurriese dudar de su fanatismo y que los interesados en ojear su colección se aburriesen en seguida de tantos pájaros sin fijarse en la poca profesionalidad de sus fotos. El resto del tiempo lo empleó para disfrutar de la naturaleza. A primera hora del día se había pegado una buena paliza en bici para llegar hasta aquí y tuvo que admitir que mereció la pena. Era un sitio privilegiado, de una belleza indescriptible que le llenó de energía positiva. El viernes por la mañana lo dedicó enteramente a repasar las fotos que había hecho y, con la ayuda de una guía de aves de España que se había traído de Madrid, intitular cada una de ellas con el nombre de la especie. No podía fallar en una cosa tan tonta como la caracterización adecuada de cada espécimen y perder toda su credibilidad. Por la tarde fingió consagrar su tiempo a la organización de su periplo de fin de semana en pleno monte. Recorría esporádicamente el camping de arriba abajo, las manos llenas de bolsas tanto de comida como de ropa, y siempre procuraba agenciarse un encuentro fortuito con Ester para convertirla en testigo de sus preparativos. Para rematar la faena, poco antes de que cerraran las oficinas, se fue con su mochila cargada de bártulos y con el catalejo sobresaliente y claramente visible hasta su bicicleta para comprobar si lograba fijarla en el portaequipajes con la araña de goma. Satisfecho, se encaminó hacia la Recepción.

"Buenas tardes, señorita", dijo alegremente al entrar. "Tengo todo listo y la mochila cabe sobre la bici, acabo de averiguarlo. Así que ya está... vengo a despedirme hasta el domingo por la tarde. Mañana me marcharé muy temprano. Tengo que aprovechar el tiempo al máximo y además las predicciones meteorológicas son favorables... lo he visto en internet."

"Me alegro mucho. Pero ten cuidado y, sobre todo, abrígate por la noche, que la sierra es muy traicionera. Que tengas mucha suerte con tus pájaros", le contestó la chica con una mirada melancólica.

Él, colgó su mochila al hombro, le hizo una señal con la mano y salió de la oficina.

La madrugada siguiente Roberto se levantó a las cuatro y media. Se vistió y dejó su teléfono móvil encendido con la batería cargada al cien por cien y el sistema de localización activado dentro del saco de dormir. Cogió la mochila, su cazadora de piel motera y a las cinco ya estaba saliendo del camping en bici con todo su equipaje. Era primordial llegar a la estación de Renfe mientras no hubiera nadie. Apartado del núcleo urbano, a tan temprana hora, el edificio estaba desierto, parecía incluso abandonado. Los acontecimientos se desarrollaban exactamente como lo había previsto. Dejó la bici encadenada al lado del scooter y se dirigió a su taquilla de la consigna. Intercambió la mochila grande por la pequeña, la guardó debajo del asiento, se puso el casco, los guantes y emprendió el viaje. Todo había salido a la perfección y dentro de unos kilómetros se pararía para desayunar. Su ruta le llevó de nuevo por carreteras nacionales para mantener su desplazamiento en la más absoluta clandestinidad. Cuando llegó a Euskadi el reloj marcaba las doce del mediodía. A pesar del buen tiempo, el camino se le hizo largo y cansino. Las perspectivas que le esperaban a lo largo de las próximas horas, llenas de incógnitas y no exentas de serios peligros, tampoco le ayudaron a relajarse y disfrutar del paisaje. Le dolían los hombros y las rodillas de mantener la misma postura durante tantas horas seguidas. Estas motos no están hechas para trayectos tan largos, pero no le quedaba otra alternativa. A pocos kilómetros de San Sebastián se paró por última vez para estirar las piernas. Le sobraba tiempo hasta la hora de la comida. Así que, antes de entrar en la capital, decidió dar una vuelta de reconocimiento por la ciudad de su padre que le pillaba de paso. Quería refrescar su memoria sobre los lugares estratégicos que habían recorrido juntos durante aquel viaje. Lo que más le importaba era la localización de la casa familiar. Nada más adentrarse en la localidad, se dio cuenta de que sus recuerdos estaban intactos. El impacto que le generó conocer el entorno que albergó la niñez de su progenitor y los desagradables acontecimientos que se produjeron entonces, sin duda desempeñaron un papel fundamental en la conservación de su memoria. No le costó ningún esfuerzo orientarse dentro del laberíntico centro urbano y enseguida dio con la ubicación del piso de su tío. Por si lo podía necesitar, se fijó bien en todos los detalles de la casa, el portal de aluminio de hace cincuenta años, el estrecho callejón a la derecha que separaba los dos bloques colindantes y, sobre todo, las tres ventanas de la cuarta planta que le había indicado su padre. No se percibía ningún movimiento detrás de los visillos blancos, pero Roberto no se atrevió a bajarse de la moto. Hubiera sido demasiado arriesgado. Un encuentro fortuito con su tío en aquel momento hubiera echado todo a perder. Dio unas cuantas vueltas por los alrededores para estudiar todas las posibilidades de escape y se marchó a la capital. Hasta el arranque de la manifestación, tuvo tiempo de comer tranquilamente y dar una vuelta por el casco viejo que tanto le gustaba. A las seis en punto se acercó a los aledaños de la Plaza de la Constitución de donde se había programado la salida de la marcha. El ambiente estaba muy tenso. Una gran multitud de gente de todas las edades, pero sobre todo jóvenes, empezaron a llenar las calles contiguas gritando consignas en euskera y blandiendo pancartas. La ertzaintza antidisturbios que había acudido en abundancia formaba grupos compactos en las plazas y avenidas que bordeaban el recorrido de la protesta. Estaba lista para intervenir si la situación lo requería. El gentío era tan denso que a Roberto le costó sudor y sangre abrirse paso por una de las bocacalles que daba acceso a los soportales de la plaza. Intuía que su tío ocuparía un lugar predilecto dentro del órgano ejecutivo de la organización y quería localizarlo lo antes posible para tenerlo controlado. Afortunadamente, cuando por fin consiguió asomarse a la plaza, se encontraba a la derecha de la cabecera, pero suficientemente avanzado para poder ver de frente a los activistas que sujetaban un inmenso rótulo con inscripciones en euskera. No tardó en detectar a Koldo Alzúa. Allí estaba en segunda línea. Debido a su estatura, su cabeza encendida por los gritos y el alcohol sobresalía de las demás como un farolillo chino. No le resultaría difícil mantenerlo vigilado aunque fuera desde la distancia. Cuando la comitiva se puso en marcha, Roberto se quedó rezagado detrás de una columna hasta que recobró una cierta libertad de movimientos. Salió del casco antiguo y en las avenidas siguió el cortejo desde los laterales, apartado de la multitud para que no se le confundiera con los manifestantes. Durante un buen rato la protesta se desarrolló sin incidentes. Los abertzales gritaban eslóganes en apoyo a ETA, exigiendo el acercamiento de los presos a cárceles vascas, pero mantenían cierto orden y continencia. De repente apareció de una bocacalle un fornido grupo de encapuchados que sin motivo aparente empezaron a tirar piedras, botellas o cualquier otro objeto arrojadizo sobre los ertzainas que vigilaban la evolución de los acontecimientos. En un abrir y cerrar de ojos se armó la marimorena. Los manifestantes se lanzaron sobre los contenedores y demás objetos del mobiliario urbano y, con una coordinación espectacular, erigieron unas barricadas a las cuales prendieron fuego vaciando botellas de gasolina que algunos de ellos habían traído dentro de sus mochilas. Los antidisturbios, pillados por sorpresa, tardaron unos minutos en reaccionar, pero, gracias a su sobrada preparación, enseguida se repusieron, cerraron filas y se dispusieron a iniciar la primera carga. La batalla campal ya no tenía marcha atrás. Roberto, como cualquier persona ajena a estos estallidos de violencia, no podía creerse lo que estaba viendo y tuvo que retirarse para no ser arrollado por los jóvenes de la kale borroka que corrían de un lado a otro. Tenía consigo la mochila con el cuchillo destinado a la ejecución de Koldo y durante unos minutos barajó la idea de llevar a cabo su acción en medio del tumulto cuando nadie sabe con exactitud lo que está pasando. Pero inmediatamente descartó esta posibilidad. No tenía ganas de poner su propia vida en peligro, ni siquiera por un idiota de tamaño calibre. Observó que los manifestantes estaban perfectamente organizados y se protegían mutuamente las espaldas. Cualquier intruso dentro de sus ringleras se hubiera detectado al instante y no le hubiera gustado ocupar su lugar. Viendo que no podía intentar nada en estas circunstancias, se retiró del campo de batalla y volvió al lugar donde había dejado su vehículo. Se sentó en un banco que había al lado para hacer balance de la situación y pensar en otra solución. De repente, con la actitud de alguien que ha tomado una decisión irremediable, se levantó, se subió al scooter y arrancó. Veinte minutos más tarde dejó la moto en la calle paralela, detrás de la casa de sus abuelos. Desde allí, la huida resultaba rápida y sencilla. Era una arteria principal que atravesaba todo el municipio para conectar con la carretera nacional. Solo tenía que seguir todo recto, calle abajo, hasta la salida de la ciudad. Pan comido. Dejó el casco y los guantes en el compartimento debajo del asiento, colgó la mochila a los hombros y se acercó a la casa. No había peligro de encontrarse con su tío porque, con la trifulca que se había armado en la capital, tardaría un buen rato en volver al hogar.

"Qué ironía", pensó Roberto, "es la primera vez que espero que no le arresten y pase la noche en el calabozo. Echaría todo a perder."

Tras una somera inspección de la cerradura del portal cuya abertura resultaría un juego de niños, le picó la curiosidad de saber a dónde llevaba el callejón asfaltado que separaba los dos bloques. Ya por la mañana se había fijado en su existencia y se preguntaba si no podía aprovecharlo como una vía de escape recóndita. Se adentró en él y lo recorrió hasta el final de los edificios. Allí, se dividía en dos, girando uno a la derecha y otro a la izquierda, bordeando la pared trasera de las fincas hasta alcanzar una puerta de aluminio con cristales opacos. A Roberto no le costó el más mínimo esfuerzo forzar la cerradura y penetró en una estancia que seguramente servía de cuarto de bicicletas. Estaba vacío, pero tanto los ganchos anclados en el techo como el olor a grasa para las cadenas y goma de neumáticos daban fe de ello. Satisfecho con este descubrimiento casual, aprovechó la soledad del lugar para ponerse los cubrezapatos y los guantes de látex que llevaba en la mochila. La puerta de enfrente le dio acceso al vestíbulo de la casa. Aguardó un momento para cerciorarse de que todo estaba tranquilo y subió hasta la cuarta planta por las escaleras al considerar el ascensor una ratonera sin escapatoria. La puerta blindada del piso de Koldo, tampoco le creó mayores problemas para abrirla sin dañar la cerradura. Entró y con sumo cuidado volvió a cerrar la puerta tras de sí, manipulando la cerradura con su ganzúa como si se hubiera echado la llave. Había entrado en el piso de un simpatizante de ETA y, de allí, ya no había marcha atrás. O su plan tenía éxito o no salía de aquí con vida. Al recorrer la vivienda con la vista para orientarse, no pudo remediar sentir una leve emoción por encontrarse en el piso de la infancia de su padre. Pero, este sentimiento enseguida se esfumó porque le invadió un fuerte olor a viejo mezclado con efluvios de polvo rancio y alcohol. Sin duda hacía una eternidad que la casa no se ventilaba y tuvo que reprimir unas arcadas hasta que consiguió controlar el asco que se le había metido en el cuerpo. Todo el ambiente le recordó la pocilga de Kieran Gordon.

"Hay que ver...", gruñó, "se dice mucho de los cerdos, pero

hay energúmenos que no se diferencian en absoluto."

Saltaba a la vista que, desde la muerte de sus padres, Koldo no cambió nada de la decoración original. Se trataba del típico hogar de ancianos que, a pesar del paso de los años, nunca se había remodelado. La puerta de entrada daba directamente a un salón de paso con un sofá y dos butacas de sky rojo completamente raídos. Una mesa de centro triangular de tres patas lacada de negro, desconchada, ocupaba el espacio del medio enfrente de un mueble macizo de madera oscura con tiradores dorados que soportaba el peso de una televisión antigua de caparazón panzudo. Por una puerta abierta, a la derecha, se veía un comedor independiente con una mesa redonda cubierta de un plástico transparente ajustable con cuatro sillas a juego. Era una de las habitaciones cuya ventana daba a la calle. A la izquierda, la cocina lucía las típicas baldosas beige de los años sesenta con dibujos frutales en relieve y una cenefa dorada a media altura. Una cocina de gas independiente con su bombona naranja y tapa para cubrir los quemadores ocupaba el lado izquierdo de la ventana y a la derecha una pila de aluminio anclada debajo de un grifo de pared con sus dos pomos redondos. En su parte baja colgaba una cortinilla para tapar la cañería del desagüe. En el lado opuesto, arrimada al tabique, se hallaba una mesa de madera con seis taburetes y una vasija de cerámica verde lechoso con dibujos florales rojos en el centro a modo de decoración. Detrás de la puerta se escondía una antigua nevera con abertura de palanca cuyo motor parecía a punto de estallar por el ruido que hacía. Sin duda, en otros tiempos, esta cocina había tenido épocas de mayor gloria y pulcritud que en este mismo momento. Parecía más bien un muladar que un lugar dedicado a la manipulación de alimentos. La pila estaba repleta de platos y vasos sucios, la basura desbordaba del cubo debajo de la tapa y, por donde se miraba, había botellas vacías tiradas en el suelo. Roberto no se molestó en entrar y, después de cruzar el salón, siguió su ronda de reconocimiento adentrándose en el pasillo. Después de un giro de noventa grados, la primera puerta a mano izquierda daba a un baño pequeño con sanitarios verdes y un espejo de cristal redondo con un tubo de neón en la parte superior como única iluminación. Tuvo que hacer de tripas corazón para entrar, pero la necesidad de aliviarse era mayor que la repulsión que sentía por los efluvios que emanaban del inodoro. Más sereno, entró en la siguiente habitación que, a juzgar por el mobiliario, sin duda había sido la de sus abuelos. La luz que se filtraba por las rendijas de las persianas bajadas de una ventana que daba a un patio interior era suficiente para reconocer los diferentes objetos en la oscuridad. Una cama doble de madera maciza ocupaba la mayor parte de la estancia y, a la izquierda de la puerta, un voluminoso armario ropero con espejos en las puertas cubría toda la pared hasta la esquina. Lo abrió para echarle un vistazo y constató que aún colgaba la ropa de los ancianos. Su interior era verdaderamente muy grande y, empujando una parte de la vestimenta a un lado, se metió y comprobó que cabía perfectamente de cuerpo entero. A esta altura de la inspección consideró que aquel armario resultaba el mejor sitio para esconderse a la hora de la verdad. Era el rincón de la casa menos frecuentado por su tío, como lo atestiguaban tanto el intenso olor a naftalina que flotaba en el ropero como la oscuridad en la cual se encontraba inmersa toda la habitación. Antes de salir, le llamó singularmente la atención un crucifijo de madera colgado en la pared encima del cabecero de la cama. Medía, por lo menos, unos treinta centímetros y la escultura del Cristo estaba representada con un realismo que daba grima. Gotas de sangre le corrían desde la corona de espinas a lo largo de una cara marcada por un extremo sufrimiento y abundantes venas verdosas en brazos y piernas realzaban la decrepitud del cuerpo minutos antes de morir. ¿Cómo se puede tener una cosa así como objeto decorativo en una habitación?, se preguntó Roberto que tardó en recuperarse de su asombro. De todas formas, siempre consideró que el rollo religioso conllevaba una actitud muy extraña ante la vida. Podía entender que mucha gente padeciendo hambruna o enfermedades graves puedan tener la necesidad de creer en un ente omnipotente y bondadoso para dar sentido a su vida, pero en realidad los que más hacen alarde de su religiosidad no son precisamente este tipo de personas. A lo largo de la historia, los hombres, especialmente los poderosos, siempre han utilizado a Dios para justificar su comportamiento. Bajo este prisma, y en contra de las enseñanzas bíblicas, matar infieles, asesinar a personas con un concepto de la moral diferente, ejecutar a opositores con distinta ideología y exterminar pueblos enteros con el fin de reinar como dueño absoluto sobre un pedazo de tierra que denominan "Su Patria", adjudicándose el beneplácito del Todopoderoso, les exime de toda culpabilidad. Para garantizarse este privilegio, se proclaman a sí mismos los detentores únicos de la verdad, ejercen el monopolio sobre las instituciones religiosas e imponen, sin piedad, su voluntad a los demás. Eso les permite, como a estos dos ancianos simpatizantes de una organización terrorista, dormir plácidamente debajo de un crucifijo porque se sienten protegidos y bendecidos. Y lo más desconcertante es que los líderes de ideologías radicalmente opuestas utilizan este engaño en el nombre del mismo Dios, pero para causas tan antitéticas que a menudo chocan entre ellas y provocan enfrentamientos. Pobre Dios, todo el mundo lo utiliza sin que nadie se pregunte lo que realmente quiere. No obstante, a él, Roberto, que solo mata en su propio nombre y se atiene a todas las consecuencias, se le consideraría, en caso de ser descubierto, como el anticristo, el enemigo número uno de la gente de bien. Lo asume, puesto que, efectivamente, ha asesinado, pero no entiende dónde está la diferencia. Está convencido de que solo es una cuestión de hipocresía. Inmerso en estos pensamientos, volvió al pasillo y entró en la habitación contigua cuya puerta estaba abierta de par en par. Por la Ikurriña que colgaba en la pared al lado de un trapo con un dibujo de una serpiente enroscada a un hacha, dedujo, sin tener que esforzarse mucho, que se trataba del dormitorio de Koldo. El desorden era mayúsculo. La cama estaba deshecha, el escritorio enfrente de la ventana lleno de papeles, panfletos, artículos de periódico sobre actividades de la banda terrorista, ceniceros repletos de colillas, jarras de cerveza vacías y en el armario la ropa estaba tirada sin que nadie se hubiese molestado en doblarla. Coligió que su tío debía haberse separado de su novia porque era evidente que hacía un montón de tiempo que este piso no había visto la mano de una mujer. Aparte de eso, no había nada más reseñable. Salió y se dirigió hacia el fondo del pasillo donde quedaba el último cuarto. Con toda seguridad se trataba de la habitación de su padre cuando era joven y estaba ansioso por descubrir lo que quedaba de aquella época, si quedaba algo. La puerta estaba cerrada con llave. La abrió en menos de dos segundos y lo que descubrió le puso los pelos de punta. El baúl de los recuerdos de un adolescente se había transformado en un almacén logístico de la Kale Borroka. Cualquier cosa que podía servir para enfrentarse a la policía en caso de manifestación estaba guardada aquí. Desde adoquines, puños americanos, botes de espray de pintura y capuchas, hasta botellas con mechas y bidones de gasolina para fabricar cócteles molotov, había de todo. Era el único lugar de la casa que mantenía cierto orden. De repente Roberto se fijó en un mueble bajo colocado en una esquina.

Forzó la cerradura de la puerta y se encontró, en el primer estante, con una vieja pistola y su correspondiente silenciador. No podía creérselo. Este pringado se había hecho con una pipa. Debía de tener en muy alta consideración su importancia en los disturbios callejeros. ¡Vaya fantasmón! Con una mano temblorosa la cogió y la inspeccionó por todos lados. Descubrió que era una Browning 9 mm Parabellum, no porque lo supiera, sino porque lo tenía inscrito en la corredera. Nunca había manejado un arma de fuego, pero por las descripciones que había leído en sus novelas policíacas, reconoció en seguida los diferentes puntos de manejo, el seguro, el retén del cargador, el cargador, el disparador, la culata y el martillo. Con cuidado activó el retén del cargador y se quedó con el cargador en la mano. Estaba repleto de munición, pero comprobó que no había bala en la recámara. Sacó también el silenciador del mueble y lo enroscó al cañón tal y como lo había visto hacer en las películas. Su plan de acción se configuraba cada vez con mayor claridad. De repente, se fijó en el reloj y constató que llevaba ya más de una hora en el piso. Tenía que tener mucho cuidado si no quería que su tío le pillase completamente desprevenido. Antes de salir de allí, cogió una de las capuchas que estaban amontonadas al lado de los bidones de gasolina, volvió a cerrar tanto el mueble como la puerta de la habitación con llave y se encaminó directamente al comedor. Comprobó que desde aquella ventana podía observar todo lo que ocurría en la calle. El ángulo de mira cubría desde el Eroski a la izquierda hasta la siguiente bocacalle en el lado opuesto. Nada se le podía escapar. Se acercó una silla y, armándose de paciencia, se sentó a escrudiñar cualquier movimiento que se produjese en los alrededores de la casa. La espera fue agotadora y el aburrimiento monumental. Cuando ya empezaba a anochecer, percibió, primero en la lejanía, unas voces que poco a poco se acercaban y acto seguido aparecieron por la esquina de la calle un grupo de cuatro hombres de edades muy dispares. El mayor de todos era sin equivocación posible su tío Koldo. Superaba en altura a todos los demás y vociferaba más que nadie. El que caminaba a su derecha y que más le reía las tonterías, era un tipo de unos treinta y cinco años, cuerpo atlético y pelo cortado al ras. Los dos últimos no debían tener más de veinticinco años. Vestían pantalón y chaqueta de chándal con capucha y llevaban una Ikurriña sobre los hombros. Todos tenían una botella de cerveza en la mano. Se detuvieron a pocos metros de la esquina para brindar y vaciarla de un trago. Los jóvenes se despidieron de sus compañeros con palmaditas en la espalda y se marcharon en dirección contraria. Koldo y su compinche emprendieron el camino hacia la casa. Sin pensárselo dos veces, Roberto abandonó el puesto de observación, recolocó la silla exactamente en el mismo lugar de donde la había cogido y se refugió en la habitación de sus abuelos. La hora de la verdad había llegado. Sacó de su mochila su acostumbrado kit de chándal impermeable y se lo puso lo más rápidamente posible. No había tiempo que perder. En cualquier momento Koldo se personaría en su casa y hasta entonces tenía que estar operativo. Se colgó la mochila a los hombros en la cual había dejado el cuchillo porque, esta vez, no lo iba a necesitar. Miró la pistola que no había soltado en ningún momento. Con un movimiento decidido tiró de la corredera hacia atrás para cargar una bala en la recámara y soltó el seguro. Estaba listo para disparar. Sin más demora, se enfundó la capucha y se metió en el armario. Afortunadamente, el armazón de la vieja cerradura sobresalía en el interior de la madera, lo que le permitió agarrarlo con la punta de los dedos y arrimar la hoja tras de sí. A penas había terminado con la maniobra cuando oyó cómo se abría la puerta del piso con estruendo. Los vozarrones y las risas forzadas de Koldo y su amigo llenaron la estancia. Hablaban acaloradamente mezclando el euskera y el castellano según su antojo o la carencia de vocabulario en uno u otro idioma. Como ruido de fondo, solo se distinguía el tintineo de los cubitos de hielo dentro de los vasos y los golpes secos al depositar con ímpetu la botella encima de la mesa. Roberto estaba furioso. Por qué se le había ocurrido al idiota de su tío traer a su amiguete a casa. Aparte del peligro suplementario que suponía, no tenía ganas de verse obligado a matar a otra persona más. Resignado, decidió aguardar y descubrir lo que le deparaba el desarrollo de los acontecimientos. La espera se le hizo larguísima y, sobre todo, muy incómoda. Debajo de su chándal y la cazadora de cuero hacía un calor insoportable y notaba cómo el sudor se le resbalaba por la espalda dejando su camiseta empapada. De no poder moverse se le quedaron las piernas rígidas y todo el cuerpo entumecido. La capucha olía mal y le picaba la cabeza. Lo peor era que no podía levantar el brazo para rascarse por miedo de descolgar la percha de una prenda y que se cayera con el correspondiente ruido delatador.

"Vaya forma de hacer el imbécil dentro de un armario", pensó. "Menos mal que nadie me ve, me otorgarían la medalla de oro al asesino pasmarote del año, sin ninguna duda."

De repente notó como las voces provenientes del salón empezaban a cambiar de tono y pasar de la conversación de regocijo alcohólico a la bronca y el insulto. A Roberto le resultó imposible detectar cuál fue el origen de la bronca entre los dos hombres. Solo percibía fragmentos de frases que decían en castellano, como: "y tú, joder... con tus aires de grandeza...", "es que eres un cobarde de mierda", "cállate... ¿quién te crees que eres?... eres un borracho que no sirve para nada..." y otras joyas de la lengua española malsonante por no mencionar, por ininteligibles, otras groserías en euskera. El sonido de arrastre de muebles sobre el suelo de madera le indicó que los dos colegas estaban a punto de llegar a las manos, cuando, como de la nada, se escuchó un golpe seco de bofetada y el retumbar posterior de un cuerpo que se caía al suelo. El grito de rabia que siguió fue tan violento que, sin duda, se oyó en todos los pisos adyacentes:

"¡Me cago en tu puta madre, Koldo, esta me la pagarás... no te extrañe si un día de estos te encuentran en la cuneta con una bala en la cabeza, hijo de puta!".

"Vete a tomar por el culo...", replicó la voz de su tío.

El estruendo de un brutal golpe de puerta blindada devolvió la tranquilidad a la casa. Roberto estaba encantado. Los acontecimientos no podían ser más propicios para sus planes. El escándalo que armaron los dos hombres y las amenazas de muerte, con toda seguridad, no habían pasado inadvertidos para los vecinos y no faltarían testigos para relatar con todo tipo de detalles lo que había ocurrido.

"Cabrón, te lo has buscado...".

Aquellas palabras fueron las últimas que oyó de su tío. Después, a juzgar por el retumbar de los muebles sobre el suelo, se puso a reordenar el salón y encendió la tele. Los golpes de la botella sobre la mesa, a partir de entonces, se multiplicaron a un ritmo frenético hasta que, de repente, todo se quedó en silencio. Solo las voces monótonas de unos tertulianos en Euskal Telebista llenaban el ambiente. Roberto dedujo que Koldo debía haber bebido tal cantidad de alcohol en tan poco tiempo que, sin duda, había caído en un sueño narcótico morrocotudo. No obstante, esperó un rato más antes de salir de su escondrijo para evitar actuar con precipitación. A los diez minutos, abrió sigilosamente la puerta de la habitación y, con el dedo sobre el gatillo de la pistola, avanzó por el pasillo hasta llegar a la esquina desde donde, asomando la cabeza, el ángulo de visibilidad le permitió contemplar el estado en que se había quedado el campo de batalla. El salón estaba hecho un desastre. A media altura flotaba una intensa nube de humo de tabaco, la butaca más cercana a la puerta de la entrada seguía volcada en el suelo y sobre la mesa se amontonaban los vasos, los ceniceros desbordantes de colillas y las botellas de Pacharán vacías.

"Mira tú por dónde... hasta para la bebida es patriota", reflexionó Roberto. "Por lo menos es consecuente y es lo único que le honra."

Koldo estaba sentado en el sofá, enfrente de la tele. Roberto le veía de perfil, pero no dudó en avanzar hacia él porque se encontraba sumergido en un profundo sopor como lo atestiguaban su cabeza caída sobre el pecho y los vehementes ronquidos que le salían de la garganta. Al llegar al sofá, se colocó justo detrás de su tío, levantó la pistola hasta situar el cañón a la altura de la nuca y, sin titubear, apretó dos veces el gatillo. El cuerpo no se movió ni un ápice de su sitio. Solo se veían los dos orificios de bala en el cráneo, algunos salpicones de sangre en el suelo y sobre la mesa y los destrozos que produjeron los impactos en la pantalla del televisor. El ruido que originaron los disparos, a pesar del silenciador, resultó mucho más sonoro de lo que se había imaginado. Nada que ver con lo que se nos vende en las películas. Con toda seguridad no pasaron inadvertidos para los vecinos y por ello apuró al máximo el tiempo para completar su tarea antes de desaparecer. Regresó a la habitación del fondo y, tras forzar de nuevo la cerradura, cogió un bote de espray de pintura que Koldo tenía almacenado y, de vuelta en el salón, empezó a pintar sobre todas las superficies vacías de la pared palabras en euskera que se había aprendido antes de emprender su viaje por si acaso las pudiera necesitar: "azpisuge halacoa" (traidor asqueroso); "salatari" (soplón); "kontakatilu" (chivato); "salatzaile" (delator) y "gora ETA". Confiaba en haber acertado con la elección de los términos porque no tenía ninguna garantía. Los había buscado por internet sin haber podido contrastarlos con un experto en lengua vasca. No obstante, después de la bronca que se había organizado hacía solo un rato, merecía la pena arriesgarse con el fin de otorgarle mayor credibilidad a la situación. La vivienda quedó esperpéntica. El bote de espray que había cogido sin fijarse en el color resultó ser pintura roja y las palabras parecían escritas con sangre. Cualquier rincón de la estancia evidenciaba que se había producido un ajuste de cuentas con ensañamiento y daba auténtica grima. Nada más terminar su labor, desenroscó el silenciador del cañón, se quitó el chándal y los guardó en la mochila. Para bajar las escaleras, mantuvo la capucha sobre la cabeza y el arma bien visible en la mano por si tuviera que intimidar a algún vecino que, alertado por los ruidos, se hubiera asomado al descansillo. En la planta baja, se despojó también de los cubrezapatos y los guantes que hizo desaparecer, junto con la pistola, en el interior de la mochila. La capucha la mantendría puesta hasta la bocacalle para ratificar la teoría del ajuste de cuentas a los posibles fisgones detrás de sus ventanas. Al salir del portal se cercioró de que no había nadie en las inmediaciones y corrió hasta doblar la esquina de la calle donde se quitó la capucha y empezó a caminar como cualquier otro transeúnte. Todo había salido de maravilla. Nadie le seguía y solo le faltaban unos trescientos metros para alcanzar su moto. Tranquilamente sacó los guantes y el casco de debajo del asiento y estaba a punto de guardar la mochila cuando se percató de que dos jóvenes vestidos con los mismos atuendos que los colegas de Koldo se dirigían directamente hacia él. Sigilosamente, evitando cualquier movimiento brusco, metió la mano en la mochila en busca de la pistola que, afortunadamente, encontró sin demasiadas dificultades y la empuñó, listo para sacarla.

"Oye, perdona", le interpeló uno de ellos cuando se encontraban a menos de dos metros. Roberto se puso tenso. "¿Conoces un pub que se llama Azurtegui o Azurberri? Nos han dicho que debe estar por aquí... ya sabes, música y copas. Es que no somos de aquí..."

"Pues lo siento...", contestó aún sin fiarse un pelo de estos tipos, "yo tampoco soy de aquí, pero tengo entendido que todos los bares están ubicados en el centro de la ciudad alrededor de la estación de autobuses. Tenéis que seguir por aquí como medio kilómetro y después girar a la izquierda por cualquier perpendicular."

"Vale... muchas gracias y agur."

Los dos chavales siguieron su camino y Roberto no los perdió de vista hasta que se hubiesen alejado lo suficiente para estar a salvo de un ataque repentino. Respiró hondo. Cuando, por fin, se relajó, se dio cuenta de que le temblaban las rodillas y que tenía las manos y la frente empapados de sudor.

"Joder...", gruñó mientras se ponía los guantes y el casco, "últimamente siempre me tengo que pegar un susto de cojones al terminar un trabajo. Imagínate la escabechina si me hubiese puesto nervioso y acabado a tiro limpio por la calle... aparte de que todo se hubiera ido al garete. En fin, por suerte solo ha sido un sobresalto y nada más... lo único malo es que he dejado mis huellas dactilares en la pistola... tendré que limpiarla a conciencia, pero ahora no es el momento. ¡Vámonos de aquí echando chispas!"

Ya eran alrededor de las once de la noche. Parecía mentira, pero desde la muerte de Koldo solo habían pasado veinte minutos. Aun así, según sus previsiones, tenía, por lo menos, cinco minutos de retraso. El episodio con los dos chavales le había hecho perder un tiempo precioso. Arrancó y, sin rebasar los límites de velocidad, se dirigió hacia la salida de la ciudad. Lo que más le sorprendía era que aún no se oía ni una sola sirena de coche de policía. Los vecinos, o eran simpatizantes de la banda o tenían tanto miedo, que, a pesar de haber presenciado acústicamente una ejecución, no llamaban ni en sueños a las fuerzas del orden; los unos por avalar la acción y los otros para no tener que sufrir represalias.

"Vaya situación más chunga...", pensó cuando le quedaba poco para enfilar la carretera nacional de retorno a Soria.

Cómo entendía la decisión de sus padres al marcharse de Euskadi. No hay quien viva en estas condiciones. Y después, todos hablan de "libertad". ¡Vaya ironía! La libertad que se impone a los demás con el uso de las armas. Terrorismo puro y duro. Da igual quién lo practique.

A unos ochenta kilómetros de la ciudad, ya pasada la medianoche, Roberto se paró al borde de la calzada. Estaba agotado. Desde las cinco de la mañana que emprendió su periplo, en ningún momento había podido descansar y con el bajón de la adrenalina que se mantuvo al máximo a lo largo de tantas horas, todo el cansancio se le cayó encima de un golpe. Veía que no podía seguir ni un metro más. A estas alturas del camino, la carretera atravesaba un bosque. Tenía que encontrar un sitio adecuado para pasar la noche. Girando el manillar de su scooter de un lado a otro para iluminar el entorno con la luz del faro, detectó a unos cinco metros a la derecha un sendero de tierra que se perdía en medio de los árboles. Sin dudarlo, se adentró en él y continuó unos tres o cuatrocientos metros hasta que consideró estar lo suficientemente alejado de posibles miradas indiscretas. Apagó el motor y esperó a que sus ojos se acostumbrasen a la oscuridad. Hacía noche de luna nueva y la poca luz que emitía el astro a penas traspasaba el espeso follaje de los árboles. Roberto tuvo que buscarse a tientas un sitio donde tumbarse. A pesar de la intensa vegetación, la temperatura resultaba agradable. No temía pasar frío. Dobló su cazadora de piel a guisa de almohada y nada más apoyar la cabeza, cayó en un profundo sueño. Durmió nueve horas seguidas sin apenas moverse. Al despertarse, se quedó abrumado. ¡Vaya sueño reparador que había experimentado! Todavía medio adormecido, le vino a la mente un artículo que había leído en una revista de astrología que decía que la luna nueva era la luna de la muerte y de la resurrección. Los argumentos que utilizó el autor para apoyar su teoría le parecieron entonces una auténtica chorrada. Pero ahora, tras esta vivencia nocturna que acababa de disfrutar, tuvo que admitir que era verdad.

"Me acosté muerto de sueño y me levanto completamente resucitado", sentenció riéndose de su propia broma.

Se sentía alegre y de buen humor. Se incorporó, estiró las extremidades que se habían quedado rígidas por la incomodidad del terreno y dejó que los escasos rayos de sol que lograban perforar el entramado de hojas le calentasen el cuerpo, al más puro estilo lagarto, para recobrar la movilidad. Se encontraba en medio de un espeso bosque que parecía no acabarse en kilómetros a la redonda. Era un lugar realmente bello, la naturaleza en todo su esplendor. El aire que se respiraba era puro y revitalizante. Olía a paz. Allí, de pie en medio de los árboles, tenía la impresión de estar completamente aislado del resto del mundo siendo el sendero, a modo de cordón umbilical, la única conexión con la civilización.

"Lo a gusto que se siente uno rodeado de este intenso silencio pone seriamente en entredicho la cordura del ser humano que se amontona en centros urbanos sobrepoblados, repletos de coches, ruido y contaminación", reflexionó sacudiendo la cabeza.

No le hubiera importado, en absoluto, quedarse unos días en este sitio como un ermitaño. Sin embargo, le urgía moverse. Sus intestinos llevaban quejándose de hambre desde que se levantó. La noche anterior no tuvo la oportunidad de cenar y consideró que ya era hora de meterse algo en el estómago. En el próximo pueblo se pararía para desayunar y realizar un mínimo de aseo personal. Antes de marcharse, sacó la pistola con el silenciador de la mochila y se la quedó mirando ensimismado. Durante un momento estuvo tentado de enterrarla allí mismo por el peligro que suponía llevarla consigo a través de la mitad del territorio español y permanecer todo el rato en la consigna de la estación de Soria hasta que terminasen sus vacaciones. Al final tomó la decisión de no hacerlo porque le parecía una injusticia hacia su amigo Miguelito. Le encargó la custodia de todas sus herramientas asesinas y ahora que tenía una pieza de artillería pesada, no podía negársela.

"En la vida hay que arriesgarse, sobre todo si es en beneficio de tu mejor amigo. La lealtad en la amistad es una virtud demasiado descuidada en nuestra sociedad, pero yo, no voy a sucumbir a esta actitud cobarde", filosofó mientras guardaba sus cosas y se preparaba para emprender el viaje.

El resto de la ruta transcurrió sin contratiempos. A poco más de una hora y media de Soria se detuvo en un restaurante-asador de la carretera que tenía muy buena pinta. Para llegar al camping a las horas aproximadas que mencionó a Ester antes de marcharse, le sobraba tiempo y decidió usarlo para saciar el hambre que de nuevo le atormentaba. El desayuno, aunque copioso, no aguantó más de media hora para engañar sus tripas que volvieron a quejarse a lo largo de todo el camino. La comida mereció la pena y Roberto se quedó más contento que unas pascuas. El último tramo se le hizo muy cuesta arriba. Con la abundante comida que se había metido en el cuerpo, la media botella de tinto y la monotonía del paisaje, tuvo que luchar con todas sus fuerzas contra el sueño, pero ya no tenía margen de tiempo para pararse. Agotado de tanta lucha, por fin alcanzó la estación de trenes de Soria. Tal y como lo hizo la vez anterior, dejó su moto encadenada en el parking, intercambió la mochila con la que tenía guardada en la taquilla y se subió a la bicicleta para encaminarse hacia el camping. Como de costumbre, dejó su BTT en el aparcabicis de la entrada y se dirigió directamente a la oficina para confirmar oficialmente su llegada.

"Buenas tardes, señorita. Quisiera informarme si, por un casual, Ud. no tendría una tienda vacía a disposición para un pobre peregrino", bromeó al entrar.

Ester, sentada detrás del mostrador levantó la cabeza y con su encantadora sonrisa le contestó en el mismo tono:

"Pues no, señor. Hay efectivamente una pequeña tienda abandonada en un rincón de este camping, pero pertenece a un amigo y me pidió que la custodiara en su ausencia. Así que imposible, no se la puedo dejar."

"Vaya por Dios, qué mala pata. Y si me hiciera pasar por este amigo que menciona, ¿qué efecto tendría?"

"Entonces se la dejaría sin objeciones."

Ester se había levantado y se le acercó para darle dos besos.

"Bienvenido, hombre, ¿qué tal tus aventuras nocturnas en el monte? Ahora tendrás un montón de pájaros en la cabeza...", ironizó mirándole con sus preciosos ojos marrones.

"No sabes tú bien, más que de costumbre. Todo ha ido fenomenal y he podido aprovechar al máximo el tiempo. El paisaje es verdaderamente magnífico. Pasada la ermita, me adentré en la montaña y establecí mi campamento base en una de las cavernas que abundan por allí. Tuve bastante suerte con los pájaros y saqué unas cuantas fotos, pero tenías razón... ¡vaya que refresca por la noche! A penas pude pegar ojo y ahora estoy hecho polvo. Si no te importa, voy a descansar un rato y esta noche me acerco para cenar algo. Te contaré más cosas."

"Fenomenal, estaré trabajando en el comedor y si no estás demasiado cansado, después de mi servicio, nos podemos tomar algo y charlar un poco."

"Perfecto, hasta esta noche entonces."

Roberto se retiró a su tienda y se tumbó un rato para repasar todos los acontecimientos que había vivido desde que se marchó el día anterior.

"Es increíble esta vida...", meditó, "hace solo un poco más de treinta y ocho horas me he ido de aquí, me he pegado una paliza de viaje hasta el País Vasco, he asistido a una manifestación de la kale borroka, he matado a mi tío con una pistola, he dormido en un bosque y ya estoy de vuelta tonteando con la encantadora Ester. Se dice pronto... Y lo mejor de todo esto es que la gente cree que me chiflan las aves y que he pasado un día y medio persiguiéndolas por el monte como un obseso. Es para troncharse."

Inmerso en estos pensamientos se durmió sin haber hecho el esfuerzo de quitarse la ropa. Cuando se despertó, una hora y media más tarde, se sentía aturdido e incómodo dentro de su vestimenta usada y pestilente. Experimentó una necesidad urgente de asearse y sin más demora se trasladó a la zona de las duchas con todos los jabones imprescindibles para garantizar el acicalamiento adecuado de cuerpo, cabello y rasurado. Fresco y perfumado se puso ropa limpia, recuperó su móvil con su cargador y cruzó el terreno que le separaba del restaurante para ir a cenar algo.

A la vista de la cantidad de tiendas y la ocupación de las mesas en el comedor, resultaba evidente que la afluencia de veraneantes había aumentado considerablemente durante este fin de semana. El aforo debía haber alcanzado alrededor de un cincuenta por ciento de su capacidad. Roberto encontró una mesa libre en un rincón del comedor y se acomodó en el lado con la vista hacia el mostrador desde donde podía supervisar la totalidad de la sala y disfrutar de la elegancia de Ester al moverse entre las mesas. Tenía bastante más trabajo que el otro día y tardó unos minutos en acercarse a su mesa.

"Lo siento, Roberto, hay más gente de lo previsto y mi compañera se sentía mal y no ha venido. Me tengo que encargar de todo esto yo solita, pero si quieres, cuando termine, nos sentamos en la terraza y charlamos un poco. ¿Qué vas a cenar?"

"No te preocupes, no tengo prisa, tómalo con calma. Tráeme una ensalada mixta de primero y después pollo al ajillo y patatas. Y de beber, la misma botella de tinto como la última vez. Lo de la terraza después me parece una propuesta estupenda. Oye, perdona mi atrevimiento, pero ¿te importaría enchufarme el móvil donde puedas? Fíjate qué tonto... ayer, cuando me marché, lo dejé olvidado en la tienda y claro, ahora está completamente descargado. Muchas gracias."

Como quien no quería la cosa, se había agenciado una testigo para la ubicación de su teléfono durante su ausencia. Se sentía relajado y cenó muy a gusto. Este sitio le gustaba. El camping con su emplazamiento y sus vistas espectaculares resultaba extremadamente acogedor, sin contar con el aliciente de la hija de los dueños que aportaba un plus inestimable. Reinaba una atmósfera sosegada y los calores del día se transformaban por la noche en una temperatura suave que garantizaba un descanso placentero.

Poco a poco el comedor se iba vaciando a la vez que el ruido disminuía proporcionalmente de intensidad. Apuró el resto de vino que le quedaba en la copa y se levantó. Al salir indicó a Ester que iba a sentarse en una mesa fuera y que la esperaba allí en cuanto terminara. Apareció a la media hora. Tenía pinta de estar cansada, pero le obsequió con una sonrisa cautivadora. Se sentó a su lado, le devolvió el teléfono con la correspondiente reprimenda por ser tan olvidadizo y pidió una cerveza al camarero del bar que había acudido en seguida. Roberto ya estaba saboreando un pacharán con hielo que se le había antojado desde el asesinato de su tío. Hablaron un poco de todo, como lo suelen hacer las personas que se gustan cuando se van conociendo: revelar cosas de sus vidas, sí, pero con cuentagotas, sin pasarse para no parecer ridículo o facilón. Siempre hay que mantener algo de secretismo en la recámara y, de este modo, sustentar el interés. Al cabo de una hora y media Ester estaba que se caía de sueño y disculpándose hizo ademán de retirarse.

"Lo siento, chico, pero no puedo más. Hoy ha sido un día de muchísimo trabajo y ya estoy que reviento. Menos mal que mañana es mi día libre...".

"No me digas...", la interrumpió Roberto, "vaya sorpresa más oportuna. ¿Qué te parece si hacemos algo juntos... una excursión en bici o una vuelta por la ciudad...?"

"A mí, me parece estupendo. No te dije nada porque pensaba que dedicarías el día a los pájaros... que para eso has venido."

"Sí, por supuesto...", confirmó Roberto que con el entusiasmo del momento se había olvidado de su propia coartada, "pero acabo de pasar dos días en plena naturaleza con mis queridas aves y, si un día hago otra cosa, tampoco pasa nada... se puede ser flexible."

"Fenomenal...", se alegró Ester, "¿qué te parece si te

enseño el centro histórico de Soria? Merece la pena. Hay un montón de cosas bonitas que ver."

"No se hable más... mañana por la mañana a las diez en la salida del camping... ¿te parece?"

Así quedaron y se despidieron dándose dos besos. Roberto pidió otro pacharán y se quedó allí sentado saboreando este momento de satisfacción y euforia contenida que proporcionan las expectativas de posibles aventuras amorosas.

A la hora indicada, en punto, se presentó peripuesto en la puerta principal del camping. Tuvo que esperar unos diez minutos hasta que apareció Ester. Estaba radiante. Llevaba unos vaqueros negros y una blusa amarilla que armonizaba perfectamente con su pelo rojo. Había descansado y se le notaba en la cara. Tenía la piel brillante y las ojeras de la noche anterior habían desaparecido. Dos besos y abordaron a pie los tres kilómetros que les separaban de la ciudad. Dedicaron la mañana a la visita de los monumentos más relevantes, el centro histórico con sus calles medievales, la iglesia de Santo Domingo del siglo XII, el monasterio románico de San Juan de Duero y unos cuantos lugares más que tampoco carecían de interés turístico. A pesar de ser estudiante de economía, Ester demostró tener amplios conocimientos histórico-artísticos y le obsequió con unas explicaciones detalladas sobre las especificidades de los edificios y el modo de vida de los habitantes en la Edad Media. Roberto tuvo que hacer grandes esfuerzos para seguir lo que su guía le contaba, no porque no le interesaban sus sabias aclaraciones, sino porque no podía apartar la mirada de sus ojos marrones y sus labios carnosos cuando hablaba. Era verdaderamente guapísima y se sentía cada vez más atraído por ella. A la hora de la comida, Roberto la llevó al mejor restaurante de la ciudad donde, al levantarse por la mañana, había reservado una mesa para que no pudiese rechazar la invitación. El rapapolvo fue moderado y el fingido enfado se le pasó nada más cruzar la puerta de acceso al comedor. La sala tenía un aspecto magnífico. Mesas amplias con manteles grises estaban estratégicamente colocadas dentro de un ambiente elegante con toques modernos en su decoración. Mantenían el espacio suficiente las unas de las otras para garantizar toda la intimidad necesaria. Resultaba realmente acogedor. La comida fue de lo más animada. Los manjares del menú gastronómico y las copas de vino que los acompañaban desataron poco a poco sus lenguas y rompieron la resistencia de las barreras personales que establecen los seres humanos ante un desconocido. Hablaron de sus vidas cotidianas sin tapujos e incluso cayeron algunas confidencias intimas algo atrevidas. Vencidos por la pereza característica que se apodera del cuerpo tras una comida copiosa, decidieron volver al camping y pasar la tarde apoltronados en las tumbonas al lado de la piscina. Nada más llegar, cada uno se retiró a sus aposentos para ponerse el bañador y se volvieron a encontrar poco después para disfrutar de la sobremesa debajo de los toldos. Durante la primera hora la conversación decayó ligeramente por la modorra que provoca una digestión pesada, pero, después de un chapuzón para refrescarse, se animó de nuevo.

"¿Cómo te ha surgido el interés por las aves?", preguntó Ester intrigada. "Es curioso, pero desde mi punto de vista, no das el perfil del científico fanático y obsesionado con el objeto de sus investigaciones."

"¿Por qué dices eso...?", le replicó Roberto.

"Porque no das constantemente la lata con el tema de los pájaros como lo suelen hacer los eruditos obstinados con sus estudios."

"Sí, lo sé. Es que tuve un amigo que no paraba de hablar siempre del mismo tema. Lo suyo eran las motos... Y venga que si cilindrada tal o cual, que si Kawasaki es mejor que Honda y más chorradas de este tipo. Lo peor era cuando abordaba el tema de la Harley Davidson... ¡qué coñazo!... que si era una forma de vida, una filosofía... que los harleros eran todos miembros de una hermandad solidaria, como una familia etc. etc. Absolutamente insufrible", mintió improvisando descaradamente. "Cuando se metió conmigo porque me compré una Suzuki Burgman 125 para moverme por la ciudad, le mandé a tomar por saco y me prometí a mí mismo que nunca daría a nadie la tabarra de esta forma."

"Se agradece... y ¿por qué los pájaros?"

"La verdad es que no lo sé con exactitud. Recuerdo que un día, cuando tenía unos dieciséis años, vi un documental sobre las águilas y me parecieron unas criaturas excepcionales. La elegancia del depredador en estado puro. Me gustó y me compré un libro sobre las aves rapaces... y así, poco a poco me aficioné. Si quieres ver las fotos que hice el fin de semana, te las enseño con mucho gusto."

Lo último, lo añadió para cambiar definitivamente de tema con la seguridad de que ella rechazaría el ofrecimiento. No quería que se diera cuenta de que toda su historia era un embuste. Para su sorpresa, se mostró entusiasmada.

"Tengo la cámara en mi tienda...", lanzó como último intento de disuadirla, pero Ester no solamente se mostró dispuesta a seguirle sino que ya se había levantado de su tumbona. No le quedó otro remedio. Para ver correctamente el visor de su aparato fotográfico, tuvieron que refugiarse de la luz del día y acomodarse en el interior de la tienda. Se sentaron uno al lado del otro encima de la colchoneta cubierta con el saco de dormir para estar lo más cómodos posible dentro de este habitáculo tan limitado. Roberto activó la función de visionado y le entregó el aparato para que pudiera pasar las fotos a su antojo. Al cabo de unas diez fotos con sus correspondientes explicaciones rudimentarias, a Roberto le urgió acabar con esta farsa y decidió jugarse el todo por el todo. Con la mano derecha le apartó el pelo de los hombros y la besó suavemente en el cuello. Ester se quedó inmóvil, pero no dijo nada. Cuando se apartó, ella dejó la cámara en el suelo, se giró hacia él y sus labios no tardaron en encontrarse. Mientras se besaban con avidez, él le desabrochó el sujetador del bikini, se lo quitó con delicadeza y lentamente se tumbaron encima del saco de dormir. Los pájaros desaparecieron para siempre.

El resto de sus vacaciones lo protagonizaron principalmente las fogosas noches amorosas de la pareja. Mientras Ester trabajaba, Roberto seguía fingiendo interesarse por la vida silvestre de las aves, pero sus excursiones se hicieron con cada nueva salida más pesadas. Ningún día duraron más de media jornada. Por la mañana se marchaba con su bicicleta y volvía a la hora de comer. No se hubiera perdido ningún menú del día servido por su chica entre sonrisas cómplices. De hecho, cuanto más avanzaba la semana, más tarde se levantaba y antes volvía de su periplo pajaril. El cansancio acumulado, debido a las pocas horas de sueño, lo anulaba completamente. Por la tarde compartía con Ester una hora de tumbona al lado de la piscina hasta que ella se veía obligada a retomar su labor. También tenía cada vez peor cara y las ojeras le llegaban hasta los pómulos, pero la expresión de satisfacción que tenía marcada en la cara realzaba aún más su belleza. Roberto dejaba entonces que la tarde transcurriera tranquilamente a la espera del momento en que, tras la cena, ella se reuniera con él en la tienda para retomar los juegos amorosos que se habían quedado en el tintero la noche anterior. Pasaron momentos realmente felices. Sin embargo, los dos sabían que su relación no les llevaría a ninguna parte. No se hicieron promesas que nunca iban a cumplir ni alimentaron esperanzas vanas que se quedarían en el olvido. Ni siquiera hablaron de ello. Simplemente disfrutaron del momento sin pensar en nada más. Incluso el caso Koldo pasó, en la mente de Roberto, a segundo plano, como si nunca hubiera existido, como si el asesinato lo hubiera realizado otra persona. Solo una noche cenando, al principio de la semana, se enteró por la televisión del comedor que se había encontrado el cuerpo de un activista abertzale en su propia casa con dos tiros en la cabeza. El comentarista decía que todo apuntaba a un ajuste de cuentas dentro de la propia organización, pero que la policía mantenía abiertas todas las líneas de investigación. El juez encargado del caso había decretado el secreto del sumario. Acogió la noticia como cualquier otro comensal que gozaba plácidamente de sus vacaciones y que por nada en el mundo dejaría que un acontecimiento de este tipo se las estropease. Por pura formalidad, llamó aquella misma noche a su padre para comentarle la noticia. Él ya estaba al tanto.

"Intenté llamarte ayer, pero tenías el teléfono apagado", le contestó sin parecer demasiado afectado. "En fin, no sé en qué historias se habrá metido el imbécil de mi hermano... es una pena que termine de este modo, pero sin duda se lo habrá buscado... vaya cantamañanas... tanta libertad para Euskadi y tanto patriotismo... y ya ves donde le ha llevado su fanatismo... a la tumba. Y tú, ¿qué tal estás?"

"Estoy fenomenal, papá. Si ayer tenía el teléfono apagado es porque me he enrollado con la hija de los dueños del camping... una chica fantástica y por la noche estaba ocupado, créeme."

"Bueno, bueno, hijo... cómo me alegro", se entusiasmó Jorge. "Por fin una mujer en tu vida. Cuéntame, ¿cómo ha ocurrido?"

Roberto le contó someramente lo que había pasado desde su llegada al camping, el ligoteo, su fin de semana en la naturaleza y el día que pasó con Ester. También le dijo que no se hiciera ilusiones, que, salvo sorpresa imprevisible, era una aventura que, sin duda, terminaría el sábado cuando se marchara. La muerte de Koldo ya había desaparecido de la mente de su padre y manifiestamente ilusionado con los amoríos de su hijo, le animó a disfrutar a tope el resto de sus vacaciones. Antes de colgar, le invitó a comer en casa el domingo para que le contara sus hazañas con todo tipo de detalles. La última noche que los amantes pasaron juntos fue la noche de la pasión desesperada, la entrega absoluta ante un sueño que se desvanecía. Ester abandonó la tienda a las cinco de la mañana. Con el último beso, le pidió que, por favor, no intentara volver a verla antes de emprender su viaje de vuelta... que se marchara sin mirar atrás. Roberto sabía que tenía razón y se lo prometió. Agotado, durmió unas horas más. Se levantó sobre las diez de la mañana para desmontar la tienda y recoger todos sus enseres antes de trasladarse a la ciudad para devolver la bici en la tienda de alquiler. Tenía el tiempo contado para recorrer a pie la distancia que le separaba de la estación y fingir subirse al tren de las 13:35h con destino a Madrid. El camino se le hizo eterno. Le dolía el alma, como si tuviera un peso enorme oprimiéndole el pecho y con cada paso que le alejaba de Ester, le costaba más mover las piernas. Varias veces estuvo a punto de volver atrás para intentar cambiar el rumbo de su existencia, pero sabía a ciencia cierta que su destino era otro y que no tenía escapatoria. Su estilo de vida le había condenado a contentarse con episodios de felicidad efímeros y en aquel preciso momento lo maldecía con todas sus fuerzas. Cuando, por fin, llegó a la estación, se dirigió directamente al andén para pasar el control de billetes. Afortunadamente, los trámites eran mucho más sencillos aquí que en Chamartín. Solo había una decena de personas que esperaban para subirse al tren. El revisor llegó cinco minutos antes de la salida, registró los pasajes con su lector digital y se volvió a marchar por donde había venido. Como medida de precaución, Roberto siguió a los demás pasajeros que buscaban su vagón y cuando comprobó que nadie le prestaba la menor atención, retrocedió hacia la consigna para recuperar la mochila con el arma homicida de su taquilla. En el parking, cargó todo el equipaje encima de la moto y se marchó por la misma carretera que había venido. Huelga decir que el viaje se le hizo larguísimo y extremadamente cansino. La falta de sueño y el disgusto habían hecho mella en su capacidad de aguante y tuvo que hacer de tripas corazón para llegar a su destino. Para más *inri*, a pocos kilómetros de la capital, le pilló una de estas tormentas de verano, con cielo negro apocalíptico, que duran poco, pero que descargan tal cantidad de agua que parecen cataratas. Sobre las seis de la tarde llegó a su casa calado hasta los huesos. No obstante, solo subió a su piso para dejar la mochila grande con sus enseres y, con la pequeña debajo del asiento, arrancó de nuevo su scooter para dirigirse al cementerio. La pistola ya le quemaba en las manos y sabía que no podía permitirse quedársela ni un minuto más. Al aparcar en el arcén del cuartel 225, el sol empezó a asomarse de nuevo detrás de las nubes negras. El aguacero había dejado todo encharcado y el lodo se había apoderado de los estrechos caminos que llevaban a las tumbas. Pocos minutos después, el cielo se despejó y los nubarrones siguieron su ruta como si nada hubiera pasado. Roberto se quitó la cazadora empapada y la colgó de la cruz que encabezaba el sepulcro. Se sentó en su sitio favorito y, sin decir nada, empezó a descolocar los ladrillos. Solo cuando oyó, aliviado, el ruido que hizo la mochila al caer sobre los féretros, le dirigió la palabra a su amigo:

"Aquí estoy de nuevo colega. No te puedes quejar, hoy te traigo la artillería pesada... un juguetito con el cual podrás divertirte un poco. Fíjate, con esta pipa te podrías vengar, de una vez por todas, de tu viejo, agujereándole el cuerpo y dejándole como un colador. Lo malo es que seguramente ya no queda nada de su inmundo pellejo. En fin, tú verás lo que haces con la pistola, es tuya, te la regalo."

Mientras recolocaba los ladrillos, como solía hacerlo siempre, le contó detalladamente los pormenores del asesinato de su tío. No le importó que la historia fuera larga porque le permitió aprovechar los últimos rayos de sol de la tarde para que se secara la ropa. Terminado el relato, se quedó sentado un buen rato ensimismado con la mirada perdida en la lejanía, como abducido por sus pensamientos. No se dio cuenta del paso del tiempo. Cuando recobró el sentido de la realidad ya estaba anocheciendo. Se levantó lentamente, se puso la cazadora y se colocó al pie de la tumba enfrente de la cruz. Lentamente posó su mano encima de las letras esculpidas en la lápida que decían: Miguel Suárez, 9.8.1988 - 30.10. 2003, fallecido a los 15 años.

"Lo siento, amigo del alma", dijo apesadumbrado, "a partir de ahora ya no podré mantener mi promesa. Esta ha sido la última vez que he venido a verte. No puedo seguir así, tengo que irme lejos si quiero sobrevivir. No te olvidaré nunca. Hasta siempre, Miguelito."

Con pasos pesados y lágrimas en los ojos, volvió a su moto y se marchó a casa.

...rebelión, sin retorno.

Tal y como había quedado con su padre al final de aquella llamada en el camping, a la una de la tarde aparcó su moto en la acera delante del restaurante "Los compañeros" a la vuelta de la esquina de la casa de su infancia. Aún tenía el cuerpo baldado de la paliza que se había dado en el viaje de regreso el día anterior. La noche, a pesar de haberse acostado pronto, tampoco le ayudó a recuperar sus fuerzas. Le costó horrores conciliar el sueño. Desde su visita a la tumba de Miguelito, su mente se había puesto a dar vueltas incontroladamente en torno a su vida, los asesinatos, las dos chicas de sus amores, el trabajo, su madre en el centro de salud mental, su relación con el buenazo de su padre y, sobre todo, su soledad. Las imágenes se sucedían a toda velocidad y se entremezclaban en completo desorden cronológico y temático, hasta que, sobre las cuatro de la madrugada, el agotamiento le venció. Se despertó a las diez totalmente aturdido y desorientado. Al principio le costó discernir dónde estaba y tardó unos segundos en reconocer su propia habitación. Lo primero que hizo al levantarse, fue tomarse un café bien cargado, poner el jazz alegre de Stéphane Grappelli y pegarse una ducha de agua fría para terminar de espabilarse. En pocas horas iba a encontrarse con su padre y tenía que parecer descansado y feliz de sus vacaciones. En el interior del mesón, Jorge le estaba esperando acodado en la barra. Se abrazaron y tomaron unas cañas charlando con los compañeros de alterne del barrio antes de subir a casa. La comida ya estaba lista y, como siempre, le había preparado uno de sus platos favoritos y había comprado un excelente vino, una de estas botellas caras con la cual le gustaba agasajarle cuando había algo que celebrar. Al principio los dos evitaron abordar el tema estrella de la chica del camping, Jorge por pudor de irrumpir descaradamente en la vida privada de su hijo y Roberto porque quería guardarlo para el final. Hablaron de cosas intranscendentes. Comentaron las dos semanas de vacaciones, el largo viaje en tren, los monumentos, la naturaleza y también la desolación de los campos áridos y el estado de abandono que sufría la mayoría de los pueblos de este país. De repente, Jorge abordó el asunto de su hermano.

"Joder, hijo, no me puedo quitar de la cabeza la muerte de mi hermano. Terminar así, con dos tiros en la cabeza... siempre ha sido un tocapelotas, pero últimamente con la cantidad de alcohol que se metía en el cuerpo se volvió irascible, colérico y grosero. En fin, un estúpido inaguantable. No me extrañaría que se haya ido de la lengua y así cavado su propia tumba."

Roberto se dio cuenta de que su padre aún estaba afectado por lo ocurrido. Al parecer, aunque se llevaran mal, un hermano no dejaba de ser un hermano, como algo que pertenece a tu vida que, inesperadamente, se esfuma.

"No te hagas mala sangre, papá", le respondió Roberto en un tono complaciente, "el tío Koldo siempre ha sido un extremista y desde que naciste te ha hecho la vida imposible. Entiendo que te parezca extraño, surrealista, pero el único culpable de todo esto es él mismo o, mejor dicho, era él mismo. No sientas pena. Este imbécil no se merece tu compasión. Recuerda que te amenazó de muerte por teléfono o ¿ya se te ha olvidado?"

"Tienes razón, pero de momento, no lo puedo remediar. Creo que lo ocurrido es aún demasiado reciente para poder borrarlo de mi mente... Ah, y otra cosa: Después de hablar conmigo el lunes para anunciarme el fallecimiento de Koldo, la policía ha vuelto a llamarme este viernes para hacerme preguntas sobre nuestras relaciones familiares. También me preguntaron por ti... dónde estabas y si les podía dar tu número de móvil. Me dijeron que pronto volverían a ponerse en contacto con nosotros y yo les contesté que estábamos a su disposición."

Roberto que se había imaginado que esta situación se iba a producir, no pudo evitar sentir un ligero escalofrío que disimuló respondiendo:

"Has hecho fenomenal. No tenemos nada que esconder. El hecho de que tuviéramos un enfrentamiento con tu hermano en el entierro de la abuela no quiere decir que le deseáramos alguna desgracia. Estas cosas pasan en las mejores familias... es evidente. Solo tenemos que contarles exactamente lo que ha sucedido y ya está. Y por cierto, no sé si han intentado comunicarse conmigo porque desde ayer por la mañana tengo el teléfono apagado por el hecho de estar viajando. Aún no lo he encendido y no lo voy a hacer hasta mañana... no tengo ganas de que me molesten ahora."

Siguieron comiendo un rato en silencio, cada uno por su lado intentando borrar momentáneamente este tema desagradable de su cabeza y recobrar la alegría. Dos vasitos de vino ayudaron a conseguirlo. Al servir la tercera copa, Jorge se quedó mirando a su hijo con una sonrisa maliciosa y lanzó:

"Bueno, chaval, ¿por qué brindamos...?"

"Vale, papá, te veo venir... allá vamos", le contestó algo ruborizado.

Entonces, empezó a relatarle todo lo que había acontecido desde su llegada a Soria hasta el último día, omitiendo solo las intimidades que no se podían contar. Era fundamental que su padre conociera hasta el más mínimo detalle de su estancia en el camping, su fin de semana en el Cañón del Río Lobos, el olvido de su teléfono móvil en la tienda y, sobre todo, sus amoríos con la hija de los dueños por si a la policía se le pasase por la cabeza averiguar hasta qué punto sus conocimientos pudiesen coincidir con su propia versión o incluso con la de Ester en caso de investigación. Terminó su relato con la mentira de que su relación con la chica no había sido solo una aventura pasajera, sino que se habían enamorado de verdad y que estaban planeando juntos un largo viaje a Tailandia para comprobar su compatibilidad antes de hacer oficial el noviazgo. En el trabajo, cogería todo el mes de agosto libre sin paga, haciéndolo coincidir con las vacaciones de Ester y, con sus ahorros, se recorrerían todo el país, terminando su estancia en una de sus playas idílicas para descansar. En cuanto ella lo hubiese hablado con sus padres, se pondría a organizarlo sin perder tiempo.

"Me parece estupendo, hijo. ¿Para qué quiere uno el dinero si no es para disfrutarlo?", le respondió con una sonrisa melancólica. "Lo que pasa es que me hubiera gustado conocerla antes de que os fuerais."

"Ya lo sé, papá, pero me conoces... soy una persona muy reservada y antes de estar completamente seguro, prefiero que nadie sepa nada de mi vida privada. Si todo va bien, a la vuelta te la presento y organizamos una cena de lujo. Y no te preocupes, lo más probable es que durante este mes no sabrás nada de mí. No quiero tener que estar pendiente de llamaditas e historias durante el viaje. Con el cambio horario las comunicaciones son un engorro. Quizás un Whatsapp de vez en cuando y ya está. De todas formas, cuando sepa algo más, te lo digo y te invitaré a cenar en un buen restaurante antes de marcharme."

Unos cuantos chupitos de licor de hierbas más tarde,

Roberto se despidió de su padre. Sin darse cuenta, se había hecho tarde y ya estaba anocheciendo cuando llegó a su casa. Puso una lavadora con la ropa sucia de sus vacaciones y guardó todos los cachivaches de camping en el altillo del armario de su habitación. Al terminar, dio una vuelta por el piso y comprobó que se había quedado recogido y aparente. Con todo lo que había comido a mediodía, no tenía ganas de cenar, pero se sirvió una cerveza bien fría, puso el CD "Travels" de Pat Metheny y se sentó en su butaca a escuchar la música que tanto había echado de menos durante las dos semanas.

"Creo que papá se ha tragado la trola del viaje con Ester", reflexionó al cabo de un rato.

Era importante porque así, por lo menos durante un mes, no se preocuparía de no recibir ninguna noticia suya y no denunciaría su desaparición a la policía. Se sentía satisfecho y a la vez apenado. Lo que iba a sufrir su pobre padre cuando se diera cuenta. De repente, se levantó, se acercó a la estantería y regresó a su butaca con la novela de "Filomeno, a mi pesar" en las manos. Se acomodó otra vez, miró detenidamente la portada con el título y susurró:

"Gonzalo Torrente Ballester, bien lo has hecho con el nombre de tu protagonista... pobrecillo. Pero él, por lo menos, tiene la escapatoria de "Ademar"... yo no."

Ceremoniosamente giró la tapa de cartón duro y releyó las dos primeras páginas. Se quedó un rato meditando, cerró el libro, dio dos manotazos sonoros sobre su superficie y volvió a colocarlo en su sitio. Parecía tranquilo y en su cara se había dibujado una expresión de determinación serena, como si hubiera tomado una decisión irreversible. Apagó la música y se fue al dormitorio para acostarse.

Al principio pensó que lo había soñado y se dio la vuelta acurrucándose debajo de la sábana en el otro lado de la cama con la firme intención de seguir durmiendo un buen rato más. Sin embargo, apenas un minuto después lo oyó claramente. Era el timbre de su casa cuyo sonido recordó vagamente puesto que nunca nadie lo había activado hasta aquel mismo momento. El tañido resonó de nuevo y con mayor insistencia. El despertador marcaba las ocho y media. Roberto se levantó, se puso el chándal de andar por casa por encima del pijama y se acercó a la puerta.

"¿Quién es?", preguntó en voz alta y con un deje de enfado para dejar bien claro que no lo consideraba oportuno que se le molestase a estas horas de la mañana estando de vacaciones.

"Policía... abra, por favor", contestó una voz femenina del otro lado.

Roberto hizo girar la llave dentro del bombín y entreabrió unos centímetros, lo justo para poder distinguir a los dos agentes vestidos de calle que esperaban en el rellano exhibiendo sus placas de la brigada criminal. La que había hablado era una mujer de unos cuarenta años, delgada con su pelo marrón recogido en un moño a la altura de la nuca y rasgos faciales endurecidos por las innumerables atrocidades que, sin duda, había tenido que contemplar a lo largo de su carrera profesional. Llevaba unos vaqueros azules, una blusa blanca y una cazadora vaquera del mismo color que los pantalones que solo le llegaba hasta la cintura. Debajo asomaba la funda sobaquera con su pistola. A su lado, apoyado con la mano en el quicio de la puerta, un hombre regordete y mirada afable que compensaba su calvicie con un fornido bigote. Era algo mayor que su compañera y llevaba una cazadora de piel negra debajo de la cual también se distinguía claramente el bulto de la pistola.

"¿Roberto Alzúa?", preguntó la mujer.

"Sí... ¿en qué puedo ayudarles?"

"¿Podemos pasar?... queremos hacerle unas preguntas sobre Koldo Alzúa... era su tío, ¿verdad?"

Roberto abrió la puerta de par en par, se echó a un lado y con un gesto de la mano les invitó a pasar.

"Sí, era mi tío. Pero pasen, por favor... faltaría más."

Teniendo solo dos butacas, los acomodó en un lado de la mesa del comedor y se sentó en frente. Los policías empezaron a hacerle todo tipo de preguntas sobre Koldo, su relación con la familia, si estaba enterado de su pertenencia al grupo activista de la kale borroka, la bronca en el entierro de la abuela y dónde se encontraba el día del asesinato. Contestó sin reparo a todas las preguntas y les contó con todo tipo de detalles sus dos semanas de vacaciones en Soria. El agente mayor apuntaba todo en una libreta y de vez en cuando le pedía que repitiera el nombre de algún lugar o persona que no había captado a la primera. En un momento dado, la mujer policía se levantó y se acercó a la estantería donde tenía guardados sus libros.

"Qué gustos más dispares para un simple cerrajero", comentó con cierta ironía, "novelas policíacas de un lado, enciclopedias sobre el mundo de las aves del otro y en medio "Filomeno, a mi pesar" de Gonzalo Torrente Ballester. Desde luego, tiene Ud. un amplio espectro de intereses."

Roberto, sin entrar en la provocación sobre la naturaleza de su trabajo, le reveló sin inmutarse que siempre le habían gustado las novelas negras, sobre todo las clásicas de los años treinta norteamericanas, le contó la misma patraña que a Ester sobre el origen de su pasión por los pájaros y recalcó que para completar el panorama de sus pasatiempos habría que añadir el jazz, el kárate y la cocina. En lo que concernía a la novela de Torrente Ballester, les explicó que la había comprado por equivocación en un bazar, pero que la veneraba sobre cualquier otra lectura por haberle cambiado por completo las perspectivas de su vida.

Los dos agentes se quedaron pasmados de tantas aclaraciones cansinas y evitaron seguir preguntando sobre sus hábitos. Para resultar aún más pesado, Roberto propuso enseñarles todo su equipamiento de camping y les invitó a echar un ojo a su colección de aves que había fotografiado durante sus vacaciones. Los dos detectives rechazaron la oferta instantáneamente y al unísono. La mujer sacó su teléfono, activó un número que tenía registrado y, cuando se estableció la comunicación, preguntó a su interlocutor cómo habían ido las cosas de su lado. Estuvo escuchando un buen rato y comentó:

"Aquí ha contado exactamente lo mismo. Parece que no hay nada más que rascar. Nos vemos en comisaría." Y dirigiéndose a Roberto: "Gracias, señor Alzúa por su colaboración. Siento las molestias que le hemos causado y, una vez más, mi pésame por la muerte de su tío."

"No hay de qué", respondió Roberto, "si necesitan alguna información más, estoy a su entera disposición."

Acompañó a los agentes hasta el rellano y les deseó una buena tarde a modo de despedida. Nada más cerrar la puerta, marcó el número de su padre. Por las palabras de la inspectora dedujo que él también había tenido la visita de la policía y no se equivocó:

"¡Joder, macho," exclamó Jorge alterado cuando reconoció la voz de su hijo, "la policía criminal acaba de estar en mi casa! Vinieron sin previo aviso y tuve que llamar al taller para avisar al jefe de mi retraso... y ¿tú te crees?, el muy imbécil pensaba que era una excusa y que le tomaba el pelo. Pidió que se pusiera un agente para corroborar mi historia. ¡Qué vergüenza! Ahora voy a tener que explicarle todo lo ocurrido con Koldo... yo que no quería contárselo a nadie."

"Bueno, papá, tranquilízate. Es verdad que la presencia de la criminal en tu propia casa acojona, pero no pasa nada. La muerte de tu hermano no es ninguna vergüenza. Siempre has sido muy diferente y todo el mundo lo sabe. Además, hagas lo que hagas, la gente termina por enterarse y cuanto antes lo sepa, antes lo olvidará y todo volverá a su ser. Escucha, yo también los he tenido en casa y precisamente por eso te llamo. Creo que querían averiguar si contábamos el mismo relato, por separado."

"Yo les he contado los hechos exactamente como sucedieron, ni más ni menos."

"Yo también y según lo que dijo la inspectora después de hablar con el tuyo, parece que se han dado por satisfechos. Así que no te preocupes más por nada y vete tranquilo al trabajo, que ya es tarde."

Se despidieron y colgaron. Roberto estaba encantado con el desarrollo de los acontecimientos. Todo indicaba que su plan había funcionado sin fisuras y que no corría ningún peligro. De hecho, nunca supo si investigaron su coartada.

Aquel mismo día decidió dar una vuelta por el centro de la ciudad. Ya que le habían obligado a madrugar, por lo menos que sirviera para algo provechoso. Después de dos semanas en el campo, sintió la necesidad de empaparse de asfalto, ruido de tráfico y muchedumbre, disfrutar de un bocata de calamares con una cerveza en la Plaza Mayor y recorrer las calles peatonales del centro dejándose seducir por los escaparates del pequeño comercio. Desayunó pausadamente, se duchó, se afeitó la barba de dos días que se le había quedado desde su vuelta de Soria y se vistió con ropa ligera para soportar el calor veraniego que poco a poco se apoderaba de la ciudad. Harto de moto, se decantó por desplazarse en transporte público y media hora más tarde, saliendo de la boca del metro de Sol, se incorporó en el bullicio metropolitano. Su paseo por las calles y avenidas principales le resultó sumamente placentero. Ni siquiera la multitud de gente le molestaba. Subió Preciados hasta Callao y bajó por la Gran Vía observando complacido la enorme diversidad de seres que deambulaban por las aceras, hombres y mujeres de negocio trajeados, vendedores ambulantes ofreciendo cachivaches de todo tipo, manteros con mercancía de imitación interrumpiendo el flujo de los viandantes, algunas prostitutas en atuendos llamativos apoyadas en la pared al lado de un portal, turistas con cámaras fotográficas colgadas del cuello y ruidosos grupitos de jóvenes estudiantes, rockeros, góticos, alternativos, pijos o cualquier otra variedad de tribu urbana. Se sentía como un turista que apura sus últimas horas de vacaciones para recorrer los lugares que más le han gustado durante su estancia antes de volver a casa. En realidad, el símil describía bastante bien su situación actual. En la Plaza de España pasó por delante del monumento a Don Quijote, se sentó un rato en la sombra para contemplar pausadamente la parafernalia de la vida urbana que desfilaba ante sus ojos y continuó su camino hacia el Palacio de Oriente. Esta parte de la ciudad le gustaba especialmente y se entretuvo en repasar los nombres de los cinco Reyes Godos cuyas estatuas ornaban un lateral de los jardines.

"Ataúlfo, Eurico, Leovigildo, Suintila y Wamba... Qué nombres más raros", pensó al pasar por delante. "¿Qué habrán hecho estos tipos para merecerse esto? o, mejor dicho, ¿quién les habrá castigado con estos apelativos? Si me apuras, son incluso peores que Filomeno o Ademar, y estos dos, ya de por sí, se merecen la indignación de la persona que los lleva. No sé cómo, siendo reyes, no se han rebelado contra sus progenitores echándoles a las mazmorras por tener tan mala idea," reflexionó al verlos tan viriles y seguros de sí mismos.

Atravesó la plaza, pasó por delante de la catedral de la

Almudena cuyo estilo indefinible se erguía como un pegote dentro del magnífico conjunto arquitectónico que la rodeaba y, justo delante del puente de Segovia, giró a la izquierda para dirigirse hacia la Plaza Mayor. Allí, se sentó en una terraza en frente de la Casa de la Panadería y se pidió el anhelado bocadillo de calamares con un tercio de Mahou.

"Menudo guiri-tour que estoy haciendo..." pensó para sus adentros mientras se refrescó el gaznate con el primer trago de cerveza, "pero ¿no es lo que haría cualquier persona en mi situación, sabiendo que no le queda mucho tiempo antes de despedirse de todo esto?"

Sentado plácidamente debajo de una sombrilla de gran tamaño, miró a su alrededor. Los transeúntes cruzaban la plaza de un lado a otro mientras que los caricaturistas en la sombra de los arcos hacían caricaturas, los pintores pintaban, los turistas fotografiaban, los niños jugaban y los camareros, bandeja en mano, servían comidas y bebidas esforzándose para entender a los extranjeros que no hablaban español. Era la vida misma y todo le parecía encantador, esta sensación de armonía que siente uno con su entorno cuando está sereno y en paz consigo mismo. Disfrutó de aquel momento y de su bocata de calamares como pocas veces. Al cabo de una hora, pagó su consumición y reanudó su paseo. En la calle Mayor, en dirección a la Puerta del Sol para cerrar su vuelta en el mismísimo punto de partida, le llamó la atención el escaparate de una tienda de suvenires y regalos. Se detuvo para echarle un vistazo. Lo que estaba expuesto al otro lado del cristal era abrumador. Había de todo. Desde imanes para la nevera con los monumentos más emblemáticos, pasando por figuritas de toreros y bailaoras, peluches de toros con semblante amable y cuernos amarillos, imitaciones de placas de plazas y calles de la ciudad con espacio libre para imprimir tu propio nombre, hasta espadas y escudos de Toledo o fotos del antiguo Madrid, todas estas pequeñas cosas típicas que tanto le gusta al visitante foráneo. Mientras se divertía descubriendo estos objetos pintorescos, de repente oyó una voz femenina que le llamaba:

"Roberto... perdona, tú eres Roberto Alzúa, ¿verdad?"

Se dio la vuelta y en su campo visual apareció la figura delgada de una joven de unos veintidós o veintitrés años. Tenía el pelo largo, oscuro y liso, unos preciosos ojos marrones de mirada profunda y una seductora sonrisa que dejaba entrever unos dientes blancos perfectamente alineados. Era guapísima y, sobre todo, tenía aspecto de buena persona. Roberto, como de costumbre, se la quedó mirando pasmado y con la boca abierta, actitud que ella interpretó como si no la reconociera y prosiguió:

"Qué sí, Roberto Alzúa... soy Beatriz Arias tu compañera del colegio... ¿No te acuerdas?"

"Ostras, Bea Arias, claro que sí... ¡cómo no voy a acordarme de ti! Fuiste la única que me apoyaste en aquel entonces, tú y el profe de mates... este, ¿cómo se llamaba?... ah, sí, Enrique Morneo. Nunca lo olvidaré. ¿Qué te cuentas? ¿Qué tal te va la vida? Te veo fenomenal... estás guapísima..."

"Bueno, tú tampoco te conservas mal... has cambiado mucho... estás aún más cachas que entonces. Ahora estoy en la facultad de medicina y estudio mucho... bueno, la verdad es que no hago otra cosa que empollar todo el día, fines de semana incluidos. Es durísimo."

Los dos se encaminaron en la misma dirección y siguieron intercambiando recuerdos de las experiencias vividas. Roberto le contó que después de su expulsión decidió dejar la escuela al terminar la ESO y que se decantó por hacerse cerrajero. Si hubiese seguido con sus estudios, también hubiera elegido medicina que le gustaba mucho. Cuando llegaron a la Puerta del Sol, Bea tenía prisa, pero antes de despedirse quedaron en que estaría bien volver a verse e intercambiaron sus teléfonos. Se dieron dos besos y ella desapareció dentro de la multitud. Algo desconcertado por estos acontecimientos inesperados, se quedó como hipnotizado mirando la aglomeración de gente en la cual había desaparecido la chica hasta que recuperó la conciencia de la realidad y, con una amplia sonrisa, se dirigió hacia la boca del metro.

"Es increíble cómo a veces el azar aparece en el momento más oportuno y te soluciona la papeleta cuando menos te lo esperabas", filosofó alegremente mientras bajaba las escaleras.

Se sentía eufórico. El reencuentro con Bea era el último eslabón que le faltaba para cerrar el círculo de su proyecto.

Al día siguiente, lo primero que hizo después de desayunar fue llamar a sus caseros para comunicarles que dejaba el piso al final del mes. Había decidido hacer un viaje muy largo sin fecha de retorno y necesitaba el dinero para poder llevarlo a cabo. A pesar de no haber mantenido los plazos estipulados para romper el contrato, consiguió negociar la devolución de los dos meses de fianza con la contrapartida de dejarles todos los muebles que había adquirido cuando se estableció. Argumentó que en Madrid los pisos de este tamaño se alquilaban mejor amueblados. Los propietarios, convencidos y con la excusa de tener mucho trabajo, pero seguramente por pereza de desplazarse hasta la capital, le anunciaron que no vendrían a ver el apartamento, que se fiaban al cien por cien de su palabra y que le ingresarían el dinero en su cuenta bancaria. Él, les mandaría las llaves por correo. Colgó el teléfono satisfecho con los acuerdos que había obtenido. Era buena gente y en ningún caso los engañaría. A partir de este instante, le quedaban doce días antes de tener que abandonar la casa. Era tiempo suficiente para poder completar todas las tareas que le quedaban pendientes, pero prefirió no dejarlo todo para el último momento. Aquella misma noche llamó a Bea para invitarla a cenar. Para no parecer demasiado ostentoso y hacerle sentir apuros, le propuso un restaurante italiano que servía una excelente comida a precios asequibles. Para su sorpresa, ella se mostró encantada y aceptó sin titubeos. Nunca en la vida se hubiera imaginado que una chica aceptaría a la primera una invitación suya sin verse obligado a inventarse todo tipo de artimañas para convencerla. Quedaron para el viernes siguiente. Se sentía aliviado porque si todo salía como había previsto, la implicación de Bea le facilitaría considerablemente la tarea. Una vez aceptada la invitación, solo faltaba que consintiera en echarle una mano y para ello tenía que actuar con mucho tacto. Llamó al restaurante para reservar y, alegando una primera cita, pidió que le dieran una mesa con la mayor intimidad posible. El metre le aseguró que haría todo lo que estuviera en sus manos. Otra cosa hecha. Se levantó de su butaca y empezó a dar vueltas por el piso para hacer un recuento de todos sus enseres. No tenía muchas cosas, pero a lo poco que poseía le guardaba un enorme cariño. Solo pensar que tenía que deshacerse de su colección de jazz, sus libros, su aparato de música, su ordenador y su recién estrenado kit de camping con cámara incluida, le apenaba inmensamente. Así que, como en ningún caso podía llevárselos consigo a donde iba, por lo menos que los tuviera su padre. También le serviría como recuerdo de un hijo desaparecido. Indagó en internet las posibilidades que se le ofrecían para almacenarlos el tiempo necesario y dio con una empresa de alquiler de trasteros bastante económica. A la mañana siguiente contactó con la firma y contrató el arrendamiento de un habitáculo de un metro cúbico para los próximos tres meses, pagados con antelación. La ventaja de aquella compañía era que se comprometían a llevarle los bultos al guardamuebles sin costes adicionales, siempre y cuando estuvieran adecuadamente empaquetados. Nada más colgar el teléfono, bajó al supermercado del barrio para pedirles cajas vacías y, de vuelta a casa, se puso manos a la obra. Seis fardos amontonados en el salón fueron el resultado de su trabajo y solo le quedaba su ropa que más adelante guardaría en dos maletas que llevaría él mismo al trastero en el momento oportuno. Los transportistas llamaron a su puerta a las diez en punto del jueves, tal y como lo habían acordado. No tardaron más de cinco minutos en llevarse las pocas cajas que tenía preparadas y le entregaron las llaves correspondientes a su trastero. Al quedarse de nuevo solo en medio del salón-comedor, miró a su alrededor con desánimo. El aspecto de su hogar, despojado de sus pertenencias, le pareció frío y desolador, como si le hubieran quitado el alma. Para reprimir la morriña que se apoderaba de él sin piedad, se lanzó a la calle y se dirigió directamente a la residencia de su madre. Lo que le esperaba allí, tampoco resultaba ser un plato de gusto, pero era una cita que en ningún caso podía eludir. La puerta de la habitación estaba entreabierta y desde el pasillo pudo reconocer la silueta de Paquita sentada en su silla de ruedas frente a la ventana que daba al jardín. Se acercó, le dio un beso en la mejilla y, cogiendo la silla de los invitados, se sentó a su lado. Ella, no se movió. Ni siquiera giró la cabeza para ver quién había venido a verla. Seguía mirando fijamente por la ventana sin pestañear. No obstante, al limpiarle un hilo de baba que le salía de la comisura de la boca, a Roberto le pareció distinguir un cambio de brillo en sus ojos, una chispa de vitalidad que no le había visto en mucho tiempo y supo con certeza que le había reconocido.

Lo que vino a contarle, a partir de aquel momento, cobró mayor sentido.

"Mamá, vengo a despedirme", le soltó sin tapujos. "No puedo seguir con la vida que llevo y tú eres la única que lo sabe. Aunque, en tu estado, no sé hasta qué punto eres capaz de asimilarlo, pero no quería irme sin decírtelo para que pudieras estar en paz con tu hijo. Soy consciente de que, entre nosotros, las cosas nunca han sido fáciles. Desde pequeño, te he tenido mucho rencor porque, por tu forma de ser, la gente se riera de mí. Pero hoy en día entiendo que no ha sido tu culpa, ni muchísimo menos... que los que han sido unos auténticos malnacidos, han sido los que se han aprovechado de tu enfermedad para mofarse de un niño. Quizás el odio que siento por el vulgo soez, chabacano y malintencionado viene de esta época, pero no te lo puedo garantizar. La necesidad de matar, la he tenido siempre, desde que nací... y, a lo mejor, estos episodios de mi infancia solo han incrementado estos impulsos... no lo sé y, probablemente, nunca lo sabré... En fin, ahora, esto se acabó. Me voy a otra parte... desaparezco para intentar salvar mi alma."

Se la quedó mirando un buen rato a la cara y, de repente, observó cómo se formó un rictus en el lado de la boca que no sufría parálisis, giró ligeramente la cabeza y buscó su mirada con unos ojos que parecían expresar alivio y agradecimiento. Roberto la abrazó fuertemente y se marchó. Su madre le había perdonado y se sentía en armonía con su conciencia. Su determinación ya no tenía marcha atrás. Sabía que lo que estaba haciendo era lo correcto. Antes de abandonar el establecimiento, se presentó en las oficinas y les comunicó que había dado la orden a su banco para que, en breve, recibieran una trasferencia de una cierta cantidad de dinero, con el fin de sufragar los cuidados de su progenitora el tiempo que la suma lo permitiese, pero que, por favor, no se lo dijeran a su padre hasta dentro de unos meses. Aquella tarde se fue a su parque favorito a correr. La visita de la mañana a su madre le había creado mucha tensión y necesitaba desahogarse.

El viernes por la noche, a las nueve, esperó a Bea Arias en la boca del metro donde habían quedado. Estaba algo nervioso porque, con esta cita, se jugaba mucho. Para la ocasión, se había vestido con sus mejores galas y se había vaporizado el cuello con una colonia que, en su tiempo, había comprado para sus futuras citas amorosas y que, a pesar de los años, se había quedado casi sin usar. Con diez minutos de retraso apareció la chica por la puerta de salida. Roberto la observó mientras subía las escaleras. Estaba realmente guapísima y lo que más llamaba la atención era que irradiaba tanta seguridad en sí misma que imponía respeto. No que tuviera una postura vanidosa hacia los demás como las pijas que, por tener dinero, o presumir de ello, se creen superiores y se vanaglorian de su mediocridad, estén donde estén, sino todo lo contrario. Era la actitud recta y sincera de una mujer espabilada, inteligente y consciente de sus capacidades, una mujer dispuesta a afrontar la vida con una determinación inquebrantable para alcanzar sus metas sin que le importen ni los obstáculos que superar por la idiosincrasia de su sexo en una sociedad machista ni los esfuerzos que invertir para conseguirlo. Cuando alcanzó la superficie, se dieron dos besos y emprendieron el camino hacia el restaurante. Desde el primer momento, la conversación resultó amena y desinhibida. Hacía mucho tiempo que no se veían, pero no se notaba. Se sentían a gusto el uno con el otro. Hablaron con toda libertad de su pasado, su entorno, sus aficiones, sus aspiraciones en la vida y recordaron entre risas sus vivencias en el colegio, los compañeros, los profes y las anécdotas más relevantes. En el restaurante el buen humor se mantuvo a lo largo de toda la cena. Gozaron de una mesa privilegiada, algo apartada de las demás, y disfrutaron de una comida francamente sabrosa acompañada de un excelente Chianti que el metre les había recomendado. Al llegar a los postres, Roberto atacó el tema que más le preocupaba.

"Escucha, Bea, empezó con voz seria, "tengo algo importante que confesarte. La semana que viene me voy de aquí por razones personales que no puedo revelar... Me marcho y no volveré nunca. Es una decisión irrevocable."

Sus palabras cayeron como un jarro de agua fría. Bea permaneció en silencio y se le quedó mirando con una expresión que abarcaba estupor, incredulidad y decepción.

"Pero ¿qué me dices?, pronunció al cabo de un rato con una voz que apenas logró superar el nudo que se le había formado en la garganta. "¿A qué viene esto, así de repente? Me lo estaba pasando bien y parecía que congeniábamos... y ahora me vienes con estas. No me puedo enfadar contigo porque no me prometiste nada, pero comprenderás que es difícil entender lo que está pasando."

"Ya lo sé, Bea y te pido mil disculpas. No sabía cómo abordar el tema y no se me ha ocurrido otra manera de hacerlo. Mi marcha es una cuestión de fuerza mayor... lo siento, pero no te puedo decir más y, por favor, no me lo pidas. El otro día cuando nos encontramos me di cuenta de que eras mi única esperanza para poder desaparecer de aquí con la conciencia tranquila."

"No entiendo lo que me quieres decir... no sé lo que te traes entre manos y sinceramente no quiero saberlo... además, ¿qué pinto yo en todo esto?"

"Tengo unos asuntos pendientes que solo puedo resolver si me echas una mano... No es nada que te vaya a comprometer ni a ocuparte mucho tiempo. En contrapartida te regalo mi scooter que ya tiene sus años, pero funciona aún fenomenal. Hacemos un cambio de titularidad y ya está, es tuyo."

"Joder, Roberto, eres un saco de sorpresas y las repartes como bofetadas... no sé qué decirte... apenas nos conocemos y me vienes con que me quieres regalar una moto... no lo puedo consentir."

"Es que no tengo a nadie más a quien acudir. Si no te quedas con la moto, se va al desguace y me parecería una pena. Desde el episodio del colegio te debo una y sinceramente me gustaría que aceptases mi propuesta... por favor."

"Y ¿cuáles son estos favores que me estás pidiendo?"
Roberto sacó dos sobres de su bolso de mano. En el primero figuraba el nombre y la dirección de su padre y el segundo tenía la anotación siguiente: Miguel Suárez, Cuartel 225, Manzana 55, Letra A, Aniversario 30 de octubre.

"Este sobre es un asunto sencillo y de ejecución única", le contestó señalando el primero. "Está dirigido a mi padre y contiene la llave de un trastero donde he dejado mis cosas que tampoco puedo llevar conmigo. Tu tarea sería mandárselo a finales de agosto. En ningún caso antes de aquella fecha para que no se preocupe. De hecho, si te pica la curiosidad y quieres echar un ojo a mis enseres, no te cortes. Lo que te guste, te lo puedes llevar... en toda confianza, te lo digo en serio... Este, él de Miguel, tiene su historia y te la voy a resumir: Miguelito es, o mejor dicho, era como un hermano para mí. Se suicidó a los quince años por culpa de su padre que era un drogadicto y un auténtico hijo de puta. Mientras tanto, también ha fallecido de sobredosis. El día en que murió mi amigo, le prometí que nunca le dejaría solo y que le visitaría por lo menos dos veces al mes, lo que he cumplido a rajatabla. Pero ahora que me voy, evidentemente, no podré seguir haciéndolo. Miguelito lo sabe porque ya me he despedido de él. Te parecerá una tontería, o incluso una locura, pero para mí, la amistad es un valor humano que se escribe en letras mayúsculas y con sangre. Mi mejor amigo, nunca se ha ido, siempre lo he guardado en mi corazón. Así que, para no fallarle del todo, se me ha ocurrido lo siguiente: En el sobre hay tres mil euros. Lo que te pido, es que te vayas a la tumba cada 30 de octubre, el aniversario de su fallecimiento, a llevarle un ramo de flores y, si tienes tiempo y ánimo, que encargues de vez en cuando una limpieza de la lápida, hasta que el dinero se acabe. Ya está... eso es todo."

Se quedaron los dos callados. El café que el camarero les había traído durante el relato se quedó frío y Roberto pidió dos más y unos chupitos de limonchelo. Bea removió con la cucharilla el azúcar que había echado en su taza sin quitarle ojo. Al cabo de un rato, levantó la cabeza y, visiblemente conmovida con la historia de Miguelito, le contestó:

"La verdad, Roberto, no sé qué decirte... por una parte, tengo unas ganas tremendas de mandarte a la mierda... así de claro. Pero por otra, entiendo lo que me estás contando porque yo también valoro mucho la amistad y en tu situación, hubiera actuado de la misma manera. Ahora mismo, no puedo decirte ni sí, ni no. Tengo que pensarlo tranquilamente... ¿Cuándo te vas?"

"En cuanto conozca tu decisión", replicó.

"Entonces, el domingo por la noche lo sabrás. Te llamaré sin falta."

"Me parece correcto. Mañana me informaré sobre todo el papeleo que tenemos que presentar para poder efectuar el cambio de titularidad de la moto. Si tu respuesta es afirmativa, el lunes por la mañana buscaré una gestoría que nos pueda atender lo antes posible para no perder más tiempo. No te preocupes, de los costes me encargo yo. Para ti, será un puro trámite."

Pagó la cuenta y salieron del restaurante. En la calle, Bea se despidió. No aceptó la invitación de Roberto de tomar otra copa en un sitio tranquilo. Después de todas estas sorpresas, no estaba de humor para más juergas y decidió volver directamente a casa para digerir lo ocurrido. Ni siquiera le dio dos besos. Le miró a los ojos con expresión triste y, con la promesa de llamarle el domingo, se giró y se marchó. Roberto sabía que no era oportuno insistir. Se quedó de pie, inmóvil y sin decir palabra. Viéndola desaparecer por la esquina de la calle, sintió con dolor que, hacía algún tiempo, ya había vivido una situación parecida.

Pasó todo el domingo en ascuas pendiente de la respuesta de Bea. A mediodía invitó a su padre a comer en un restaurante de renombre a guisa de despedida. Le engañó diciendo que los padres de Ester tardaron menos de lo previsto en dar su visto bueno y que el viaje se había adelantado unos días porque tuvo la suerte de pillar una oferta de última hora que le resultaba bastante más económica. También le recordó que no se pondría en contacto con él durante este tiempo para no tener que ajustarse a los cambios de hora, que era un coñazo, y que no se preocupara, que un mes sin noticias no era para tanto. Su padre se empeñó en darle algo de dinero para el viaje, oferta que Roberto no rechazó para no tener que aguantar sus súplicas y su cara de padre incomprendido. De todas formas, lo ingresaría en la cuenta de la residencia para los cuidados de su madre. De vuelta en su casa, seguía sintiéndose muy nervioso. Ni siquiera la comida y el vino le habían servido para apaciguar su tensión. La espera se le hizo interminable. Se sentó en su butaca con el teléfono delante de sí encima de la mesa. Tampoco la serie policíaca que puso en la tele le sirvió de distracción. Tenía todo planeado hasta el último detalle. Solo le faltaba la confirmación de Bea. El día anterior se había informado por internet de lo que necesitaba para efectuar el cambio de titularidad de la moto y había rellenado e impreso todos los formularios requeridos. El lunes no tardaría en encontrar una gestoría para finiquitar el asunto. Sobre las siete y media, por fin sonó la anhelada melodía de llamada, acompañada del típico baileteo que ejecutan los móviles con la función del vibrador activada sobre una superficie plana. La pantalla confirmó que era ella.

"Diga", contestó con voz trémula.

"Hola, Roberto, soy Bea", le anunció la chica en un tono que dejaba claro que ningún tipo de broma cabría en esta conversación. "He pensado mucho en tu propuesta y al final la voy a aceptar. Pero conste que no lo hago ni por ti, ni por la moto, sino por Miguelito. Aunque sea solamente simbólico, me gusta el gesto que has tenido con tu amigo y he decidido perpetuarlo. Pobrecillo, no es su culpa."

"No te puedes imaginar la alegría que me das, Bea, te estaré para siempre agradecido. Tengo ya todo el papeleo preparado para los trámites de la cesión. Cuando tenga la cita confirmada en la gestoría, te llamo y quedamos... Una vez más, mil gracias por lo que haces por mí... tienes un gran corazón... sabía que podía contar contigo."

"Ya..."

La comunicación se cortó.

"Ya está bien de tantas despedidas y tanto misterio absurdo...", exclama Arturo Borey dando un puñetazo encima de la mesa con tal fuerza que casi se le cae el teclado. "Este tío está totalmente descontrolado y hace lo que le da la gana. Todo esto es una mierda y no entiendo nada de lo que está pasando..."

Está solo en casa. Carolina, harta de aguantar estos últimos días los malos humos de su marido cada vez que se pone a escribir, se ha ido a dar una vuelta por el centro de la ciudad con la excusa de las rebajas y de paso comprar comida para el mediodía. Arturo lleva tiempo a disgusto con el protagonista de su historia. Cada mañana que se pone delante del ordenador todos sus propósitos se tuercen y su mente crea una trama que no se corresponde con sus intenciones, como si su propio texto, cuando aparece en pantalla, le absorbiese su voluntad. Mil veces se ha levantado de su silla para dar una vuelta por el piso, tomarse un vaso de agua o mirar por la ventana para despejar su cerebro. Pero siempre que se vuelve a sentar delante del ordenador, siente como su determinación se disuelve, anulando cualquier control sobre sus actos, como hipnotizado por una fuerza contra la cual es incapaz de luchar. En sus momentos de arrebato de desesperación, Carolina le tranquiliza reiterando una y otra vez que todo debe surgir de su subconsciente, que es la esencia del escritor, la inspiración. Repasa su texto y lo confirma. Le gusta lo que acaba de leer. En su opinión el protagonista adquiere cada vez mayor presencia y gana en credibilidad. Se ha convertido en una personalidad llena de realismo y parece tener vida propia. Arturo siempre se ha conformado con este razonamiento porque, pensándolo fríamente, es la única explicación posible. Sin embargo, no está del todo convencido. Lleva semanas que sigue escribiendo para ver a dónde le conduce esta aventura, pero ahora está hastiado. Se siente frustrado porque nota que su novela se le va de las manos. Apenas la reconoce, como si no fuera suya.

"Ya no puedo más...", vuelve a gritar. Sale del estudio y da una vuelta por el piso para desahogarse.

Está a punto de tomar una decisión fatídica.

"La escritura no es lo mío... lo borro todo y adiós muy buenas...".

De repente repiquetea el timbre de la puerta como si alguien quisiera llamarle la atención sobre su comportamiento inadecuado. Del susto, se queda quieto, a la expectativa. El timbre repite su llamamiento. Lentamente se acerca a la puerta y pregunta:

"¿Quién es?"

"¿Es Ud. Arturo Borey?", pregunta una voz masculina.

"Sí, ¿qué quiere?"

"Soy Roberto Alzúa... abre, por favor, quiero hablar contigo."

Arturo recibe estas palabras como una bofetada. Se queda petrificado y nota un escalofrío recorrerle la columna vertebral. Cuando se repone, se acerca a la mirilla y distingue a un hombre que aparenta entre veintiocho y treinta años, cuerpo atlético, con un sombrero panamá negro, gafas de sol oscuras y una perilla candado. Enseguida se relaja. Deduce que se debe tratar de una broma de su mujer y abre la puerta.

"¡Qué gracia!... ¡joder, qué susto me habéis dado!... Menudo cachondeo... Carolina, ya puedes salir de tu escondite..."

"No se trata de ninguna broma, Arturo. Soy de verdad Roberto Alzúa, tu creación, y quiero hablar contigo. ¿Puedo pasar?"

Arturo no sabe cómo reaccionar e, instintivamente, se aparta. Roberto aprovecha el espacio y se cuela en el recibidor.

"Pero bueno, ¿qué burla es ésta?", exclama Arturo. "De una vez por todas, no sé quién es Ud. y nunca le he visto. ¿Qué quiere de mí?"

"Que nunca me has visto, eso es verdad, porque nunca me

has descrito tampoco. En toda la historia, ni una palabra sobre mi aspecto. Solo mi cambio físico con los entrenamientos de kárate. Si no, nada. Por eso me he puesto el disfraz. Y no hay equivocación posible, soy el único en llevar un panamá negro. Todo el mundo se lo compra de color claro, excepto yo, por decisión tuya. Pero no te preocupes, me gusta. No te voy a echar la bronca por ello."

El miedo se apodera de Arturo. Se ha quedado blanco como la cal y está mareado. Siente un sudor frío resbalarse por la frente y tiene ganas de vomitar.

"Eso no puede ser verdad", balbucea. "Si eres, como tú pretendes, la encarnación de Roberto, entonces no eres real... eres ficción y simplemente no existes. Tú, solo vives en mi mente y, si te borro de allí, te desvaneces. Además, Roberto es más joven que tú, así que te voy a pedir que te vayas... eres un farsante."

"Lo de la edad, está provocado por el disfraz y tú lo sabes. Dices que no soy real y que si me eliminas de tu mente desaparezco, pues esto está por ver... bórrame de tu mente, a ver si lo consigues... me parece que lo tienes crudo. Dices que soy ficción... te lo admito. Pero, ¿no sois vosotros los escritores los que siempre afirmáis, con cierta altivez, que vuestros personajes cobran vida propia? Pues, esto es precisamente lo que ha pasado... y la prueba irrefutable la tienes delante de ti... aquí estoy, en cuerpo y alma. Y, quién sabe... igual tú también eres ficción y no te has percatado."

"¡Cómo voy a ser ficción, yo!", ironiza Arturo indignado. "Es lo que me faltaba por oír... Soy yo quien escribe tu historia... soy yo quien te ha creado... soy yo quien te ha dado la vida, amigo mío, y ahora me vienes con que existe la posibilidad de que sea también el personaje de una novela... Qué estupidez es esta. Y encima aquí me tienes hablando contigo y tragándome tu engaño. Ya está bien de cachondeo. Para el carro."

"Tranquilízate. Aunque te parezca absurdo, uno no lo sabe hasta que no lo descubre", le replica Roberto en un tono conciliador. "Yo me di cuenta por una torpeza tuya."

"A ver que lo entienda: ¿Dices que has caído en la cuenta de que eres un personaje de ficción por mi culpa? Explícame esto si puedes..."

"Con mucho gusto. Pero antes, ¿no podemos sentarnos? Me gustaría ver tu estudio y el ordenador donde escribes, en definitiva, mi lugar de nacimiento", le sugiere Roberto con una sonrisa socarrona.

Completamente desubicado y sin control sobre sus actos, Arturo le guía a su estudio y le pone una silla al lado de la suya enfrente del ordenador. Al sentarse, sin quererlo, Roberto le da un empujoncito al ratón y repentinamente aparece el texto de Arturo en la pantalla.

"Vaya, aquí está mi historia", se regocija, visiblemente conmovido. "Tengo que admitir que me resulta raro".

"Bueno. ¿qué me ibas a contar?", se impacienta Arturo.

"Pues, la equivocación tuya. Te lo voy a resumir porque yo mismo tardé mucho tiempo en darme cuenta. Metiste la pata el día que me hiciste comprar la novela de Gonzalo Torrente Ballester. Como bien sabes, no me solían gustar este tipo de novelas, pero el título me llamó muchísimo la atención. Al leer las dos primeras páginas, me pareció que alguien se había propasado dándole el nombre de "Filomeno" a su protagonista. Menuda putada, no me digas. Y después, su otro nombre "Ademar" que tampoco era mucho más halagador, pero, por lo menos, le proporcionaba una vida mejor, más lujosa. Se decía que los dos nombres eran herencia de su abuelo y de su bisabuelo respectivamente, asignados, de un lado, por decisión de su padre y, de otro, por imposición de su abuela materna. No obstante, me parecía que no se podía atribuir una maldad intencionada en la elección del nombre de "Filomeno" a su progenitor, que actuó de este modo para respetar la tradición familiar. Otro tanto en el caso de "Ademar". Deduje que debía haber otra mano culpable detrás de esta canallada y llegué a la conclusión de que no podía ser otra persona que el mismísimo autor. Todo esto me llevó a considerar mi propia situación. Nací con el instinto asesino en los genes, característica altamente reprobable donde la haya. Al principio, no era muy consciente de la envergadura de tal patología y, si te quiero ser sincero, disfruté muchísimo con la planificación y la ejecución de cada homicidio. El subidón de adrenalina provocado por la euforia a la hora de matar era una auténtica gozada, un éxtasis difícilmente descriptible. No obstante, después del caso Gordon, no pude evitar plantearme para qué servía tanta sangre y a dónde me llevaría toda esta violencia. Sobre todo me preocupaban los diferentes contratiempos que había sufrido al llevar a cabo los últimos asesinatos que de forma tan tonta me hubieran podido delatar. La idea de terminar mis días en la cárcel no me hacía ninguna ilusión. Aunque, este aspecto no era lo peor. Lo que realmente me fastidiaba, era el hecho de haber perdido oportunidades únicas de ser feliz por culpa de mi propensión al crimen, me refiero a Virginia y, más adelante, Ester o incluso Bea, ¿quién sabe? Cualquier relación era simplemente incompatible con mi forma de ser. Entonces, empecé a preguntarme cuál podía ser el origen de haber nacido con esta característica tan retorcida... porque muy normal no es que digamos. De antemano descarté a mis padres. Mi madre por pusilánime y mi padre por buenazo, incapaz de hacer daño a una mosca. El caso "Filomeno" me iluminó. Sin duda había una persona detrás de todo esto que manejaba los hilos de mi vida, un escritor que organizaba mi existencia a su antojo sin cuestionarse lo que yo podía sentir u opinar al respecto. Así te descubrí,

Arturo Borey. Al principio me costó mucho esfuerzo alcanzar el dominio de mi vida, pero, poco a poco y con la ayuda de ciertas técnicas ligadas a las artes marciales que ahora no vienen a cuento, conseguí imponer mi voluntad contra la tuya. Y ya está, aquí me tienes."

"Esto es una auténtica locura", murmura Arturo. "No puedo creer que esto me esté pasando a mí... ¡Si no eres real, Roberto!", grita de repente, "te lo vuelvo a repetir, eres una creación mía, eres ficción y nada más. Dependes de mí y no hay más tutía."

"Y dale con la ficción... ya no me controlas, amigo mío. La ficción es precisamente el espacio donde todo es posible... y tú deberías saberlo mejor que nadie. Me he independizado de tu tutela como cualquier hijo se desliga de sus padres... y no puedes remediarlo. Se acabó."

"Es lo más absurdo que he oído en mi vida, desde luego. Pero suponiendo que tengas razón, de alguna manera has tenido que encontrarme..."

"Eso es cierto y te aseguro que no ha sido nada fácil. Partiendo del punto de vista de que cualquier novelista basa su narración en sus propias experiencias para que resulte verosímil, empecé a indagar en el barrio donde alquilé mi casa. La determinación inequívoca con la cual me elegiste el lugar de mi vivienda, me hizo pensar que si conocías el entorno con tanta precisión era porque tú mismo vivías en la misma zona. La ubicación de la parada de metro, las cuatro líneas de autobuses, el parque donde iba a correr y, sobre todo, la proximidad con el cementerio, todo coincidía con exactitud. No sabes las horas y los días que dediqué a dar vueltas por estas calles para intentar descubrir un indicio que pudiera ponerme sobre tu pista. Pregunté a una cantidad infinita de personas si conocían a un escritor que viviese en este barrio. Durante mucho tiempo no tuve nada de éxito hasta que una tarde una mujer mayor, a quien ayudé a subir el carro de la compra por los peldaños de su portal, me confesó que había oído, sin querer, por supuesto, una conversación entre dos vecinas que comentaban que se habían enterado de que el vecino del quinto, un profesor jubilado, se había puesto a escribir. No sabían de qué iba la novela, pero se conocía que había hecho preguntas a una persona docta en la materia, a su vez vecina de la finca, sobre el funcionamiento del cementerio y la infraestructura de las tumbas. Rocambolesco, ¿no? Pues, así fue. Gracias a estos datos, te localicé y te mantuve en observación. Tenía que estar absolutamente seguro. Aprovechando la amabilidad de un vecino que me abrió la puerta con la excusa de ser testigo de Jehová me colé en la entrada para averiguar tu nombre. "Carolina Ibarrola; Arturo Borey 5º A", decía el letrero y enseguida algo en mi subconsciente me sugirió que estaba en el buen camino. A partir de entonces, cada vez que podía, me acercaba a tu casa para recopilar información. Dediqué mucho tiempo a esta tarea y obtuve escasos resultados, hasta que un día llegó la prueba definitiva. Una tarde que hacía bastante frío, por cierto, a punto de abandonar mi vigilancia por la incomodidad del aire que soplaba con fuerza, te vi salir del portal hecho un energúmeno. Estabas irritado por algo que te había pasado y que, visiblemente, te había sacado de quicio. Empezaste a caminar con determinación hablando solo y en voz alta. Te seguí de cerca para intentar captar algo de lo que decías. Estabas demasiado ensimismado para percatarte de mi presencia. Oí claramente que te quejabas de un tal Roberto, protagonista de tu historia, que ya no se sometía a tu voluntad, que hacía lo que le daba la gana, sufría depresiones absurdas y que no entendías lo que estaba pasando. Con el fuerte viento que se levantó bruscamente, resultó bastante más difícil captar tus palabras. Sin embargo, pude percibir que una tal Carolina debía tener razón con su teoría del subconsciente, que era socióloga y que algo debía saber de la mente humana. Un mensaje de WhatsApp interrumpió tu marcha y volviste para atrás. Había oído lo suficiente. No me quedaba ninguna duda de que eras mi hombre: un escritor con un protagonista que se llamaba Roberto y disgustado por la pérdida de control sobre su propia obra. Esta coincidencia no podía ser fruto de la casualidad. Entonces, tú y yo, llevamos a cabo el asesinato de Koldo porque consideré que se lo debía a mi padre y a la vuelta de Soria preparé cuidadosamente nuestro encuentro."

"Si entiendo bien lo que me estás contado", observa Arturo abrumado, "me encontraste de pura chiripa y encima me llevas vigilando desde hace bastante tiempo..."

"Así es", responde Roberto.

"Y ¿qué quieres de mí?"

"Quiero que me dejes en paz, que interrumpas tu escritura para que pueda vivir mi vida sin dejar muertos por el camino y nada más. Ya soy mayor para estas tonterías."

"Pero tú ¿quién te crees que eres para darme órdenes?", se rebela Arturo en un sobresalto de orgullo frente a la derrota. "No eres más que un lamentable chico barriobajero. Todo lo que eres, y que has sido hasta ahora, me lo debes a mí. Yo te he inventado y te he dado la vida. Hasta tus dones para matar los tienes gracias a mí. Tu amigo Miguelito, tus novelas policíacas, tu jazz, tu padre que siempre ha querido lo mejor para ti y tus amores... todo sale de mi puño y letra. En vez de venir aquí a exigir, deberías estarme agradecido... Además, si crees que, porque a ti te da la gana, voy a tirar por la borda meses y meses de trabajo duro... vas dado, señorito... terminaré mi novela como sea, con o sin tu consentimiento... que te quede claro."

"Veo que no estás siendo razonable, Arturo", suelta Roberto en un tono amenazador, "así que lo siento, pero no me queda otro remedio que..."

Sin previo aviso y con gestos rápidos y calculados, Roberto agarra a Arturo de la nuca con mano de hierro, saca del bolso que tenía en bandolera un bolígrafo de 100 unidades de insulina rápida y se la clava en el brazo descargando de un apretón todo el contenido. Paralizado por el terror y la fuerza física de su contrincante, Arturo es incapaz de debatirse y el grito de pánico al constatar que Roberto repite su acción con una segunda carga se le queda atrapado en el nudo que le obstruye la garganta. Sentado en su silla, se queda mirando a su verdugo, la boca y los ojos abiertos de par en par, con una expresión entre estupor e incomprensión, hasta que su vista se nubla, su cuerpo empieza a temblar y, tras experimentar un profundo cansancio, pierde el conocimiento. Con toda tranquilidad, Roberto retira la aguja del brazo de su víctima y guarda los dos bolígrafos en su bolso. Está encantado con el resultado del procedimiento. Gracias a un artículo de periódico, se enteró de que los culturistas utilizan la insulina para potenciar el desarrollo de sus músculos, con la ventaja de ser una sustancia ideal para burlar los controles antidopaje porque desaparece rápidamente del metabolismo sin apenas dejar rastro. No obstante, esta práctica no está exenta de graves efectos secundarios. Una dosis incontrolada puede provocar daños irreparables, parálisis cerebral, pérdida de conciencia e, incluso la muerte. Era exactamente el producto que buscaba. A través de un compañero de kárate que mantenía contactos estrechos con el mundo del culturismo consiguió adquirir, en el mercado negro, una cantidad suficiente de insulina para matar a una persona. Alegó un uso personal a largo plazo. Para su gran regocijo, todo ha salido exactamente como lo planeó. Sin perder más tiempo, se pone sus habituales guantes de látex para llevar a cabo las tareas que aún le quedan pendientes.

Desde el momento en que consiguió entrar en la casa, ha tenido sumo cuidado de no tocar nada. Sin embargo, para no correr ningún riesgo, con una bayeta ecológica adquirida en el supermercado poco antes de venir, limpia la mesa de trabajo y la silla donde se había sentado. Una huella dactilar suya olvidada por despiste, echaría a perder todo su plan. Acto seguido, agarra a Arturo por las axilas, lo arrastra hasta el cuarto de baño y lo tumba de largo en la bañera. Empieza a rebuscar dentro del mueble del lavabo, tomándose la molestia de recolocar todos los objetos movidos en su debido sitio. En el tercer cajón, por fin, encuentra lo que buscaba, la Gillette de Arturo y su cajita de cuchillas de afeitar de repuesto. Con una de estas hojas en la mano, se vuelve a acercar a la bañera y, sin más miramientos, sujetando el brazo de Arturo, le abre las venas dando un corte preciso a lo largo de la muñeca derecha, evitando que las salpicaduras de sangre le manchen la ropa. Controlado el chorro de sangre, repite la misma operación con la muñeca izquierda. Espera unos segundos para cerciorarse de que la operación ha sido un éxito, coloca la lámina entre el dedo índice y el pulgar de la mano derecha del futuro difunto para dejar marcadas sus huellas y la deposita bien a la vista encima del cuerpo. Se pone guantes limpios, guardando los ensangrentados en una bolsa de plástico que había traído para este propósito, y tira de la cortina como si el suicida, por deferencia hacia su mujer, hubiera querido proteger el cuarto de baño de salpicaduras. De vuelta en el estudio, se sienta delante del ordenador y escribe unas líneas en la misma página donde Arturo ha dejado su novela, con la separación suficiente para que se note que no pertenece al propio texto. Al acabar, se levanta, recoloca su silla en el mismo sitio donde su desafortunado anfitrión la cogió, echa una última mirada a su alrededor para comprobar que todo está como lo vio al entrar y abandona el piso cerrando con su ganzúa la puerta tras de sí.

Nada más entrar en su casa, cargada con las bolsas de la compra, Carolina se da cuenta de que algo ocurre. En el ambiente flota un aire de anomalía que nunca había sentido hasta ahora. Normalmente, incluso antes de que tenga tiempo de cerrar la puerta, retumba la voz de Arturo que la saluda cariñosamente desde su estudio, se oyen los últimos castañeteos de las teclas, la silla que arrastra al levantarse y aparece por el pasillo para descargarla de sus fardos del supermercado y llevarlos a la cocina. Hoy todo queda en silencio. Nada se mueve. Al aguzar el oído, solo percibe el ligero zumbido de la CPU que indica que el ordenador está encendido. Le llama por su nombre, pero no obtiene ninguna respuesta. De repente siente como un mal presentimiento se apodera de su mente e, instintivamente, deja caer todas sus bolsas y se precipita al fondo del pasillo. El estudio vacío le corrobora su peor presagio. Si a su marido se le hubiera ocurrido darse un paseo, se lo hubiera comunicado con un mensaje electrónico. Antes de entrar en el cuarto de baño se para en seco y con una mano temblorosa enciende la luz. A primera vista, todo parece normal hasta que se fija en la punta de una zapatilla que sobresale de la cortina al final de la bañera. La angustia le oprime el pecho como si un luchador de sumo se le hubiera sentado encima y apenas le llega el aire a los pulmones. Tiene que hacer un esfuerzo descomunal para levantar la mano y deslizar la cortina de baño a lo largo de su riel. El espectáculo del cadáver de su marido tumbado en la bañera y completamente ensangrentado le resulta insoportable, desgarrador. Nota cómo todas sus fuerzas abandonan de sopetón sus piernas y tiene que agarrarse a la pared para no caerse redonda. Al recobrar parte de su fortaleza, se lanza sobre el cuerpo de su marido, coge su cabeza en sus brazos y la aprieta suavemente contra su pecho como si fuera un neonato a quien hay que cuidar. El largo grito desgarrador que sale de sus entrañas se transforma paulatinamente en un llanto silencioso y desesperado. Solo al cabo de una larga media hora recupera el sentido de la realidad y, tirada en el suelo, consigue sacar el teléfono del bolsillo de su abrigo para marcar el 112.

Poco tiempo después, el piso se ha trasformado en un vaivén de personas uniformadas. Carolina, aún aturdida por lo ocurrido, ha tenido que soportar un sinfín de pésames, consultas sobre su estado anímico por parte del equipo médico y, sobre todo, preguntas acerca de la salud mental de su marido. Poco a poco, los enfermeros han dado paso a los policías de la científica que, a petición suya, se afanan en encontrar indicios que les podrían proporcionar una teoría diferente a la que salta a la vista. Carolina está convencida de que Arturo no se ha suicidado. Lo conoce como si lo hubiera parido y sabe que amaba demasiado la vida para acabar con la suya, especialmente de esta forma tan absurda. Desgraciadamente, el texto descubierto en el ordenador por un agente justo debajo de la novela, no la ayuda a convencer a la policía de su intuición.

Anotación del autor: A estas alturas de mi existencia, quiero pedir perdón a la humanidad por todas las atrocidades que he cometido. A lo largo de los últimos meses, incitado por el poder del ingenio y la fuerza creativa de la literatura, he matado a gente inocente sin piedad ni remordimientos. Ahora que he tomado conciencia de mis actos, siento la necesidad de redimir mis pecados con el máximo castigo. Espero que en la nueva vida que me dispongo a abordar encuentre la quietud de mi alma.

A Carolina no le sirve para nada asegurar que estas palabras no son de su marido, pero tampoco puede explicar quién ha podido escribirlas. Para la policía, este texto demuestra claramente que Arturo lo tenía todo planificado y que se trata de una confesión suicida en toda regla. Una psicóloga encargada de atenderla y, según ella, experta en trastornos bipolares, le explica que la apropiación de la identidad de un personaje por parte del escritor es bastante más frecuente de lo que uno se podría imaginar. A fuerza de meterse en la piel de su protagonista, pierde el sentido de la realidad y confunde la personalidad inventada con la suya propia. En su opinión, el caso de Arturo es un ejemplo de los más clásicos. Fin de la discusión. Carolina no tiene ni ánimo ni argumentos suficientemente sólidos para seguir insistiendo y se rinde ante las evidencias. Lo que más le duele y le destroza el alma, es ver cómo los empleados de la funeraria sacan el cadáver de su marido envuelto en una de estas típicas fundas de plástico con cremallera como si fuera una vulgar salchicha de supermercado sin marca. Al salir con un sonoro portazo, Carolina se queda sola. El inusual silencio de la casa se le cae encima y completamente abatida se desmorona sobre el sofá sucumbiendo a un llanto intenso y necesario. Llora hasta que los lagrimales parecen haberse quedado secos. Se reincorpora, coge el teléfono para avisar a sus familiares y amigos más allegados de lo ocurrido e indicarles el número de la sala del tanatorio. Sin embargo, antes de activar el primer contacto, su intuición femenina la lleva de nuevo al estudio. Se acomoda en la silla delante del ordenador y, con un movimiento aprensivo, mueve el ratón. La luz de la pantalla no tarda en activarse y vuelve a aparecer el misterioso texto debajo de la novela. Carolina lo relee y ahora, con la mente más reposada, corrobora al cien por cien su convicción de que no es obra de su marido. No es su estilo y nunca hubiera utilizado una caligrafía tan pomposa para expresar un pensamiento de este calado. De repente siente un escalofrío que le recorre toda la columna vertebral y un nombre le asalta la mente: Roberto. ¿Cómo no se ha dado cuenta antes? Es evidente, solo ha podido ser él. Ha venido a librarse de sus ataduras, a independizarse para poder emprender una nueva vida. Claro que sí, es la única explicación posible. Carolina está a punto de marcar el número de la policía para denunciarle y explicarles que tiene razón, que ahora sí sabe quién es el asesino de su marido, pero en el momento de apretar el botón de llamada se retracta. ¿Qué les va a contar? ¿Quién se va a tragar que el protagonista de la novela de su marido se ha convertido en un personaje real, de carne y hueso, y que ha pasado de la ficción a la realidad para matar a su creador? Es absurdo, nadie se lo creería jamás. Con espanto se da cuenta de que está condenada al silencio perpetuo si no quiere pasar el resto de su vida en un manicomio. Pero ella lo sabe con absoluta certeza. La realidad es esa y no hay otra explicación posible. La desesperación se apropia de su mente y maldice el momento en que Arturo se ha puesto a escribir. ¿A quién se le ocurre inventarse la vida de un asesino? También se lamenta de haber sido tan ingenua cuando Arturo le transmitía su angustia de haber perdido el control sobre su personaje. ¡Qué inspiración, ni creación literaria, ni subconsciente, ni patrañas! Arturo tenía razón. Roberto le ganó la partida y controló la escritura desde el mismísimo corazón de la novela. Se siente culpable por no haberle hecho caso. Le conocía como la palma de su mano y, a pesar de lo absurda que parecía la situación, hubiera tenido que tomarle más en serio. Su exasperación era un indicio suficiente para darse cuenta de que realmente estaba viviendo un calvario. Con su ayuda se hubiera podido evitar este fatal desenlace. En un ataque de rabia, Carolina lleva el cursor al título de la carpeta y escribe: **Novela de Arturo Borey, sin título e inacabada por traición**. Apaga el ordenador y, como hipnotizada, se queda mirando la pantalla hasta que se pone negra. El desconsuelo vuelve a adueñarse de ella y, rendida, deja caer su cabeza sobre el escritorio. Así, doblada con la frente apoyada encima del tablero para intentar controlar el dolor que le está devastando sus entrañas, murmura:

"Te odio, Roberto Alzúa. Me has destrozado la vida y por ello te maldigo con toda mi alma. Solo por el bien de la humanidad espero que allí donde estés, en tu nuevo mundo, alcances la paz y el sosiego."

Pero, Carolina también ha leído "Filomeno, a mi pesar" y en este mismo momento le viene a la mente una frase que entonces le llamó poderosamente la atención: "Un hombre puede tener dos nombres, pero es el mismo hombre; una personalidad puede demostrarse o ejercitarse en distintos aspectos, pero es la misma personalidad." Roberto está viviendo su segunda vida, pero ella sabe que, a pesar de sus buenas intenciones y sus pretensiones de cambiar de forma de ser, siempre seguirá siendo el mismo hombre. Una vez que se ha experimentado el éxtasis del asesinato, resulta muy difícil, si no imposible dejarlo.

Nota del autor: Querido lector, ahora me preguntarás, y con razón, si no temo represalias de mis protagonistas por haber inventado esta historia. Te diré que he tomado precauciones y que me siento relativamente seguro. Arturo Borey ha muerto y francamente no creo que Carolina Ibarrola, que tardará mucho tiempo en superar el luto, tenga ni ganas ni capacidad de vengar a su marido. Los personajes que he creado son dos buenas personas que se querían muchísimo y se respetaban como poca gente. No son rencorosos. Arturo se ha llevado la peor parte por haber dado vida a un asesino como Roberto Alzúa. Yo, tengo la conciencia tranquila y seguiré viviendo mi vida tranquilamente como hasta ahora. Y si un día alguien con un sombrero panamá negro, gafas con cristales tintados y perilla candado llama a mi puerta, simplemente no abriré y te recomiendo que hagas lo mismo.

Advertencia: Los personajes y hechos retratados en esta novela son completamente ficticios. Cualquier parecido con personas verdaderas, vivas o muertas, o con hechos reales es pura coincidencia.

Madrid, febrero de 2020

Agradecimientos:

A Carmen Iznaola y Javier Pérez que en un acto de sacrificio y solidaridad se han lanzado, sin dudarlo, a la lectura de esta historia para convertirse en mis conejillos de Indias. Sus sabios consejos estilísticos posteriores han resultado imprescindibles para conseguir darle a esta obra el acabado que luce en su forma definitiva.

A Beatriz Olías y Enrique González cuya erudición en temas anatómicos y medicinales han permitido proveer a Roberto del entendimiento necesario para convertirle en el diestro asesino que ha sido, y probablemente sigue siendo. No obstante, querido lector, si tu camino se cruza con estos entrañables amigos, no temas... es gente buena, pacífica y su compañía es altamente recomendable.

A Teresa Ollero y Jorge Arango por la valiosa información que me han proporcionado sobre la infraestructura y el funcionamiento de RENFE. Hacía más de veinticinco años que no viajaba en tren y mi ignorancia era absoluta.

A Cristina Toledano y Julia Arguedas por compartir conmigo sus conocimientos sobre tumbas y cementerios, lugares sobre los cuales aún no he tenido la oportunidad de poder escribir por mi propia experiencia y francamente no tengo ninguna prisa por adquirir tal privilegio.

A mi antigua alumna, Virginia Romero, que a lo largo de una conversación sobre el porvenir, en un lance de optimismo y de excesiva confianza hacia mi persona, me incitó a escribir una novela. Su sugerencia me persiguió durante varios años hasta que un día decidí hacerle caso. Gracias.

ACERCA DEL AUTOR

Alain Dubey, nació el 19 de marzo de 1963 en Friburgo, cantón suizo francés, de donde proceden sus progenitores. Sin embargo, disfrutó solo pocas horas de tan entrañable ciudad. Inmediatamente se incorporó en el hogar familiar establecido en Basilea, lo que le permitió crecer bilingüe francés y alemán. Al terminar su escolarización optó por gozar de un año sabático para aprender otro idioma. Por casualidad oyó hablar de una tal "movida" en la ciudad de Madrid y, atraído por semejante efervescencia cultural, no le costó decantarse por el castellano que adquirió en tres meses de clases intensivas en las calles de la capital. Esta decisión marcó un antes y un después en su vida, dando inicio a una paulatina españolización de su personalidad. Una estancia de otros tres meses en México afianzó definitivamente esta evolución. De vuelta en su país natal, se matriculó en las asignaturas de filología francesa y española en la Universidad de Basilea. Con la obtención de la licenciatura en ambas carreras, emigró a España donde lleva afincado desde 1991, lo que, junto con sus estudios, explica su dominio del castellano y el hecho de haber elegido este idioma para narrar su historia.

Desde su establecimiento en su país de acogida ejerció el oficio de profesor de francés en el colegio británico Hastings School de Madrid durante veintitrés años, impartiendo clases a todos los niveles, desde sexto de Primaria hasta literatura francesa en Bachillerato.

Cuando abandonó la enseñanza, una antigua alumna, seguramente algo preocupada por su futuro, le sugirió que se dedicase a escribir una novela alegando que todas las anécdotas que les había contado en clase y que aparentemente habían disfrutado más de lo que él se imaginaba, darían para rellenar varios tomos. Dos años más tarde, se lanzó a la aventura y aquí está el fruto de su propuesta.

Printed in Great Britain
by Amazon

61296011R00196